山西文华·著述编

李寿卿 狄君厚 刘唐卿集

元 李寿卿 狄君厚 刘唐卿 ◎ 著　景李虎 ◎ 校注

《山西文华》编纂委员会 编

山西出版传媒集团
三晋出版社

圖書在版編目(CIP)數據

李壽卿、狄君厚、劉唐卿集/景李虎校注.—太原：三晋出版社，2018.11

ISBN 978-7-5457-1801-0

Ⅰ．①李… Ⅱ．①景… Ⅲ．①雜劇—劇本—作品集—中國—元代 Ⅳ．①I237.1

中國版本圖書館 CIP 數據核字(2018)第 261260 號

李壽卿　狄君厚　劉唐卿集

著　者：	〔元〕李壽卿　狄君厚　劉唐卿
校 注 者：	景李虎
責任編輯：	張繼紅
封扉設計：	山西天目・王明自
出 版 者：	山西出版傳媒集團・三晋出版社（原山西古籍出版社）
地　　址：	太原市建設南路 21 號
郵　　編：	030012
電　　話：	0351-4922268（發行中心）
	0351-4956036（總編室）
	0351-4922203（印製部）
網　　址：	http://www.sjcbs.cn
經 銷 者：	新華書店
承 印 者：	山西人民印刷有限責任公司
開　　本：	700mm×1000mm　1/16
印　　張：	19.5
字　　數：	350 千字
版　　次：	2018 年 11 月　第 1 版
印　　次：	2018 年 11 月　第 1 次印刷
書　　號：	ISBN 978-7-5457-1801-0
定　　價：	120.00 圓

版權所有　翻印必究

《山西文華》編纂委員會

主　　任　樓陽生
顧　　問　廉毅敏
副 主 任　張復明
委　　員　李福明　李　洪　郭　立
　　　　　閻潤德　李海淵　武　濤
　　　　　劉潤民　雷建國　張志仁
　　　　　李中元　閻默彧　安　洋
　　　　　梁寶印

編纂委員會辦公室
主　　　　任　安　洋(兼)
常務副主任　連　軍

《山西文華》學術顧問委員會

李 零　李文儒　李學勤　袁行霈
唐浩明　梁 衡　張 頷　張光華
葛劍雄　楊建業

《山西文華》分編主編

著述編　劉毓慶　渠傳福
史料編　張慶捷　李晋林
圖錄編　李德仁　趙瑞民

出版説明

　　山西東屏太行，西瀕黄河，北通塞外，南控中原，是中華民族的主要發祥地之一。中華文明輝煌燦爛，三晋文化源遠流長。歷史文獻豐富、文化遺産厚重，形成了兼容並包、積澱深厚、韵味獨特的晋文化。山西省政府决定編纂大型歷史文獻叢書《山西文華》，以彙集三晋文獻、傳承三晋文化、弘揚三晋文明。

　　《山西文華》力求把握正確方向，尊重歷史原貌，突出山西特色，薈萃文化精華，按照搶救、保護、整理、傳承的原則整理出版圖書。叢書規模大，編纂時間長，參與人員多，特將有關編纂則例簡要説明如下。

　　一、《山西文華》是有關山西現今地域的大型歷史文獻叢書，分"著述編""史料編""圖録編"。每編之下項目平列；重大系列性項目，按其項目規模特徵，制定合理的編纂方式。

　　二、"著述編"以1949年10月1日前山西籍作者（含長期在晋之作者）的著述爲主，兼收今人有關山西歷史文化的研究性著述。

　　三、"史料編"收録1949年10月1日前有關山西的方志、金石、日記、年譜、族譜、檔案、報刊等史料，以影印爲主要整理方式。

四、"圖錄編"主要收録1949年10月1日前有關山西的文化遺産精華,包括古代建築、壁畫、彩塑、書畫、民間藝術等,兼收古地圖等大型圖文資料。

五、今人著述采用簡體漢字横排,古代著述采用繁體漢字横排。

《山西文華》編纂委員會

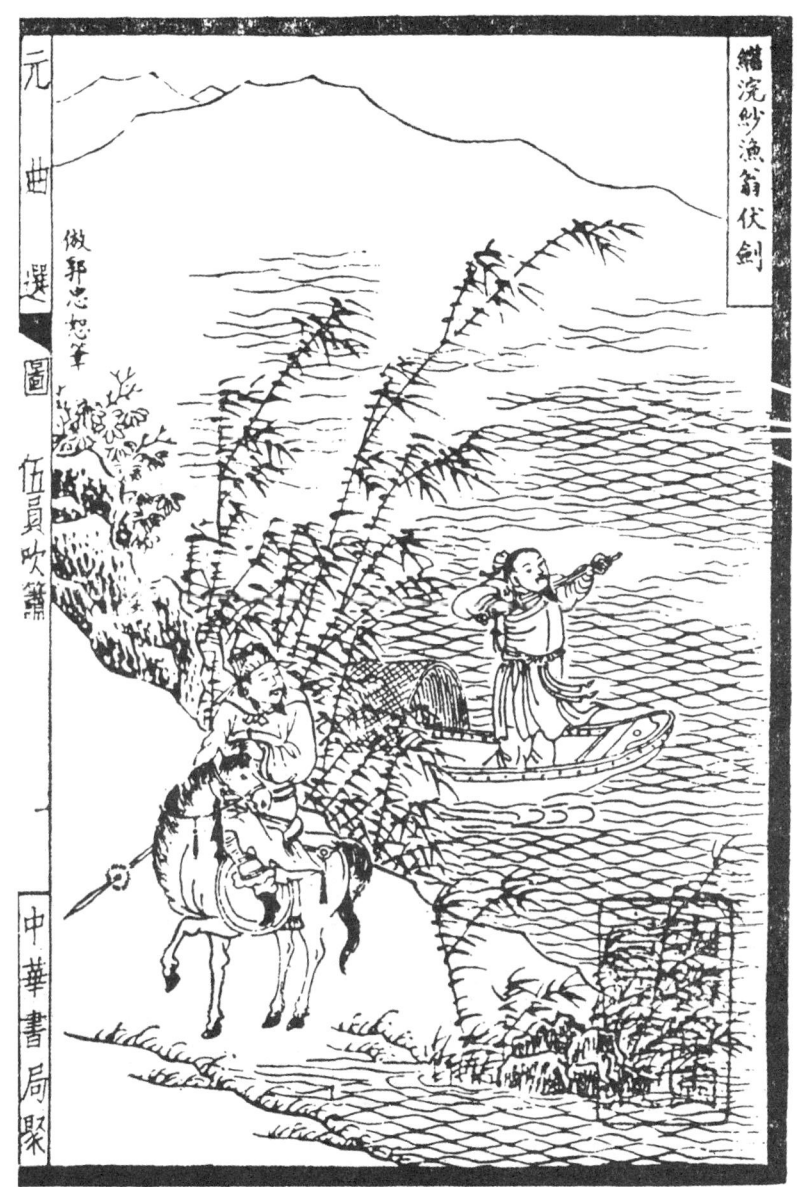

《伍員吹簫》書影

《月明和尚度柳翠》書影

出版前言

　　元雜劇是與唐詩、宋詞并譽的文學形式。在元代百年歷史上,雜劇的繁榮分前後兩期,前期的繁榮,集中在大都(今北京)、平陽(今山西臨汾)、真定(今河北正定)等地。元代即有所謂元雜劇四大家之說,即關漢卿、馬致遠、白樸、鄭光祖,其中關、白、鄭三位,都是山西人,而且,山西籍元雜劇作家,其人數,在上述三地,應是最多的,在元雜劇史上享有崇高地位。因此,根據規劃,將山西籍元雜劇作家的作品整體收入大型歷史文獻叢書《山西文華》。

　　本集所收三位元雜劇作者依次是太原李壽卿、平陽狄君厚、太原劉唐卿。據《録鬼簿》記載,李壽卿所作的雜劇共十種,存二種,另存殘劇一種;狄君厚存雜劇一種;劉唐卿所作雜劇二種,存一種,另改編有南戲《白兔記》(存疑)。此外,李壽卿、狄君厚、劉唐卿尚各有一支散曲。他們共同的特點,一是均屬元代前期社會地位較低的雜劇作家,一是所存雜劇均爲世俗意味較强的作品。可以斷定,在元雜劇興盛的元代前期,這三位作家的作品當不止於此,而其影響抑或更大。

　　二十餘年前,景李虎先生在整理李壽卿、狄君厚雜劇的前言中説:"元雜劇是一種民間藝術,是一種產生於民間,爲下層人民服務的藝術。它能够出現、能够成熟,並且成爲一代文學與藝術的代表,是值得大書而特書的。""當觀衆看戲時,他們關心的不是某一劇作要表現什麼樣的主題,而是集中精力欣賞那曲折離奇、妙趣橫生的故事。因此,在戲曲活動中,有許多並未表現重大題材的歷史劇、愛情劇和世俗生活劇的演出、流傳更加廣泛,更受觀衆喜愛。"本集所收雜劇中有表現伍員的英雄題材,有月明和尚度柳翠的宗教題材,有二十四孝之一蔡順的孝道題材等,爲元代雜劇創作與欣賞的基本趨向,因而有一定的代表性。

一九九〇年,山西師範大學戲曲文物研究所在所長黄竹三教授的主持下,組織全面整理山西籍元雜劇作家作品。其基本方法爲,標點、校勘、注釋,并附録有關作者、作品的資料和研究成果。有關著作在一九九三年由山西人民出版社正式出版。其整理方式較爲完備,且符合《山西文華》收集山西歷史文獻的整理出版體例,故將黄竹三先生等有關元雜劇的整理成果一體收入《山西文華》著述編。在收録過程中,糾正了當時整理本中的個别錯字,並以繁體字重新排版,使之更趨規範。需要特别説明的是,原來由景李虎先生整理的《李壽卿狄君厚集》内容較少,不足以單獨成册,故特别將有關劉唐卿的内容編入《李壽卿狄君厚集》,并對原前言作了重新編排。

三晋出版社

二〇一八年十一月

前　言

　　李壽卿，太原人。鍾嗣成《録鬼簿》云"將仕郎，除縣丞"，是元代前期比較重要的雜劇作家之一。朱權《太和正音譜·古今英賢樂府格勢》將他列於元雜劇作家一百八十七人中的第四位，評曰："李壽卿之詞，如洞天春曉。其詞雍容典雅，變化幽玄，造語不凡。非神仙中人，孰能致此？"可見，在當時他的劇作影響是較大的。據《録鬼簿》所載，李壽卿的雜劇共有十種，即《説鱄諸伍員吹簫》《月明三度臨歧柳》《船子和尚秋蓮夢》《吕太后定計斬韓信》《吕太后夜鎮鑒湖亭》《司馬昭復奪受禪臺》《鼓盆歌莊子嘆骷髏》《吕太后祭溮水》《吕無雙遠波亭》《辜負吕無雙》等。今天完整保存下來的有《説鱄諸伍員吹簫》和《月明三度臨歧柳》（即《月明和尚度柳翠》）兩種，《鼓盆歌莊子嘆骷髏》有殘曲若干。其餘七種劇本均佚，祇有存目。除雜劇外，還留有一支散曲。

　　狄君厚，平陽人，他的生平事迹，祇從其散曲中知他曾到過揚州。他的雜劇作品祇有《晉文公火燒介子推》一種，此外還留存一套數《揚州憶舊》。與李壽卿相比，狄君厚的作品無論在數量上，還是成就上，都稍遜色。

　　劉唐卿，太原人，據《録鬼簿》載，曾任皮貨所提領，其雜劇有《李三娘麻地捧印》（佚）《蔡順摘椹養母》（即《降桑椹蔡順奉母》（以上據《録鬼簿》）。另據《遠山堂曲譜》，南戲《劉知遠白兔記》也爲劉唐卿改編而成。以劉唐卿有《李三娘麻地捧印》雜劇，題材相同，故其改編南戲亦有可能。劉唐卿另有一首小令《蟾宫曲》存世，頗見其生活情趣。

李壽卿是一位多産作家，劇作題材也比較寬泛，從今所留存雜劇作品及劇目名稱來看，他的劇作可分爲三類：《説鱄諸伍員吹簫》《吕太后定計斬韓信》《吕太后夜鎮鑒湖亭》《司馬昭復奪受禪臺》《鼓盆歌莊子嘆骷髏》《吕太后祭滻水》爲歷史劇；《月明三度臨歧柳》（即《月明和尚度柳翠》）《船子和尚秋蓮夢》爲宗教劇；另外兩種《吕無雙遠波亭》《辜負吕無雙》本事不詳，似爲愛情劇。狄君厚的雜劇衹一種《晋文公火燒介子推》，爲歷史劇。劉唐卿的《降桑椹蔡順奉母》是世俗的歷史劇。僅從思想内容上看，這些劇作十分平庸，因爲其中没有反映所謂對立階級之間的劇烈衝突與鬥争，没有對黑暗政治、貪官污吏的揭露與批判，没有對下層勞動者美好品質及其反抗鬥争行爲的熱情歌頌……但是，如果把它們置於元雜劇的整體中加以比較考察，就會發現，這是元雜劇數量最多、所占比重最大、最常見的作品。《竇娥冤》《救風塵》《陳州糶米》《李逵負荆》等表現剥削與反剥削、壓迫與反壓迫内容的作品，在整個元雜劇中衹是少數，最多的則是那些看似"平庸""一般"的歷史劇、宗教劇、愛情劇以及世俗生活劇。然而，事實也很清楚：衹有《竇娥冤》《救風塵》《陳州糶米》《李逵負荆》等思想性積極突出的劇作是無法促成元代雜劇的繁榮的。因此，在贊賞那些思想内容積極、健康的劇作的時候，也必須對其他的作品作出公正、合理的評價，充分肯定它們在元雜劇乃至中國戲曲史上的地位和作用。

如何看待元雜劇中大量的歷史劇、宗教劇、愛情劇和世俗生活劇呢？如何理解由這些劇作共同構成的元雜劇的繁榮呢？

的確，如果單單用社會學的標準來衡量元雜劇作品的話，那麽大量的作品是平庸的、一般的。但是，應當特别注意的是：元雜劇與其他的文學藝術樣式相比,有它突出的特質,那就是——它是一種娛樂形式,是一種民間娛樂形式,是一種面向社會底層的民間娛樂形式。因而,面對文化層次參差不齊的廣大觀衆,它首要的要求是"趣"。觀衆並不是有意識地到戲場中去欣賞"階級鬥爭"、欣賞"被剥削被壓迫者的反抗",而是去娛樂、去尋求消遣、去得到感官的滿足,以達到精神的鬆弛與享受。在這樣的動機作用下,除了那些有鮮明傾向性的優秀劇作受歡迎外,大量表現歷史故事及世俗生活内容、有濃厚趣味性的劇作也被廣大觀衆所接受。當觀衆看戲時,他們關心的不是某一劇作要表現什麽樣的主題,而是集中精力欣賞那曲折離奇、妙趣横生的故事。因此,在戲曲活動中,有許多並未表現重大題材的歷史劇、宗教劇、愛情劇和世俗生活劇的演出、流傳更加廣泛,更受觀衆喜愛。這些劇作反映了觀衆們所熟悉的生活,在這裏觀衆可以看到自己和自己生活中人們的影子,可以集中回味自己的生活,可以得到自己感興趣的歷史或生活知識,可以總結、體驗自己的人生況味。觀衆從這些劇作中找到了"趣",并且不厭其煩地反復品味。比如《度柳翠》,描寫和尚度人的故事,宣傳的是人生似苦海、佛法大無邊的宗教思想,勸誡人們脱離紅塵,皈依佛門。從思想内容上看,没有什麽積極性,但是,這樣的戲能不斷流傳、久演不衰,就是因爲在那些崇信佛教的人們看來,劇中的一切全是真實的,看這個戲不但能得到娛樂,而且可以滿足自己的宗教情感,會感到趣味無窮。正由於觀賞者要求的制約,使得元雜劇的内容十分龐雜。在這裏,體現了民間娛樂形式的共同特點。

其次,在大量的歷史劇、宗教劇、愛情劇和世俗生活劇中,有許許多多受人喜愛、極富個性的人物形象,他們强烈地吸引着觀衆。這一點在歷史劇中尤爲突出。歷史劇中最常見的人物是帝王將相,由於古代百姓對皇帝的崇拜、對權力的崇拜、對飛黄騰達、光宗耀祖的崇拜,這些劇作中的人物,在觀衆眼裏最有典型性、最有説服力,他們的語言、行爲、身世、經歷最具有典範的作用,值得津津樂道。如割股奉君的介子推、將楚平王鞭屍三百的伍子胥、危急時刻逼"疏者"下船的楚昭公、臨危不懼的關雲長,等等。這裏面儘管有善、有惡、有忠、有奸,但觀衆看戲時,他們没有分辨介子推屬哪個階級、伍子胥屬哪個階級,或吳伐楚是哪個階級對哪個階級的鬥爭,而是從歷史故事中得到娛樂,從演員的表演中欣賞某一歷史人物突出的個性——介子推割自己的肉侍奉君主,可謂忠之又忠;伍子胥爲報父兄之讎鞭平王屍三百,雖有悖君臣之禮,但其個性確實不同尋常;楚昭公自身難保時逼"疏者"下船,表現了冠冕堂皇、不可一世的君王思想行爲的另一個側面……觀衆對劇中人物的喜愛,使得大量看似平庸的劇作久演不衰。

第三,中國古代戲曲突出的特點是它的程式性——音樂程式化、歌唱程式化、表演手段程式化、劇本結構程式化。這些"程式"都是經過了無數次加工提煉的精華,因而特别受觀衆喜愛。有許多劇作儘管内容相對貧乏,但如果表演手段上有超人之處,也會受歡迎的。有許多的觀衆對劇作内容並不很感興趣,或者由於文化水平的限制,對演員的所唱、所白聽不懂,但特别喜歡那熟悉的程式,喜歡那獨具特色的音樂、唱腔、服裝、人物以及各種程式化的精彩表演,因此,祇要一看到那種"程式",便會興高采烈、心曠神怡。這時,他的觀賞角度幾乎完全在形式。

正是由於這些原因,使得元雜劇中内容題材不同、思想傾向各異的作品能够同時存在,共同構成了中國古代戲曲的第一次大繁榮。所以對元雜劇的研究應是多側面、全方位的。作爲一個整體,不但要看其内容,而且要看它作爲一門藝術何時成熟,作家數量如何,作品數量如何,演出情况如何,持續時間長短等;對於一部作品,不但要用政治的,而且要用經濟的、文化的、宗教的、民俗的標準加以衡量,這樣,才能充分地發現其價值;也祇有這樣,才能對那些從思想内容上看似平庸、一般的歷史劇、宗教劇、愛情劇、世俗生活劇作出公正合理的評價。

　　元代的雜劇是中國古代戲曲史上第一個高潮,那種名家如星、名作如林的局面使它成爲可與唐之詩、宋之詞並駕齊驅的文學藝術形式。元雜劇是一種民間藝術,是一種產生於民間、爲下層人民服務的藝術。它能夠出現,能夠成熟,並且成爲一代文學與藝術的代表,是值得大書特書的。元雜劇的繁榮改變了中國文學發展的方向,開闢了中國文學與藝術史上嶄新的局面,原來久被輕視的戲曲、小説從此成爲文學與藝術的主流,以主人翁的面目出現於文壇與藝壇上。因此,對元雜劇作進一步全面深入的研究十分必要。

　　本書所收李壽卿、狄君厚、劉唐卿三位作家的作品,每人均包括雜劇、散曲、附録三部分。雜劇作品的先後次序,據曹楝亭刻本《録鬼簿》;散曲據今人隋樹森《全元散曲》;附録部分收録與作家、作品有關的史料,以方便研究者參考。其中李壽卿的雜劇《説鱄諸伍員吹簫》祇有明人臧晋叔《元曲選》本(簡稱"臧本"),故祇能自校;《月明和尚度柳翠》有明人臧晋叔《元曲選》本(簡稱"臧本")、明人息機子《雜劇選》本(簡稱"息本")、明人孟稱舜《古今名劇合選》本(簡稱"孟本")三種版本,其中息機子《雜劇選》本和孟稱舜《古今名劇合選》本相近,也較古樸,較多地保留了作品的原貌,臧晋叔《元曲選》本遭明人改動較大,但由於《元曲選》本較流行,故以之爲底本,參校其他兩種版本;《鼓盆歌莊子嘆骷髏》有殘曲若干,且曲文出處不一,故采用今人趙景深輯《元人雜劇鉤沉》本(簡稱"趙輯本");其餘雜劇存目,在附録中加以説明。狄君厚雜劇《晋文公火燒介子推》祇有《元刊雜劇三十種》本(簡稱"元刊本"),故亦祇能自校。《降桑椹》

一劇《録鬼簿》與《太和正音譜》皆予著録,今存於明代趙琦美脈望館鈔校本《古今雜劇》,署"元無名氏",出自内庫本。以其他雜劇作家均無涉此劇,故當今學者均認爲此無名氏著之《降桑椹》即爲劉唐卿所作。因祇存此一種刊本,故作自校。

校勘力求保存劇作原貌,在此基礎上,對一些有明顯錯誤、且有據可憑的字、詞、句略加改動,一般語意可通者則保存原貌。對一些多次重複出現且須校正的字、詞、句在第一次出現時校出,並在校記中説明,以後不再入校。注釋以生僻的字、詞、句爲主,一般性詞語則不注。重複出現且須注釋的字、詞、句,祇在第一次出現時加以注釋,以後一般不再作注。

由於時間倉促,筆者水平有限,其中定有不少錯誤,盼能得到廣大讀者的批評指正。

景李虎
一九八九年十二月

目　録

出版説明 …………………………………………… 一
出版前言 ……………………………………… 景李虎　一
前言 ………………………………………………… 一

李壽卿·雜劇

説鱄諸伍員吹簫雜劇 ………………………………… 三
月明和尚度柳翠雜劇 ………………………………… 四三
鼓盆歌莊子嘆骷髏雜劇 ……………………………… 一〇一

李壽卿·散曲

〔雙調·壽陽曲〕 …………………………………… 一〇七

李壽卿·附録

歷代關於李壽卿的史料記載 ………………………… 一一一
歷代與《伍員吹簫》有關的史料記載 ……………… 一一三
歷代與《度柳翠》有關的評論 ……………………… 一四六
歷代與《嘆骷髏》有關的史料記載 ………………… 一四八
關於李壽卿雜劇存目本事的考證 …………………… 一四八

狄君厚·雜劇

晋文公火燒介子推雜劇 ……………………………… 一五五

狄君厚·散曲

〔雙調·夜行船〕揚州憶舊 ……………………………… 一八七

狄君厚·附錄

歷代關於狄君厚的史料記載 ……………………………… 一九一
歷代與《介子推》有關的史料記載 ……………………………… 一九二

劉唐卿·雜劇

降桑椹蔡順奉母雜劇 ……………………………… 二〇三

劉唐卿·小令

〔雙調·蟾宮曲〕夜宴 ……………………………… 二六九

劉唐卿·附錄

歷代關於劉唐卿的史料記載 ……………………………… 二七三
歷代與《降桑椹》有關的史料記載 ……………………………… 二七五
歷代與〔蟾宮曲〕有關的史料記載 ……………………………… 二八九
關於劉唐卿雜劇存目本事的考證 ……………………………… 二九一

李壽卿・雜劇

説鱄諸伍員吹簫雜劇①

第一折②

（冲末扮費無忌引卒子上③，詩云）別人笑我做奸臣，我做奸臣笑別人。我須死後纔還報④，他在生前早喪身⑤。小官少傅費無忌是也⑥，自從臨潼鬥寶之後⑦，誰想太傅伍奢無禮⑧，他在平公面前，搬弄我許多的是非⑨，不想被我預先説過，倒惹的平公大怒，將伍奢並家屬盡皆拿來殺壞了。我想伍奢二子皆有些本事，怕他日後報讎，已將他大的孩兒伍尚賺的來⑩，也殺壞了。祇有他小的孩兒，乃是伍員，他在臨潼會上，秦穆公賜他白金寶劍，稱爲盟府⑪，文欺百里奚⑫，武勝秦姬輦⑬，拳打蒯聵⑭，脚踢卞莊⑮，保十七國公子無事回還。他如今現爲十三太保大將軍⑯〔一〕，樊城太守。那廝若知道我殺了他一家老小，他肯和我干罷⑰？我着他有備算無備⑱，無備則蓋着草薦睡⑲。我如今着我大的孩兒費得雄，他也是個好漢，常在教場中和小的們打觯殖耍子⑳。我如今着人叫他來，着他詐傳平公的命，將伍員賺將來，拿住哈喇了㉑，俺便是剪草除根，萌芽不發。左右哪裏，去教場中尋將費得雄來者！（卒子云）費得雄安在？（淨扮費得雄上，詩云㉒）我做將軍祇會捹㉓，兵書戰策没半點。我家不開粉鋪行㉔，怎麽爺兒兩個盡搽臉㉕。自家非別，乃是費無忌的靴後跟㉖〔二〕。（卒子問科云㉗）甚麽靴後跟？（費得雄云）可是長子哩！我正在教場中耍子，老頭兒呼唤，須索走一遭去㉘。不索報復㉙，我自過去。(做見科云)老兒喚我大叔哪廂使用㉚?(費無忌云)費得雄,喚你來別無甚事,我將伍奢父子並一家老小盡皆殺壞了,則有伍員一個現在樊城。你今詐傳平公之命,宣那伍員去㉛,則說是臨潼鬥寶之後,多有汗馬功勞㉜,宣你入朝為相,出朝為將。若賺的來時,也將他殺壞了,便是剪草除根,萌芽不發。你則今日直至樊城賺伍員走一遭去。(費得雄云)老兒放心,憑着我三寸不爛之舌,見了伍員不怕他不來。若不來我便拳撞脚踢,也不怕他不死。(做一拳打費無忌倒科云)你看我家老頭兒這等不中用,那拳頭剛擦的一擦,便一個脚稍天哩㉝。(下)(費無忌云)嗨,這弟子孩兒跌了我這一交㉞。他去了麽?(卒子云)去了也。(費無忌云)我說他不敢不去。正是養得一子孝,何用子孫多。(下)(外扮羋建抱羋勝上,云㉟)某乃楚國公子羋建是也,頗奈費無忌無禮㊱,在父王跟前百般讒譖㊲,將俺老相國伍奢父子滿門家屬誅盡殺絕,則有伍員在於樊城為守,聽知得費無忌詐傳父王之命,差他孩兒費得雄去樊城賺伍員去了。倘一時不知,墜其姦計㊳,可不送了他一家,壞了俺楚國。我如今抱着孩兒羋勝,私奔出朝,先到樊城,報與伍員知道,可不好也。(詩云)想子胥蓋世威名,爭忍見中計身傾㊴。費無忌雖多艱險,我救賢臣先奔樊城。(下)(正末扮伍員引卒子上,云㊵)某姓伍名員,字子胥,自臨潼會上,秦穆公賜我寶劍一口,號為盟府,保的十七國諸侯無事還朝,平公加某為十三太保大將軍,仍兼太守之職,在於樊城鎮守。你看了俺手下軍兵是好雄猛也呵!(唱)

【仙呂‧點絳唇】㊶久鎮南方,指揮兵將多雄壯。守着這鄂渚湘江㊷,有多少翻滾滾東流浪。

【混江龍】俺也曾西除東蕩㊸,把功勞立下幾樁樁。生博的標名畫閣㊹,常祇是捨命沙場。錯認他一片塵飛驅戰馬,哪知道三通鼓響報昇堂。俺本是個掌三軍的帥首㊺,今做了撫百姓的循良㊻。興學校,勸農桑,清案牘㊼,恤流亡,寬稅歛,聚餱糧㊽。也非是我為臣子好出衆人先，則待要佐君王穩坐在諸侯上。長享着萬邦玉帛，永保着千里金湯[49]。

（芈建抱倈兒上[50]，云）某乃芈建是也。自出朝門，日夜奔走，來到這樊城地面，早至他帥府門首也[51]。令人報復去，道有公子芈建到此。（卒子做報科，云）報的元帥得知，有公子芈建在於門首。（正末云）快有請！（卒子云）請進！（芈建做見科）（正末云）公子，遠勞你貴脚來踏賤地，可是爲何？（芈建云）將軍，我無事也不敢來。今有讒臣費無忌將你父兄並滿門家屬誅盡殺絶，則留得你在樊城。他如今又差着孩兒費得雄，詐傳父王之命，賺你還朝，暗行殘害。此是他剪草除根之計，因此上我抱着幼子，曉夜奔來報與你知道。若費得雄來時，將軍切不可饒了他。（正末氣倒科，云）父親，則被你痛殺我也！某想臨潼會上，保全十七國公子無事回還，如此大功，今日聽信費無忌讒言，將我三百口家屬盡皆殺壞。自古道，父母之讎，不共戴天，兄弟之讎不反兵[52]。我和你更待干罷[53]！（唱）

【油葫蘆】想秦國雄兵似虎狼，在臨潼宴會上，（帶云）當此一日，若不是我伍員呵，（唱）怕不那十七邦公子盡遭殃。（芈建云）將軍有如此大功，那費無忌姦賊，反來害你一家，好是無禮也！（正末唱）怎聽他費無忌説不盡瞞天謊，着伍子胥救不得全家喪。也枉了俺竭忠貞輔一人，掃烽烟定八方，倒不如他無仁無義無謙讓，白落的父子擅朝綱[54]。

（芈建云）我怕費得雄早先到了，反出其後，以此擔饑忍餓，日夜奔來，兀的這兩脚上不蹦成了繭也[55]。（正末唱）

【天下樂】你曉夜兼程來探訪，似這般徬也波徨[56]，都衹是爲我行[57]，生怕那潑無徒前來趕不上[58]。害的你脚心裏踏做了繭[59]，肚皮裏餓斷腸。（芈建云）將軍，你早知有這今日，當初臨潼關上，便不立功勞也罷了。（正末唱）則俺這做元戎的不氣長[60]。

（費得雄上云）我費得雄是也。奉父親的言語，着我智賺伍員去,行了數日光景㉛,來到這樊城,這就是他宅門首,我下得這狗來。把門的!快報入去,道有費得雄親爲使命在於門首。(卒子報科云)喏!報的元帥得知,有費得雄到此。(芈建云)伍將軍,我可往哪廂去?(正末云)不妨事,你且壁衣後藏着㉜。(芈建云)好好,我且迴避咱。(正末云)着他進來!(卒子云)請進!(費得雄做見科,云)誰是伍員?(正末云)則某便是。(費得雄云)你是伍員麼?我奉主公的命,因你在臨潼會上文欺百里奚,武勝秦姬輦,拳打蒯聵,脚踢卞莊,保十七路公子無事,多有功勞。今特宣你回來,着你入朝爲相,出朝爲將,上馬管軍,下馬管民,再賜你上馬一提金,下馬一提銀㉝,不可久停久住㉞,則今日走馬臨朝,謝了恩者。(正末云)某已半年來不曾入朝,我家父母兄長安康麼?(費得雄云)你家裏這幾時好生興旺。聽得说宣你入朝,着我多多上覆㉟,早早起身,正要見你一面哩。(正末云)你看這廝好無禮也!(唱)

【村里迓鼓】惱得我伍員心怒。(費得雄云)我與你報這等喜信,不見拿出一些兒賞錢,倒打將起來。(正末唱)打這廝十分的口强㊱。(費得雄云)官兒,你休惹事,如今兵馬司正尋這等盤子頭的哩㊲。(正末唱)你把我全家誅滅,猶然道我爹娘興旺。(費得雄云)我家老子一日不殺人也殺好幾個,希罕你家這兩個兒,做這等狗頭狗怎的㊳?(正末唱)按不住我心上惱,口中氣有不騰騰三千丈㊴。(費得雄云)常言道,捉賊見贓,捉姦見雙。看你這個嘴臉,敢要和我打人命官司,也須得個證見人。既然道你一家是我家老子殺了,你説是誰見來?(正末唱)若不是芈建來説就裏㊵,白破了這廝謊㊶,險些兒被賺入天羅地網。

(費得雄云)伍員,我是奉命來的,宣你入朝,賞你上馬一提金,下馬一提銀,出朝爲將,入朝爲相,哪些兒虧了你,你顛倒打我。(正末唱)

【元和令】你道是上馬金、下馬銀,出朝將、入朝相。(云)你曉的你父親罪麼？（費得雄云）我老子做事，不通一些兒風與我，我哪裏知道？（正末唱）祇你那費無忌如此狠心腸，做兀的般歹勾當[72]。（費得雄云）你不要惱，你那老子便活到一百二十歲也少不得要死。（正末唱）便做道人生在世有無常，也不似俺一家兒死的來忒枉[73]。

（正末做打科）（費得雄云）你打的好，你擋住門，把定走路，便打死了我，有什麽本事？你敢到朝裏去打我麽？（芈建出見勸科云）將軍且息怒。（正末唱）

【上馬嬌】你可便不索慌不索忙，（芈建云）將軍息怒，再慢慢的問他。（正末唱）我則是先打後商量。（費得雄云）哎喲！你那鉢盂般大的拳頭[74]，颼颼的打得我那碎屁兒支支的，可不打殺了我。芈建，祇你便是個見證。（芈建云）將軍息怒。（正末唱）請公子放手休攔擋，饒這廝強[75]，也飛不過土城牆。

（費得雄云）你個老叔，你也勸他一勸。（芈建云）將軍息怒。（正末云）我在臨潼會上，拳打蒯聵，腳踢卞莊，力舉千斤之鼎，我打死你這賊值得甚的！（唱）

【勝葫蘆】[三]憑着我舉鼎的威風略顯揚，遮莫是鐵金剛[76]，也打的他肉綻皮開血泊裏躺。覰着你這般模樣[77]，那般伎倆，還待要強誇張[78]。

（費得雄云）我如今在你宅裏，你要打我，這個叫做門裏大[79]，可不着你打了[80]，但是打也要打的有些道理。我奉使命而來，取你入朝，有甚的歹處，你要打我，豈不防外人談論？（正末唱）

【幺篇】兀的不自有旁人說短長，誰着你讒舌巧如簧，難道有眼高天不鑒詳[81]。害了俺這尊兄伍尚，父親賢相，（帶云）父兄之讎，我不報誰報。（唱）少不的冤債你還償。

（費得雄云）則被你打殺我也！你不肯入朝去，則把你那上馬一提金，下馬一提銀，送與我大叔買些糖果兒喫也好，怎麼你打我？我如今權且忍着，回家對我老子說去，少不得也打壞你[四]。走！走！走（下）（芈建云）將軍既然打了費得雄，此人回去,見那父親説了,必然統兵,擒拿我和你兩個。自古道長安雖好,不是久戀之鄉。我和你如今投奔哪一國去好?(正末云)公子你放心,咱則今日去鄭國借兵,報俺父兄之讎。罷,罷,罷!(唱)

【賺煞】想着我爲盟府逞英雄,保各國渾無恙⁸²,也曾踢打了崩瓊和他卞莊,到今日都付春風夢一場,還説甚誰弱誰强。急茫茫遠奔他鄉⁸³,但借的鐵甲三千入故鄉⁸⁴,你看那費無忌智量,怎和俺伍子胥近傍⁸⁵,我將那潑無徒直搠滿了這湛盧槍⁸⁶!(同下)

【注釋】

① 説(shuì)鱄諸伍員吹簫雜劇　説,用話勸説別人聽從自己的意見。鱄諸,亦作專諸,《左傳·昭公二十七年》作"鱄設諸",春秋時(?—前515)刺客,吳國堂邑人,吳公子光(闔閭)陰謀刺殺吳王僚而自立,伍子胥將鱄諸推薦給光。僚十二年,光俱酒請僚,鱄諸置匕首於魚腹中,乘進獻時刺僚立死,鱄諸亦當場爲僚之左右所殺。伍員,字子胥(?—前484),父兄被楚平王殺害後奔吳,吳封以申地,與孫武共佐吳王闔閭伐楚,五戰入楚都城郢,掘平王墓,鞭屍三百。吳王夫差敗越,越請和,伍員諫之不從。夫差信佞臣伯嚭之讒,逼伍員自殺。雜劇,繁榮於元代的戲曲形式之一。是在宋雜劇和金院本、諸宫調的直接影響下形成的。它有一套嚴格的藝術體制,結構以折爲單位,每本雜劇一般有四折,每折用北曲同一宫調的若干曲子組成套曲,由男、女主角(正末或正旦)演唱。除此之外,其他次要角色還有净、副净、副末、貼旦、搽旦、孛老、卜兒、俫兒等。其表演融合歌、舞、技、樂等,具有明顯的程式性。

② 折　元代雜劇的結構單位,表示戲曲音樂和故事的一個較大的段落,相當於現代戲劇中的一幕。元雜劇一般由四折構成一本,每折由北曲中同一宫調的若干曲牌構成套曲,由正末或正旦演唱,曲辭一韵到底。

③ 冲末　元雜劇的角色名稱,在劇中扮演男性人物,是末的一種。

④ 還報　猶言報應。《來生債》第二折中有:"哦!方信道還報果無虚。"

⑤ "別人笑我做奸臣"四句　元雜劇中人物上場,往往先念四句或兩句詩,交代人物的身世和行爲特點,叫定場詩。這裏的四句詩即是定場詩。

⑥ 少傅　古代官職名,與少師、少保合稱三孤。《史記·伍子胥列傳》有云:"楚平王有太子名曰建,使伍奢爲太傅,費無忌爲少傅。"

⑦ 臨潼鬥寶　臨潼會上鬥寶出自金元小説、戲曲及民間傳説,未見於正史記載。説的是秦穆公請十八國諸侯大會臨潼,各出其國寶相争取勝。

⑧ 太傅　古代官職名，三公之一，自周始置，以後歷代均有。

⑨ 搬弄　意爲挑撥，搬弄是非。《漢宫秋》第三折中有："枉與漢朝結下這般讎隙，都是毛延壽那廝搬弄出來的。"

⑩ 賺　宋元時俗語，意爲騙、誑騙。《劉弘嫁婢》楔子中有："賺的我回頭，連他也不見了，好是奇怪殺人也！"

⑪ 盟府　古時掌管盟約的官府。此處與盟主意同。

⑫ 百里奚　春秋時秦穆公的賢相，原爲虞國大夫，晋獻公滅虞，虜之，以爲秦穆公夫人陪嫁之臣。百里奚以爲恥，逃至宛，爲楚人所執。秦穆公聞其賢，用五羖羊皮贖之，後來委以國政，稱爲五羖大夫。與蹇叔、由餘等共助穆公建成霸業。

⑬ 秦姬輦　宋元戲曲、小説及民間傳説中的人物，未見於正史記載。傳説此人武藝高强，好勇善鬥。雜劇《智勇定齊》楔子中有："（外扮秦姬輦領從人上，云）强秦雄霸佔咸陽，門寶臨潼拱上邦。壯士紛紛施勇烈，威名起起自昭彰。某乃秦姬輦是也，今在秦昭公手下爲上將……"《楚昭公》第四折中，秦姬輦亦云爲秦昭公之大將，與百里奚文武共仕。據《史記·秦本紀》，百里奚年七十爲秦穆公贖於楚，穆公以下爲康公、共公、桓公、景公、哀公，無昭公，可見秦姬輦其人、其事全無歷史根據。

⑭ 蒯(kuǎi)聵(guì)　一作聵瞶，春秋時衛國人，靈公之子。爲太子時，欲殺靈公夫人南子，靈公怒，蒯聵出奔晋。後立爲君，在位三年，爲晋人所殺。

⑮ 卞莊　即卞莊子，春秋時魯大夫，食邑於卞，謚莊，以勇著名。《論語·憲問》中云："子路問成人，子曰：若臧武仲之智，公綽之不欲，卞莊子之勇，冉求之藝，文之以禮樂，亦可以爲成人矣。"

⑯ 十三太保大將軍　相傳唐末李克用義子十三人都封爲太保，故有"十三太保"之稱。這裏伍員稱爲十三太保大將軍，劇作者並無歷史根據，而由民間傳説附會而來。

⑰ 干罷　宋元時俗語，意爲就此算了。《金鳳釵》第二折中有："你借我二百錢不還，干罷了？我和你跳河去！"

⑱ 着　宋元時俗語，意爲教、使。《五侯宴》第三折中有："某乃孟知祥是也，領本部下人馬，截殺王彦章走一遭去。休着走了王彦章！"

⑲ 草薦　草墊，草席。

⑳ 教場　古時操練和檢閲軍隊的場地。　打髀(bì)殖　宋元時的一種遊戲，用獸骨製成戲具，堆在地上投擲以定勝負。《哭存孝》第一折中有："你餓時節搞肉喫，渴時節喝酪水，閑時節打髀殖，醉時節歪喝起。"　耍子　宋元時俗語，意爲玩耍。《薛仁貴》楔子中有："我不肯做莊農的生活，每日則是剌槍弄棒，習演弓箭，十八般武藝無有不拈，無有不曉。每日在這河津邊射雁耍子。"

㉑ 哈喇　元時蒙古語，意爲殺死。《單鞭奪槊》第二折中有："量這敬德打甚麽

不緊,趁早將他哈喇了,也還便宜。"

㉒　净　元雜劇角色名稱,在劇中扮演男性反面人物。

㉓　揜(yǎn)　本義爲掩蓋、遮蔽。這裏意指弄虚作假。

㉔　粉鋪行　賣香粉的店鋪。

㉕　爺兒兩個盡搽臉　搽臉,在臉上塗抹香粉。這裏與"搽灰抹粉"意同,指元雜劇表演中將演員面部用粉、墨等化妝成滑稽醜陋之態。由於此劇中費無忌和費得雄是姦佞之臣,因而化妝成滑稽醜態。

㉖　靴後跟　長子的諧音隱語。靴子的後跟叫作掌子,掌子諧長子。

㉗　科　戲曲術語。元雜劇劇本中動作、表情的舞臺提示,有時也提示舞臺效果。

㉘　須索　宋元時俗語,意爲必須、須要。《五代史平話·梁史》卷上中有:"咱思量有舊日的兄弟劉文政、牛存節幾個,驍勇有膽智,須索去尋他每來共圖大事。"

㉙　不索　宋元時俗語,意爲不須、不必、不要。《水滸傳》第四回中有:"不索哥哥説,洒家都依了。"

㉚　哪廂　宋元時俗語,意爲哪裏、哪邊、何處。《存孝打虎》楔子中有:"大人呼唤小官,哪廂使用?"

㉛　宣　宣諭,帝王宣召。

㉜　汗馬功勞　指戰功。汗馬,戰馬疾馳而出汗,故云。

㉝　脚稍天　宋元時俗語,即兩脚朝天、仰面跌倒。《獨角牛》第四折中有:"滴溜撲人叢裏騰的脚稍天,俺哥哥他將那渾錦襖子急忙穿,早笙歌引至廟門前。"

㉞　弟子孩兒　宋元時俗語,罵人的話,即妓女的孩子。弟子是宋元時人們對妓女的稱謂。《合汗衫》第三折中有:"我對那老的説去,着他打這弟子孩兒。"

㉟　外　元雜劇角色名,在劇中扮演老年男子。

㊱　頗奈　宋元時俗語,即怎奈,不可奈。《來生債》第一折中有:"誰待殷勤,頗奈錢親。錢聚如兄,錢散如奔。"

㊲　譖譖(zèn)　進讒言,説壞話。

㊳　墜　這裏意爲落入。

㊴　爭忍　即怎忍,不可忍。

㊵　正末　元雜劇角色名,是末類中的主角,扮演正面人物。

㊶　仙吕·點絳唇　仙吕,北曲宫調名。宫調是我國古代音樂裏的樂調,在元雜劇中,常用的宫調有仙吕宫、南吕宫、中吕宫、黄鐘宫、正宫、大石調、雙調、越調等。點絳唇是曲牌名,屬仙吕宫。

㊷　渚　水中的小塊陸地。

㊸　西除東蕩　這裏指四處征戰。除,去掉,這裏意猶除惡。蕩,衝殺。

㊹ 生博的　生硬贏得。生,宋元時俗語,意爲硬是、活活的。《爭報恩》第三折中有:"干着你三推六問,生將我千刀萬剮。"　標名畫閣　指爲國家建立了極大的功勛,受到皇帝的表彰。標名,即題名。畫閣,皇帝圖畫功臣,以表彰他們的功績。西漢有麒麟閣,東漢有雲臺,唐代有凌煙閣。

㊺ 帥首　即統帥、元首。

㊻ 循良　古時對守法且有政績的官吏的稱謂。

㊼ 案牘　指官府的文書。劉禹錫《陋室銘》中有:"無絲竹之亂耳,無案牘之勞形。"

㊽ 餱糧　即乾糧。這裏指糧食。

㊾ 金湯　金城湯池的省語,比喻防守堅固嚴密的城池。

㊿ 倈兒　元雜劇角色名,是小孩角色的專稱。

㈤ 門首　即門前。

㈥ 父母之讎,不共戴天。兄弟之讎不反兵　語出《禮記·曲禮上》,其原語爲:"父之讎,弗與共戴天;兄弟之讎,不反兵;交遊之讎,不同國。"孔穎達曰:"父之讎弗與共戴天者,父是子之天,彼殺己父,是殺己之天,故必報殺之,不可與共處於天下也。""兄弟之讎不反兵者,兄弟謂親兄弟也。有兄弟之讎,乃得仕而報之。不反兵者,謂帶兵自隨也。若行逢讎,身不帶兵,方返家取之,比來,則讎已逃避,終不可得。故恒帶兵,見即殺之也。"此均言讎恨極深,誓必報之。反兵,返家取兵。

㈦ 更待干罷　宋元時俗語,猶言怎能罷休。《五侯宴》第三折中有云:"王彥章敗走,更待干罷,無名的小將,有何懼哉?"

㈧ 擅朝綱　獨攬朝中大權。

㈨ 兀的　宋元時俗語,表示驚訝或加重語氣。《千里獨行》第一折中有:"兀的真個是俺哥哥的衣甲頭盔,可怎生落在他手裏?"　跚　意爲踩、踏。《小尉遲》第三折中有:"劉無敵跚馬兒領番卒上。"

㈩ 傍也波徨　即徬徨,原意爲徘徊、游移不定,這裏指急匆匆地趕路。也波,襯字,無意義。

㈦ 我行　我那裏。《劉弘嫁婢》楔子中有:"祖宗以來,所積家財萬貫有餘。爭奈到我行,乏其後嗣。"這裏指我。

㈧ 潑無徒　宋元時俗語,指無賴、壞蛋。《合同文字》第三折中有:"怎知俺伯娘呵,他是個不冠不帶潑無徒,纔說起劉家安住,便早嘴盧都。"

㈨ 蹅(chǎ)　踩、踏。

㈩ 元戎　即主帥、主將。

㈠ 光景　即時間。

㈡ 壁衣　裝飾牆壁的幛幕,用織錦或布帛做成。

㊣ 上馬一提金,下馬一提銀　古代小説、戲曲中常用套語,意指某官吏地位顯赫,封賜豐厚。

㉖ 久停久住　長時間停留。《豫讓吞炭》第一折中有:"某奉主人令,着我去請三家主君,來赴蘭臺之宴。不敢久停久住,須索走一遭去。"

㉕ 上覆　即稟告。《㑳梅香》楔子中有:"一番家使他王公大人家裏道上覆去呵,那妮子並無一句俗語,都是文談應對。"

㉖ 口强　意爲强辯,堅持己見。董解元《西廂記》卷三中有:"待漾下,又瞻仰,道忘了,是口强,難割捨我兒模樣。"

㉗ 盤子頭的　宋元時俗語,指好勇鬥狠的人。

㉘ 狗頭狗　宋元時俗語,"惱"的諧音省語。"狗頭狗"省去了"腦","腦"諧"惱"。

㉙ 不騰騰　這裏形容興奮、衝動。《謝金吾》第二折中有:"他若是見説跌損咱肩窩,怕不就掇起他不騰騰那殺人心。"

㉚ 就裏　宋元時語,指内中、内情。《宦門子弟錯立身》第二出中有:"相公常使唤,凡事知就裏。"

㉛ 白破　指説穿、揭穿。《救孝子》第四折中有:"若不是李押獄白破你張千謊,待教俺孩兒將人命償。"

㉜ 勾當　宋元時俗語,猶言事情。《錯斬崔寧》中有:"娶下一個小娘子……這也是先前不十分窮薄時做下的勾當。"

㉝ 忒(tè)　宋元時語,意爲太、過甚。《合汗衫》第一折中有:"陳虎眯,顯的我言而言而無信,(帶云)張孝友(唱)你也忒眼内眼内無珍。"

㉞ 鉢盂　僧人的食器。

㉟ 饒　即使。

㊱ 遮莫　宋元時俗語。有縱使、儘管、不論、或是等意,這裏意爲即使。《朱砂擔》第一折中有:"遮莫他趕將來,我與你先走了兩三程。"　鐵金剛　即鐵鑄金剛。金剛,佛教術語,指金剛力士,亦即執金剛杵守護佛法的天神。

㊲ 覷着　即看着。

㊳ 强夸張　厚着臉皮説假話。夸張,本爲夸大、言過其實,這裏用其引申意。

㊴ 門裏大　宋元時俗語,意爲在自家門裏稱大,即關起門來稱霸。

㊵ 可不着　意猶"即使……也没關係"。

㊶ 鑒詳　即明察。

㊷ 渾無恙　完全没有災禍危險。渾,完全。無恙,無疾病、災難等可憂之事。

㊸ 急茫茫　即急忙忙。茫,急速。

㊹ 鐵甲　原指士兵身上穿的鐵製鎧甲,後以此指軍隊、士兵。

㊄ 近傍　宋元時語,指接近、靠近。董解元《西廂記》卷二中有:"亂軍雖然衆,望見僧人忽地開。有若山中羊逢虎,恰如獸逢豺。弓弩如何近傍,鐵棒渾如遮箭牌。"

㊅ 搠　刺,戳。　湛盧槍　即湛盧劍,古代名劍。相傳爲春秋時歐冶子所造。《越絕書外傳·記寶劍》中有載。又,《吳越春秋》四《闔閭内傳》中云,吳王得越獻寶劍三口,一爲魚腸,一爲磐郢,一爲湛盧。

【校記】

〔一〕十三太保大將軍　臧本作"三保大將軍"。據後文改之。

〔二〕靴後跟　"跟",臧本作"根"。"跟""根"音同形近相誤,據文意改之。此情形下文還有,概不入校。

〔三〕〔勝葫蘆〕曲　曲文三句"也打的他肉綻皮開血泊裏躺","躺",臧本作"倘","躺""倘"音同形近相誤,今改之。

〔四〕少不得也打壞你　"壞",臧本作"還",誤,今改之。

第二折

（費無忌引卒子上詩云）須知草要連根拔,專怕春回芽再發。我今不殺伍子胥,倒等他來把我殺。自家費無忌的便是,頗奈伍員無禮,我差費得雄去詐宣他入朝,不想芈建私奔樊城,先與伍員説知,將我費得雄着實打了一頓,還喜的我家孩兒有些本事,挣的回來。如今他與芈建共投鄭國去了,更待干罷！你妒我爲冤,我妒你爲讎,今啓過主公,差養由基領五千鐵騎趕上伍員①,發箭射死了他,便是我平生願足。左右那裏,與我喚將養由基來者！（卒子云）養由基安在！（外扮養由基上,詩云）手挽雕弓胎是鐵,能於百步穿楊葉。一生輸與賣油人②,他家手段還奇絶。某乃養由基是也,佐於平公麾下③,官封中大夫之職。某猿臂神射,將一柳葉懸於百步之外,射之百發百中,軍中喚某爲穿楊神射養由基。今有費無忌元帥呼唤,不知甚事,須索走一遭去。小校報覆去,道有養由基來了也！（卒子報科,云）養由基到！（費無忌云）將軍，今因伍員私走樊城，怕他各處借兵來侵犯本國，奉主公的命，差你領五千鐵騎，趕上伍員，發箭射死，你則今日就點人馬追趕伍員去來。成功之日，自有加官賜賞。（養由基云）得令！則今日就點五千軍馬，追趕伍員走一遭去。（詩云）領三軍疾去如風，無過是短箭輕弓。憑着我穿楊妙手，管教他一命丟空。（下）（正末跚馬上，云）某乃伍員是也。自從打了費得雄，有公子芈建不知去向，某祇得携着芈勝私出樊城，投於鄭國，借兵報讎去來。兀的後面一簇軍馬，必然是追兵至也。（養由基領卒子趕上，云）某養由基，奉費無忌的言語，着某領五千人馬，追趕上伍員發箭射死。某想伍員在臨潼會上立下十大功勞，不料費無忌讒佞，將他父兄並三百口家屬都殺壞了，則留的他一個私奔各國，又要差某趕上將他射死。那伍員本是忠臣良將，不爭射死了他④，擔着萬代罵名。我如今追上前去，待見他時，自有個主意。（正末見科，云）來者莫非是養由基麼？（養由基云）然也！某奉主公之命，領五千鐵騎趕上射你哩。（正末云）將軍，不爭你射死我，誰與我報父兄之讎？（養由基云）將軍，你祇放心自去。大小三軍！擺開陣勢，待我發箭。（做咬箭頭發箭科）（正末云）呀！怎麼這箭是沒箭頭的？明明是他要放我走的意思，不若衝開陣面，殺一條血路而走。（戰下）（養由基云）怎生連發三箭射他不死。你走了更待干罷！我不問哪裏，趕將去來。（下）（正末抱芈勝策馬上，云）休趕！休趕！且喜離驛亭相去已遠⑤，把馬加上一鞭，趲路前去⑥。我想養由基穿楊神箭百發百中，若非他咬去箭頭，賣此一陣⑦，焉能殺的出來，到得鄭國。那公子芈建已先在彼，正待要借兵報讎，豈知鄭子產反爲楚公⑧，有害某之意，某祇得一把火燒了驛亭，奪路而走。可惜公子芈建死於亂軍之中，如何是好。（做嘆科）嗨！教我如今往哪國去的是！仔細想來，唯有吳公子姬光曾受我活命之恩⑨，必然借兵與我，不免抱了芈勝，徑投吳國去

來⑩〔一〕。我伍員好險也！好苦也呵！（唱）

【南呂·一枝花】撲碌碌撞開門外軍⑪，不剌剌殺出這城邊路⑫。緊防他弦上箭，又則怕失却掌中珠。仔細躊躇⑬，俺父兄多身故，他又把咱家一命圖。泪霜灑四野征塵，氣呼成半天毒霧！

【梁州第七】〔二〕則願得斫不折匣中寶劍⑭，則願得走不乏胯下龍駒。憑着我這湛盧槍搠下功勞簿。盔纓慘澹，袍錦模糊。想當日筵前鬥寶，暗裏埋伏，脫臨潼都是俺的機謀。向雲陽早壞了俺的親族⑮。我我我，舉什麽千鈞鼎惡識了西秦⑯；是是是，到如今一口氣羞歸南楚；來來來，祇不如片帆風飛過東吳。我這裏悄悄嘆吁，敢命兒裏合受奔波苦⑰，世做的背時序⑱，且一半惺惺一半愚⑲，説甚當初。

（旦兒扮浣紗女提罐兒上，詩云⑳）每日溪頭出浣紗，皆言妾貌似桃花〔三〕。不須動問名和姓，瀨水西頭第一家。妾身浣紗女的便是，我的婆婆就喚做浣婆婆，有個兄弟，乃是伴哥㉑，在這江岸上耕田，我將這飯罐兒與俺哥哥送飯去咱。（正末云）正行之間，江邊一個女子提着兩個瓦罐，我自問他咱。兀那女子，你這罐兒裏是甚麽東西？（浣紗女云）是豆兒粥、水薄酒。（正末云）你肯與人喫麽？（浣紗女云）你是何人？（正末云）我是一個將軍，走的路遥，甚是飢餒。女子，你將此飯與俺暫且充飢，和這小哥也食用些兒，我日後必當重報。（浣紗女云）既是這等，你跟我到莊兒上，宰個羔羊兒，殺個鷄兒，那飯兒中喫㉒。這個則是豆兒粥，你喫不的。（正末云）不妨事，你將來我食用些兒。（浣紗女云）如不棄嫌，這兩罐都與將軍食用波。（正末做喫再與羋勝喫科，云）我喫了這飯也。女子，此恩日後必當重報。（浣紗女云）哪個是頭頂鍋兒走的㉓，區區一飯，何報之有。（正末云）兀那女子，我有句話分付，你殘漿勿漏㉔。（浣紗女云）你喫了飯，又説殘漿勿漏，我這罐兒不漏。（正末云）不是説這罐兒漏。我去之後，若有人馬趕將呵，必然問你，萬望可憐見㉕，不要説與他知，走漏了我的消息。（浣紗女云）將軍，你放心的去，

我祇不説便了。（正末唱）

【牧羊關】謝得你個幼女心兒善。（浣紗女云）你可慌甚麽？（正末唱）怎知我是賊人膽底虛。（浣紗女云）你則放心者。（正末唱）緩急間須要你支吾㉖。可憐我孤身的躲難逃災，更一家兒銜冤負屈。（浣紗女云）哦，元來將軍是避難的，請自放心。若有軍馬來，吾自與你支吾便了。（正末唱）我爲甚麽告殘漿休漏泄，也則怕有軍士緊追逐。（浣紗女云）將軍，你久後得志呵，休忘了我這一飯之德也！（正末唱）我怎忘了你這瀨水上的浣紗女，救了我走樊城的伍子胥。

（云）我去之後，願你殘漿勿漏。（浣紗女云）你去後倘有別人説時，也則是我説，罷，罷，罷！我教你去也去得放心。將軍，我在此江岸上住，我乃浣紗女，母親是浣婆婆，兄弟是伴哥，將軍，你則記者。（詩云）將軍名姓蓋寰宇，一心待要投吳主。你是忍餓登程伍子胥，休忘了我抱石投江浣紗女。（做投水科下）

（正末云）好一個賢哉女子也！爲我一身，倒喪了他一命。罷，罷！異日得志，我當在此水上與你修蓋祠堂，表揚貞烈，報答一飯之恩便了。（唱）

【罵玉郎】〔四〕他生來野水荒村住，可不曾讀甚古人書，怎麽肯爲英雄甘把紅顏没？我久已後索與他蓋一所設像的祠，建一通紀節的碑，這便是我表一點酬恩的處。

（云）早來到江邊了也，不得個船來渡過去，如何是好？遠遠的不是一隻漁舟？漁翁！你與我撐過船來！（外扮閭丘亮上，詩云）船穩潮平慢慢行〔五〕，偷吹鐵笛兩三聲。自從隱在江湖上，再不聞人説戰爭。老夫閭丘亮是也，幼年曾在朝中出仕，如今年紀衰邁㉗，棄職閒居，隱於江湖之上，打魚爲活。隔江有一人喚渡，待我問他。兀那來的是甚麽人？（正末云）漁翁！快撐船來！渡我過江去！（閭丘亮云）你説是甚麽人！我好渡你！（正末云）我是楚將伍員是也！（閭丘亮云）你就是伍盟府麽？（正末云）則我便是伍盟府！（閭丘亮云）你且少待。（做撐船科,云）盟府請上船,將那馬也牽上船來,我渡你過去。（正末上船科）（閭丘亮云）可早來到這岸邊也。（正末云）多謝了漁翁,此恩異日必當重報。（閭丘亮云）盟府,你敢飢麼㉘？（正末云）我可知飢哩㉙。我還不打緊㉚,這小哥一晝夜不曾喫飯哩。（閭丘亮云）我安排些酒飯來,與盟府食用。你且在這蘆葦中藏着,恐防有人見㉛,你等我來時,我祇叫道："蘆中人！"你便道："信有之！"以此爲個暗號。（正末云）是。（閭丘亮云）我家中取酒飯去。（虛下）（再上云）蘆中人！（正末云）信有之！（閭丘亮云）一壺濁酒,一甌魚羹,一盂大米飯,權且充飢咱㉜。（正末云）多謝了漁翁,渡我過江來,又賜酒飯,此恩必當重報。敢問漁翁高姓大名？（閭丘亮云）老夫乃楚國大夫閭丘亮是也,祇因年邁辭朝,在江邊捕魚爲生。今知盟府亡楚甚急㉝,老夫特在此江邊停舟等候。（正末云）多謝了老丈㉞。我身邊別無甚物件,待要將這匹馬送與先生,我可要代步。止有一口白金劍,留與老夫做船資咱。（閭丘亮云）盟府誤矣！你本一世豪杰,不幸遭父兄之難,走鄭投吳,老夫在此艤舟而待㉟,豈望報乎？請自收回,不勞再賜。（詩云）千金寶劍賽吳鈎㊱,一片精光射斗牛㊲。藏處非冰寒凜凜,舞時無雨急颼颼。隨身偏壯忠臣膽,入手能摽逆子頭㊳。君自有讎持報去,老夫爭好便收留。（正末云）老丈休看得這劍輕了呵,此劍乃秦穆公在臨潼會上賜與我爲盟府的。（閭丘亮云）今楚國之令,得伍員者賜黃金萬兩,爵至執圭㊴,似此不貪,豈圖一劍？盟府,你可自有用處,收回去罷！（正末云）老丈,你祇留了者。（唱）

【哭皇天】你本是滄江上烟波侶㊵,能念我蘆葦中飢餓夫。這劍呵似半潭秋水寒、一片月光浮,我本待實心兒實心兒送與。待不與大恩難報㊶,待與來禮意輕疏。（閭丘亮云）將軍,你將此劍去,自與父兄報讎。（正末唱）他道俺報冤讎報冤讎有用處。（正末云）我伍員就此告辭,祇願老丈殘漿勿漏。（閭丘亮云）盟府請放心,老夫怎肯泄漏,誤你的大事。(正末云)我去之後,若有追軍到來問老丈時,怎生遮掩㊷?(閭丘亮云)我至死也不說,你自放心的去。(正末云)老丈,便有軍兵拿住我呵,我死何足惜,祇可惜我三百口家屬幾時得報!(閭丘亮云)盟府,你疑我怎的?你去後我就將此船沉於江中,再不渡人如何。(正末云)老丈,不然。想伍員在臨潼會上保十七國諸侯回還,今日將我三百口家屬殺壞,這等冤讎,教我怎生忘得!後面喊聲漸近,想有追兵來了,我去便去,祇要老丈殘漿勿漏。(閭丘亮云)盟府,我教你去得放心。我有一子却是個村厮兒㊸,你久後得志,休忘了此子。盟府,你借劍來與老夫一看。(詩云)臨行不索更徘徊,殘漿勿漏我先知。向風刎頸謝公子,滿船空載月明歸。(下)(正末云)嗨!好忠臣烈士也!芈勝公子,你牢記者。(唱)則怕我片時間多忘㊹,你心中記取。

【烏夜啼】這一場又自刎了他漁父,不由我不爲他來掩面嗟吁㊺。漁翁也再不見落霞低伴孤飛鶩㊻。你可爲甚的生撇鄉閭㊼、死葬江湖。從今後半瓶濁酒有誰沽,拋下這一江野水無人渡。芳草洲,垂楊路,無人攀話,閑殺樵夫。

(云)嗨!可着誰埋葬他,我不免拔出這腰劍來。(唱)

【煞尾】我劍砍的這江邊蘆葦權遮護,你向這水國龍宮且暫居。急回來滅了楚,那其間到此處拜你個没半面的恩烈丈夫㊽。我怕不待忍住忍不住痛哭㊾。(做嘆科)(唱)祇爲我斷送了你這漁翁,和那一個抱石投江的浣紗女。(下)

【注釋】

① 養由基　春秋時楚國人,善射。蹲甲而射之,可穿七紮;去柳葉百步而射之,百發百中。

② 一生輸與賣油人　原出宋歐陽修《賣油翁》,其曰:"陳康肅公堯咨善射,當世無雙,公亦以此自矜。嘗射於家圃,有賣油翁釋擔而立,睨之,久而不去。見其發矢十中八九,但微頷之。康肅問曰:'汝亦知射乎?吾射不亦精乎?'翁曰:'無他,但手熟爾。'康肅忿然曰:'爾安敢輕吾射!'翁曰:'以我酌油知之。'乃取一葫蘆置於

地,以錢覆其口,徐以杓酌油瀝之,自錢孔入,而錢不濕。因曰:'我亦無他,惟手熟爾。'康肅笑而遣之。"可見輸與賣油人的是宋人陳堯諮事,與養由基毫不相關。這裏云養由基一生輸與賣油人,全是劇作者的附會。

③ 麾(huī)下　猶言在主帥的旌麾之下,即部下。麾,古代用以指揮軍隊的旗幟。

④ 不爭　宋元時俗語,意爲如果、若是。《宦門子弟錯立身》十二出中有:"不爭你要來我家,我孩兒要招個做雜劇的。"

⑤ 驛亭　古時供行旅途中歇宿的處所。

⑥ 趲(zǎn)路　趕路。趲,趕,加快。

⑦ 賣此一陣　即賣陣。指受敵人收買,戰場上假作失敗。湯式散曲《集賢賓·友人愛姬爲權豪所奪,復有跨海征進之行》中有:"奶奶得了些賣陣錢,哥哥佔了些勞軍鈔。"

⑧ 子產　春秋時鄭國人,名僑,字子產,又字子美,謚成子。自鄭簡公時執國政,歷定、獻、聲公三朝。時晉楚爭霸,鄭國弱小,處於兩強之間,子產周旋其間,得保無事。子產死,孔子稱爲古之遺愛。

⑨ 吳公子姬光　即吳王闔閭。

⑩ 徑投　直接投奔。徑,捷速,直接。

⑪ 撲碌碌　形容由於振動、搖撼所發出的聲音。《存孝打虎》第二折中有:"血鼻凹撲碌碌連打十餘下,死屍骸骨魯魯滾到四五番。"

⑫ 不剌剌　象聲詞,形容物體磨擦時發出的聲音。

⑬ 仔細躊躇　躊躇,猶豫不前。這裏意爲細細思索。

⑭ 斫(zhuó)　砍、斬、削。

⑮ 雲陽　古縣名,戲曲、小說中常用以稱行刑的地方。按《鹽鐵論·毀學》中云:"李斯相秦,席天下之勢,志小萬乘,及其囚於囹圄,車制於雲陽之市。"《史記·秦始皇本紀》中有:"韓非使秦,秦用李斯謀,留非,非死雲陽。"此或爲後世戲曲、小說之所本。

⑯ 惡識　宋元時語,意爲冒犯、得罪。《李逵負荆》第二折中有:"俺兩個半生來豈有些嫌隙,到今日却做了日月交食。不爭幾句閑言語,我則怕惡識多年舊面皮,展轉猜疑。"

⑰ 敢　宋元時語,表示大概、大約。《元朝秘史》卷十三中有:"天地氣運,大位子交代的時節敢到了。"　合受　猶言應該受。

⑱ 世　宋元時語,意爲既然、已經。《任風子》第三折中有:"世來到林下山間,再休想星前月底。"　背時序　即背時,指不走運。《竹葉舟》楔子中有:"嗨!小生好背時也。"

⑲ 一半惺惺一半愚　猶言一半聰明一半湖涂。惺惺,指聰明、聰明人。《水滸傳》第十九回中有:"古人有言:惺惺惜惺惺,好漢惜好漢。"

⑳ 旦兒　元雜劇角色名稱,在劇中扮演中青年婦女,一般是正面角色。

㉑ 伴哥　元雜劇中對鄉村中小兒的泛稱。《誤入桃園》第三折中有:"真乃是重色不重賢,度人不度己,使的這牛表、沙三、伴哥、王留,暢叫揚疾。"

㉒ 中喫　能喫、好喫。

㉓ 頭頂鍋兒走的　即外出還帶着飯的。

㉔ 殘漿勿漏　此處指不要走漏風聲、泄漏消息。

㉕ 可憐見　宋元時俗語,意爲可憐、同情。《墻頭馬上》第二折中有:"奶奶可憐見,你放我兩個私走了罷!"

㉖ 緩急間　即緊要時刻。　支吾　本指語言含混不清,這裏意爲搪塞、應對。

㉗ 年紀衰邁　即年老。

㉘ 你敢飢麼　宋元時語,即你飢麼。

㉙ 我可知饑哩　宋元時語,即我饑。

㉚ 不打緊　宋元時俗語,意爲不要緊、無關緊要。《陳州糶米》第三折中有:"別的郎君子弟,經商客旅,都不打緊。我有兩個人,都是倉官,又有權勢,又有錢鈔,他老子在京師現做着大大的官。"

㉛ 恐防　猶言恐怕。

㉜ 權且　即暫且。

㉝ 亡楚　逃離楚國。亡,逃跑。

㉞ 老丈　古時對長者的尊稱。

㉟ 艤(yì)舟而待　將船靠在岸邊等待。艤,將船附於岸邊。

㊱ 吴鈎　古代吴地所造的一種彎形的刀,後泛指鋒利的刀劍。

㊲ 一片精光射斗牛　即光射斗牛。形容寶劍鋒利無比。斗牛,二十八宿中的斗星和牛星。

㊳ 摽(biāo)　揮。這裏引申爲揮劍砍殺。

㊴ 爵至執圭　形容官職很高。執圭,春秋時諸侯國的爵位名。國君以圭賜功臣,使之持圭而朝,故云。

㊵ 烟波侣　烟波之侣,這裏指居於江湖之上的隱者。烟波,水面上迷茫的霧氣。

㊶ 待　宋元時俗語,表示想要、打算、將要等。《勘頭巾》第二折中有:"我待要説來,又打我,也罷!也罷!"

㊷ 遮掩　指掩蓋、應對。

㊸ 村廝兒　宋元時俗語，一爲對小孩的愛稱；一爲詈辭，猶云粗魯、卑俗、莽撞的家夥。這裏用的是前一意思。

㊹ 片時間　猶言一時間。

㊺ 嗟吁　即嘆息、啜泣。

㊻ 落霞低伴孤飛鶩　語出唐人王勃《滕王閣序》："落霞與孤鶩齊飛，秋水共長天一色。"

㊼ 生撇　硬是抛下。生，宋元時俗語，意猶硬是、活活地。貫雲石散曲《鬥鵪鶉·憶别》中有："客萬里，人九嶷，遥岑十二遠煙迷，生隔斷武陵溪。"

㊽ 那其間　即那時。　没半面　宋元時俗語，猶言没見過半面的，即以前從未見過面的。

㊾ 怕不待　宋元時俗語，意爲豈不、難道不。《魯齋郎》第三折中有："怕不待打迭起千憂百慮，怎支吾這短嘆長吁。"

【校記】

〔一〕徑投吴國去來　"徑"，臧本作"竟"，"徑""竟"音同相假，今改之。

〔二〕〔梁州第七〕曲　曲文二句"胯下"，臧本作"跨下"，"胯""跨"音同形近相誤，今改之。

〔三〕皆言妾貌似桃花　"似"，臧本作"以"，誤，今改之。

〔四〕〔罵玉郎〕曲　曲文五句"建一通紀節的碑"，"通"，臧本作"統"，誤，今改之。

〔五〕船穩潮平慢慢行　"慢慢"，臧本誤作"漫漫"，改之。

第三折

（净扮老人，丑扮里正同上①）（老人詩云）段段田苗接遠村②，醉來携手弄兒孫。雖然祇得刨鋤力，托賴天公雨露恩③。老漢是這丹陽縣老人便是，喜遇連年清平無事，多收米麥，廣種桑麻，俺莊農們好生快活④。我這丹陽縣中有個牛王廟兒，秋收之後，這一村疃人家輪流着祭賽⑤。這牛王社近年來但到迎神送神時節⑥，不知是哪裏來的一個大漢，常來打攪俺每⑦，祇等喫酒，他便吹簫，好歹也要喫得醉飽了纔去。今日他又來呵，我可怎了？（里正云）老社長，你放心。今年賽社⑧，該是我做社頭⑨，我如今多叫些莊家後生⑩，等那個吹簫的人來，我着些後生打將出去，偏不與他酒喫，與他一個没興頭⑪，已後便不來了，可好麽？（老人云）你説的是，你請將衆人來計較⑫。（里正云）我試喚當村裏後生咱⑬〔一〕！無路子、沙三、伴哥、牛表、牛筋⑭，你每一齊的都來！（無路子上，云）來也！來也！（詩云）雖然本事衹如此，跌打相争可也不怕死。衆人不識我名姓，則叫我做無路子。自家無路子的便是，這幾個都是俺這當村疃裏後生。我一生膂力過人⑮，專打的是好漢。正在家中閑坐，有社長呼唤，俺見去來！（無路子同衆見科，云）老的也，呼唤俺來有何事幹？（老人云）衆莊家都來了，老的也，你分付他。（里正云）無路子，今年賽牛王社我做社頭，每年家迎送神道呵⑯，有那别處來的一條大漢，拿着管簫，知他吹些什麽，好歹要喫得醉飽了纔去，被他打攪的慌。今年再來，你衆人拿住打上一頓，搶將出去⑰，俺便關了門，自自在在的喫酒。你則管裏打⑱，打死了呵，你便償命。（無路子云）老的，我則道你叫我做什麽，你則怕吹簫的那個人攪了賽社，等他來時，着我打的他去。老的你放心，休道是一個吹簫的，便是十個，我都與你趕他出去。（老人云）無路子，你若趕退了他呵，我身上包管你一醉。（無路子云）老的放心，等他來呵，我把那弟子孩兒鼻子都打塌了他的。（衆云）俺衆人撮哺着你打那厮⑲。（里正云）説的有理，俺每慢慢的祭賽波。（正末吹簫上，云）自從私出樊城，初投鄭國，頗奈鄭子産無禮，被某一把火燒了驛亭〔二〕。到於吴國，幾次借兵，争奈吴王有事不允⑳，流落於此，靠着吹簫度日，經今十八年光景，可早老了也。（詩云）當年策馬度昭關㉑，未報冤讎甚日還。世人衹認吹簫客，那知我一天豪氣半生閑。（唱）

【中吕·粉蝶兒】何日西歸，困天涯一身客寄，恨無端歲月如馳㉒。都是些傲窮民、趨富漢，不放我同歡同會，空走到十數筵席，有哪個堪相酬對?

【醉春風】我如今白髮滯他鄉,青春離故國。憑短簫一曲覓衣食,常好是耻、耻㉓。這一座村坊,兀的班人物,遭逢着恁般時勢㉔。

（云）兀那裏賽牛王社兒,我去吹一曲,討一鐘酒喫咱。（正末見老人科,云）老者支揖哩㉕。（老人云）這廝又來了也,可怎生是好。小後生每!着氣力搶他出去!（無路子云）這廝沒廉耻,真個來了,快與我出去,不要討打喫!（做推正末科）（正末云）我吹一曲討一鐘酒喫,有什麼不是處?（無路子云）這廝好說不聽,後生們撮哺着我,將他搶出去!（做搶科）（外扮鱄諸醉衝上云）自家鱄諸的便是,我向東莊里賽牛王社,與衆兄弟每喫幾杯酒去來。兀的一簇人爲什麼這等吵鬧?我分開這人試看咱〔三〕。（做見正末科云）好一條大漢,可怎生被這一伙人欺侮他?咄!這廝每休得無禮!（做打衆人科）（無路子云）我每近不得他,你衆人跟着我走了罷!（同下）（正末唱）

【石榴花】我則見滿街人各散東西,一個個喫得醉如泥。（鱄諸怒科云）這廝有好漢要打的出來,我和你做個對手!（旦兒換卜兒衣服拿柱杖上云㉖）鱄諸,你又來了也,待打誰哪?（鱄諸怕科云）不敢,不敢。（正末唱）這婦人必定是那人妻,攝伏盡虎威㉗。（鱄諸做跪科云）是鱄諸一時間燥暴,再不敢了也。（正末唱）他磕撲的跪在街基㉘,他將這過頭柱杖眵眵的㉙,又不知要怎地施爲。（鱄諸做悲科云）這個是母親遺下的訓教,是鱄諸的不是了也。（旦兒云）鱄諸,你回過背來!（鱄諸做回背科）（正末唱）他喝一聲疾快忙回背,（旦兒打科云）一十,二十,三十。（正末唱）不歇手連打到二三十。

（鱄諸云）我鱄諸再不敢惹事了也。（正末唱）

【鬥鵪鶉】這漢空有個男子襟懷㉚,哎那婦人也無個夫妻的道理。（旦兒云）你與我快家去。（鱄諸云）是,我就還家去也。（鱄諸跟旦兒走科）（正末云）我道是個好男子來,（唱）元來是怕媳婦的喬人㉛,嚇良民、嚇良民的潑皮。我和你相識後爭如不相識㉜。我待來且慢祇㉝,我問他個擘兩分星㉞,說一段從頭的至尾。

（旦兒云）鱒諸,你家裏來。（鱒諸云）是,我來到這房門首也,我入的這門來。（旦兒做脱衣衫放柱杖跪科云）你休怪我,這個是母親的遺言,非干賤妾之事。（鱒諸云）大嫂請起,這原是俺母親遺留下的教訓,我怎好怪的你。（正末云）可是蹺蹊㉟,怎麼那婦人到得家裏,脱下衣服,放了拄杖,却又跪着這大漢?也不知他口裏説個甚的,我一時難解,我且喚他一聲,請相見咱。（做咳嗽科）裏面有人麼?（鱒諸做見正末科,云）君子請家裏坐。（正末云）恰纔若不是大哥打散了這伙莊家㊱〔四〕,着小人好生没意思㊲。（鱒諸云）君子,你這等一個人,可被那廝欺負,我好是不平也!（正末云）大哥,恰纔那個姐姐是你什麽人?（鱒諸云）你問他做甚麽?（正末云）大哥,你爲何這等怕他?（鱒諸云）不瞞君子説,他是我的渾家田氏㊳。（正末云）我不是你這裏人,不知此處的鄉風與俺那裏全然各别㊴。（鱒諸云）你原來不是俺這丹陽人。我不是怕渾家,爲我平生性子燥暴,路見不平,便與人厮打,常惹下事來,有母親臨亡時遺言,我但惹事呵,着我這渾家身穿母親衣服,手拿着拄杖,我若見了這兩椿兒,便是見我母親一般,我因此上害怕。（詩云）君子問我因何故,路見不平拔刀助。衣服拄杖母親留,怎做鱒諸怕媳婦?（正末背科,云）若得此人助我一臂之力,愁甚冤讎不報。則除這般㊵。正是:踏破鐵鞋無覓處,得來全不費功夫㊶。大哥,你肯和咱做一個朋友麽?（做拜科）（鱒諸做迴避科云）君子,請起,請起。（正末唱）

【迎仙客】哥哥請受禮、莫疑惑,久聞名在先,可惜不認得。（鱒諸云）量小人有何德能,敢勞君子相顧㊷?（正末唱）哥哥你便恕生面㊸,你兄弟可少拜識㊹。（鱒諸云）是,我和你從不曾相識,你可怎生拜我做弟兄?敢問君子姓甚名誰?（正末唱）你問我姓甚名誰?（鱒諸云）未知君子多大年紀?（正末云）你兄弟拜德不拜壽。（唱）

可不道四海皆兄弟⑮。

（鱄諸云）我看你身材凛凛，相貌堂堂，想不是個淪落的君子？你端的姓甚名誰⑯？（正末云）你問我姓甚名誰，我乃楚國伍員是也。（鱄諸云）敢是做盟府的那伍員⑰？（正末云）則我便是。（鱄諸云）某聞將軍大名久矣，聽知得臨潼會上，掛白金劍爲盟府，有什大功勳⑱，名播天下。爲何今日流落於此？（正末云）大哥不知，想當初秦穆公在臨潼會上，設一會名曰鬥寶，驅十七國諸侯都來赴會，某文欺百里奚，武勝秦姬輦，拳打蒯聵，脚踢卞莊，掛白金劍爲盟府，戲舉千斤之鼎，手劫秦王，親送關外。（鱄諸云）將軍真乃世之虎將也。（正末唱）

【快活三】向人前論武藝。（正末扯簫科）（鱄諸云）可是一管簫？（正末唱）猶兀自説兵機⑲。（鱄諸云）若不是將軍呵，衆諸侯怎能勾出的這潼關也。（正末唱）我也曾把千鈞寶鼎手中提，纔保的衆諸侯離秦地。

（鱄諸云）你是楚國大將，今日在這丹陽縣吹簫度日，可是爲着何來？（正末唱）

【朝天子】哥哥你豈知、豈知我就裏，再休來説起那臨潼會。（鱄諸云）你端的爲甚麼來？（正末唱）多勞你問及、問及我今日，兀的不屈沈殺英雄輩⑳！（鱄諸云）敢是將軍與什麽人爭競來㉑？（正末唱）我則爲那費賊、費賊的妒嫉。（鱄諸云）哦，是那費無忌了。雖然他百般讒譖，難道將軍有如此大功，楚王也不做主咱？（正末唱）更和那楚平公也好下得㉒。（鱄諸云）將軍的父親可也做甚麼官位？（正末唱）俺父親正當着諫議，諫不從斬訖㉓。（鱄諸云）一個諫不從，兩個諫。（正末云）俺哥也曾諫來，爭奈一個諫一個死，兩個諫兩個死。（唱）赤緊的俺父親先做了傍州例㉔。

（鱄諸云）既有父兄之讎，此恨非輕，你尋幾個賢士，同去破楚，可不好哪！（正末云）我豈不要，爭奈你這裏無有賢士。（鱄諸云）俺這裏可怎生無有賢士？你在哪裏尋過來？（正末云）我

走樊城時倒也曾見兩個賢士，祇可惜都死了。（鱄諸云）可是哪兩個賢士？（正末唱）

【上小樓】有一個漁翁，祇爲着一時意氣，自刎了六陽的那首級㊺。有一個浣紗女，脚踹着清波手抱着頑石，撲冬的身跳在江裏。那老的是男子，便當仁不避，祇可惜了那十三四女流之輩。

（鱄諸云）將軍不知，俺這裏也有賢士哩。（正末云）誰是賢士？（鱄諸云）則我便是賢士！（正末云）既然你是賢士，你敢同我破楚去麼？（鱄諸云）我敢去！將軍若不棄呵，我情願與你同報楚讎，萬死不避！（正末云）你可休反悔也〔五〕。（鱄諸云）大丈夫一言既出，駟馬難追㊻，豈有反悔之理？（正末云）你道定者。（鱄諸云）我去則去，未曾和我渾家説知。（旦兒衝上云）鱄諸，你要哪裏去？（鱄諸云）大嫂不知，此人乃是楚將伍員，和我拜做兄弟，他有父兄之讎未報，説我這丹陽縣無有賢士。我百歲死有何遲，三歲死有何早，則怕死而無名，我欲要與他同去破楚，你的意下如何？（旦兒云）鱄諸，他有冤讎，干你甚事？你又要拿出那兩椿兒來麼？（鱄諸云）説的是，家有賢妻，男兒不遭橫事。（正末云）哥哥，你莫不反悔麼？（鱄諸云）將軍休怪，我去不得了也。（正末唱）

【滿庭芳】你承當了怎推㊼？（云）你恰纔不説來？（鱄諸云）我説甚麼？（正末唱）可不道一言既出，駟馬難追。（鱄諸云）我説便説，爭奈有些兒去不得哩。（正末唱）元來你這般貪生怕死無仁義。（云）你去的麼？（鱄諸云）我去不得。（正末云）你立着，我坐着。（做推鱄諸科）（唱）你則將八拜禮還席㊽。（鱄諸云）嗨，我則道我是好漢，這人又好漢，我直拜你一百拜。（正末唱）枉教你頂天立地，空教你帶眼安眉㊾，剛一味胡支對㊿，則向你媳婦跟前受制。（鱄諸云）非是我怕媳婦，祇爲我母親的遺言，有那兩椿兒在他手裏，不敢違拗㉛。（正末唱）使不着你佯孝順、假慈悲。

（鱄諸云）罷，罷，罷！大丈夫一言如白染㉒，早則怕死而無名㊚,便我母親再生,料也阻不的我。大嫂,你豈不聞父母在,不許友以死㊛。今我母親不在了,我如今爲個好朋友捨死報讎,豈爲不孝?大嫂,我意已决,好也要去,歹也要去。將軍,爭奈妻子着他安身何處?(旦兒云)鱄諸,你堅意要去,既做了賢士,怎還做得孝子?罷,罷,罷!我叫你去的放心!(做取劍自刎科)(詩云)盟府投吳待借兵,男兒意氣許同行。紅塵未顯鱄諸迹,青史先標田氏名。(下)(鱄諸云)呀!渾家自刎了。將軍,則被你送了俺一家兒也,(正末云)大哥,我和你破楚報讎去來!(鱄諸云)罷,罷,罷!則今日便索同你報讎去,若不破楚,我誓不還吳也!(正末唱)

【尾聲】不索我言,不索我言。全在你,全在你。但想起父兄讎,便急的我肝腸碎。(帶云)有一日拿住費無忌呵,(唱)直着那厮摘膽剜心,做俺祭卓兒上的禮㊾。(同下)

【注釋】

① 丑 元雜劇角色名稱,在劇中扮演男性人物,且以反面人物較常見。 里正 古時鄉官,各代均設。杜甫《兵車行》中有:"去時里正與裹頭,歸來頭白還戍邊。"

② 段段 猶言一片片。

③ 托賴 托福、托庇。《清平山堂話本·戒指兒記》中有:"我小庵内,今春托賴檀越的福,募化得一尊觀音聖像。"

④ 好生 宋元時語,意爲十分、非常。《漢宫秋》第四折有:"今當此夜景蕭索,好生煩惱。"

⑤ 村疃(tuǎn) 村莊。 祭賽 即祭神賽社。

⑥ 牛王社 農村中賽神活動中由村民組成的社會的名稱。

⑦ 俺每 即俺們。每,宋元時語,與"們"同。《宦門子弟錯立身》第四出中有:"侵早已掛了招子,你却百般推抵。又不知你每生着何意。"

⑧ 賽社 農村中由村民自發組織的宗教民俗活動,多在冬、春農閑時節進行。届時各村社都出人出資,舉行較大規模的祭祀活動和名目繁多的社火及民間伎藝的演出,以報達神靈在一年中的佑護。

⑨ 社頭 迎神賽社的領頭人。《清平山堂話本·楊溫攔路虎傳》中有:"告員

外,周全楊溫則個,肯共社頭說了,交楊溫與他使棒。"

⑩ 莊家後生　農家中的年輕人。莊家,宋元時對農家、種田人的稱謂。杜仁杰《耍孩兒‧莊家不識構闌》中有:"風調雨順民安樂,都不似俺莊家快活。"

⑪ 沒興頭　亦作沒興,意爲沒有興趣、沒趣。《京本通俗小說‧拗相公》中有:"荆公默然無語,連茶也沒興喫了。"

⑫ 計較　意爲策劃、打算。《遇上皇》第一折中有:"近日聞東京有個臧府尹,他看上俺女孩兒,我女兒一心也要嫁他,爭奈有這趙元,婆婆,孩兒,怎生做個計較?"

⑬ 當村裏　村子的中間。

⑭ 無路子、沙三、伴哥、牛表、牛筋　元雜劇中對鄉村中小兒常見的稱呼。

⑮ 膂(lǔ)力　體力。膂,脊骨。

⑯ 迎送神道　迎神賽社活動中内容。有的是在賽社開始時將所祀神像迎來,使之享受祭祀,整個活動完畢後,再將神像送回來安放的位置。有的則是每日晨迎昏送,此稱爲迎送神道。

⑰ 搶　意爲推搡、拉扯、趕。《合汗衫》第一折中有:"嗨!小二哥,你就下得把我搶出門來,身上單寒,肚中又饑餒,怎麼打熬的過?兀的那一座高樓,必是一家好人家,没奈何我唱個《蓮花落》,討些兒飯喫咱。"

⑱ 則管裏　宋元時俗語,意爲儘管。《漁樵記》第二折中有:"他那裏斜倚定門兒,手托着腮,則管裏放你那狂乖。"

⑲ 撮哺　宋元時俗語,意爲扶持、協助。《灰闌記》第三折中有:"兄弟,你撮哺着我,拿那姦夫姦婦去也。"

⑳ 爭奈　宋元時俗語,意爲無奈、豈料。《五代史平話‧漢史》上:"未免請先生在書院教導義男劉知遠讀習經書,爭奈劉知遠頑劣,不遵教誨。"

㉑ 昭關　關隘名,故址在今安徽含山縣北小峴山,春秋時位於楚國東部邊境,爲吳、楚交通要衝。楚平王時,伍子胥即過此關投奔吳國。

㉒ 無端　猶言無故、白白地。這裏引申指無所作爲。

㉓ 常好是　宋元時俗語,意爲真是、正是。《哭存孝》第一折中有:"聽了這樂韻悠揚,常好是受用也呵!"

㉔ 恁(rèn)般時勢　猶言那種遭遇。恁,指示代詞,那、那樣。時勢,本指局勢、形勢,這裏引申爲遭遇。

㉕ 支揖　即作揖、打拱、敬禮。《降桑椹》第一折中有:"衆位長者支揖,恕俺兩個來遲,休要見怪。"

㉖ 卜兒　元雜劇角色名稱,專用以稱呼老年婦女。

㉗ 攝伏　威懾使害怕。

㉘ 磕撲　象聲詞,形容物體突然落地的聲音。

㉙ 眕(zhěn)眕的　宋元時俗語,意爲呆呆地看。

㉚ 襟懷　本義指胸懷,這裏引申爲外表。

㉛ 喬人　喬,宋元時俗語,貶意,指狡詐、刁滑、古怪、假裝等。《合汗衫》第四折中有:"母親,你好喬也,丢了一個賊漢,又認了一個禿廝哪!"喬人,這裏指没出息的人。

㉜ 爭如　怎如、哪裏如。《四朝聞見録》丙集中有《鵓鴿詩》云:"鐵勒金狨似錦鋪,暮收朝放費工夫。爭如養取南來雁,沙漠能傳二帝書。"

㉝ 待來且慢祇　待,有打算、將要的意思。晁端禮《安公子》詞中有云:"又祇恐,日疏日遠衷腸變。便忘了,當本深深願。待寄封書去,便與丁寧一遍。"來,發語詞,無實意。且慢祇,猶言且慢着。

㉞ 擘(bò)兩分星　宋元時俗語,亦作分星擘兩。擘,剖、分開。兩,即斤兩之兩。星,秤杆上的刻度標誌。意爲一星一兩都分清楚,即指清楚、明白。《魔合羅》第四折中有:"則要你依頭縷當,分星擘兩,責狀招實。"

㉟ 蹺蹊　奇怪、可疑。

㊱ 恰纔　剛纔。《劉知遠諸宮調》第二折中有:"恰纔撞倒牛欄圈,待躲閃應難躲閃,被一人抱住劉知遠。"

㊲ 没意思　猶言没趣。

㊳ 渾家　宋元時俗語,指妻子。《碾玉觀音》中有:"崔寧到家中,没情没緒,走進房中,祇見渾家坐在牀上。"

㊴ 各别　意爲不相同、有分别。《來生債》第一折中有:"難道居士另是一付肚腸,與世人各别的?"

㊵ 則除這般　即除非這樣做。

㊶ 踏破鐵鞋無覓處,得來全不費功夫　比喻費很大的力氣找不到的東西,却在偶然間輕而易舉地找到了。語出宋人夏元鼎詩。

㊷ 相顧　猶言看得起、相關照。

㊸ 恕　原諒、寬宥。　生面　即面生、不相識。

㊹ 拜識　以禮相見。

㊺ 四海皆兄弟　普天下的人都跟自己的兄弟一樣。此處化用"四海之内皆兄弟也",語出《論語·顔淵》:"死生有命,富貴在天。君子敬而無失,與人恭而有禮。四海之内,皆兄弟也。君子何患乎無兄弟也。"

㊻ 端　宋元時俗語,意爲真的、簡直、果然。《倩女離魂》第一折中有:"姐姐,那王生端的内才、外才相稱也。"

㊼ 敢是　表疑問之詞,意爲莫非、難道。《陳州糶米》第二折中有:"這個白髭鬚的老兒,敢是包待制?"

㊽ 什　即十。

㊾ 猶兀自　宋元時俗語，意爲尚然、還是。《莊周夢》第一折中有："我着你半霎搶入迷魂洞，猶兀自一杯未盡笙歌送。"

㊿ 屈沈殺　意猶冤枉死。屈沈，意爲屈辱、冤屈。《合同文字》第四折中有："俺衹道正直蕭丞相，元來是風魔的黨太尉，堪悲，屈沈殺劉天瑞；誰知，可怎了葫蘆提包待制。"

51 爭競　即有爭端，爭鬥。

52 下得　宋元時俗語，意爲捨得、忍心。董解元《西厢記》卷五中有："細覷了，這病體，好不忘，怎下得！多應是爲我後怎地細思憶。"

53 斬訖　殺掉。訖，完畢。

54 赤緊的　宋元時俗語，意爲無奈。《秋胡戲妻》第二折中有："怕不待要請太醫看脈息，着甚麽做藥錢調治。赤緊的當村裏，都是些打當的牙槌。"　傍州例　宋元時俗語，意即榜樣、樣子。《遇上皇》第三折中有："不會做官，看取傍州例，五刑文書整理。"

55 六陽的那首級　六陽，中醫十二經脈中，有手三陽、足三陽，是爲六陽。六陽經脈皆聚於頭部，故亦稱頭爲六陽。的那，語助詞，無實意。首級，即頭。

56 一言既出，駟馬難追　一句話講出，即使四匹馬拉的車也追不回來，比喻話已出口，無法收回，也表示説話算數，絶不反悔。《論語・顔淵》中有："惜乎，夫子之説君子也，駟不及舌。"歐陽修《筆説・駟不及舌説》中云："俗云：'一言出口，駟馬難追'，《論語》所謂'駟不及舌'也。"

57 承當　即承擔、允諾。

58 八拜禮　子弟見長輩之禮。八拜，古代世交子弟見長輩的禮節。　還席　指回敬的酒席。《誤入桃源》第三折中有："醉的醉了，飽的飽了，我們都散罷，待明年容在下還席。"

59 帶眼安眉　宋元時俗語，意謂有眉有目，比喻有面目的，有見識的。《看錢奴》第一折中有："又無房舍又無田，每日城南窑裏眠。一般帶眼安眉漢，何事手中偏没錢？"

60 支對　應付、對付。《凍蘇秦》第二折中有："這壁厢拜了一回，那壁厢問了一日，可怎生無一個將咱支對。"

61 違拗　違抗、不服從。

62 一言如白染　即一言既出，如白之染黑，不可復白。比喻一言既出，便不能反悔。

63 早則　這裏意爲倘若、如果、假使。

64 父母在，不許友以死　即父母在世時，不爲報朋友之讎而身死。亦即要供養父母以盡孝道。許,許諾、答應。語出《禮記·曲禮上》:"孝子不服闇,不登危,懼辱親也。父母存,不許友以死,不有私財。爲人子者,父母存,冠衣不純素。孤子當室,冠衣不純采。"孔穎達曰:"父母存,不許友以死者,謂不許爲其友報讎。親存,須供養,則孝子不可死也。若父母存,許友報讎怨而死,是忘親也。"

⑥⑤ 祭卓　即祭桌。卓同桌。

【校記】

〔一〕我試唤　"試",臧本作"是",誤,改之。
〔二〕驛亭　臧本原作"郵亭",據前後文改之。
〔三〕試看　臧本作"是看","是"誤,改之。
〔四〕這伙莊家　"伙",臧本作"火"。
〔五〕反悔　"反",臧本誤作"番",改之。

楔　子①

(外扮楚昭公引卒子上,云)某乃楚昭公是也,自從秦穆公臨潼鬥寶之後,有伍員立下十大功勞,俺父平公,加他爲十三太保大將軍〔一〕、樊城太守。有少傅費無忌,暗用讒言,將其父伍奢並兄伍尚三百口家屬都殺壞了,又着他兒子費得雄賺那伍員去,被伍員識破,私出樊城,投於吳國。如今借起十萬精兵,侵伐俺國,俺自揣將寡兵微②,難以抵敵,這都是費無忌結下的冤讎,致此禍患,不免唤他出來,着他與伍員交鋒去。令人,與我唤將費無忌來者!(卒子云)費無忌安在?(費無忌上,詩云)當時得意還年少,今日看看老來到。聽説子胥將報讎〔二〕,可知連日眼睛跳。自家費無忌,自從伍員私出樊城,今經十八年光景也。他投於吳國,借起十萬兵來,要與楚國賭戰③。主公呼唤,多咱爲這事來④。令人報復去,道有費無忌來了也。(卒子報科,云)費無忌到!(楚昭公云)着他過來!(卒子云)着過去。(費無忌見科,云)主公,唤費無忌有何事商議?(楚昭公云)費無忌,今有伍員背楚投吳,借起十萬精兵,要破俺國,單搦你費無忌出馬交鋒⑤。我今撥與你三萬人馬，與伍員交戰去，則要你小心在意，成功而回。(費無忌云)我費無忌後生時交鋒出馬，甚是去的；如今年紀老了，一向貪自在慣受用的人⑥，怎麼還到的陣面上去，做賭頭的買賣⑦？主公，別差一個精壯的去，饒我這老頭兒罷！(楚昭公云)這禍元是你做下的，你不去可着誰去？(舉劍科)若不去，先殺你這老匹夫，軍前號令！(費無忌云)主公不要性急，我費無忌就去。則今日點起三萬人馬，與伍子胥廝殺去來！(詩云)衆軍聽我傳將令，要與伍員相比並⑧。當初殺他親父兄，今朝丢了老性命。(下)(楚昭公云)費無忌去了也，我與二公子芊旋親到將臺上面⑨，看他與伍員決勝去來。(下)(費無忌引卒子上，云)自家費無忌，奉主公的命，領着三萬人馬，與伍子胥決戰。大小三軍，擺開陣勢，遠遠的塵土起處，敢是吳兵來也！(正末躧馬兒上⑩，云)某伍員，自到吳國，借起十萬精兵，來攻楚國，擒拿費無忌，大小三軍，擺佈得嚴整者！(費無忌云)來將何人？(正末云)某乃伍員是也！你是誰來？(費無忌云)你就不認的我老叔哩，我是費無忌。(正末云)兀那姦賊，疾忙下馬受死！我父兄之讎，今日必報也！(費無忌云)你在我老叔跟前探空靴⑪、撒響屁⑫，説這等大話，你敢和我廝殺麼？(正末云)這廝好無禮也！操鼓來⑬！(做戰科)(唱)

【仙吕·賞花時】⑭他躍馬當先拚廝殺，不由我忿氣橫生怒轉加。這廝祇會暗地裏弄奸滑，今日呵使不着心粗膽大，(費無忌云)我敵不得你，逃命走！走！走！(下)(正末云)這廝走哪裏去？(唱)我則待探手兒把你活擒拿。

(做費無忌走正末追科)(鱄諸衝上，云)拿住！(做拿費無忌科)(正末云)費無忌早拿住了也。大小三軍，即便殺入郢城⑮！祇可惜楚平公已死，可將他墳墓掘開，取出屍首，待我親鞭三百，以報父兄之讎！(詩云)早拿住賊臣無忌，再掘開平王墳地，與屍首三百鋼鞭，纔雪我胸頭怨氣。(同下)

【注釋】

① 楔子　元雜劇在四折以外所增加的較短的獨立段落。一般用在最前面,作爲劇情開端時的引子,相當於現代戲劇中的序幕;有時用在折與折之間,起銜接劇情的過渡作用,類似現代戲劇中的過場戲。

② 自揣　即暗自思索。

③ 賭戰　以戰爭賭輸贏,即打仗、戰鬥。

④ 多咱　宋元時俗語,意爲大概、恐怕。《爭報恩》第一折中有:"這早晚王臘梅還不到房裹歇息,多咱又和丁都管鉤搭去了。"

⑤ 搦(nuò)　挑惹。

⑥ 受用　宋元時俗語,意爲受益、享受。《清平山堂話本·曹伯明錯勘贓記》中有:"被這包袱絆一交,起來叫人時,没人來往。我祇得駄回和你受用。"

⑦ 賭頭的買賣　即以頭賭輸贏。古時交戰,勝則頭存,敗則頭落,故云。

⑧ 比並　宋元時俗語,意爲較量、比高下。《三戰吕布》第三折中有:"不答話來回便戰,垓心内比並高低。"

⑨ 將臺　即點將臺。

⑩ 躧(xǐ)　鞋,這裏引申爲踏、踩。

⑪ 探空靴　宋元時俗語,指説空話。

⑫ 撒響屁　宋元時俗語,意謂説大話。

⑬ 操鼓來　古時作戰,鼓鳴則進,金鳴則退,故云。

⑭ 〔仙吕·賞花時〕曲　元雜劇楔子中亦有唱曲,一般是一支曲子或同一宮調的幾支曲子,没有構成一個完整的曲牌聯套體。

⑮ 郢城　古都邑名,在今湖北江陵西北,春秋時爲楚之都城。

【校記】

〔一〕十三太保大將軍　臧本作"三保大將軍",據前文改之。

〔二〕聽説子胥將報讎　"聽",臧本作"見",誤,改之。

第四折

（外扮鄭子産引卒子上云）小官復姓公孫，名僑，字子産，佐於鄭簡公麾下，爲上卿之職。當日伍子胥爲父兄之讎，背棄楚國，私出樊城，携了公子芈勝投於俺國，要待借兵破楚。小官想來，各霸其主①，難以結怨，因設一計，將伍員留於驛亭中，安排筵宴管待，酒席之間，暗藏甲士，擊金鐘爲號，擒拿伍員。不想伍員揣知其意，一把火焚了驛亭，同芈勝晝夜奔吳去了。如今借起兵來，打破楚國，生擒費無忌，親鞭平王之屍。小官想來，那子胥是個一飯不忘、片言必報的人②，必然乘此得勝之兵來伐俺國，奈兵微將寡，何以禦之？我今出一榜文，但有説得伍員不伐我國的，將他官封萬户，賞賜千金，已經張掛數日③。小校看着④，若有人揭了榜文，報復我知道。（卒子云）理會的！（丑扮村廝兒上，詩云）長槳短棹作生涯⑤〔一〕，千尋浪裏度年華⑥。有人問我居何處？蘆花灘畔是吾家。自家村廝兒的便是，我父親乃是閭丘亮，曾爲楚國上大夫之職，因見楚平公不道，棄職辭朝，在此江邊捕魚爲活。適值伍子胥逃難到於江邊，被追兵趕急。我父親深知子胥之冤，急渡過江，贈以酒飯。那子胥留下白金劍謝之，我父親再三不受，臨别之時，那子胥告曰"殘漿勿漏"。我父親言道："我有一子，乃是村廝兒，汝若得志呵，休忘了此子。"可憐我父親沉舟捨命，至今未葬。聞得子胥借起吳兵，打破楚國，將及鄭邦。如今張掛榜文，要尋一個退兵之策。我想來：我父親與他曾有大恩，我若揭了榜文，説知就裏，子胥必然收兵罷戰，可不得了這一場賞賜。待我揭了榜文者。（卒子報科，云）報，報，報！有一莊家後生揭了榜文也！（鄭子産云）着他過來。（卒子云）着你過去。（村廝見科）（子産云）兀那漢子，你有何計策，來揭這榜文？（村廝云）大人，小人雖然是個農夫,祇要送我去親見那伍子胥,自有退兵之計。(子產云)既如此,我就厚贈你些盤費⑦,去見那伍子胥,祇要退得兵時,必有加官賜賞。你小心在意者。(村廝云)就此辭別了大人,便索長行也⑧。(詩云)想父親爲甚捐生⑨,料伍相必肯收兵。(子產詩云)但保得鄭邦無恙,包還你爵賞非輕。(同下)(外扮吳王闔廬引卒子上,詩云)我父諸樊忒慕名,故將吳國讓延陵⑩。若使王僚知此意,魚腸何必送殘生⑪。某乃吳王闔廬名姬光者是也,祇因楚國費無忌讒佞,將伍奢、伍尚並三百口家屬皆無罪而死,又差費得雄去樊城賺那伍子胥,要待一並殺害〔二〕。却被子胥私出樊城,投於俺國,借兵十萬,前去伐楚,兩陣之間,活拿了費無忌,奏凱而回⑫。子胥道:走樊城之時,有兩個賢人,一個浣紗女,一個漁父闐丘亮。浣紗女有他母親浣婆婆,闐丘亮有一子村廝兒,要捨自己的封賞,與他兩個人,豈不是個報恩報讎豪俠的勾當。令人,與我請將羋勝來者!(卒子云)羋勝公子安在?(羋勝上,詩云)當初去楚尚嬰孩,伍相懷中抱得來。可奈昭公攘我位⑬,至今笑臉不曾開。某乃楚公子羋勝是也,祇因祖父平王無道,聽信費無忌讒言,將伍奢、伍尚一家殺盡還不稱意,又差他兒子費得雄去賺伍子胥入朝。是我父羋建得知,將某抱在懷中,馳至樊城,説知就裏,子胥纔得逃命而走。從鄭到此,多虧吳王借起大兵,生擒了費無忌,得勝回還。如今吳王呼唤,須索走一遭去。令人報復,道有羋勝來了也!(卒子報科,云)喏!報的大王得知,有公子羋勝到!(吳王云)着他過來!(卒子云)着過去!(羋勝見科云)多蒙大王借兵,得報讎恨,羋勝死生難忘!(吳王云)公子,你家的事就和寡人一般,你須是平王的冢孫⑭。這位該是你的,今昭公强佔不還,使你失國⑮,寡人何功之有?令人,請將伍子胥來者!(卒子云)子胥安在?(正末同鱄諸上云)某乃伍員,這是鱄諸,如今生擒費無忌,班師歸國⑯,見吳王去來!想我背楚投吳,豈意有今日也呵!(唱)

【雙調·新水令】困紅塵十載受驅勞⑰,常記得走樊城那時年少,雖不能千金酬節俠⑱,我也曾四海結英豪。投至得末尾三稍⑲,不覺的頭上老來到。

(云)令人,報復去,道有伍員、鱄諸來了也!(卒子報科云)伍子胥到!(吳王云)道有請。(卒子云)請進見!(二將見科)(吳王云)伍相國,想你自走樊城,來到俺丹陽縣,吹簫度日,過了十八年光景。如今得先擒費無忌,親鞭楚平王屍,報了父兄之讎,却也不枉了。(正末云)皆托大王之德、副將鱄諸之能,容伍員異時別圖報效。(芈勝云)若不是老相國雄材大略,和鱄諸敢勇當先,豈有今日?(鱄諸云)小將因人成事⑳,何足道哉?(正末唱)

【駐馬聽】想着俺蓋世雄驍,函谷關前看鬥寶㉑,祇爲一時窮暴㉒,却教俺丹陽市上學吹簫。誰承望凌煙閣重把姓名標㉓,兀的個殺人場還許冤讎報。幾回家暗窨約㉔,則我這鬢邊白髮添多少。

(吳王云)如今費無忌在哪裏?(正末云)見拿在轅門首㉕。(吳王云)拿將過來!(卒子拿費無忌見科)(吳王云)你一生讒佞,將伍奢父子滿門家屬無罪而死,今日擒來,有何理説?(費無忌云)是我殺了他一家三百口,他今日祇殺的我一個,又是個沒用的老頭兒,有什麼本事?(吳王云)令人!與我推出轅門,梟首示衆㉖!(殺費無忌科)(下)(吳王云)伍相國,你説那兩個賢士家屬今在何處?(正末云)伍員已差人取將來了也。(吳王云)令人,與我唤將過來!(卒子云)兩個賢士家屬安在?(卜兒扮浣婆婆上,云)老身浣婆婆的便是,自從我女孩兒在江邊浣紗,遇着伍子胥將軍,抱石投江而死,如今差人接取老身來到這裏,既蒙呼唤,便當進見。(見科)(吳王云)十八年前,伍相國避難經過瀨上,多虧了你女孩兒一飯之恩。寡人未聞其詳,請相國試説一遍與我聽咱。(正末唱)

【雁兒落】想當日躍金鞍把性命逃,我也曾解鐵甲將王孫抱。不騰騰死衝開荆棘叢㉗,急煎煎苦奔走風塵道㉘。

【得勝令】害的這小使長好心焦㉙,撞見那年少的女多嬌。他提着一罐兒漿和粥,天賜俺兩人來醉又飽。(浣婆婆云)俺女孩兒為着將軍,情願捨了性命,抱石投江,死的好苦也!(正末唱)眼看着波濤,他抱石塊和身跳,似這等功勞,我待建祠堂做香火燒。

(吳王云)那浣婆婆且一壁有者㉚。村厮兒安在?(村厮上云)自家村厮兒,蒙鄭國子產厚贈,送我入吳,不想行至中途,適值伍子胥盟府也差人來接我,今日呼喚,須索過去見來。令人,報復去,道有村厮兒在於門首。(卒子報科云)村厮兒到!(吳王云)着過來。(村厮見科)(吳王云)你見了伍相國。(村厮做見科,云)支揖。(正末云)令人,傳令出去,快與我點齊軍馬者!(村厮云)你今領兵何往?(正末云)我如今要統大勢雄兵,征伐鄭國去也!(村厮云)且住!(詞云)聽小人從頭說破,想是你也曉的其詳。我父親捕魚為業,適遇伍盟府逃難離鄉。那盟府有倉惶狀態,我父親就發惻隱衷腸㉛。連忙的請他下馬,上船來渡過長江。又見他腹中飢餓,權避在蘆葦邊傍。雖然是濁醪粗飯㉜,却也有蝦菜魚湯。將白金劍再三留贈,我父親祇不承當。多咱被追兵趕逼,臨別時甚是慌張。叮嚀道殘漿勿漏,可不是把我父提防〔三〕。要着他放心前去,則除非自刎身亡。我父親其時便說,有一子是個村厮憨郎㉝。久已後你須得地㉞,略把眼照覷休忘㉟。到今日鄭邦甚急,惟恐你要動刀槍。問小人退兵之計,我道到吳國自有商量。常聞得蒙點水尚且仰泉思報㊱,何况我父親將草命替你遮藏㊲。我說兀的做甚,祇為平公太不仁,專聽讒佞害忠臣。當日投吳將雪恨,今朝伐鄭有何嗔㊳?雄材豈必夸長勝,上策須知貴恤鄰㊴。若得收兵無事日,俺父親呵便從泉下亦霑恩。(吳王云)這樁事再請相國試說一遍,與寡人聽者。(正末唱)

【甜水令】想當日為避追兵,忙離瀨上,奔來江表㊵,煙水隔迢遙。幸遇漁翁將咱濟渡,別無推調,元來他也是個遁世的由巢㊶。

【折桂令】[四]他待要把酒論交,覷的我千金劍贈祂當做一片塵飄。俺本爲銜着冤讎,思圖報復,受盡煎熬。祂要他休泄漏俺這萍根浪脚㊷,哪知道反斷送他雪鬢霜毛。空餘下波浪滔滔,蘆荻蕭蕭。至今的回首東風,尚忍不住泪點雙拋。

（吳王云）這等説起來,你也多虧了那漁父閭丘亮。今日這村廝兒特來與鄭國討饒,相國可看閭丘亮面上,不去伐鄭國也罷了。（正末唱）

【月上海棠】若提起驛亭那日多姦狡㊸,他倒要替楚除根絶禍苗。不是我命兒高㊹,怕不的着他所料㊺。我便身亡了這心頭還着惱。

【么篇】我如今指揮軍將親征伐,拿住公孫活開剥。（村廝云）伍老爺,你祗饒了他罷!（正末唱）若要我耽饒㊻,祗除是東方日落。（村廝云）你早忘了我家老子,這等情薄!（正末唱）非情薄,這的是一冤還一報。

（村廝云）伍老爺,你畢竟不肯退兵㊼,罷,罷,罷!一發借那把白金劍與我㊽,也勒死了,好與我家老子做一塔兒埋葬㊾!（正末云）且住!那漁父的大恩尚未曾報得,怎好着你村廝兒又爲我而死。令人,傳下令去,將伐鄭的軍馬暫收回者!（唱）

【喬牌兒】我祗怕大恩人没下稍㊿,怎當這村廝兒又哀告。（帶云）村廝兒,你去對那公孫僑老匹夫説,（唱）着他把降書早早來投到,我纔把軍兵收轉着。

（村廝云）這個俺就去,索是謝了將軍也。（浣婆婆云）祗我那女孩兒死了,我兒子伴哥年紀又小,如今閃的我老身無依無靠�,着誰人養贍我來?兀的不好苦也!（做悲科）（正末云）你那婆子休哭,祗你那下半世衣飯,都是我養贍着,你再也不必憂慮。（唱）

【清江引】這紅顏因甚不自保,閃的你無依無靠。他爲我顯的十分忠,我爲他也盡些兒孝,直着你豐衣足食快活到老。

（浣婆婆云）這等索是謝了將軍也。（吳王云）一行人都跪下者,聽寡人的命。(詞云)楚平公聽信費無忌,任忠良一旦全家斃。伍子胥單騎走樊城,携芈勝千里投吳地。在中途遇着兩賢人,赴江心誓死無迴避。丹陽市生計托吹簫,說鱄諸共吐虹霓氣㊿。借軍兵破楚凱歌回,殺姦臣親把冤魂祭。芈公子事定送還都,鱄將軍爵賞應如例。浣婆婆給養盡終身,村厮兒救鄭功非細。報恩讎從此快平生,堪留作千古英雄記。(衆謝恩科)(正末唱)

【收尾】〔五〕一生心事神天表㊼,早將他恩讎報了。越顯得那兩個救忠良甘捨命的世間稀,這一個展英雄能爲國的可也衆中少。(同下〔六〕)

　　題目㊾　　繼浣紗漁翁伏劍
　　正名　　說鱄諸伍員吹簫

【注釋】

① 各霸其主　即各使自己的君主稱霸於諸侯。

② 一飯不忘、片言必報　指在困頓時受別人一頓飯或一句話的恩德都銘心不忘,定要報答。《史記·淮陰侯列傳》中有:"信釣於城下,諸母漂,有一母見信飢,飯信,竟漂數十日。信喜,謂漂母曰:'吾必有以重報母。'母怒曰:'大丈夫不能自食,吾哀王孫而進食,豈望報乎?'……信至國,召所從食漂母,賜千金。"

③ 張掛　即張貼榜文。

④ 小校　宋元時俗語,指兵士。《五侯宴》第五折中有:"兀的吊着的不是我奶奶?小校,快解了繩子,扶將來。"

⑤ 棹(zhào)　划船的工具。

⑥ 千尋　形容極高。尋,古代長度單位,八尺爲一尋。

⑦ 盤費　即路費。

⑧ 長行　意爲登程、上路。《謝天香》第一折中有:"兄弟酒夠了也,辭了哥哥,便索長行。"

⑨ 捐生　捨棄性命。

⑩ 我父諸樊忒慕名,故將吳國讓延陵　意爲:我父親諸樊太慕虛名了,所以纔要把吳國的王位讓與季札。此是吳王闔廬語。闔廬,名光,諸樊是其父,曾爲吳王。延陵,是季札的封地。這裏以封地之名代人。季札是諸樊之弟,吳王壽夢之子,季札

賢能，吳王壽夢欲立之，季札不從，於是乃立長子諸樊，諸樊即位，料理完父親的喪事後，要將王位讓於季札，季札亦不從。後季札封於延陵（今江蘇武進縣），稱爲延陵季子，故有"將吳國讓延陵"之説。

⑪ 若使王僚知此意，魚腸何必送殘生　意爲：如果王僚知道我（闔廬）要害他，哪能被魚腹中所藏的尖刀殺死呢？王僚，吳王餘眛之子。吳王壽夢有四子，即諸樊、餘祭、餘眛、季札。壽夢卒，諸樊即位；諸樊卒，餘祭即位；餘祭卒，餘眛即位；餘眛卒，其子僚即位。王僚即位後，諸樊之子公子光，即闔廬以其爲長房長孫，當即王位，便設謀刺殺王僚，適楚伍子胥奔吳，將刺客鱄諸推薦於光。僚十二年，光具酒食請僚，鱄諸將匕首藏於魚腹中，乘進獻時刺王僚立死，故云魚腸送殘生。魚腸，劍名。

⑫ 奏凱而回　奏凱歌而回。凱，軍隊得勝所奏的樂曲。

⑬ 可奈　宋元時俗語，意即怎奈、可恨。《水滸傳》第五回中有："可奈這個和尚要打我們。"　攘　竊取、奪取。

⑭ 冢孫　嫡長孫。

⑮ 失國　失去國家。古代國家爲王者所有，失去王位則失去國家，故云。

⑯ 班師　指軍隊出征歸來。

⑰ 紅塵　鬧市中的囂塵。這裏引申指民間。　驅勞　即驅馳勞苦。

⑱ 節俠　有節操、俠義的人。

⑲ 投至得　宋元時俗語，意爲等到、及至。《圯橋進履》第三折中有："當日西取咸陽，驅兵領將，投至得今日爲官，非同容易也！"　末尾三稍　宋元時俗語，意爲歸宿、結果。《灰闌記》第二折中有："我則道嫁良人十成九穩，今日個越不見末尾三梢。"

⑳ 因人成事　依賴別人的力量取得成果。因，依靠，憑藉。《史記·平原君虞卿列傳》中有云："公等碌碌，所謂因人成事者。"

㉑ 函谷關　關隘名，在今河南靈寶東北，戰國時秦置，因處在谷中，深險如函而得名。

㉒ 窮暴　意爲貧困。《緋衣夢》第一折中有："休將人取次看，今日個窮暴了也是無奈間。"

㉓ 承望　即期望。　凌煙閣重把姓名標　在凌煙閣上重題姓名。凌煙閣，唐代建築，帝王於其中壁上描畫功臣形象，題其姓名，以表揚其功績。《新唐書》卷二《太宗紀》中云："二月己亥，慮囚。戊申，圖功臣於凌煙閣。"此句在這裏意指重新建立功勛。

㉔ 幾回家　宋元時俗語，意爲幾次、幾番。《竹葉舟》楔子中有云："因此上甘流落在風塵，我可也幾回家暗哂，則是個無面目見鄉人。"　窨（yìn）約　宋元時俗語，意爲思量、忖度。董解元《西廂記》卷六中有："相國夫人自窨約：是則是這冤家沒彈剥，陡恁地精神偏出跳，轉添嬌，渾不似舊時了。"

㉕ 轅門首　即轅門外。轅門，古代帝王巡狩田獵，止宿在險阻的地方，用車子作爲屏藩。出入之處，仰起兩輛車子，使兩車的轅相向交接，成一半圓形的門，故稱轅門。後來軍隊駐紮野外也用此法，其門亦稱轅門。

㉖ 梟（xiāo）首　斬首高懸以示衆。

㉗ 不騰騰　象聲詞，形容物體碰撞的聲音。

㉘ 急煎煎　宋元時俗語，意爲急急忙忙。《合汗衫》第二折中有："衹待要急煎煎挾橐携囊，穩拍拍乘舟騙馬。"

㉙ 使長　元代奴僕對主人的稱呼。《墻頭馬上》第二折中有："常言道：一歲使長百歲奴。"

㉚ 一壁有者　宋元時俗語，猶曰站到一旁。《隔江鬥智》第一折中有："您二將且一壁有者！"

㉛ 惻隱　對受苦難的人表示同情。

㉜ 濁醪（láo）　即濁酒。

㉝ 村廝憨郎　意爲呆子、傻瓜。這裏用以對小孩的愛稱，猶云阿猫、阿狗。村廝，宋元時俗語，意指愚笨、粗魯的傢夥。董解元《西廂記》卷八中有："歡喜煞這兩個也，干撞殺鄭恒那村廝。"

㉞ 得地　宋元時俗語，意爲發迹、由微賤而顯達。《馬陵道》楔子中有："龐涓久後得地呵，此人是個短見薄識、絶恩絶義的人。"

㉟ 照覷　宋元時俗語，意爲照看、照料、照顧。《鐵拐李》第二折中有："你嫂嫂年紀小，孩兒嬌痴，你勤勤的照覷。"

㊱ 蒙點水尚且仰泉思報　比喻危難時刻受人很小的恩德，以後必加倍還報。蒙，受。仰，舉。《說文》中云："仰，舉也。從人從卬。"

㊲ 草命　猶言小命、賤命，多爲自謙之詞。

㊳ 嗔　怒、惱怒。

㊴ 恤　周濟、體恤。

㊵ 江表　猶言江外。表，外、外面，如表裏河山。

㊶ 推調　宋元時俗語，意爲推辭。《梧桐葉》第三折中有："見狀元高點玉鞭梢，似躊躇待接不抛。既然他有意來推調，又索剗打那吏豪。"　遁世的由巢　避世的許由和巢父。許由和巢父相傳是唐堯時人，隱居不仕。

㊷ 萍根浪脚　猶言飄忽不定的蹤迹。

㊸ 姦狡　姦詐狡猾。

㊹ 命兒高　猶言命大。

㊺ 着他所料　猶言被他暗算。所料，宋元時俗語，意爲謀害、暗害。

㊻ 耽饒　饒恕、寬容。《薦福碑》第二折中有："俺兩個一時本是知心友，不想道

半路裏番爲刎頸交,他怎肯將我耽饒?"

㊼ 畢竟　猶言一定、到底。

㊽ 一發　宋元時俗語,意爲乾脆、索性。《圮橋進履》第一折中有:"張良,我觀你容顏,你異日必然拜將封侯也。我一發指引與你立身之事:別處難以安存,直到下邳城去。"

㊾ 一塔兒　宋元時俗語,意爲一處、一起。張養浩《雁兒落兼清江引》曲中有:"綽然一亭塵世表,不許俗人到。四面桑麻深,一帶雲山妙,這一塔兒快活直到老。"

㊿ 没下稍　宋元時俗語,意爲没有結局,没有好下場。《敬德不伏老》第一折中有:"覷了我往日功勞到今日没半分,常言道好事没下稍,祇我枉出氣力的功臣。"

㉛ 閃的　猶言抛棄、抛撒。《雲窗夢》第二折中有:"近新來添了眉尖恨,閃的我人遠天涯近。"

㉜ 虹霓氣　吐氣可成虹霓,比喻凌雲壯志。虹霓,即彩虹。相傳虹有雄雌之别,色鮮盛者爲雄,色暗淡者爲雌。雄曰虹,雌曰霓,合稱虹霓。曹植《七啓》中有:"揮袂則九野生風,慷慨則氣成虹蜺。"

㉝ 神天表　即神天可表,亦猶神天可鑒。

㉞ 題目　正名　戲曲術語。元雜劇演出結束,往往用兩句或四句韵語來概括全劇主要情節,而末句的最後幾個字也就是這個戲的劇名,這幾句韵語就叫做題目正名。題目正名在戲曲演出時有兩個作用,一是作宣傳廣告,演出時把題目正名寫成戲招子(相當於現在的海報)張貼,或由藝人在勾欄門前吆喝介紹,以招徠觀衆。二是在正式演出前向觀衆介紹劇情,或列出題目正名讓觀衆點戲。雜劇劇本刻印成書時,題目正名或放在劇本之前,或放在劇本之後,隨刊本而不同,文字簡詳也不一致,名稱也時分時合,或統稱題目正名,或分寫正目、題目或正名。

【校記】

〔一〕長檠短棹　"檠",臧本作"江",誤,改之。

〔二〕要待　臧本作"要得","得"誤,改之。

〔三〕提防　"提",臧本作"隄"(即"堤"),誤,改之。

〔四〕〔折桂令〕曲　曲文七句"哪知道反斷送他雪鬢霜毛","反",臧本原作"翻",誤,改之。

〔五〕〔收尾〕曲　曲牌名"收尾",臧本作"隨尾",據《太和正音譜》,"隨尾"是"收尾"之誤,改之。

〔六〕同下　臧本原無此二字,據元雜劇劇本之慣例補出。

月明和尚度柳翠雜劇①〔一〕

楔　子

（老旦扮觀音領小末扮善財上②〔二〕，詩云〔三〕）寶座巍巍法力強③，慈悲極樂住西方④。慧眼纔開能救苦⑤，眉間放出白毫光⑥。吾乃南海洛伽山觀世音菩薩⑦〔四〕，這一個是童子善財，累劫修行⑧，纔離苦海⑨，祇爲慈悲心重⑩，遍遊人間，廣說因緣⑪，普救苦難〔五〕。闡明佛法〔六〕，天花天樂常臨⑫〔七〕，濟度衆生，凡惱凡緣盡滅⑬〔八〕。以此蓮花座上⑭，號曰觀音；祇樹林中⑮，稱爲菩薩，這也不在話下〔九〕。且說我那净瓶內楊柳枝葉上偶汗微塵⑯〔一〇〕，罰往人世，打一遭輪迴⑰，在杭州抱鑒營街積妓墻下〔一一〕，化作風塵匪妓⑱，名爲柳翠〔一二〕，直等三十年之後，填滿宿債⑲，那時着第十六尊羅漢月明尊者⑳〔一三〕，直至人間，點化柳翠㉑，返本還元㉒，同登佛會。（詩云〔一四〕）祇爲一點塵汗惹禍灾，降臨凡世罪應該，直待月明點化歸清净，恁時同共見如來〔一五〕。（下）（搽旦卜兒同旦兒扮柳翠上㉓〔一六〕）（詩云〔一七〕）教你當家不當家，及至當家亂如麻〔一八〕。早晨起來七件事〔一九〕，柴米油鹽醬醋茶。俺是這抱鑒營街積妓墻下住坐㉔，老身姓張，夫主姓柳㉕，亡化過了十年也㉖〔二〇〕。我有這個女孩兒，叫做柳翠〔二一〕，不要說他容顔窈窕，且祇道他心性聰明〔二二〕，拆白道字㉗〔二三〕，頂針續麻㉘，談笑詼諧，吹彈歌舞，無不精通，盡皆妙解，現做上廳行首㉙〔二四〕。在城有一個牛員外，與俺柳翠做伴〔二五〕。今年是老柳十週年，請十衆僧做好事㉚。柳翠，你門首覷者〔二六〕，牛員外這早晚敢待來也。（净扮牛員外上，詩云〔二七〕）舉止雖然多俗態，説着風流偏酷愛。世人祇識有錢牛，渾名叫做牛員外〔二八〕。小可杭州人氏㉛〔二九〕，姓牛名璘，頗有些錢鈔，人皆員外呼之〔三〇〕。在城有一妓者柳翠，與俺兩個作伴多年〔三一〕，明日是柳大姐父親的十週年〔三二〕，要做好事，不免送些盤纏與大姐使去㉜〔三三〕。此間是他門首，不必報復，徑自入去〔三四〕。（做見科〔三五〕）奶奶，喏！大姐，喏〔三六〕！我牛璘索錢去來，到的遲了〔三七〕，大姐休怪。（卜兒云〔三八〕）員外，我要些盤纏與老柳做十週年。（牛員外云〔三九〕）奶奶，牛璘無甚麽孝順，祇有這一千貫鈔，與大姐權做經錢〔四〇〕。（旦兒云〔四一〕）員外，這盡勾了也㉝〔四二〕。（卜兒云）下次小的每㉞，安排下齋食㉟〔四三〕，我自去蒿亭山顯孝寺請僧衆走一遭去也〔四四〕。（下）（牛員外云）大姐，我有幾主錢未曾清楚㊱，我還要索去，待明日再來。（旦兒云）員外，你明日早些兒來，與我拜佛。（牛員外詩云）明朝是汝父週年，自當來烈紙焚錢。（旦兒云）莫待我差人相請，一條繩把鼻子來牽。（牛員外云）你又來取笑。（同下）〔四五〕（長老領净行者上，詩云㊲〔四六〕）積水養魚終不釣，深山放鹿願長生。掃地恐傷螻蟻命，爲惜飛蛾紙罩燈〔四七〕。貧僧是這蒿亭山顯孝寺住持長老㊳，這山下有一施主人家是柳媽媽，因他夫主亡化，年年做齋，今年是十週年了，行者，山門首看去㊴〔四八〕，那柳媽媽必然來請看經也〔四九〕。（行者云〔五〇〕）師父，徒弟這兩日正想豆腐麵筋喫哩〔五一〕。（卜兒上云）行者，你師父在麽〔五二〕？（行者云）真個來了〔五三〕。師父在方丈中打坐㊵〔五四〕，你自過去。（卜兒做見科，云〔五五〕）師父，今年是老柳十週年，請十衆僧做好事。（長老云〔五六〕）貧僧已知，你先回去，十衆僧隨後便來也〔五七〕。（卜兒云）師父早些兒來，我先回去也。（下）（長老云）行者，俺這寺中哪裏取十衆僧來〔五八〕？（行者云）師父，待我掐指頭數一數[五九]。師父,你一個,我一個,首座[六〇]、藏主、藏頭、會朗、會明、法聰、法廣,祇得九個[六一]。(長老云)還少一個怎了[六二]?(行者云)哦,有了,有了,香積厨下燒火的那腌臢和尚也當一個㊶。(長老云)則怕不中㊷[六三]。(行者云)有甚麼不中[六四],又不要他看經,則把來凑數兒罷了[六五]。(長老云)你叫他來。(行者云)香積厨下兀那瘋和尚,你來!你來[六六]!(正末扮月明和尚挑月兒上云[六七])來也,來也!(偈云㊸[六八])祖上非爲和尚,法名本是月明。見我何曾識我,有聲畢竟無聲[六九]。(行者云)你看這和尚又醉了也[七〇]。(正末笑科,偈云[七一])好個醉和尚,人間非有相㊹。參禪祖一宗㊺,傳教尊三藏㊻。處世有機權㊼,脫身改模樣。心地甚分明,月在垂楊上。咄[七二]!臨了兩句怎生道㊽?蘆花兩岸雪,煙水一江秋。)(唱[七三])

【仙呂‧賞花時】[七四]這月明曾碾破銀河萬里空,這和尚曾擊響金陵半夜鐘,端的個洗碧落露華濃㊾。(行者云)你這和尚,瘋張瘋勢,説謊調皮,沒些兒至誠的。(正末唱)也不是我脱空賣弄㊿,(行者云)正是個瘋魔和尚,挑着這個,不知是甚麼東西,恰似個燒餅的幌子㉛,你家又不賣餅,要他怎的,不如打破了罷。(做打破科)(正末唱)呀呀呀,則一拳打破了廣寒官㉜。

【幺篇】[七五]早不見桂子香飄八月風㉝,(行者云)八月風,臘月雪,凍的要不的。(正末云)你休笑我。(唱)這的是蟾影光磨百煉銅㉞,這月曾照興廢古今同,你則看那北邙山的故冢㉟。(行者云)你這個和尚,則要喫酒喫肉,真是濫僧。(正末云)誰是真僧,誰是濫僧?(行者云)我是真僧,你是濫僧。(正末云)誰是真僧,誰是濫僧?(行者云)你是真僧,我是濫僧。吓!可顛倒了。(正末云)你和我爭甚麼人我?那楚家的陵丘,漢家的墓冢,都在哪裏也呵?你試覷波,(唱)都一般瀟灑月明中。(下)

(長老云)行者,收拾法器㊱,下山看經去來。(詩云[七六])本寺師徒十衆僧,特來相請念金經。柳翠虔誠做好事,墜落天花朵

朵生。（同下）

【注釋】

① 度　佛教術語，猶度脱，超度。佛教將人生及世間比作苦海，使人脱離塵世，成佛昇天，稱之爲度。

② 老旦　元雜劇角色名稱，在劇中所扮老年女性。　觀音　菩薩名，本稱觀世音，唐時因避太宗李世民之諱，稱觀音，與大勢至菩薩共侍阿彌陀如來，推行教化。《法華經》七《觀世音菩薩普門品》二五中有："若有無量百千萬億衆生受苦惱，聞是觀世音菩薩，一心稱名，觀世音菩薩即時觀其音聲，皆得解脱。"故名觀世音。　小末　元雜劇角色名稱，屬末類演員中的一種，在劇中扮演少年男子。　善財　佛教傳入中國後，根據民間傳説和神話故事而被納入佛教體系的人物，爲觀音菩薩的侍者。《西遊記》第四十一、第四十二兩回中寫牛魔王之子紅孩兒，在號山枯松澗火雲洞興妖作怪，被觀音擒住，摩頂受戒，做了善財童子。

③ 法力　佛教術語，指佛法的力量。

④ 慈悲極樂　指佛土、佛國。慈悲，佛門以慈悲爲懷，普度衆生，拯救苦難。極樂，佛土名，阿彌陀佛之國土，又稱作安樂、無量淨土、無量光明土、無量壽佛土等。

⑤ 慧眼　佛教術語。佛教中按修行禪悟程度不同分爲五眼，即一肉眼、二天眼、三慧眼、四法眼、五佛眼。《大乘義章》中有："言慧眼者，觀達名慧，慧能照矚，故名慧眼"；"法眼瞭見一切法相，慧眼瞭見破相空理及見真空。"

⑥ 白毫光　佛教術語，如來三十二相之一，世尊眉間有白色之毫相，右旋宛轉，如日正中，放之則有光明，初生時長五尺，成道時有一丈五尺，名曰白毫相。

⑦ 洛伽山　普陀洛伽山之簡稱。普陀山，地名，在今浙江東北部海中，中國佛教聖地，供奉觀音菩薩，與五臺山、九華山、峨眉山合稱中國佛教四大名山。　菩薩　佛教名詞，原爲釋迦牟尼修行尚未成佛時的稱號，後廣泛用作對大乘思想的實行者的稱呼。一般對崇拜的神像，也稱爲菩薩。

⑧ 累劫修行　經過長期修行。劫，佛教術語，時間單位。對此佛教經典解釋不一，有的謂夜，有的謂晝，有的謂月，有的謂時，有的謂年。

⑨ 苦海　佛教把人世稱爲苦海。

⑩ 慈悲心　佛門以慈悲爲懷，普度衆生，故云。

⑪ 因緣　佛教名詞，常以事物相互間的關係來説明它們産生和變化的現象。其中作爲事物産生或消滅的主要條件稱爲因，輔助條件叫作緣。

⑫ 天花天樂　天上之妙花和天人的伎樂。天花，佛教用語，指天上美麗的花朵，人間之花如天上之花者亦稱天花。天樂，即天人之伎樂。

⑬ 凡惱凡緣　即凡人之煩惱，凡世之因緣。

⑭ 蓮花座　佛教術語，即佛座。

⑮ 祇樹林　印度佛教聖地之一，祇陀太子供養樹林之處。

⑯ 净瓶　佛教名詞，净瓶貯水，隨身携帶以净手。

⑰ 輪迴　佛教術語，原意爲流轉。佛教認爲衆生各依其所作善惡業因，一直在六道（天、人、阿修羅、地獄、餓鬼、畜生）中生死相繼，循環往復，如車輪旋轉不停，亦稱六道輪迴。

⑱ 風塵匪妓　即妓女。

⑲ 宿債　佛教術語，指宿昔所欠之債，亦即過去所犯的罪孽。

⑳ 羅漢　佛教術語，阿羅漢之略稱，小乘佛教所理想的最高果位。　尊者　佛教術語，羅漢之尊稱。

㉑ 點化　佛教術語，指用語言、方術啓發使人悟性變化。

㉒ 返本還元　即歸其本性，還其本來面目。

㉓ 搽旦　元雜劇角色名稱，在劇中扮演女性人物，屬旦角演員之一種，以扮演反面人物爲常見。

㉔ 住坐　宋元時俗語，意爲居住。《千里獨行》第二折中有："我和二叔叔一宅分兩院，俺在這宜陽宅住坐。"

㉕ 夫主　宋元時口語中，對丈夫的稱謂。

㉖ 亡化　死亡、故去。《王粲登樓》第二折中有："不想老母亡化，小生學業因此荒廢。"

㉗ 拆白道字　把字體分拆以表意的一種文字遊戲。《西廂記》第五本第三折中有："（净云）'這小妮子省得甚麼拆白道字，你拆與我聽。'（紅唱）'君瑞是個肖字這壁着個立人，你是個木寸馬户尸巾。'（净云）'木寸馬户尸巾，你道我是個村驢屌（屄）。'"

㉘ 頂針續麻　古時酒令、詩詞、曲中的一種修辭方式，前句末字與後句首字相同，多見於歌曲。喬吉散曲《一枝花·雜情》中有："肩廝挨着曲和琵琶，尋題目頂針續麻。"

㉙ 上廳行（háng）首　宋元時承應官府參拜、歌舞之色藝出衆的官妓，一般排在行列之首。後亦以通稱名妓。上廳，即官廳。行首，某行業之最佳者。《謝天香》楔子中有云："小生姓柳名永，字耆卿，乃錢塘郡人也。平生以花酒爲念，好上花臺作子弟，不想遊學到此處，與上廳行首謝天香作伴。"

㉚ 做好事　指爲死者請僧念經，以超度亡靈。《西廂記》第一本第二折中有："前日長老將錢去與老相公做好事，不見來回話。道與紅娘，傳著我的言語，去問長老，幾時好與老相公做好事。"

㉛ 小可　用於自稱的謙詞。《兒女團圓》第二折中有："小可是這新莊店人氏，

姓俞名循禮。”

㉜ 盤纏　即錢鈔、費用。

㉝ 盡勾了　即完全够了。勾，够。

㉞ 下次小的每　指下面的僕役。《兒女團圓》第二折中有：“城中有幾主錢鈔，下次小的每取不將來，我如今自要親身的去。”

㉟ 齋食　僧人喫的素餐。

㊱ 幾主錢　即幾筆錢。主，宋元時語，指錢財的一筆、一宗。《勘頭巾》第一折中有：“這城裏城外，放着幾主兒錢鈔，今早索錢去了。”

㊲ 長老　佛教用語，指住持之僧。　行者　佛教用語，指方丈之侍者。

㊳ 住持　佛教用語，指一寺之主僧。

㊴ 山門　佛寺之大門，亦即三門。

㊵ 方丈　佛教用語，原指一寺中住持的住所，後由此引申指住持。　打坐　佛教用語。瞑目趺坐，僧人修行的一種方法。

㊶ 香積厨　佛教用語，香積香厨之略，指僧家的食厨。　腌臢（ān zān）　骯髒，不潔净。

㊷ 則怕不中　恐怕不行。

㊸ 偈（jì）　佛教用語，意爲“頌”，就是佛經中的唱詞。

㊹ 相　佛教用語，指一切事物的外現的形象。

㊺ 參禪　佛教用語，佛教禪宗的修行方法。習禪者爲求開悟，向各處禪師參學。《證道歌》曰：“尋師訪道爲參禪。”

㊻ 三藏　佛教經典的總稱。

㊼ 機權　猶言機謀。

㊽ 臨了　最後、末尾。《剪髮待賓》第三折中有：“如今陶侃家中請客喫酒，俺兩個到那裏，與他遞酒搬湯擡桌兒，臨了咱兩個務要喫個醉。”　怎生　如何、怎樣。《劉知遠諸宫調》第十一出中有：“俺兩人怎生惿持過，不免得向前門他。”

㊾ 端的　宋元時俗語，意爲真的、果然。《王粲登樓》第三折中有：“左有鹿門山，右有金沙泉，前對清風霽嶺，後靠明月雲峰，端的是玩之不足。”　碧落　即天空，道家稱天界爲碧落。白居易《長恨歌》中有：“上窮碧落下黄泉，兩處茫茫皆不見。”

㊿ 脱空　宋元時俗語，意爲不老實、虚誑、僞詐。《宣和遺事》亨集中有：“朕語下爲敕，豈有浪舌天子脱空佛？”

51 幌子　古時店鋪用來招引顧客的布招。

52 廣寒宫　傳説月亮上有廣寒宫。這裏用以指代月亮。

53 桂子香飄　傳説月亮中有桂樹，這裏用以指代月亮。

㊾ 蟾影　傳説月亮中有蟾蜍，故以此指月亮。

㊿ 北邙山的故冢　北邙山，山名，也叫芒山、郟山、北山，在今河南洛陽市東北，漢魏以來，王侯公卿貴族多葬於此。故冢，即墳墓。

　法器　指僧人做佛事的引磬、木魚等打擊樂器。《西廂記》第一本第四折中有："今日二月十五日開啟，衆僧動法器者，請夫人小姐拈香。"

【校記】

〔一〕月明和尚度柳翠雜劇　孟本無"雜劇"二字。臧本、息本均不題作者，孟本題"元□□□著"。

〔二〕老旦扮觀音領小末扮善財上　息本、孟本均作"冲末扮佛領阿難迦葉上"。

〔三〕詩云　息本作"佛云"，孟本作"云"。

〔四〕"吾乃南海洛伽山觀世音菩薩"二句　息本、孟本均作"者僧乃釋迦文佛是也"。

〔五〕"累劫修行"六句　息本作"累劫修行，多般苦行，方得成佛。一生分處修相好，百億光成現慈悲"；孟本作"累劫修行，多般苦行，方得成佛。一生分處修相好，百億光成現此身"。

〔六〕闡明佛法　息本作"當來説法"；孟本作"當下説法"。

〔七〕天花天樂常臨　息本、孟本均作"天花天樂來臨"。

〔八〕"濟渡衆生"二句　息本作"凡世渡人，凡緣煩惱皆滅"；孟本作"凡世渡人，凡惱凡緣皆滅"。

〔九〕"以此蓮花座上"五句　息本、孟本均作"極樂相生，聞名睹現超三有，直證無爲禮四恩。衆生冤業似積薪，佛力輕微如火星。悉焚永盡，終日施爲。纔離苦海，暫登法界"。

〔一〇〕"且説"句　息本、孟本均作"因爲南海南洛伽山觀世音净瓶内一株楊柳，枝葉微衰，有思凡之念"。

〔一一〕"在杭州"句　息本、孟本均無"在"。

〔一二〕"化作風塵匪妓"二句　息本、孟本均作"三十年之後，填滿塵寰宿債"。

〔一三〕那時着　息本、孟本均作"可着"。

〔一四〕詩云　息本、孟本均無此二字。

〔一五〕"祇爲一點塵汙惹禍灾"四句　息本作"一念思凡惹禍灾，降臨塵世罪合該。月明點化風塵妓，恁時同共見如來"；孟本作"一念思凡惹禍灾，降臨塵世罪應該。月明點化風塵妓，恁時同共見如來"。

〔一六〕搽旦卜兒同旦兒扮柳翠上　息本作"卜兒同旦兒柳翠上"，孟本作"卜兒同旦兒扮柳翠上"。

〔一七〕詩云　息本作"卜兒云",孟本作"云"。

〔一八〕"教你當家不當家"二句　息本作"待當家來不當家,及自當家亂如麻";孟本作"待當家來不當家,反自當家亂如麻"。

〔一九〕早晨起來七件事　"早",孟本作"蚤",此情形後文中很多,概不再入校。

〔二〇〕亡化過了十年也　息本、孟本均無"了"字。

〔二一〕叫做柳翠　息本、孟本均作"是柳翠"。

〔二二〕"不要說他"二句　息本作"此女子極聰明";孟本作"不要說她容顏窈窕,祇道她心性聰明"。

〔二三〕拆白道字　"拆",臧本原作"折",誤,據息本、孟本及文意改之。

〔二四〕"談笑詼諧"五句　息本、孟本均作"談諧歌舞,無有不通。對三教,說的話。遇九流,聯的詩"。"詼",臧本原作"恢",誤,據文意改之。

〔二五〕"在城有一個牛員外"二句　"一個"息本、孟本均作"一人是",且均無"俺"字。

〔二六〕"柳翠"二句　息本、孟本均作"柳翠,門首看者"。

〔二七〕净扮牛員外上,詩云　息本、孟本均作"牛員外上云"。

〔二八〕"舉止雖然多俗態"四句　息本、孟本均作"耕牛無宿料,倉鼠有餘糧。萬事分已定,浮生空自忙"。

〔二九〕小可杭州人氏　"小可",息本作"小可人"。

〔三〇〕"姓牛名璘"三句　"錢鈔",息本、孟本均作"錢財"。

〔三一〕"在城有一妓者柳翠"二句　息本作"在城有一上廳行首,姓柳是柳翠,俺兩個作伴";孟本作"在城有一上廳'行首柳翠',與俺兩個作伴"。

〔三二〕明日是柳大姐父親的十週年　息本、孟本均無"柳"字。

〔三三〕不免送些盤纏與大姐使去　息本無"不免"二字。

〔三四〕"此間是他門首"三句　息本作"可早來到也,無人報復,我自過去"。孟本與息本略同,祇將"早"作"蚤"。

〔三五〕做見科　孟本作"入見云"。

〔三六〕"奶奶"四句　息本、孟本均將"奶奶"作"母親",且均無二"喏"字。

〔三七〕"我牛璘索錢去來"二句　息本、孟本均無"我",且均將"到"作"來"。

〔三八〕卜兒云　孟本無"云"字。此情形後文中很多,概不再入校。

〔三九〕牛員外云　孟本作"員外"。

〔四〇〕"奶奶"四句　息本作"母親,牛璘無甚麼,一千貫鈔,與大姐權作經錢";孟本作"母親,牛璘無甚麼孝順,有一千貫鈔,與大姐權作經錢"。

〔四一〕旦兒云　息本作"旦云"；孟本作"旦兒"。

〔四二〕這盡勾了也　息本、孟本均無"這"字。息本此句後還有"（牛員外云）大姐，我還有幾主錢未曾索哩，我索錢去也。每日奔馳祇爲錢，偎紅倚翠好姻緣。人生但得同歡愛，滿門焚香答上天。（下）"；孟本與息本略同，祇將"牛員外云"作"員外"。

〔四三〕安排下齋食　息本、孟本均將"齋食"作"茶湯"。

〔四四〕我自去蒿亭山顯孝寺請僧衆走一遭去也　息本、孟本於"僧衆"後均有一"那"字，句末均無"也"。

〔四五〕"牛員外云"十八句　息本作"（旦云）下次小的每，安排齋食。母親請師父去了，我且回房中去。（下）"；孟本與息本略同，祇將"旦云"作"旦兒"。

〔四六〕長老領净行者上，詩云　息本作"長老領净行者上，長老云"，孟本作"長老引净扮行者上云"。

〔四七〕爲惜飛蛾紙罩燈　息本、孟本均將"紙"作"紗"。

〔四八〕山門首看去　息本將"山門"作"三門"；"看去"，息本、孟本均作"看者"。

〔四九〕那柳媽媽必然來請看經也　息本、孟本均無"那"。

〔五〇〕行者云　息本作"净行者云"，孟本作"行者"。此情形後文中很多，概不再入校。

〔五一〕徒弟這兩日正想豆腐麵筋喫哩　息本、孟本於此句下均有"我門首覷者，則怕柳媽媽來請"。

〔五二〕"行者"二句　息本作"可早來到也。行者，你師父在那方丈中麽？"孟本與息本略同，祇將"早"作"蚤"。

〔五三〕真個來了　息本、孟本均作"恰纔說罷，真個來了"。

〔五四〕師父在方丈中打坐　息本、孟本均無"打坐"。

〔五五〕卜兒做見科　息本作"卜兒見科云"，孟本作"卜兒入見云"。

〔五六〕長老云　孟本作"長老"。此情形後文中很多，概不再入校。

〔五七〕十衆僧隨後便來也　息本、孟本均作"貧僧便來也"。

〔五八〕"行者"二句　息本、孟本均作"行者，請十衆僧，俺這寺中哪裏取十衆僧來"。

〔五九〕"師父"二句　息本作"我們這寺裏也沒有這十衆僧，我叫一叫"；孟本與息本略同，祇將"寺裏"作"寺中"。

〔六〇〕首座　息本作"有座"。

〔六一〕"法聰"三句　息本、孟本均作"會吞、會喫，也則九個"。

〔六二〕還少一個怎了　息本、孟本均作"行者則九衆，少一衆怎了"？

〔六三〕則怕不中　息本、孟本均作"中也不中"。

〔六四〕有甚麽不中　息本作"有甚麽不中麽"。

〔六五〕則把來湊數兒罷了　息本、孟本均將"湊"作"撞"。

〔六六〕"香積厨下"三句　息本、孟本均作"我喚他去，香積厨下兀那瘋和尚，你來，你來！""瘋"，三本均作"風"，"瘋""風"音同相假，據文意改過。後遇此情形，概不再入校。

〔六七〕正末扮月明和尚挑月兒上云　息本作"正末拿柳枝挑月兒上云"；孟本作"正末扮月明和尚拿柳枝挑月兒上云"。

〔六八〕偈云　息本、孟本均無此二字。

〔六九〕有聲畢竟無聲　息本、孟本均作"有聲還是無聲"。

〔七〇〕你看這和尚又醉了也　息本、孟本均無"你看"。

〔七一〕正末笑科，偈云　息本作"正末笑科云"，孟本作"正末笑云"。

〔七二〕"月在垂楊上"二句　息本無"咄"。

〔七三〕唱　息本、孟本均無此字。

〔七四〕〔仙呂·賞花時〕曲　曲文二句，息本、孟本均於"和尚"後有一"我"字。三句息本作"這月曾洗天地露華濃"；孟本同息本。行者插云"你這和尚"，息本作"你這個和尚"；"没些兒至誠的"，息本、孟本均無"的"。"正末唱"，息本無此三字，孟本作"末"。曲文四句，息本、孟本均作"你休笑我指空畫空"。行者插云語"似個燒餅的幌子"，"幌"，三本均作"晃"，據文意改之。"你家又不賣餅"，息本此句末有一"者"，衍文；"不如打破了罷"，息本作"不打破了罷，要做甚麼哪"。"正末唱"，息本無此三字，孟本作"末"。

〔七五〕〔幺篇〕曲　"幺"，孟本作"麽"。曲文首句，"早不見"，息本、孟本均作"不見了"。行者插云語"臘月雪"，息本於"臘月"後有一"裏"。"正末云"，息本作"末云"，孟本作"末"。"你休笑我"，息本、孟本均將"我"作"也"。曲文四句"你則看"，息本、孟本均作"你試看"。"正末云"，息本作"末云"，孟本作"末"。"我是真僧，你是濫僧"，息本、孟本於此句後均有"三科了"。"正末云"，息本作"末公"，"公"爲"云"之誤，孟本作"末"。"唱"，息本、孟本均無此字。曲文末句，息本於"瀟灑"後有一"這"字。

〔七六〕詩云　息本、孟本均無此二字。

第一折

（卜兒同旦柳翠上，云[一]）老身張氏[二]，今年是夫主老柳十週年，準備下齋食，衆師父每敢待來也[三]。（長老同衆行者上，詩云[四]）寂寞蕭條僧世界[五]，清虛冷淡佛家風。萬相現時空是色①[六]，一靈去後色還空②。貧僧乃顯孝寺住持的便是[七]。柳媽媽，老僧與衆僧都來了也。（卜兒云）師父，請家裏來。（旦兒云[八]）我請十衆僧，如何則九個，少了一個[九]？（行者云）便來也。兀那和尚，快來，快來[一〇]。（正末上，云[一一]）來也，來也！你叫我做甚麼？（行者云）我叫你做好事。（正末云）你幾曾做那好事來？我問你，那裏有酒麼？（行者云）人家做好事，哪得有酒[一二]？（正末云）有酒我便去，無酒我不去。（行者云）有酒，有酒[一三]。（正末云）那裏有肉麼？（行者云）我說道做好事，哪得肉來[一四]？（正末云）有肉我便去，無肉我不去。（行者云）有肉，有肉[一五]。（正末云）是誰家做好事？（行者云）是柳翠家。（正末云）哦，是那好女孩兒的柳翠麼[一六]？（行者笑科，云[一七]）你問他怎的？（正末云）是別人家我不去，是柳翠家我便去[一八]。（行者云）偏怎生他家你便去？（正末云）我若不去呵，怎生成就俺那姻緣大事？（行者云）正是瘋魔和尚[一九]。你和她成就姻緣，他怎生肯哩[二〇]？（正末云）你先行者，我隨後便來也。（背云[二一]）他那裏知道，貧僧乃是西天第十六尊羅漢月明尊者，因爲杭州抱鑒營街積妓牆下，有一風塵妓女柳翠[二二]，此女子本是如來法身③[二三]，恐怕她迷却正道④[二四]，特着貧僧引度此女子⑤，祇索走一遭去⑥[二五]。想初祖達摩西至東土⑦，不立文字，教外別傳⑧，直指人心，見性成佛。此個道理，你世上人怎生知道也呵[二六]！（唱）

【仙吕·點絳唇】[二七]自從五派禪分⑨，要知根本，西來信，則爲這懵懂禪昏⑩,我也曾扯住俺那達摩問。

【混江龍】[二八]直待要剖開混沌⑪,月爲精魄柳爲魂。一任着紛紛白眼⑫,管甚麼滾滾紅塵。恰纔個袖拂清風臨九陌⑬,又早是杖挑明月可便扣三門。則爲我這半生花酒爲檀信⑭,其實的倦貪名利,因此上不斷您這腥葷。

(云[二九])有人來問貧僧如何是佛,我説你説的便是[三〇];有人來問貧僧如何是道,我道你道的便是[三一]。(唱[三二])

【油葫蘆】[三三]我爲甚鑽出頭來百事滾⑮,是非場哎我也佔的穩。人笑我是瘋魔的和尚,就兒裏包含着醉乾坤⑯,則我這布囊陡覺青蚨盡⑰,都爲那酼醋旋波鵝黄嫩⑱。(云)世俗人没來由爭長競短⑲,你死我活,有呵喫些個,有呵穿些個,苦海無邊,回頭是岸。(唱)巡指間春又秋⑳,斬眼間晨又昏㉑,則被他韶華荏苒催雙鬢㉒,爭如我向閑處且潛身。

【天下樂】[三四]端的個自古宗風釋教尊㉓,我想這今人,誰能出世塵。我尋思來萬般皆下品,我則待向娑婆世界遊㉔,做蓮花國裏人㉕,這就是開方便不二門㉖。

(長老唱西方讚云㉗[三五])蓮池海會㉘,彌陀如來㉙,觀音勢至坐蓮臺。接引上金階,大誓弘開㉚,唯願離塵埃[三六]。(行者念云[三七])香雲蓋㉛,菩薩摩訶薩㉜[三八]。(連念三聲動法器科[三九])(旦兒云[四〇])十衆僧來了九衆[四一],還有一衆不來[四二],待我到門前看咱[四三]。(正末云[四四])出門時好好的天氣,如今下着濛濛的細雨兒,哎呀!跌殺貧僧也[四五]!(旦兒云[四六])清早晨間一個和尚在俺門前擦倒㉝,我着兩句言語嘲撥他㉞,看他也省的麼[四七]。(偈云[四八])由他鐵脚禪和子㉟[四九],到俺門前跌破頭[五〇]。(正末答云[五一])則俺那天堂路上生荆棘,都是你這地獄門前滑似油[五二]。(旦兒云)哪裏不是積福去處[五三],我扶起你來。(正末云)我本來度脱你,倒着你接引了我。(旦兒云)敢問師父,從哪裏來[五四]?(正末云)我來處來。

（旦兒云）如今哪裏去[五五]？（正末云）我去處去。（旦兒云）這和尚倒知個來去。（正末偈云[五六]）嗻聲㊱！道馬非爲馬，呼牛未必牛。兩頭都放下，終到一時休。此處還有話說麼？請柳翠速道。（旦兒云[五七]）你這般答禪語呵㊲，你大古裏是淡雲長老㊳？（正末云）這小鬼頭[五八]，衆生與佛相同，我比淡雲長老有何差別？（唱）

【那吒令】[五九]我雖不是淡雲，遮桂花幾分㊴；我雖不是遠村，映梅梢半痕。我則是本因，度垂楊一輪。（旦兒云）你是甚麼和尚？（正末云）我是月明和尚。（旦兒云）你是月明和尚，你是哪個月？（正末云）柳翠，我這個月單道着你身上哩。（唱）若不是月正明，柳也你可有誰偢問㊵，休看我似那陌上的這征塵。

（云[六〇]）柳翠，人道你歸一㊶，你可不歸一[六一]。（旦兒云[六二]）師父，我怎生不歸一？我是第一個歸一的人。（正末云）我說你那不歸一處與你聽者[六三]。（唱[六四]）

【鵲踏枝】[六五]你則合映着孤村㊷，你却待罩着荒墳。（旦兒云）我這裏住如何，（正末云）不爭你在這裏住呵㊸，（唱）不甫能栽向東家㊹，却又早苦上西鄰。（旦兒云）我哪裏聽你那瘋言瘋語。（正末云）你可怕那風雨裏哪，（唱）你休那般絮紛紛似香綿亂滾，柳也你又早這般安排下斷送行人㊺。

（長老念真言云）㊻[六六]解結解結解冤結[六七]，解了杭州施主老柳前生今世冤和孽㊼[六八]。洗心滌慮發虔心㊽[六九]，今對佛前求解結。南無藥師佛㊾，藥師佛，消災延壽藥師佛，南無消災延壽藥師佛[七〇]。（行者念云[七一]）願以此功德，普及於一切。唱願保平安㊿，消災增福壽，增福壽菩薩摩訶薩[七二]。（連念三聲動法器科[七三]）（正末云）柳翠[七四]，無常迅速㊿，生死事大，跟我出家去來。（旦兒云）我年紀小，如何出得家。（正末云）柳翠，你如今不老了也[七五]。（旦兒云）我不老哩。（正末唱[七六]）

【寄生草】[七七]早是這光陰速，更那堪歲月緊。現如今章臺怕到春光盡[52],則這霸陵又早秋霜近[53]。直教楚腰傲殺東風困[54],有一朝花褪彩雲飛,(旦兒云)[七八]我還不老哩。(正末云)噤聲!(唱)哪裏取四時柳色黃金嫩。

（旦兒云）師父,你休小覷我[55],我是那鎮陌第一人哩[56][七九]。
（正末唱）

【後庭花】[八〇]你道你是鎮陌第一人,(云)你認的我麼?(旦兒云)我不認的你,你可是誰?(正末云)我是和尚中爲頭的一個子弟[57]。(旦兒云)哪個和尚做子弟來哪?(正末云)我説與你我那做子弟處。(唱)怎知我上花臺端的是第一尊[58]。(旦兒云)俺娘看承我便似地長出菩提樹一般哩[59]。(正末唱)你娘看承你似地長出菩提樹。(云)你敢不是菩提樹[60]?(旦兒云)我是甚麼?(正末唱)哎,柳也我道來你則是天生來羅漢身。(旦兒云)謎語,謎語,知他説甚的。(正末唱)勸你呵我似勸着一個木頭人。哎,柳也你則戀着那錦營花陣[61],(云)你早些兒跟的我出家去罷。(旦兒云)我怎麼出的家?(正末唱)久以後你少不得這堝兒種下禍根[62]。

（長老念咒云）[八一]唵[63],齒臨金吒,金吒僧金吒,我今爲汝解金吒,終不爲汝結金吒[64]。唵,強中強,吉中吉,波羅會上有殊力[65]。一切冤家離我身,摩訶般若波羅蜜[66][八二]。(行者念云)[八三]摩訶般若波羅蜜[八四]。(連念三聲動法器科[八五])(正末云)[八六]柳翠,你跟貧僧出家去來[八七]。(旦兒云)師父,你是月明和尚,我這柳與你這月長着多少精神哩。(正末云)我這月與你這柳也添着多少光彩哩。(唱)

【金盞兒】[八八]你道是花與月添神,我道是月與柳招魂。你戀着那清蔭半啇香千陣。(旦兒云)你看這世界,全是俺花柳妝點成的。(正末唱)你道是世間花柳本伶倫[67],一任你漫天飛柳絮,盡着你滿地落風塵。我則去萬芯叢裏過,常是那一葉不沾身。

（云）[八九]柳翠,你跟我出家去來[九〇]。(旦兒云)我年紀幼小,正好覓錢。可着我跟你出家去,免的我生死麼?(正末云)

柳翠[九一]，你若跟我出家去呵，我着你脱離生死，免却六道輪迴[九二]。則你那門前莫接頻來客，心間休掛有情人。（卜兒云）你看這個瘋和尚[九三]，俺女孩兒正好覓錢[九四]，如何教他出家？你快出去[九五]！（旦兒云）母親，出家人休和他一般見識。（卜兒做推正末出閉門科[九六]）（正末云）柳翠開門來[九七]，你好是緣薄也呵！（唱）

【賺煞尾】[九八]我本待要蟾宮内栽培的你活，哎，柳也你却待向那牛員外上凋零盡，惹一番信手拈來斧痕。你則聽枝上流鶯和泪聞，直等的你那皮故成薪。你如今正青春，則伴着那暮雨朝雲，倚仗着客舍青青柳色新[68]。我本待從根波至本[69]，却把那下梢來不問。哎，柳也再休提你那永豐坊里舊腰身[70]。（下[九九]）

（長老云[一〇〇]）行者，收拾了法器，貧僧還本寺中去也[一〇一]。（卜兒做送錢科，云[一〇二]）勞動列位師父，些少面錢，改日再謝[一〇三]。（長老云[一〇四]）阿彌陀佛[一〇五]。（行者做收錢科[一〇六]）（長老詩云[一〇七]）爲亡靈滅除災障，佛座前虔心供養[一〇八]。（行者云[一〇九]）又不是普救道場[71]，險絮殺瘋魔和尚[72][一一〇]。（同下[一一一]）

【注釋】

① 萬相　即萬物。佛教用語，指一切事物的外觀形態。　空是色　空，佛教術語，指超乎色相現實的境界。色，即色相，佛教主萬相皆空，以無相爲歸，人或物一時呈現於外的形式，稱爲色相。當萬相俱現時，此時所謂的空與色是無異的，故云。

② 一靈去後色還空　一靈，指人。人死之後，那麽世間萬物對他來説都歸於空了，故云。

③ 如來　佛之别稱。如者，真如，乘真如之道，從因而來果以成正覺，故曰如來。　法身　佛教術語，指佛之真身。

④ 迷却　猶言迷失、不辨。

⑤ 引度　即引領度脱。

⑥ 祇索　宋元時俗語，意爲祇得，祇好如此。《錯斬崔寧》中有："如今的時勢，

再有誰似泰山這般憐念我的？祇索守困。"

⑦ 初祖達摩　初祖，佛教用語，指一宗之開闢者，多用以指禪宗之初祖達摩。達摩，印度高僧名，全名爲菩提達摩，禪宗之開山祖師。梁普通元年（520）泛海至廣州，在中國傳教。

⑧ 教外別傳　教，指正宗佛教，別傳，即另辟新徑傳教。這裏意即指禪宗是在傳統佛教之外另辟新宗。

⑨ 五派禪分　達摩作爲東土（即中國）的禪宗初祖，衣鉢相傳，二祖慧可，三祖僧璨，四祖道信，五祖弘忍。弘忍之下有慧能、神秀。慧能之禪行於南方，稱南宗，南宗又分爲南岳（傳馬祖）、青原（傳石頭）兩支，南岳下又分爲臨濟、曹洞、潙仰、雲門、法眼五家，五派禪分即指此。

⑩ 懞（měng）懂禪昏　即禪理糊涂不明。懞懂，意爲糊涂、不明事理。《城南柳》第一折中有："這夥凡夫都是懞懂之徒，不識回仙元姓吕。"

⑪ 混沌　古人想象中世界開闢之前一切混雜不分的狀態。

⑫ 一任着　猶言任憑。

⑬ 恰纔　剛纔、剛剛。　九陌　指京城中的大路。

⑭ 檀信　宋元時俗語，檀，指檀越，即施主；信，信士。即指信奉佛教的善男信女。《東坡夢》第一折中有："你本是同堂故人，須不比十方檀信。"

⑮ 百事滚　猶言百事裏滚，即什麼事情都插手。

⑯ 就兒里　宋元時俗語，意爲内中、其中。《鐵拐李》第二折中有："哪裏發付那有母無爺小業冤，就兒里難言！"

⑰ 陡覺　即頓覺。　青蚨（fú）　指錢。青蚨，蟲名，傳說以其血涂錢，每市物，皆復飛歸。《城南柳》第一折中有："則你那尊中無綠蟻，皆因我囊裏缺青蚨。"

⑱ 醁（lù）醅（pēi）　指美酒。　鵝黄嫩　這裏指酒的顏色。

⑲ 没來由　意爲無端、無緣無故。《西廂記》第三本第二折中有："分明是你過犯，没來由把我摧殘。"

⑳ 巡指間　比喻時間很短。

㉑ 斬眼　宋元時俗語，即眨眼間，比喻時間很快。關漢卿散曲《新水令》中有："不付能求的綉幃裏頭眠，痛惜輕憐，斬眼不覺得緑窗外月兒却又早轉，暢好是疾明也麼天。"

㉒ 韶華荏苒　年華流逝。韶華，美好的年華。荏苒，推移、光陰流逝。

㉓ 自古宗風釋教尊　自古以來在諸多宗教中佛教爲尊。宗風，指各種不同的學説。釋教，即佛教。

㉔ 娑婆世界　佛教名詞，指釋迦牟尼所教化的範圍。

㉕ 蓮花國　佛教用語，指佛國。

㉖ 方便不二門　即佛門。方便，指一切佛教；不二門，不二法門之略。不二法門，即不二之法門。不二，指修行悟性，達到心中清寂，對世間萬相無彼此、異同之念的境界，是佛教法門中的最高造詣。不二之理是佛道之規範故云法；衆聖由此趨入故曰門。

㉗ 讚　佛教術語，以偈語唱頌讚嘆佛之功德。

㉘ 蓮池海會　僧衆在佛國相聚。蓮池，指佛國，佛教以蓮花國爲佛國，這裏以蓮池指代之。海會，比喻人數極多。

㉙ 彌陀如來　即如來。彌陀是阿彌陀佛之省稱。

㉚ 大誓弘開　佛教用語，指菩薩之大誓弘願。

㉛ 香雲蓋　佛教用語，指香烟如雲如蓋。

㉜ 菩薩摩訶薩　佛教術語，全稱是菩提薩埵摩訶薩埵，意指衆生。

㉝ 擦倒　因路滑摔倒。此語在今北方一些村中仍沿用。

㉞ 嘲撥　嘲諷、譏諷。《謝天香》第二折中有："當時嘲撥無攔擋，乞相公寬洪海量。"

㉟ 禪和子　宋元時俗語，意指參禪的人，即和尚。《古今小説》卷二十九中有："這四句詩，單道着禪和子打坐參禪，得成正果，非同容易。"

㊱ 噤聲　宋元時俗語，意即住口、不要再説。《蔣神靈應》第一折中有："噤聲！大事已定，勿得狂言也！"

㊲ 答禪語　猶言説禪語。

㊳ 大古裏　宋元時俗語，意爲大概。《爭報恩》第一折中有："似傾下一布袋野雀般喳喳的叫，大古裏是您人怨語聲高。"

㊴ 桂花　這裏指月亮。傳説月中有桂樹，故云。

㊵ 偢問　宋元時俗語，意爲理睬、理會。《九世同居》第三折中有："倚仗着千兩金，萬兩銀，見一等穿相識並不偢問。"

㊶ 歸一　猶言專一、本分。

㊷ 則合　猶言應該。

㊸ 不爭　宋元時俗語，意即祇爲、則爲。《揚州夢》第一折中有："不爭我聽撥琵琶楚江頭，愁泪濕青衫袖。"

㊹ 不甫能　宋元時俗語，意爲纔能够。《西廂記》第五本第一折中有："雖離了我眼前悶，却在心上有。不甫能離了心上，又早眉頭。"

㊺ 斷送　發送、送走。賀鑄《憶仙姿》詞中有云："向晚鯉魚風，斷送彩帆何處？"

㊻ 真言　佛教用語，即咒語。

㊼ 施主　即檀越。僧人對布施者的敬稱。

㊽ 虔心　虔誠之心。

㊾ 南無藥師佛　佛名,全稱爲藥師瑠璃光如來,又叫大醫王佛。東方净瑠璃國之教主,發十二誓願,救衆生之病源,治無明之痼疾。南無,佛教術語,意爲敬禮、救我、度我等意,是對佛的讚頌語。

㊿ 唱願　猶言許願。

㈤ 無常迅速　指人生無常,光陰迅速。

㈤ 章臺　指遊冶娛樂之所。章臺原是宫殿名,戰國時秦建,因宫内有章臺而得名,故址在今陝西西安。漢時章臺下有街名章臺街。《漢書》卷七十六《張敞傳》中有:"然敞無威儀,時罷朝令,過走馬章臺街,使御吏驅,自以便面拊馬。"馬致遠散曲《思情》中有:"敢投了招婿相公宅,多就了除名煙月牌,迷留没亂處績。柳葉眉兒好,等你過章臺。"

㈤ 霸陵　地名,漢文帝陵墓,在今陝西西安長安區東。

㈤ 楚腰　即纖腰。

㈤ 小覷　宋元時俗語,猶言小看、看不起。《王粲登樓》第一折中有:"(小二云)王先生,你少下我許多房宿飯錢……你這錢幾時還我?(正末云)你休小覷我。"

㈤ 鎮陌　鎮,壓,這裏指技高出衆。陌,路。鎮陌,這裏指在某一行業中技高一籌,才壓群芳。

㈤ 子弟　宋元時俗語,指風流浪子、嫖客。《東京夢華録》卷二中有:"更有百姓入酒肆,見子弟少年輩飲酒,近前小心供過使令,買物命妓。"

㈤ 花臺　宋元時俗語,指花柳之地、妓院。《玉壺春》第二折中有:"相公,你不思進取功名,祇要上花臺做子弟,有甚麼好處?"

㈤ 看承　看作、看成。《智勇定齊》楔子中有:"頗奈無鹽女無禮,將玉環摔碎,又將某看承爲兒曹,將使命刺了面字,此恨痛入骨髓。"　菩提樹　植物名,常緑喬木,原産印度。佛教稱釋尊於此樹下成道。

㉖ 敢不是　恐怕不是。

㉖ 錦營花陳　指歡娛享樂之所。

㉖ 這堝(guō)兒　即這裏、在這裏。

㉖ 唵(ǎn)　佛教咒語發聲詞。

㉖ "齒臨金吒"四句　佛教咒語,語意不明。

㉖ 波羅會　佛教用語,波羅夷之會之略。波羅夷是佛教戒律中最重的罪名。波羅夷之會,即爲犯有深重罪孽者超度解脱之會。

㉖ 摩訶般若波羅蜜　佛教用語,意爲大慧到彼岸。

㉖ 伶倫　指伎樂,即優伶之倫。《宦門子弟錯立身》第四出中有:"老身幼習伶倫,生居散樂。"

⑱ 倚仗着客舍青青柳色新　倚仗着,即憑藉着、憑靠着。客舍青青柳色新,語出唐代詩人王維《送元二使安西》,原詩云:"渭城朝雨浥輕塵,客舍青青柳色新。勸君更盡一杯酒,西出陽關無故人。"這裏作者以此句意指青春年少。

⑲ 從根波至本　即從根至本。波,襯字,無實意,衹起調解語氣、節奏的作用。

⑳ 永豐坊　地名,在唐代國都長安城中。白居易《楊柳詞》中有:"永豐坊里東南角,盡日無人屬阿誰。"宣宗(李忱)曾聽此詞,問永豐坊之所在,遂因之命人取永豐柳兩枝,植於禁中。

㉑ 普救道場　即普救寺中之道場。王實甫《西厢記》第一本《張君瑞鬧道場》中寫崔鶯鶯、老夫人滯留普救寺,在寺中請僧人設道場,超度崔相國亡靈。張生亦乘機出錢,藉以追薦其父母。普救道場即指此。道場,佛教禮拜、誦經、行道的場所。

㉒ 絮殺　猶言忙亂死。絮,言語累贅、瑣碎。

【校記】

〔一〕卜兒同旦柳翠上,云　息本作"卜兒同旦柳翠上,卜兒云";孟本作"卜兒同旦兒上云"。

〔二〕老身張氏　息本於此句末有"是也"二字。

〔三〕衆師父每　息本、孟本均作"師父"。

〔四〕長老同衆行者上,詩云　息本為"長老同净行者上,長老云";孟本為"長老同行者上云"。

〔五〕寂寞蕭條僧世界　息本將"蕭條"作"苦求"。

〔六〕萬相現時空是色　孟本將"時"作"如"。

〔七〕貧僧乃顯孝寺住持的便是　息本、孟本均將"住持"作"長老";息本於此句後有"可早來到也",孟本與息本略同,衹將"早"作"盡"。

〔八〕旦兒云　孟本無"云"。此情形後文還有,概不再入校。

〔九〕"我請十衆僧"三句　息本、孟本均作"十衆僧如何則九個,少一個"。

〔一〇〕"便來也"四句　息本、孟本均作"便來也,我叫去,兀那和尚,你來也!"

〔一一〕正末上云　息本、孟本均作"末上云"。

〔一二〕哪得有酒　息本、孟本均將"有"作"那"。

〔一三〕有酒有酒　息本、孟本均作"有酒"。

〔一四〕"我説道做好事"二句　息本作"哪得個肉麽",孟本作"我説做好事,哪得個肉來!"

〔一五〕有肉有肉　息本、孟本均作"有肉"。

〔一六〕是那好女孩兒的柳翠麽　息本將"麽"作"家",孟本句末無"麽"。

〔一七〕行者笑科云　息本作"净行者笑科云",孟本作"行者笑云"。

〔一八〕是柳翠家我便去　息本、孟本均作"是柳翠家須索走一遭去"。

〔一九〕正是瘋魔和尚　三本均將"瘋"作"風"，據文意改之。

〔二〇〕她怎生肯哩　息本、孟本均將"哩"作"也"。

〔二一〕背云　息本無此二字。

〔二二〕有一風塵妓女柳翠　息本於"妓女"後有一"是"。

〔二三〕此女子本是如來法身　息本作"此女子有如來提法身，聲聞圓覺如相"，孟本作"此女子有如來提法身"。

〔二四〕恐怕她迷却正道　息本、孟本均無"她"。

〔二五〕"特着貧僧引度此女子"二句　息本、孟本均將"女子"作"人"，且均無"祇索"。

〔二六〕你世上人怎生知道也呵　息本作"你世人爭知也呵"。

〔二七〕〔點絳唇〕曲　曲文首句中"五派"，息本作"五泒"；末句中"達摩"，孟本作"達魔"。

〔二八〕〔混江龍〕曲　曲文首句中"直待要"，息本、孟本均作"自從"，五句"九陌"，息本作"六街"；六句息本、孟本均於"又早"後無"是"字，孟本將"早"作"蚤"；七句"則爲"，息本、孟本均作"因爲"；八句"其實的倦貪名利"，息本作"我其實倦貪你這名利"，孟本與息本略同，祇在"其實"後有一"的"；末句"因此上不斷您這腥羶"，息本、孟本均爲"可則我因此上便不斷腥羶"。

〔二九〕云　息本作"末云"，孟本無此字。

〔三〇〕我說你說的便是　息本作"您說的是"。

〔三一〕我道你道的便是　息本作"您道的是也"，孟本作"我說你道的便是也"。

〔三二〕唱　息本、孟本均無此字。

〔三三〕〔油葫蘆〕曲　曲文首句中"百事滾"，"滾"，孟本作"衮"。二句"是非場哎我也占的穩"，息本此句中"哎"在"我也"後。四句"就兒裏"，息本、孟本均作"就裏我"。五句"陛"，孟本作"陛"。六句"都爲那酥醋旋波鵝黃嫩"，息本為"我都則爲那酥醋得旋波鵝黃嫩"，孟本爲"都則爲我那酥醋旋波得鵝黃嫩"。"波"，臧本原作"潑"，據息本、孟本改之。正末帶云語之"云"，息本作"末云"，孟本無此字；正末帶云語"世俗人没來由爭長競短"，息本、孟本均於人後有"也你"二字；"唱"，息本、孟本均無此字。七句"春又秋"，息本、孟本均爲"今日春明日秋"。八句"斬眼間"，息本、孟本均作"須臾間"。九句"則被他韶華荏苒催雙鬢"，息本、孟本均作"都被韶華歲月把他消磨盡"。

〔三四〕〔天下樂〕曲　曲文首句"端的個"，息本、孟本均作"端的是"。二句"今人"，息本、孟本均作"愚人"。三句"誰能"，息本、孟本均作"誰肯"。末句"這就

〔三五〕長老唱西方讚云　息本無此句。

〔三六〕"蓮池海會"六句　息本無。

〔三七〕行者念云　息本無。

〔三八〕"香雲蓋"二句　息本無。

〔三九〕連念三聲動法器科　息本無。

〔四〇〕旦兒云　息本作"旦兒"。

〔四一〕十衆僧來了九衆　息本爲"十衆僧來了九衆僧"。

〔四二〕還有一衆不來　息本作"少一衆僧"。

〔四三〕待我到門前看咱　息本爲"我立在門首,看有什麽人來",孟本作"待我立在門首看來"。

〔四四〕正末云　孟本作"末"。

〔四五〕出門時好好的天氣四句　息本作"柳翠立在門首,下着些蒙蒙雨兒,哎哎呀,跌殺貧僧也";孟本與臧本略同,祇"下着"後有一"些"字,"哎呀"作"哦哎呀"。

〔四六〕旦兒云　孟本作"旦兒"。此情形後文中甚多,概不再入校。

〔四七〕看他也省的麽　息本、孟本均無"也"。

〔四八〕偈云　息本、孟本均無此二字。

〔四九〕由他鐵脚禪和子　"他",息本、孟本均作"你"。

〔五〇〕到俺門前跌破頭　息本爲"來俺門前喫一交"。

〔五一〕正末答云　息本作"末云",孟本作"末"。

〔五二〕都是你這地獄門前滑似油　息本、孟本均將"都是你這"作"則你這"。

〔五三〕哪裏不是積福去處　息本、孟本均無"去"。

〔五四〕"敢問師父"二句　息本此二句前有"柳父家裏來","柳"爲"師"之誤;孟本此二句前有"師父家裏來"。

〔五五〕如今哪裏去　息本作"師父你哪裏去",孟本作"師父如今哪裏去"。

〔五六〕正末偈云　息本作"末云",孟本作"末"。

〔五七〕旦兒云　息本作"旦云";孟本作"旦兒"。

〔五八〕這小鬼頭　息本、孟本均作"這愚痴鬼頭"。

〔五九〕〔那吒令〕曲　曲文四句"梅梢",息本、孟本均作"梅稍";正末云語"柳翠"二句,息本、孟本均作"是生我之門,死我之户,柳翠,這一句話單道着你身上哩"。八句"你可",息本、孟本均作"你却"。末句"休看我似那陌上的這征塵",息本、孟本均將"休看"作"你休看","征塵",息本、孟本均作"行人"。

〔六〇〕云　息本作"末云",孟本無此字。

〔六一〕你可不歸一　息本、孟本均於"一"後有"也"。

〔六二〕旦兒云　息本作"旦云",孟本作"旦兒"。

〔六三〕我説你那不歸一處與你聽者　息本作"我説你那不歸一處,(旦兒云)師父説,我試聽咱",孟本與息本略同,衹"旦兒云"作"旦兒"。

〔六四〕唱　息本、孟本均無此字。

〔六五〕〔鵲踏枝〕曲　孟本於"鵲踏枝"後有一"末"字。曲文二句"你却待",息本、孟本於"待"前均有一"又"字。三句"不甫能",息本作"不付能",且插云語"我哪裏聽你那瘋言瘋語",息本、孟本均無"瘋語"二字,"唱",息本、孟本均無此字。曲文五句"似香綿亂滾",息本、孟本均於"綿"後有一"波"字。

〔六六〕長老念真言云　息本無此句。

〔六七〕解結解結解冤結　息本無此句。

〔六八〕"解了杭州施主"句　臧本將"孽"作"業",據文意改之,息本無此句。

〔六九〕洗心滌慮發虔心　"洗心",孟本作"洗生",息本無此句。

〔七〇〕"今對佛前求解結"五句　息本無此句。

〔七一〕行者念云　息本無此句。

〔七二〕"願以此功德"五句　息本無。

〔七三〕連念三聲動法器科　息本無此句。

〔七四〕柳翠　息本、孟本均無此二字。

〔七五〕柳翠,你如今不老了也　息本、孟本均將"柳翠"作"柳也"。

〔七六〕正末唱　息本、孟本均無此。

〔七七〕〔寄生草〕曲　孟本於"寄生草"下有一"末"字。曲文三句"現如今",息本、孟本均作"見如今"。"正末云",息本無此三字,孟本作"末"。正末帶云語"嗻聲",息本將此二字列於唱曲中。

〔七八〕旦兒云　息本作"旦云",孟本作"旦兒"。

〔七九〕我是那鎮陌第一人哩　息本無"哩"。

〔八〇〕〔後庭花〕曲　孟本於"後庭花"下有一"末"字。"云",息本作"末云",孟本無此字,"唱",息本、孟本均無此字。曲文二句"怎知我上花臺端的是第一尊",息本、孟本均作"既不索端的上花臺除我是第一尊";旦兒插云語"便似",臧本和孟本原均作"便是",據文意應爲"便似",故改之;"正末唱",息本無此三字,孟本作"末";"云",息本作"末云",孟本無此字;"正末唱",息本無此三字,孟本作"末"。曲文四句"天生來",息本、孟本均作"天生下";"正末唱",息本無此三字,孟本作"末";曲文五句"我似",臧本和孟本均作"我是",據文意應爲"我似",故改之。六句"你則戀着那",息本、孟本均於"那"前有一"兀"字,"云",息本作"正末云",孟本無此字;正末帶云語"你早些兒跟的我出家去罷",息本、孟本均作"你若不跟的我出家去呵"；旦兒云語"我怎麼出的家"，息本、孟本均作"我出不的家"。曲文末句"這堝兒種下禍根"，息本、孟本均作"這堝兒裏生下叢根"，"叢"爲"業"之誤。

〔八一〕長老念咒云　臧本將"長老"作"長者"，誤，改之。息本、孟本均無此句。

〔八二〕"唵，齒臨金吒金吒僧金吒"十句　息本、孟本均無。

〔八三〕行者念云　息本、孟本均無此句。

〔八四〕摩訶般若波羅蜜　息本、孟本均無此句。

〔八五〕連念三聲動法器科　息本、孟本均無此句。

〔八六〕正末云　息本爲"末云"，孟本無此三字。

〔八七〕"柳翠"二句　息本、孟本均於"柳翠"後有一"也"，"跟"前有一"你"。

〔八八〕〔金盞兒〕曲　曲文二句"我道是月與柳招魂"，息本、孟本均於"我道是"後有"個"字、"與"後有"你個"二字。三句"清蔭"，臧本原將"蔭"作"陰"，據文意改之，息本、孟本均將此二字作"錦營"；旦兒插云語"你看這世界"二句，息本、孟本均爲"我是這世間花柳本伶倫"；"正末唱"，息本無此三字，孟本作"末"；曲文末句"常是那"，息本作"爭如我"，孟本作"常似那"。此段曲文後，孟本有"（長老念咒云）唵，齒臨金吒金吒僧企吒，我今爲汝解金吒，終不爲汝結金吒。唵，强中强，吉中吉，波羅會上有殊力。一切冤家離我身，摩訶般若波羅密。（行者念云）摩訶般若波羅密。（連念三聲動法器科）"，與臧本〔後庭花〕曲後的科白相同。

〔八九〕云　息本作"末云"，孟本作"末"。

〔九〇〕"柳翠"二句　息本、孟本均於"柳翠"後有"也"字，"跟"前無"你"字。

〔九一〕柳翠　息本、孟本均作"柳翠也"。

〔九二〕免却六道輪迴　孟本將"六道"作"大道"。

〔九三〕你看這個瘋和尚　息本、孟本均作"一個瘋和尚"。

〔九四〕俺女孩兒正好覓錢　息本、孟本均於"錢"後有"哩"。

〔九五〕"如何教他出家"二句　息本、孟本均作"他如何出的家，你出去"。

〔九六〕卜兒做推正末出閉門科　息本無此句，孟本爲"卜兒推末出閉門科"。

〔九七〕柳翠　息本、孟本均作"柳翠也"。

〔九八〕〔賺煞尾〕曲　曲文首句"栽培"，息本作"創栽"。三句"惹一番"，息本、孟本均作"你則待惹一身"。五句"直等的"，息本、孟本均作"你直等的"。七句"則伴着"，息本、孟本均作"你則伴着"，"暮雨朝雲"，息本作"燕鶴同群"。八句"倚仗着"，息本、孟本均作"你則依仗着"。九句"我本待"，息本、孟本均作"我本待要"。十句"却把那"，息本、孟本均作"哎，柳也！你却把你那"。末句"再休提你那永豐坊里舊腰身"，息本、孟本均作"你則戀着兀那短長亭烟雨送行人"。

〔九九〕下　息本無此字。

〔一〇〇〕長老云　孟本無"云"。

〔一〇一〕貧僧還本寺中去也　息本作"貧僧還寺院中去";孟本與息本略同,祇句末多一"也"字。

〔一〇二〕卜兒做送錢科云　息本無此句,孟本無"做"和"云"。

〔一〇三〕"勞動列位師父"三句　息本無。息本於"還寺院中去"後有"衆僧朗朗念真言,法鼓鐃鈸震法喧。子母虔心多感應,寶鼎焚香拜謝天。(下)",第一折即完。

〔一〇四〕長老云　息本無此句,孟本作"長老"。

〔一〇五〕阿彌陀佛　息本無此句。

〔一〇六〕行者做收錢科　息本無此句,孟本無"收"。

〔一〇七〕長老詩云　臧本原無"長老"二字,據孟本及文意補出;孟本作"長老"。息本無此句。

〔一〇八〕"爲亡靈滅除災障"二句　息本無。

〔一〇九〕行者云　息本無,孟本作"行者"。

〔一一〇〕"又不是普救道場"二句　息本無。

〔一一一〕同下　息本無。

第二折

(旦兒上云[一])妾身是柳翠,自從做罷好事,見了那和尚。我睡裏夢裏便見那和尚。我夜來做了一個夢,夢見變做個梨花貓兒[二]。我今日欲待問人,爭奈喚官身①,我不往這前街裏去,則怕撞見那和尚,祇後巷裏去波[三]。(正末上云[四])遠遠望見柳翠往這裏去了[五]。小鬼頭,你怎生躲的過貧僧也!(唱[六])

【南呂·一枝花】[七]我恰纔離了曹溪一指前②,又來到佛祖三更後③。我則索分開臨濟曉④,踏破他這葛藤秋,百般的救不出白骨荒丘⑤。每日家則戀着花和酒⑥,我今番月度柳。我是個包含着天地風流,祇要你肯信俺這波羅蜜咒⑦。

【梁州第七】[八]投至我度脱的一株翠柳⑧,柳翠喒少不的搜尋遍四大神州⑨。你倚仗着枝疏葉嫩當時候,不肯道跨天邊彩鳳,祇待要聽枝上鳴鳩。你可也鎖不住心猿意馬⑩,却罩定野鷺沙鷗。你則戀着他那一時間翠嫩青柔,怎不想久以後綠慘紅愁。(帶云)柳也,你若肯跟我出家去呵,(唱)我着你再休戀那紅塵內赤力力虎鬥龍爭⑪,碧天邊來往往烏飛兔走⑫。柳翠咦早思着綠蔭中鬧簇簇燕侶鶯儔⑬。酒樓、玉溝,跳出那月明圈,不落樵夫縠⑭。比及個成材時架梁後⑮,饒你便堅硬心腸似木頭⑯,我祇着你磨做骷髏。

（云〔九〕）柳翠〔一〇〕,你怕做梨花猫兒〔一一〕,怎生不問我這月明尊者來〔一二〕?（旦兒背云〔一三〕）我夢寐中的勾當⑰,這和尚他怎生知道〔一四〕?（回云〔一五〕）師父,我夢寐中做的勾當,你怎生知道?（正末云）柳翠〔一六〕,無量阿僧祇劫與大千沙界輪迴⑱〔一七〕,一切般若波羅蜜心⑲〔一八〕,向不二門頭變化。一條大路上天堂,則爲你那心邪行不得。（旦兒云）師父,你是甚麼和尚?（正末云）我是月明和尚。（旦兒云）你便是月明和尚〔一九〕?夜來八月十五日你不出來,今日八月十六日你可出來,正是月過十五還依舊。（正末云〔二〇〕）這小鬼頭倒說的有個來去。（唱〔二一〕）

【隔尾】〔二二〕你道是月過十五也索還依舊,哎,柳也誰似你飛盡香綿未肯休?直等的絮滿了官街,那其間有誰救?（旦兒云）師父,長老尋你哩。（做走科）（正末云）哪裏去?你待要躲我哪!（唱）哎,你個迷人的好是費手。（旦兒云）師父,行者尋你哩。（做走科）（正末云）哪裏去?你又躲我哪!（唱）我這個度人的好是纏頭⑳。（旦兒云）師父,我兩次三番躲不過你。（正末云）你怎生躲的過我?（唱）誰着你惹一縷清風則在背巷裏走㉑?

（旦兒云）師父,長街市上不是說話去處,我和你茶房裏說話去來。（正末云）你也道的是,疾!兀的不是個茶房。茶博士㉒,造個酥簽來㉓。（旦兒云）我則不言語,看他說甚麼。（正末云）柳翠也,你待怎生?（旦兒云）月也,你待如何?（正末云）我着你發心修行㉔,出離生死。（旦兒云）本無生死,何求出離?（正末云）絕了孽障本來空㉕〔二三〕,離了終須還宿債。（旦兒云）如何得個了絕〔二四〕?（正末云）凡情滅盡,自然本性圓明。

（唱）

【幺篇】[二五]祇要你凡情滅盡元無垢，剗的道枝葉蕭條漸到秋㉖。（云）茶博士，你將把剃頭刀兒來，與柳翠落了髮者㉗。（唱）我便減不的你頭輕，也則是免了些生受㉘。（旦兒云）師父，我剃了頭不羞麼？（正末唱）你當日合憂處却不憂，到今日這合修處却不修。（旦兒云）師父，我剃了頭可是如何？（正末云）柳翠也，你問的我是。（唱）若是削了你這青絲就是剃了你個柳㉙。

（旦兒云）師父，我柳翠委實出不的家㉚[二六]。（正末唱）

【牧羊關】[二七]你則戀着那天淡清風曉、雲閑白露秋，你比我敢生受了些萬絮千頭㉛。你如何則想着你那堤邊，好也囉可怎生全不依我這渡口？那枝葉合採也那不合採？（旦兒云）昨日八月十五日來。（正末云）昨日正是八月十五日，（唱）我這言語索中秋也那不是中秋。（旦兒云）祇怕你素魄光輝少。（正末唱）你道我素魄光輝少，柳翠唻誰着你那兩葉兒眉黛愁？

（旦兒云）我生的天然色[二八]、天然態，花樣嬌、柳樣柔[二九]。
（正末云）嗻聲！（唱）

【幺篇】[三〇]賣弄你天然色天然態，花樣嬌柳樣柔，則你那瘦腰肢則管裏賣弄風流㉜。我本待對楊柳聽蟬，（旦兒云）俺那牛員外呵，（正末唱）好也囉他却待剪牡丹喂牛。（云）柳翠也，自古及今，你這柳身上罪孽不輕哩。（旦兒云）我這柳有甚麼罪過？（正末唱）你曾搬的個陶令門前種㉝，你曾引的個隋帝廣陵游㉞。（旦兒云）那隋煬帝要到廣陵，祇為貪看瓊花，干着楊柳甚事㉟？（正末唱）他因赴千里瓊花會，柳翠唻也則是這兩行金綫柳。

（旦兒云）這和尚纏的我慌[三一]，則除是這般。（做睡科[三二]）（正末唱）

【隔尾】[三三]你本戀着朝雲暮雨慵回首㊱，却被這明月清風纏殺你那頭，不肯將七碗盧全耐心候㊲。你解不過這趙州㊳，省不得這悟頭㊴。柳翠唻你不向野塘內三眠偏來這房裏宿㊵。

（云[三四]）你睡着了，我着你大睡一覺。這等人不着她見個惡境頭①[三五]，她可也不得省悟[三六]。柳翠，你快醒來，喚官身哩[三七]。（虛下）（外扮閻神領净牛頭鬼力上②，云[三八]）天堂地獄門相對，任君揀取哪邊行。壽從心地陰功起，神向清明善念生[三九]。吾神乃地府閻神是也，掌管人間生死輪迴之事，今爲杭州柳翠觸污聖僧羅漢③[四〇]，更待干罷！牛頭鬼力，與我攝過柳翠來者④[四一]！（鬼力做拿旦兒跪科）（閻神云[四二]）爲你在人間觸污聖僧羅漢[四二]，牛頭鬼力將柳翠斬訖報來！（旦兒云）苦呵！着誰人救我也[四三]？（正末上，云[四四]）柳翠[四五]，有生死無生死？（旦兒云）師父，有生死。（正末云）求出離也不求出離⑤[四六]？（旦兒云）求出離。（正末云）肯修行也不肯修行[四七]？（旦兒云）肯修行。（正末云）你若不肯修行，你回頭試看波[四八]。（旦兒云）兀的不諕殺我也[四九]！（正末唱[五〇]）

【牧羊關】[五一]你覷那牛頭鬼親行刃，他把的龍泉劍扯在手⑥。（帶云）柳翠，你若不是我呵，（唱）恰纔這清風過怎了你那六陽會首⑦。你跟我去呵我着你生積些陰功，你不跟我去呵早早定了些陽壽⑧；你跟我去呵我着你上明晃晃一條金橋路，你不跟我去呵便索向翻滾滾千丈奈河流⑨。恰纔那脖項上可着那鋼刀剉，哎，柳翠也抵多少樹葉兒可便打破你這頭。

（云[五二]）且留人者！（閻神云[五三]）早知聖僧來到[五四]，祇合遠接，接待不着，勿令見罪。（正末云）閻神，柳翠犯着何罪[五五]？（閻神云）因柳翠觸污着聖僧來[五六]。（正末云）柳翠的罪過饒的也饒不的[五七]？（閻神云）柳翠的罪過饒她不的，鬼力快下手者[五八]！疾！休推睡裏夢裏[五九]。（旦兒做驚醒科云[六〇]）兀的不諕殺我也！（正末唱[六一]）

【罵玉郎】[六二]彩雲墜地可便無人救，哎你個呆柳翠呆柳翠早回頭。則你那事到頭來怎出的這無常勾⑩。抖搜的寶釧鳴⑪，傞僽的雲鬢鬆⑫，阿搜的湘裙皺⑬。

【感皇恩】[六三]呀,則見他刀下難收,早謔的汗雨交流。蕩了香魂,消了素魄,瞪了星眸。他用着春纖玉手,忙抹這粉頸油頭。(旦兒云)這的是哪裏?(正末唱)這的茶房裏,桌兒前。(旦兒云)這早晚多早晚也㉞?(正末唱)柳翠也,這早晚是午時候。

【採茶歌】[六四]這的是劍光浮,那裏也鬼神愁。(帶云)柳翠,你覷波,(唱)兀的不一輪明月在柳梢頭,枝葉相連百十口,則你那翠眉終日端的爲誰愁?

(旦兒云[六五])恰纔分明的殺壞了我,却又不曾死,我待道死來却又生,待道生來却又死。生死原是幻情,幻情滅盡生死止。(正末云)假若生死止在何處?速道,速道。(旦兒云)師父,我答不的這一轉語。(正末云)雲來雲去,虛空本净;花開花謝,田地常存。(旦兒做拜科,云[六六])弟子早省悟了[六七],這回和月常相守也。(正末唱)

【黄鐘尾】[六八]你道是這回和月常相守,(帶云)我爲你走了兩番也。(唱)纔賺的春風可便樹點頭。聚鶯朋,會燕友。蜂衙喧,蝶夢幽。囀黄鸝,鳴錦鳩。噪昏鴉,覆野鷗。裊金絲,春水溝。拂紅裙,夜月樓。酒旗前,望竿後㉟。風又狂,雨又驟。霜正嚴,雪正厚。霜來欺,月來救。我救的造月裏桫欏永長壽㊱。(旦兒云)師父,你如今帶我哪裏去?(正末唱)我着你訪靈山會首㊲。(旦兒云)待我辭別那一班兒姊妹弟兄,就跟的去。(正末唱)也不索别章臺的這故友。(旦兒云)師父,爲甚麼不着我别去?(正末云)你道我爲甚麼不着你别去,(唱)我則怕你又折入情郎畫眉手。(同下[六九])

【注釋】

① 喚官身　官府通知妓女到府衙中吹彈歌舞。官身,宋元時對官妓的稱謂,因需承應官府之差,故名。《劉行首》第二折中有:"蓮兒、盼兒,説與你姐姐梳妝打扮了,衙門裏喚你官身哩。"

② 曹溪　佛教禪宗别號,因六祖慧能在曹溪(今屬廣東曲江縣)寶林寺演法而得名。

③ 佛祖 指佛祖如來。

④ 則索 宋元時俗語,意爲祇得,祇好如此。《西廂記》第一本第二折中有:"我和他乍相逢記不真嬌模樣,我則索手抵着牙兒慢慢的想。" 臨濟 佛教禪宗南宗的五個流派之一。

⑤ 百般的 猶言千方百計,想盡一切辦法。

⑥ 每日家 即每天。

⑦ 波羅蜜咒 佛教術語,意即超度的咒語。波羅蜜,猶言究竟、到彼岸。

⑧ 投至 宋元時俗語,意爲及至、等到。《陳州糶米》楔子中有:"衙内,投至你說時,老夫先在聖人跟前奏過了也。" 度脱 引度超脱。

⑨ 神州 古代中國的別稱。

⑩ 心猿意馬 心情象急躁的猿猴,意念如狂奔的烈馬。形容心神不定,心情難以控制。

⑪ 赤力力 象聲詞,形容物體崩塌、磨擦的聲響。《吳天塔》第二折中有:"我呵喝一聲,骨碌碌海沸山崩,瞅一瞅,赤力力的天摧地塌。"

⑫ 來往往 形容往來穿梭繁忙嘈雜。

⑬ 鬧簇簇 擁擠貌。

⑭ 彀 指圈套、陰謀。

⑮ 比及 意爲等到。《燕青博魚》第三折中有:"比及我唾潤開窗紙偷睛覷,他可也背靠定毬樓側耳聽。"

⑯ 饒 即使、即便。

⑰ 勾當 事情。《金錢記》第一折中有:"哥哥,休道是酒,便是玉液瓊漿,我咽不下,小生有些緊要的勾當。"

⑱ 無量阿僧秖劫 佛教用語,言時間極長。無量,大而不可計量。阿僧秖,意爲無數。劫,時間量詞。 沙界 佛教用語,指恒河沙世界。恒河沙,言多。

⑲ 般若波羅蜜心 佛教術語,指以智慧度脱到彼岸之心。般若,爲智慧。波羅蜜,意爲度脱到彼岸。

⑳ 纏頭 猶言糾纏不休。

㉑ 背巷 指大街後面僻靜的小巷。《殺狗勸夫》第二折中有:"我待往大街上去呵,風大雪緊,身上無衣難行;我打這背巷裏去,也略避些風雪。"此語在今北方一些農村中仍使用。

㉒ 茶博士 博士,本是官名,漢代設五經博士,唐代有算博士、律博士,後來此語用濫,社會中已不把它當做官銜,而是用於對某種手藝人的敬稱。茶博士,即指賣茶的人。宋人孟元老著《東京夢華錄》卷二中有:"凡店内賣下酒厨子,謂之茶飯量酒博士。"明田汝成《西湖志餘》中有:"杭州先年有酒館,而無茶坊,然富家燕會,猶

有專供茶事之人,謂之茶博士。"

㉓ 酥簽　食物名,指和有酥油的茶湯。《飲膳正要》卷二中有:"酥簽:金字末茶兩匙頭,入酥油同攪,沸湯點之。"

㉔ 發心　猶言發虔心,亦即下決心。

㉕ 孽障　罪惡。

㉖ 剗(chǎn)的　宋元時俗語,意爲平白地、無端地。《竇娥冤》第一折中有:"須不是筍條筍條年幼,剗的便巧畫蛾眉成配偶。"

㉗ 落了髮　剃光了頭髮。

㉘ 生受　宋元時俗語,意爲辛苦、受苦。馬致遠散曲《四塊玉》中有:"命裏無來莫剛求,隨時過遣休生受。"

㉙ 青絲　黑髮。

㉚ 委實　確實、的確。《飛刀對箭》第二折中有:"大人也,薛仁貴委實的銜冤負屈。"

㉛ 生受　這裏指遭受。

㉜ 則管裏　宋元時俗語,亦作"則管哩",意爲一味地、不停地。《漁樵記》第二折中有:"他那裏斜侍定門兒手托着腮,則管哩放你那狂乖。"

㉝ 搬的個　猶言搬弄得那個。　陶令　指陶淵明,因其曾爲彭澤令,故名。

㉞ 隋帝廣陵游　隋帝,指隋煬帝楊廣。廣陵游,指隋大業十二年(616)隋煬帝南巡江都(即廣陵)事。

㉟ 干着　即猶言"與……有關""和……有什麽關係"。

㊱ 慵(yōng)　懶。

㊲ 七碗盧仝　盧仝,唐代詩人,自號玉川子,范陽(今河北涿縣)人,年輕時隱居少室山,家境貧困,刻苦讀書,不肯仕進,甘露之變時,因留宿宰相王涯家,與王同時遇害。七碗,七碗茶之省,盧仝詩《走筆謝孟諫議寄新茶》中有:"一椀喉吻潤;兩椀破孤悶;三椀搜枯腸,唯有文字五千卷;四椀發輕汗,平生不平事,盡向毛孔散;五椀肌骨清;六椀通仙靈;七椀喫不得也,唯覺兩腋習習清風生。"言飲茶不須七碗則通仙靈,極贊茶之妙用。後用以"七碗茶"作爲稱頌飲茶的典故。馬致遠《陳摶高臥》第四折中有:"泛一甌瑞雪香,生兩腋松鳳響,潤不得七椀枯腸,辜負一醉無憂老杜康。誰信您盧仝健忘?"《度柳翠》第二折的表演場所是茶坊,此時柳翠爲避月明和尚糾纏假裝睡着,月明這段唱用"不肯將七碗盧仝耐心候"這一飲茶典故,暗指柳翠不肯聽從他引度而假裝睡着的行爲。

㊳ 解不過　意爲理解不了。與下句"省不得"相對。　趙州　唐時高僧名,趙州觀音院從諗,南泉法師普願的繼承人,曹州人,俗姓郝。

㊴ 悟頭　省悟得道的關鍵。

㊵ 三眠　原指檉柳(即人柳)的柔弱枝條在風中時時伏倒。《三輔故事》中有："漢苑中有柳,狀如人形。下曰人柳,一日三眠三起。"這裏以檉柳之三眠指柳翠睡於茶坊中。　　渲房　指浴室。湯式散曲《哨遍·新建構欄教坊求贊》中有："這壁廂酒肆裏笙歌聒耳來,那壁廂渲房中麝蘭撲鼻吹。"

㊶ 惡境頭　宋元時俗語,指幻覺中的恐怖現象、可怕境界。《任風子》第二折中有："我教他眼前見些惡境頭,然後點化此人。"

㊷ 閻神　即閻王,亦稱閻羅王。佛教中地獄之王。佛教傳入中國後,此神進入中國民間諸神的體系,民間普遍認爲他是冥世之主宰者。　　牛頭　即牛頭鬼,佛教中閻王的部卒,本名阿旁,佛書中稱其爲牛頭馬首,故名。佛教傳入中國後亦被納入民間神祇體系,民間多以爲他是閻王部下勾攝靈魂的鬼卒。　　鬼力　元雜劇中的鬼卒。《朱砂擔》第三折中有："今日森羅殿上對案,還有天曹不曾來哩。鬼力,門首覷者,尊神來呵,報復知道。"

㊸ 觸污　觸犯,玷污。

㊹ 攝　勾攝。

㊺ 出離　即脱離紅塵。

㊻ 龍泉劍　寶劍名。相傳晉代張華見斗、牛之間有紫氣,使人於豐城獄中掘地得二劍,一曰龍泉,一曰太阿。後以之泛指寶劍。

㊼ 清風　指寶劍。

㊽ 陽壽　壽命。《碧桃花》第一折中有："不幸辭世,爲陽壽未盡,一靈不散。"此語在今北方一些地區中仍使用。

㊾ 奈河流　即奈河,佛教中的地獄之河。

㊿ 無常勾　無常鬼魂,指死亡。

㉛ 抖搜　即顫抖、打哆嗦。《緋衣夢》第二折中有："覺一陣地慘天愁,遍體上寒毛抖搜。"

㉜ 儳(chán)僽(zhòu)　宋元時俗語,意爲折磨、擺佈、揉搓。《太平樂府》卷三張小山散曲《柳營曲·妓怨》中有："禁持向歌扇底,儳僽在綉牀前。"

㉝ 阿搜　摟抱。

㉞ 這早晚多早晚也　猶言現在是什麼時候了。早晚,指時間、時候。《馬陵道》第三折中有："我已曾着人看去了,這早晚怎不見來回話?"

㉟ 望竿　指懸掛望子的竹竿,亦爲酒旗的代詞。《遇上皇》第二折中有："開開這酒店,且挑起這望竿。"

㊱ 桫(Suō)欏(luó)　亦稱樹蕨,蕨類植物。

㊲ 靈山會首　佛教地名,指靈鷲山釋迦牟尼説《法華經》的地方。靈山,靈鷲山之略。

【校記】

〔一〕旦兒上云　息本作"旦兒柳翠上云"。
〔二〕夢見變做個梨花貓兒　"梨",息本、孟本均作"黎"。
〔三〕祇後巷裏去波　息本作"祇後巷里去,看有甚麼人來"。
〔四〕正末上云　息本、孟本均作"末上云"。
〔五〕遠遠望見柳翠往這裏去了　息本於"遠遠"後有一"的"字。
〔六〕唱　息本、孟本均無此字。
〔七〕〔一枝花〕曲　曲文三句"我則索",息本、孟本均作"我恰纔"。四句"踏破他這葛藤秋",息本、孟本均於"踏破"前有"我又索"。六句"每日家則戀着花和酒",息本、孟本均作"每日則是花斟着酒"。末句"祇要你信俺這波羅蜜一咒",息本作"祇要見不信俺神佛鬼頭",孟本與息本略同,祇"俺"後有一"的"字。
〔八〕〔梁州第七〕曲　"梁州第七",息本無"第七"。曲文二句"唻",息本、孟本均作"咪","州",息本作"洲"。三句"你倚仗着",息本作"他倚仗着"。五句"祇待要",息本作"他祇待",孟本作"祇待"。六句"你可也",息本作"他可也"。八句"你則戀着他那一時間翠嫩青柔",息本將"則"作"又","一時間"後有"那些個",孟本將"則"作"祇";"他"後無"那"字;"一時間"後有"那些個"。九句"怎不想",息本作"你又不想",孟本作"全不想"。正末帶云之"帶云",息本作"末云",孟本無此二字。曲文十句"紅塵內赤力力",息本、孟本均作"紅塵中鬧垓垓"。十一句"碧天邊來往往",息本、孟本均作"來往往碧天邊"。十二句"唻",息本、孟本均作"喍","早思着",息本、孟本均作"又思着兀那","綠蔭中鬧簇簇","蔭"臧本原作"陰",息本、孟本均無"鬧簇簇"。十五句"不落樵夫勾",息本、孟本作"不落入樵夫勾"。十六句"比及個",息本、孟本均作"投至你那";"架梁後",息本作"架梁候"。十七句"饒你便",息本作"饒你那"。末句"我祇着你磨做骷髏",息本作"我祇着磨做你個滑頭",孟本作"我祇着磨碎你個骷髏"。
〔九〕云　息本爲"末云";孟本無此字。
〔一〇〕翠柳　息本、孟本均作"柳翠也"。
〔一一〕你怕做梨花貓兒　息本、孟本均將"梨"作"黎"。
〔一二〕怎生不問我這月明尊者來　息本作"來問月明尊者來",孟本作"怎不問我月明尊者"。
〔一三〕旦兒背云　息本作"旦兒云"。
〔一四〕這和尚他怎生知道　息本作"這和尚他怎生知道來"。
〔一五〕回云　息本無此二字。
〔一六〕柳翠　息本、孟本均作"柳翠也"。

〔一七〕無量阿僧秖劫　"秖",臧本、孟本均作"祇",誤,據息本及文意改之。

〔一八〕一切般若波羅蜜心　息本、孟本均作"一切般羅蜜心"。

〔一九〕你便是月明和尚　息本將"便"作"既"。

〔二〇〕正末云　孟本作"末"。

〔二一〕唱　息本、孟本均無此字。

〔二二〕〔隔尾〕曲　曲文首句"也索還依舊",息本於"也索"後有"怎麼"。"做走科",息本無此三字。"哪裏去",孟本作"在哪裏也"。"你又躲我哪"孟本無"又"。"唱",息本、孟本均無此字。曲文五句"你個迷人的好是費手",息本於"人"後無"的"、"好"後無"是"。"做走科",息本無此三字。"你又躲我哪",孟本無"你"。"唱",息本、孟本均無此字。

〔二三〕絕了孽障本來空　臧本、息本、孟本均將"孽"作"業",據文意改之。

〔二四〕如何得個了絕　息本、孟本均作"如何得了絕的"。

〔二五〕〔幺篇〕曲　"幺篇",息本作"隔尾",孟本作"幺"。曲文首句"祇要你凡情滅盡元無垢",息本、孟本均作"你祇愁柳敗着蟾光救"。二句"剗的道枝葉蕭條漸到秋",息本、孟本均作"他剗的道楊葉着風越不秋"。"云",息本作"末云",孟本無此字。"茶博士",息本作"茶房家"。"你將把剃頭刀兒來",息本、孟本均無"你"。"唱",息本、孟本均無此字。曲文三句"我便減不得你頭輕",息本、孟本均作"我本待減不得你頭輕呵"。四句"也則是免了些生受",息本、孟本均於"免了"後有一"你";兒插云語"師父"二句,息本、孟本均於"師父"後有"也","剃了頭"後有一"我"。"正末唱",息本無此三字,孟本作"末"。曲文五句"你當日",息本、孟本均作"你那";六句"到今日這合修處却不修",息本、孟本均作"你今日到這合修處呵却不修",正末云語"你問的我是",息本、孟本均作"你問的我是也"。曲文末句"就是",息本、孟本均作"便是"。

〔二六〕我柳翠委實出不的家　息本無"我"、無"委實",孟本無"我"。

〔二七〕〔牧羊關〕曲　孟本於"牧羊關"下有一"末"。曲文三句"生受",臧本原作"剩受",息本、孟本均作"勝受",據文意改之。四句"你如何",息本、孟本均作"你又如何"。五句"渡口",息本、孟本均作"這渡口"。正末云語"昨日正是八月十五日",息本作"昨日是八月十五日是也",孟本作"昨日是八月十五日也"。"唱",息本、孟本均無此字。旦兒插云語"祇怕你素魄光輝少",息本、孟本均無"祇怕"。"正末唱",息本無此三字,孟本作"末"。曲文末句"唻",息本、孟本均作"㘇";"誰着",息本作"誰似",孟本作"誰是"。

〔二八〕我生的天然色　息本、孟本均無"生的"。

〔二九〕柳樣柔　息本、孟本均作"柳樣柔也"。

〔三〇〕〔幺篇〕曲　"幺篇",息本、孟本均作"牧羊關"。曲文三句"則管裏",

息本、孟本均作"你休則管裏","賣弄風流",息本、孟本均作"賣弄你風流"。四句"我本待",息本、孟本均作"我本待要","對楊柳聽蟬",息本無"對"。旦兒插云之"旦兒云",息本作"旦云",孟本作"旦兒"。旦兒插云語"俺那牛員外呵",息本、孟本均作"俺那牛員外在哪裏也"。"正末唱",息本無此,孟本作"末"。正末帶云之"云",息本作"末云",孟本無此字。正末帶云語"你這柳身上罪孽不輕哩",臧本、息本、孟本均將"孽"作"業",據文意改之,息本無"哩"。"正末唱",息本無,孟本作"末"。曲文六句"門前種",息本、孟本均作"在門前種"。七句"你曾引的個隋帝廣陵游",息本作"你曾引的些別客渭城游"。"旦兒云",息本無此三字,孟本作"旦兒"。旦兒插云語"那隋煬帝要到廣陵",息本無此句,孟本無"那""要"。"祇爲貪看瓊花",息本無此句。"干着楊柳甚事",息本無此句。"正末唱"息本無,孟本作"末"。曲文八句"他因赴",息本作"因赴那",孟本作"他因赴那";末句"㖭",息本、孟本均作"㗱","也則是",息本作"則蓋爲是"。

〔三一〕這和尚纏的我慌　息本作"這和尚也纏的我慌"。

〔三二〕做睡科　息本作"旦兒睡科"。

〔三三〕〔隔尾〕曲　孟本於"隔尾"下有一"末"字。曲文首句"你本",息本、孟本均作"你則";二句"纏殺",息本、孟本均作"纏破";六句"柳翠㖭",息本、孟本均無"㖭";末句、"偏來",息本、孟本均作"你恰來"。

〔三四〕云　息本爲"末云",孟本無此字。

〔三五〕這等人不着他見個惡境頭　息本將"境頭"作"警頭"。

〔三六〕他可也不得省悟　息本、孟本均作"可也化不下她那心來,疾!"

〔三七〕"柳翠"三句　息本、孟本均無。

〔三八〕外扮閻神領淨牛頭鬼力上,云　息本、孟本均無"外扮""淨"。

〔三九〕神向清明善念生　息本爲"神出清幽善念生",孟本爲"神出清幽善念生"。

〔四〇〕今爲杭州柳翠　息本、孟本均作"今爲人間杭州柳翠"。

〔四一〕與我攛過柳翠來者　息本於此句後有"(鬼力云)理會的"。

〔四二〕閻神云　孟本作"閻神",息本在此三字後有"柳翠,你知罪麼?(旦兒云)我不知罪。(閻神云)"。

〔四二〕爲你在人世間　息本、孟本均作"爲你在人世之間"。

〔四三〕"苦呵"二句　臧本將"呵"作"阿",據文意改之;息本無"苦呵","也"後有一"呵";孟本"也"後亦有"呵"。

〔四四〕正末上云　息本、孟本均作"末上云"。

〔四五〕柳翠　息本、孟本均作"柳翠也"。

〔四六〕求出離也不求出離　息本於句末有一"也"。

〔四七〕肯修行也不肯修行　息本、孟本均無"也"。

〔四八〕你回頭試看波　息本、孟本均無"波"。

〔四九〕兀的不諕殺我也　息本、孟本均作"你不諕殺了我也"。

〔五〇〕正末唱　息本、孟本均無。

〔五一〕〔牧羊關〕曲　孟本"牧羊關"下有一"末"。曲文二句"他把的龍泉劍"，息本、孟本均作"他把那龍泉的劍"。正末帶云語"柳翠"二句，息本、孟本均無"柳翠"二字，息本將"你若不是我呵"列於曲文中。曲文三句"恰纔這"，息本、孟本均無"這"。四句"生積些陰功"，臧本原作"剩積些陰功"，息本、孟本均作"勝積下些陰功"，據文意改之。五句"你不跟我去呵"，息本、孟本均無"你"。六句"你跟我去呵"，息本、孟本均無"你"。七句"便索向"，息本、孟本均作"又便索入那"。八句"鋼刀挫"，孟本將"挫"作"剉"。

〔五二〕云　息本作"末云"，孟本無此字。

〔五三〕閻神云　孟本作"閻神"。此情形下文中很多，概不再入校。

〔五四〕早知聖僧來到　息本作"早知師父來到"；孟本與息本略同，祇將"早"作"蚤"。

〔五五〕柳翠犯着何罪　息本作"柳翠爲何來"。

〔五六〕因柳翠觸污着聖僧來　"聖僧"，息本、孟本均作"師父"。

〔五七〕柳翠的罪過　息本、孟本於"柳翠"前均有"閻神"二字。

〔五八〕"柳翠的罪過"二句　息本、孟本均無"過"、無"他"。　快下手者　息本爲"我親自下手"，孟本無"者"。

〔五九〕休推睡裏夢裏　息本於此句後還有"則爲你觸瀆真僧，惹禍殃前生注定，罪合當今朝身死，黃泉下我着你頃刻登時劍下亡。（同下）"，孟本此句後亦有"同下"。

〔六〇〕旦兒做驚醒科云　臧本將"驚"作"警"，據文意改之；息本爲"旦兒云"；孟本作"旦兒醒科云"。

〔六一〕正末唱　息本、孟本均無。

〔六二〕〔罵玉郎〕曲　孟本於"罵玉郎"下有一"末"字。曲文首句"無人救"，息本作"無人得救"。三句"怎出這無常勾"，息本、孟本均作"難出俺這無常勾"。末句"阿搜的湘裙皺"，息本此句後重復一句"阿搜的湘裙皺"。

〔六三〕〔感皇恩〕曲　曲文首句"刀下"，息本、孟本均作"素魄"。二句"汗雨"，息本、孟本均作"粉汗"。三句"蕩了香魂"，息本、孟本均作"兀的不蕩了香魂"。四句"素魄"，息本、孟本均作"素體"。五句"瞪了星眸"，息本作"是她瞪了星眸"。六句"她用着"，息本、孟本均無"着"。七句"忙抹這"，息本作"他抹"，孟本作"抹這"。九句"桌兒前"，息本作"卓兒前"。旦兒插云語"這早晚多早晚也"，息本、孟本均將"也"作"了"。曲文末句"柳翠也這早晚是午時候",息本作"柳翠這早晚午時的這候",孟本作"柳翠這蚤晚是午時的候"。

〔六四〕〔採茶歌〕曲　曲文首句"這的是劍光浮",息本、孟本均爲"不見了劍光秋"。"帶云",息本、孟本均無。正末帶云語"柳翠你覷波",息本、孟本均作"柳翠覺來覷波",且息本將此句列於唱曲中。曲文三句"兀的不一輪明月在柳梢頭",息本、孟本均作"則有這一輪明月在這柳梢頭"。

〔六五〕旦兒云　息本作"旦云",孟本爲"旦兒"。

〔六六〕旦兒做拜科云　息本爲"旦云",孟本作"旦兒"。

〔六七〕弟子早省悟了　息本、孟本均無。

〔六八〕〔黃鐘尾〕曲　孟本於"黃鐘尾"後有一"末"字。曲文首句之後息本有"(旦兒云)師父,弟子省也",孟本與息本略同,祇將"旦兒云"作"旦兒"。"帶云",息本、孟本均無此二字。正末帶云語"我爲你走了兩番也",息本、孟本均作"我走兩番也",且均列於唱曲中。曲文二句"纔賺的",息本、孟本均作"索怎的纔賺的";"可便樹點頭",息本、孟本均作"可着這樹點頭"。旦兒插云語"你如今帶我哪裏去",息本、孟本均作"你將我哪裏去"。"正末唱",息本無此三字,孟本作"末"。旦兒插云語"待我辭別那一班兒姊妹弟兄"二句,息本、孟本均作"我辭我那一般姊妹弟兄去"。旦兒插云語"爲甚麼不着我別去",息本、孟本均將"別"作"辭"。正末云語"你道我爲甚麼不着你別去",息本、孟本均將"別"作"辭"。

〔六九〕同下　息本無。

第三折

（卜兒上,云）自從做了好事,俺柳翠孩兒跟的那個和尚出家去了,說今日來家,祇索安排下些齋食等他[一],這早晚敢待來也[二]。（牛員外上,云）自從大姐家中做罷好事之後,誰想大姐跟着那個和尚出家去了,一向不見。我如今到她家裏去看柳媽媽走一遭[三]。（做見科,云[四]）奶奶[五],你大姐出家去了[六],一向不見,若回來時[七],我要和大姐說一句話[八]。（卜兒云）員外,你放心,等孩兒來家,着他和你說話。（牛員外云[九]）奶奶[一〇],我祇在這裏等,大姐敢待來也[一一]。（正末同旦兒上云[一二]）柳翠,落了髮者[一三]！（旦兒云）師父,我心清淨,何須

落髮?(正末云)纖毫情不盡,便隔幾重天〔一四〕。你落了髮,纔叫做有無並遣①,空色俱忘,方爲正道〔一五〕。(唱)

【中吕·粉蝶兒】〔一六〕投至我度脱的你心回,我着你做師姑,大剛來有一個主意②。常言道柳絮不沾泥。(帶云)柳翠,你跟將我來呵,(唱)不强如萬人攀,千人折,我則怕損動了你這春風和氣。蓋因是暮景相催③,催的你這瘦伶仃可便翠腰無力。

【醉春風】〔一七〕早是這日月似飛梭,光陰如逝水,你看那席前花影坐間移,想人生能有幾、幾?參透禪關④,了達身命⑤,出離塵世。

(旦兒云)師父,這是柳翠家門首,請喫齋去〔一八〕。(正末云)柳翠〔一九〕,來到你家門首也〔二〇〕,你休凡心動也!你凡心動,我便知道〔二一〕。(旦兒云)我柳翠並不敢凡心動〔二二〕。奶奶〔二三〕,師父來了也,安排齋食供養〔二四〕。(卜兒云)師父,家裏來,安排齋食與師父喫。(旦兒云)奶奶〔二五〕,齋食也早哩,將過圍棋來,與師父手較數着〔二六〕。(卜兒云)下次小的每,將過棋盤棋子來者〔二七〕!(正末云)柳翠,這個喚做甚麼?(旦兒云)師父,這個喚做棋子。(正末云)柳翠,我和你下棋,則要你省的我這一着。這黑白二子,單比並着你娘兒兩個哩⑥〔二八〕。(旦兒云)師父,這棋子怎生比並着俺娘兒兩個?你說與我聽〔二九〕。(正末云)我有一偈。(偈云〔三〇〕)未去爭交意⑦,先忘黑白心;一條無敵路,徹了無人尋。(唱)

【乾荷葉】〔三一〕你娘呵是個做活的⑧,恨不的待斜飛⑨。你娘呵則是倚仗着你個弟子孫兒勢⑩,粘着處休熱相偎⑪,逼綽了便是伶俐⑫。我雙關二意說禪機⑬,(卜兒云)這和尚不知他說甚麼哩。(正末唱)老婆婆不解的我這其中意。

(云〔三二〕)擡了者!擡了者!(旦兒云)母親,將過那雙陸來⑭,我和師父打幾貼兒咱!(卜兒云)下次小的每,將過雙陸來者〔三四〕!(做擺雙陸科〔三五〕)(正末云)柳翠,這個喚做甚麼?(旦兒云)這個喚做雙陸。(正末云)這兩塊骨頭喚做甚麼?

（旦兒云）師父，這個不喚做骨頭，這個喚做色數兒⑮。（正末云）我試看咱，一對着六。（旦兒云）師父，不喚做一[三六]，喚做幺。（正末云）哦[三七]，一不喚做一，喚做幺。我記着，我記着。二對着五，二雙屬陰，五單屬陽，上下是陰陽相對着。三對四，四雙屬陰，三單屬陽，上下也是陰陽相對着。柳翠也，原來這兩塊骨頭上有陰陽之數[三八]，豈不是比並着你娘兒兩個[三九]？（旦兒云）師父，這骨頭兒怎生比並着俺娘兒兩個？（正末云）你聽，我也有一偈[四〇]。（偈云[四一]）一把枯骸骨，東君掌上擎；自從有點污，拋擲到今生[四二]。（唱）

【上小樓】[四三]柳翠也，自從你點污了素體，人將你多曾鑽刺⑯。郎君每他今後無錢向你的手内，但沒權術，喫會拋擲。你若到三四五三六里，那其間早則妝幺不得⑰。柳翠也，好色的這把骨頭兒，你便休恁般寒碎⑱。

（云[四四]）擡了者！擡了者！（旦兒云）母親，將過氣球來[四五]，我和師父踢一拋兒咱。（卜兒云）下次小的每，將過氣球來者！（做取氣球科[四六]）（正末云）柳翠，這個喚做甚麼？（旦兒云）師父，這個喚做難當的⑲。（正末云）怎生喚做難當的？（旦兒云）師父，這裏面有個表，這個爲三添氣，郎君子弟要難當作耍呵，吹一口氣[四七]，添上些水潤這表[四八]，傾了那水，再吹一口氣[四九]，拴了這葱管兒[五〇]，便難當作耍[五一]；去了拋索兒，退了那口氣，便難當作耍不的了也。（正末云）假若有這口氣呵[五二]，（旦兒云）便難當的，（正末云）若無這口氣呵，（旦兒云）便難當不的。（正末云）若是無了這一口氣呵，原來便難當不的[五三]。柳翠也，你便是比并着這氣球[五四]。（旦兒云）師父，這氣球怎生比并着柳翠[五五]？（正末云）你聽，我也有一偈[五六]。（偈云[五七]）地水與火風，包含無爲公；一朝公去後，四大各西東。（唱）

【幺篇】[五八]郎君每心閑時將你脚上踢，興闌也絡在網裏⑳。端的個不見實心,但聽拋聲,盡是虛脾。有一日,臭皮囊退了口元陽真氣㉑,柳翠也,早閃下你這退胞兒便死心塌地㉒。

（旦兒云）我跟師父出家去,先將我那當官身衣服燒燼了罷[五九]。（卜兒云）下次小的每,將過柳翠當官身的衣服來者！（旦兒偈云[六〇]）五漏作形骸㉓,半生全不悟。脱却驢馬身,正果天堂路。今日遇真僧,燒衣便歸去。弟子燒衣,師當下火。（正末云）是[六一]！弟子燒衣,師當下火。燒了柳翠的衣服也。（偈云[六二]）避雨遮雲更護風,瞞人全借你包籠。今日個脱身伴月還歸去,似影相隨總是空。咦[六三]！樹頭尋不見,身外更無踪。咄！柳翠,燒了衣服者。拜,拜,拜！（旦兒做拜科[六四]）（正末唱）

【滿庭芳】[六五]你早則輪回也那綉衣,你和這衫兒永別,將揩子道個安置㉔。你且暫閑波宮樣烏雲髻㉕,毛角冠摩頂再休題㉖。（云）柳翠,你燒了這官衫揩子,有個比喻。（旦兒云）師父,有甚麼比喻？（正末唱）也則是土葬了你那送子弟麻花孝衣㉗,火燒了你那戰郎君的這鎧甲頭盔。這一場正合着俺那參禪意。你今日個脱身利己,柳翠也,從今後早則去了你那蛣蜋皮㉘。

（卜兒云）孩兒也,你在家中住一夜去。（旦兒云）師父,柳翠的母親要留柳翠家中住一夜。（正末云）柳翠也,你休凡心動,你若凡心動呵,我便知道。我去也。（旦兒云）師父,柳翠並不敢凡心動[六六]。（正末虛下[六七]）（旦兒云）奶奶[六八],員外在哪裏？（卜兒云）員外在這裏。員外,你出來！（牛員外上,云[六九]）奶奶[七〇],大姐在哪裏？（卜兒云）孩兒[七一],員外來了也。（牛員外云[七二]）大姐,你爲甚麼出了家[七三]？（旦兒云）奶奶[七四],你看着門,我和員外説一句話咱。（正末上,云[七五]）柳翠也,開門來！（旦兒慌科,云）師父來了也,我開開這門。師父,家裏來。（做不見科,云[七六]）哪得那師父,元來是我的這耳熱㉙[七七]。待我關上我這門[七八]。員外,則被你想殺我也[七九]！

（正末唱）

【快活三】好也囉，你是一個麗春院柳盜跖㉚，（旦兒云）我等着師父哩。（正末云）噤聲！（唱）你那裏肯道愛月夜眠遲，則這此情惟有月光知。險些兒不枉費了我那栽培力。

【鮑老兒】〔八一〕若不是淡月朦朧使的見識，（云）甚麼"想殺我也牛員外"，（唱）兀的不泄漏了春消息。月轉回廊夢欲迷，可着我拔樹將根覓。柳翠也，祇怕你春歸人老、花殘月缺、樹倒根摧。

（旦兒云）奶奶〔八二〕，我跟師父出家去也。（卜兒云）你去呵，我可怎了〔八三〕？（正末云）柳翠，上船！上船！（旦兒云）師父，怎生有船無艄公？（正末云）柳翠也，要那艄公怎麼？我一意在這裏渡人來〔八四〕。（唱）

【十二月】〔八五〕這柳曾深籠着翡翠，這月曾冷浸着玻璃；這月曾清光皎皎，這柳曾翠色依依。則一棹風前浪底，咫尺是蓬島瑤池㉛。

（旦兒云）師父，你渡我往哪裏去？（正末唱〔八六〕）

【堯民歌】〔八七〕柳也，渡你到微茫煙水畫橋西㉜。（旦兒云）師父，休撇了柳翠㉝。（正末唱）柳翠也，我怎肯滿船空載月明歸。一波纔動萬波隨，半載河東半載河西。誰也麼知，三番家度柳翠，去來波我與你同赴龍華會㉞。

（云〔八八〕）柳翠，到岸了也，可下船來〔八九〕。（唱）

【耍孩兒】〔九〇〕畢罷了斜陽古道愁如織㉟，飽覷着碧天邊蟾光似水。冰輪碾破玉塵飛，早則不倚禪床皺定雙眉。柳也，你見了些朱門日日臨官道，你見了些流水年年繞釣磯㊱。（旦兒云）師父，我跟你去了，俺奶奶不想殺我也？（正末唱）則你那桃花臉休洗楊花淚，斷不了你那章臺上霜風淅淅，渭城邊烟雨霏霏。

（云〔九一〕）柳翠〔九二〕，你來了呵，有幾般兒物類失所也㊲。（旦兒云）師父，是哪幾般物類，你説我聽咱。（正末唱）

【三煞】〔九三〕來了你呵，黃鶯也懶更啼，金蟬也無處栖；來了你呵，再不見那綠蔭深處把青驄繫㊳；來了你呵，再不見那舞春風楚宮別院纖腰細；來了你呵，再不見那綴曉露漢殿長門翠黛低㊴；來了你呵，再不見那影翩躚比張緒多嬌媚㊵；來了你呵，再不見那助清凉陶令宅兩行斜映㊶，增殺氣亞夫營萬縷低垂㊷。

（旦兒云）師父，我將來的究竟可是如何㊸〔九四〕？（正末唱）

【二煞】〔九五〕再不要長亭驛使催㊹，河橋贈別離。則被這月明照破風扶起，直着你九霄碧漢開青眼㊺，煞强如千里紅塵鎖翠眉㊻。度你的是蟾宫桂㊼，你要大呵重登霸岸㊽，要小呵索向隋堤㊾。

（旦兒云）師父，柳翠這兩日怎生没精神的？（正末唱）

【煞尾】〔九六〕待榮華則被這風雨把你來催，强打掙又被這霜雪把你欺㊿。（旦兒云）師父，你將的我哪裏去哪？（正末唱）我引你到西天西我佛蓮池内。（旦兒云）師父，那我佛蓮池内，怎用的我着？（正末唱）依舊的插你在南海南觀音淨瓶裏。（同下〔九七〕）

【注釋】

① 有無並遣　將一切都排遣掉。

② 大剛來　宋元時俗語。意爲總之。《裴度還帶》第二折中有："大剛來則是我時分命矣。"

③ 蓋因是　即大概因爲是。

④ 參透禪關　即徹底弄懂禪機。參禪，佛教禪宗的修行方法，習禪者爲求開悟，向各處禪師參學請教。

⑤ 了達身命　佛教指所謂徹底覺悟、超凡出世。

⑥ 比並　指比喻、比擬。《調風月》第三折中有："咱兩個堪爲比並：我爲那包髻白身，你爲這燈火清。"

⑦ 爭交　宋元時的一種競技活動，似今之摔跤比賽。《夢粱録》卷十二中有："角觝者，相撲之異名也，又謂之'爭交'。"

⑧ 做活的　做活，圍棋術語，在被對方圍住的一塊棋中，有兩隻以上的眼即活。在下棋過程中，完成使自己的某一片棋具有兩隻以上的眼的布局的過程謂之"做活"。在這裏月明和尚以此圍棋術語暗指柳翠的母親祇顧生計、祇圖生存，而不管其他。

⑨ 斜飛　圍棋術語，在下圍棋時，將棋子佈成"日"式或"目"式謂之"飛"。因"飛"不是將棋子直佈而是斜佈，故又謂之"斜飛"。"斜飛"的作用在於擴大勢力、多

占地盤。這裏用"斜飛"指柳翠的母親想利用柳翠賺更多的錢,以圖榮華富貴。

⑩ 獿(náo)兒　宋元時俗語,指妓女。《東坡夢》第四折中有:"你本不是妓館獿兒,堪做俺佛門弟子。"

⑪ 粘　圍棋術語,用一子將兩片棋連起來叫"粘",這裏用以指柳翠與她母親相逢。

⑫ 逼綽　意爲擺脱、斬斷。《金綫池》第三折中有:"我爲你逼綽了當官令,烟花簿上除了姓名。"　伶俐　意指乾净、乾脆。《賺蒯通》第一折中有:"差一兩個能幹的人唤他來,可擦的一刀兩段,便了了後來禍患,豈不伶俐。"

⑬ 雙關　圍棋術語。下圍棋到臨近收盤時,雙方爭奪一些狹小地盤稱"收關",在收關過程中,佈一子可占兩目者,謂之"雙關"。這裏用圍棋術語"雙關"指文學中的"語意雙關"。

⑭ 雙陸　古代博戲名。相傳由印度傳入,盛行於南北朝及唐宋時期,局如棋盤,左右各有六路,故名雙陸。

⑮ 色數兒　指色子、骰子,用牙或骨製成六面體,上面刻有從一至六點數的賭具。

⑯ 鑽刺　意爲鑽營謀求,刺探消息。這裏指獻媚討好。

⑰ 妝幺　宋元時俗語,意爲裝腔作勢、擺架子。《秋胡戲妻》第二折中有:"這也是你李家大户無緣法,非關是我女兒忒煞妝幺。"

⑱ 寒碎　猶言可憐。

⑲ 難當的　玩物、玩藝兒。難當,宋元時俗語,意爲戲耍。《倩梅香》第三折中有:"請學士休心勞意攘,俺小姐則是作耍難當。"

⑳ 興闌　没了興趣。

㉑ 元陽真氣　即人之氣。元陽,中醫所謂人體陽氣的根本。元陽真氣,猶云發自人之元陽之氣。范成大《問天醫賦》中有云:"元陽之氣,可斤可兩。人受其中,有瘠有臟。"

㉒ 退胞兒　詈言,猶言泄了氣的尿胞。退,一作"褪",脱衣。這裏指放氣、泄氣。胞,膀胱。　死心塌地　形容打定了主意,不再改變。《西廂記》三本第三折中有:"得罪波社家,今日便早則死心塌地。"

㉓ 五漏　指人體的口、鼻、肛門、生殖器等五種器官,因其是連接人體内外的通道,故云五漏。

㉔ 揹子　宋元時官妓或樂妓的常裝。《劉行首》第二折中有:"則要你穿揹子,戴冠梳……柳陌花街將罪業招。"

㉕ 宫樣雲髻　即宫廷式樣的髮髻。宫樣,宫廷中模樣。

㉖ 毛角冠摩頂　角冠,宋時婦女所戴之冠,形狀如雙角高聳,故名。毛角冠,大

概是以毛裝飾的角冠。摩頂,形容角冠之高。

㉗ 麻花孝衣　喪服。因喪服要披麻戴孝,故云。

㉘ 蛞蜋皮　宋元時俗語,譏笑別人的華麗衣服。《救風塵》第一折中有:"那廝雖穿着幾件蛞蜋皮,人倫事曉的甚的?"蛞蜋,一種黑甲蟲。

㉙ 元來　即原來。　耳熱　這裏意爲聽錯了,耳朵産生幻覺。

㉚ 麗春院　指妓院。　柳盜跖(zhí)　人名,本名跖,春秋時大盜。

㉛ 蓬島瑤池　蓬島,古代傳説中的海中仙山;瑤池,古代傳説中崑崙山上的池名,西王母居住的地方,後以此泛指仙界。

㉜ 微茫煙水　廣闊無邊、蒼茫浩渺的水域。微茫,廣闊而迷茫。

㉝ 撇了　抛棄,留下。

㉞ 龍華會　廟會的一種。古時以四月八日爲佛之生日,諸寺各設會香湯浴沸,共作龍華會。此節日盛自南北朝,經久不衰。

㉟ 畢罷了　了卻,結束。《揚州夢》第四折中有:"畢罷了雪月風花,醫可了游蕩疏狂病。"

㊱ 釣磯　釣魚時所坐的崖石。《駱賓王集》《應誥》中有:"余以三伏行,至七里瀨,此地即新安江口也,有嚴子陵釣磯焉。"

㊲ 物類失所　指事物間固有的秩序或狀態被破壞。物類,這裏指事物。失所,失去原來之所在。

㊳ 青驄(cōng)　青白色的馬,此泛指駿馬。

㊴ 漢殿長門　指漢代宮殿長門宫。司馬相如曾作《長門賦》。　翠黛　美人之眉。

㊵ 翩躚　形容飄逸飛翔的樣子。　張緒　南齊吳郡人,字恩曼,有文才,美容儀,風姿清雅。武帝置蜀柳於靈和殿前,嘗曰:"此柳風流可愛,似張緒當年。"

㊶ 陶令　指陶淵明。他做過彭澤(今屬江西)令,故稱陶令。

㊷ 亞夫營　指細柳營。亞夫,即周亞夫,西漢名將,沛縣(今屬安徽)人,曾屯兵細柳(在今西安市咸陽區南)。

㊸ 將來的究竟　猶言將來的結果。

㊹ 驛使　古代管理驛站的官吏。

㊺ 直着　宋元時俗語,意爲將會使。《智勇定齊》楔子中有:"公子放心,我直着十一國可汗的盡來朝。"　九霄碧漢　指天上。古時以爲天有九重,故云九霄;夜晚天空河漢如碧,故曰碧漢。

㊻ 煞強如　宋元時俗語,意爲勝於、賽過。《醉寫赤壁賦》第二折中有:"燃寶篆焚香獸,簌地氈簾下玉鉤,煞強扣獨釣在江頭。"

㊼ 蟾宮桂　即月宫中的桂花樹。古人認爲月亮上有蟾蜍、桂樹,故云。

㊽ 霸岸　即霸水之岸。霸水，河流名，在今陝西西安市長安區。霸，一作"灞"。

㊾ 隋堤　隋煬帝大業元年，開通濟渠，自西苑引穀水、洛水入黃河；自板渚引黃河入汴水，經泗水達淮河；又開邗溝，自山陽至揚子入長江。渠廣四十步，旁築御道，植楊柳，後人謂之隋堤。

㊿ 打挣　宋元時俗語，意爲挣扎。《灰闌記》第三折中有："兀那婦人，你打挣些，轉過這山坡去，我着你坐一會兒再走。"

【校記】

〔一〕祇索安排下些齋食等她　息本作"安排下些齋食等孩兒來家"。

〔二〕這早晚敢待來也　息本作"門首覷者，敢待來也"。

〔三〕"我如今"句　息本作"我家中去看母親走一遭去，可早來到也。無人報復，我自過去"。孟本作"我如今到她家中看柳媽媽走一遭去"。

〔四〕做見科云　息本無此句，孟本爲"做見科"。

〔五〕奶奶　息本、孟本均作"母親"。

〔六〕你大姐出家去了　息本、孟本均將"你"作"自"。

〔七〕若回來時　息本、孟本均作"若大姐來家時"。

〔八〕我要和大姐説一句話　息本爲"我與大姐説一句話"，孟本將"和"作"與"。

〔九〕牛員外云　孟本作"員外"。

〔一〇〕奶奶　息本、孟本均作"母親"。

〔一一〕"我祇在這裏等"二句　息本作"我且這裏等着大姐。（下）（卜兒云）孩兒這早晚敢待來也"。孟本作"我且在這裏等着大姐（下）"。

〔一二〕正末同旦兒上云　息本作"末同旦兒柳翠上，末云"，孟本作"末同旦兒上云"。

〔一三〕柳翠，落了髮者　息本作"柳翠也，落了髮者"。

〔一四〕便隔幾重天　息本作"特地赴人天"。

〔一五〕"你落了髮"四句　息本、孟本均作"這等的有無俱遣，色空雙暝，方可爲了也"。

〔一六〕〔粉蝶兒〕曲　"帶云"，息本作"末云"，孟本無此二字。曲文末句"催的你這瘦伶仃可便翠腰無力"，息本、孟本均作"我催的你這舞春風翠腰可便無力"。

〔一七〕〔醉春風〕曲　曲文二句"光陰如逝水"，息本、孟本均作"更那堪這光陰如逝水"。五句"參透禪關"，息本、孟本均作"參透禪機"。六句"了達身命"，息本、孟本均作"了達生死"。

〔一八〕"師父"三句　息本作"師父，來到柳翠家門首也，去柳翠家喫齋去來"，孟本與息本略同,只句末無"來"字。

〔一九〕柳翠　息本、孟本均作"柳翠也"。

〔二〇〕來到你家門首也　息本、孟本均無句末"也"。

〔二一〕我便知道　息本此句後還有"柳翠,既然你去呵,咱走一遭"。

〔二二〕我柳翠並不敢凡心動　息本、孟本均作"柳翠並然不敢凡心動"。

〔二三〕奶奶　息本、孟本均作"母親"。

〔二四〕安排齋食供養　息本、孟本均無"供養"二字。

〔二五〕奶奶　息本、孟本均作"母親"。

〔二六〕與師父手較數着　息本將"較"作"談"。

〔二七〕下次小的每　孟本將"每"作"再",誤。　將過棋盤棋子來者　息本作"將過棋盤棋子來。孩子也,棋盤棋子有了也"。

〔二八〕單比並着你娘兒兩個哩　息本作"單比並着你娘兒兩個便是這棋子"。

〔二九〕你說與我聽　息本、孟本均作"你試說我試聽"。

〔三〇〕偈云　息本、孟本均作"偈曰"。

〔三一〕〔乾荷葉〕曲　卜兒插云語"這和尚不知他說甚麼哩",息本、孟本均無"不"字。曲文末句"不解的我其中意",息本作"不解我得這其中意"。

〔三二〕云　息本作"末云",孟本無"云"字。

〔三三〕卜兒云　臧本作"卜旦云",誤,據息本、孟本改之。

〔三四〕將過雙陸來者　息本作"將過雙陸來。柳翠,雙陸在此"。

〔三五〕做擺雙陸科　息本、孟本均無。

〔三六〕不喚做一　息本、孟本均作"一不喚做一"。

〔三七〕哦　息本、孟本均無此字。

〔三八〕原來這兩塊骨頭上有陰陽之數　息本、孟本均無句末"之數"二字。

〔三九〕豈不是比並着你娘兒兩個　息本作"柳翠也,這骨頭便是你娘兒兩個,你娘兒兩個便是這骨頭",孟本作"柳翠也,這骨頭便是你娘兒兩個哩"。

〔四〇〕我也有一偈　息本、孟本均無"也"字。

〔四一〕偈云　息本無此二字,孟本作"偈曰"。

〔四二〕拋擲到今生　息本、孟本均作"拋擲到如今"。

〔四三〕〔上小樓〕曲　曲文二句"人將你",息本、孟本均作"人也敢將你"。六句"你若到三四五三六里",息本作"你若到二四五三六里呵",孟本作"你若到三四五三六里呵"。七句"那其間",息本作"到那其間"。八句"柳翠也,好色的這把骨頭兒",息本、孟本均於句末有一"也"字。末句"你便休恁般寒碎",息本、孟本均作"你便休這般寒碎"。

〔四四〕云　息本作"末云",孟本無"云"字。

〔四五〕將過氣球來者　息本作"將過氣球來。柳翠,氣球在此。師父,柳翠和師父踢一拋兒氣球"。

〔四六〕做取氣球科　息本、孟本均無此句。

〔四七〕吹一口氣　息本、孟本均無此句。

〔四八〕潤這表　息本作"吊這表"。

〔四九〕再吹一口氣　息本、孟本均作"添上一口氣"。

〔五〇〕拴了這蔥管兒　息本作"繪了這瓶口兒",孟本作"繪了這甑口兒"。

〔五一〕便難當作耍　息本、孟本作"便難當作戲耍"。

〔五二〕退了那口氣　臧本原將"退"作"褪",據息本、孟本改之。

〔五三〕原來便難當不的　息本、孟本均作"原來都難當不的也"。

〔五四〕你便是比并着這氣球　息本、孟本均作"你便是這氣球,這氣球便是你"。

〔五五〕這氣球怎生比并着柳翠　息本、孟本均無"并"。

〔五六〕我有一偈　息本、孟本均無"一"。

〔五七〕偈云　息本、孟本均作"偈曰"。

〔五八〕〔幺篇〕曲　"幺篇",息本作"麼篇",孟本作"幺"。曲文首句"心閑時",息本、孟本作"心閑時節"。三句"端的個不見實心",息本、孟本均作"却端的也不見個實心"。四句"但聽拋聲",息本、孟本均作"盡是嚻虛"。五句"盡是虛脾",息本、孟本均作"總是虛脾"。六句"有一日臭皮囊退了口元陽真氣",息本、孟本均作"有一日臭皮囊若出了這口元陽真氣","退",臧本原作"褪",據息本、孟本之前文改之。末句"柳翠也早閃下你這退胞兒便死心塌地",息本、孟本將"這"作"個",將"便"作"你便","退",臧本原作"褪",據息本、孟本改之。

〔五九〕先將我那當官身衣服燒燬了罷　息本、孟本均無"先"字,"罷",均作"者"。

〔六〇〕旦兒偈云　息本作"旦兒云"。

〔六一〕是　息本無此字。

〔六二〕偈云　息本、孟本均無此二字。

〔六三〕咦　息本作"噫"。

〔六四〕旦兒做拜科　孟本爲"旦兒拜科"。

〔六五〕〔滿庭芳〕曲　孟本於"滿庭芳"下有一"末"字。曲文首句"你早則輪回也那綉衣",息本作"你早則輪回也波哎作衣",孟本作"你盍則輪回也波哎作衣"。二句"你和這衫兒永別",息本作"你共這冠兒永別",孟本作"你共這衫兒永別"。三句"將",息本、孟本均作"和這"。四句"你且暫閑波宮樣烏雲髻",息本、孟本均作"你且暫閑咱波素體烏雲髻"。五句"休題",息本、孟本均作"休披"。"云",息本作

"末云",孟本無此字。正末帶云語"有個比喻",息本作"似個比喻"。"正末唱",息本無此三字,孟本作"末"。曲文六句"你那",息本、孟本均作"那","送子弟麻花孝衣",息本作"送子弟得麻花孝衣"。七句"火燒了你那",息本、孟本均作"燒了的正是","戰郎君的這鎧甲頭盔",息本、孟本均無"這"。

〔六六〕柳翠並不敢凡心動　息本、孟本均作"柳翠並然不敢凡心動"。

〔六七〕正末虛下　息本、孟本均作"末虛下"。

〔六八〕奶奶　息本、孟本均作"母親"。

〔六九〕牛員外上,云　息本、孟本均作"員外上云"。

〔七○〕奶奶　息本、孟本均作"母親"。

〔七一〕孩兒　息本、孟本均作"孩兒也"。

〔七二〕牛員外云　息本作"員外云",孟本作"員外"。

〔七三〕你爲甚麼出了家　孟本作"你爲甚出了家"。

〔七四〕奶奶　息本、孟本均作"母親"。

〔七五〕正末上,云　息本、孟本均作"末上云"。

〔七六〕做不見科云　息本無此句。

〔七七〕元來是我的這耳熱　息本、孟本均作"我的這耳熱了"。

〔七八〕待我關上我這門　息本、孟本均無"待"。

〔七九〕"員外"二句　息本、孟本均作"則被你想殺我也牛員外"。

〔八○〕〔快活三〕曲　孟本於"快活三"後有一"末"。曲文首句"麗春院柳盜跖",息本爲"麗春院裏的柳盜跖",孟本與息本略同,祇將"跖"作"妬",誤。"正末云",息本無此三字,孟本作"末"。"噤聲",息本將此二字列於唱曲中。

〔八一〕〔鮑老兒〕曲　正末帶云之"云",息本作"末云",孟本無此字。曲文三句"夢欲迷",息本、孟本均作"夢已歸"。四句"將根覓",息本作"尋根覓"。五句"柳翠也",息本、孟本均無此三字,"祇怕你春歸人老",息本作"兀的不羅幃甚緊";末句"根摧",孟本作"根催"。

〔八二〕奶奶　息本、孟本均作"母親"。

〔八三〕"你去呵"二句　息本、孟本均作"你去了呵,我可怎了也"。

〔八四〕我一意在這裏渡人來　息本、孟本均作"我專意在這裏渡人"。

〔八五〕〔十二月〕曲　曲文首句"深籠着翡翠",息本爲"深籠着這翡翠",孟本作"深籠這翡翠"。五句"則一棹風前浪底",息本、孟本均作"則這一棹蘭舟浪裏"。末句"咫尺是蓬島瑤池",息本作"可便咫尺到這瑤池",孟本作"可便咫尺到蓬島瑤池"。

〔八六〕正末唱　息本、孟本均無。

〔八七〕〔堯民歌〕曲　孟本於"堯民歌"下有一"末"字。曲文首句"渡你到微茫煙水畫橋西",息本、孟本均作"渡你到淡朦朧翠柳畫橋西"。二句"柳翠也",息本、孟本均作"柳也"。"我怎肯",息本、孟本均作"我怎生"。五句"誰也麼知",息本、孟本均作"可便誰知"。六句"三番家",息本作"三番"。末句"去來波",息本作"去來";"我與你",息本、孟本均作"我和你"。

〔八八〕云　息本作"末云",孟本無此字。

〔八九〕"柳翠"三句　息本作"我來到彼岸也。到岸呵,下船來。柳翠也,把你那恩愛的情腸,你與我一齊都罷";孟本作"到岸了也,下船來。柳翠也,把你那恩愛的情腸,你和我一起都罷"。

〔九〇〕〔耍孩兒〕曲　曲文首句"畢罷了斜陽古道愁如織",息本、孟本均作"畢罷了紅塵路上風雲會"。二句"飽覷着",息本作"飽玩覷"。三句"冰輪",息本、孟本均作"被冰輪"。六句"你見了些流水年年繞釣磯",息本、孟本均作"你看了些流水年年繞澗溪";"旦兒云",息本、孟本均無此三字。旦兒插云語"師父"三句,息本、孟本均無。"正末唱",息本、孟本均無;曲文七句"楊花淚",息本、孟本均作"那楊花淚",此句後息本尚有"(旦兒云)師父,俺母親想我也。(末云)你這等啼哭呵",孟本與息本略同,衹"旦兒云"作"旦兒","末云"作"末"。曲文八句"斷不了",息本、孟本均作"也則是斷不了";"章臺上",息本、孟本均作"章臺",末句"渭城邊烟雨霏霏",息本、孟本均作"霸橋煙雨霏霏"。

〔九一〕云　息本作"正末云",孟本無此字。

〔九二〕柳翠　息本、孟本均作"柳也"。

〔九三〕〔三煞〕曲　孟本於"三煞"下有一"末"字。曲文首句"懶更啼",息本、孟本均作"懶倦啼"。三句"再不見那綠蔭深處把青驄繫",臧本、孟本均將"蔭"作"陰",且孟本此句無"那",息本作"再休説幸有餘音得"。四句"那舞春風楚宮別院纖腰細",息本作"趁晚涼淵明宅屋諸情友",孟本作"那舞香風楚宮別院纖腰細"。五句"再不見那",息本無"那","漢殿",息本、孟本均作"漢苑"。六句"來了你呵,再不見那影翩躚比張緒多嬌媚",息本、孟本均無此句。七句"助清涼陶令宅兩行斜映",息本作"清蔭瀅瀅風聲細","蔭",息本原作"陰"。末句"增殺氣亞夫營萬縷低垂",息本作"來了你呵再不見那助軍威亞夫營裏萬縷低垂",孟本與息本略同,衹將"助軍威"作"增殺氣"。

〔九四〕"師父"二句　息本作"師父,柳翠世到今日,將來究竟如何",孟本作"師父,我柳翠的將來究竟如何"。

〔九五〕〔二煞〕曲　孟本於"二煞"後有一"末"字。曲文首句"再不要",息本、孟本均作"再不着"。二句"河橋贈別離",息本作"短亭客自離"。三句"風扶起",息本、孟本均作"你風扶起"。四句"直着你",息本、孟本均作"我待着你似"。五句"千里",息本、孟本均作"萬丈"。六句"度你的是蟾宮桂",息本、孟本均作"我今日先蟾住"。七句"重登霸岸",息本作"使至霸岸",孟本作"須登霸岸"。末句"索向隋堤",息本作"則索隋堤"。

〔九五〕柳翠這兩日怎生没精神的　息本將"没精神"作"無精神"。

〔九六〕〔煞尾〕曲　孟本於"煞尾"後有一"末"字。曲文首句之後,息本還有"(末云)柳翠也,你怎生打挣的也",孟本與息本略同,祇無"末云"。二句"强打挣",孟本作"你若是强打挣呵",息本作"你若是强鑽頭呵"。旦兒插云語"你將的我哪裏去哪",句末的"哪"孟本作"也"。"那我佛蓮池内"二句,息本作"你哪裏每用我",孟本作"那蓮池内怎用的着我"。"正末唱",息本無此三字,孟本作"末"。曲文末句"依舊的插你",息本、孟本均作"我插你";"南海南",息本、孟本均作"南海"。

〔九七〕同下　息本無此二字。

第四折

(長老領行者上,云〔一〕)貧僧顯孝寺長老是也,誰想香積厨下喫酒肉的那個和尚原來是個真僧,今日陞堂説法,衆僧響動法器〔二〕,請師父出來。(正末上,偈云〔三〕)十方同聚會,個個學無為。此是選佛場〔四〕,心空及第歸。大丈夫具決烈志氣,慷慨英靈,踏破化城①,歸家穩坐。上不見有賢聖〔五〕,下不見有凡愚〔六〕,外不見有是非,内不見有自己〔七〕。净裸裸,赤潑潑,一念不生,桶底則脱②,豈不是心空也。且問大衆,到這裏還有人我是非麽?到這裏還有玄妙理性麽?直如紅爐上一點雪相似③,豈不是選佛場也!雖然如是,又説階梯④,再不説階梯一句,作怎麽道千聖會中無影迹〔八〕,萬人叢裏奪高標。大衆恐有不能了達,心生疑惑者,請垂下問,我與他抽丁拔楔⑤。(行者叫云〔九〕)法座下有甚麽不能了達,釘嘴鐵舌,銅頭鐵額,火眼金睛,都來問禪⑥。(長老云〔一〇〕)上告我師和尚,貧僧特來問禪。(正末云〔一一〕)速道〔一二〕!(長老云)甚的明來明如日?甚的暗來暗似漆?甚的苦來苦似栢〔一三〕?甚的甜來甜似蜜〔一四〕?(正末云)你一句家問將來。(長老云〔一五〕)甚的明來明如日?(正末云)佛性本來明如日。（長老云[一六]）甚的暗來暗似漆？（正末云）衆生迷却暗如漆。（長老云[一七]）甚的苦來苦似栢？（正末云）嗻聲！苦是阿鼻地獄門⑦。（長老云）甚的甜來甜似蜜？（正末云）甜是般若波羅蜜[一八]。（長老云）且歸林下去，來日再參禪。（下[一九]）（行者云[二〇]）上告我師和尚，行者特來問禪。（正末云）速道[二一]！（行者云）瓦片將來水上撇，有如步步踏青波⑧。（正末云）有力之人登彼岸，無力之人落奈河[二二]。（行者云）爲甚和尚快喫酪？（正末云）饒你嘴尖舌頭快，依然跟我墨路來⑨。（行者云）無眼和尚住南走，（正末云）合眼静坐到西方。（行者云）和尚從來好喫茶[二三]，終朝每日採茶芽。（正末云）採的茶芽識滋味[二四]，善能結子共開花。（行者云）後韵不來[二五]，且歸林下。（下[二六]）（旦兒柳翠上，云[二七]）上告我師和尚，柳翠特來問禪。（正末云）速道[二八]！（旦兒云）師父，弟子借這扇子爲題[二九]，（偈云[三〇]）柔柔軟軟一團嬌，曾伴行人宿幾宵。（正末云）柳翠[三一]，你道是"柔柔軟軟一團嬌，曾伴行人宿幾宵"，你那徹骨清凉誰不愛，若不是我呵[三二]，敢着這人摇了那人摇。（唱）

【雙調·新水令】趙州原不下禪床⑩，空閑了散花方丈⑪。法門老比丘⑫，公案不尋常。撇下皮囊⑬，有相是無相。

（旦兒云）長老，師父問我時，説我化瓦糧去了也⑭。（下）（長老云）則要你疾去早來。（正末唱）

【駐馬聽】[三三]一世飄颻，不離紅塵大道旁。受了半生魔障⑮，則你這楊花端的爲誰忙？織成新恨柳絲長，喚回午夢是那禪鐘響⑯。柳翠也來合掌，（帶云）若來遲了呵，（唱）脚跟上好打三千棒。

（云[三四]）柳翠哪裏去了？（長老云）柳翠化瓦糧去了。（正末云）我等不的她[三五]，我下法座去也[三六]。等柳翠來時[三七]，擊響雲板⑰[三八]，唱兩句道《雨霖鈴》："今宵酒醒何處？楊柳岸曉風殘月。"⑱[三九]那其間返照回光⑲[四〇]，同登大道。（長老云）

理會的。(正末唱)

【殿前歡】[四一]他劃的爲春忙,這其間誰家池館甚家墻。聽一聲枯木崖前唱,那其間返照回光。任東風上下狂,無掛礙無遮障⑳,我如今撒手先行上,莫等待曉風殘月,酒醒後知是何方?(正末做睡科[四二])(旦兒上,云[四三])自家柳翠[四四],化瓦糧回來[四五]。長老,師父哪裏去了?(長老云)師父下法座去了[四六],着你回來,擊響雲板,唱兩句《雨霖鈴》:"今宵酒醒何處[四七]?楊柳岸、曉風殘月[四八]",那時節師父返照回光[四九],和你同登大道。(旦兒唱,云[五〇])《雨霖鈴》:"今宵酒醒何處,楊柳岸、曉風殘月。"(正末做醒科,唱[五一])

【掛玉鈎】[五二]我則聽的檀板輕敲繞畫梁,將我這慧眼忙開放,却原來一曲鶯聲囀綠楊,越引的魂飄蕩。這的是弟子歌,又不是猱兒唱。饒她便鐵石般堅心,也則索寸斷柔腸。

(云[五三])柳翠,你的魔頭至也㉑。疾[五四]!(牛員外上,云)柳翠在法座下,我着兩句言語嘲撥她,看她說甚麽[五五]?(偈云[五六])昔年曾到柳門傍,幾度歡娛幾斷腸。借問佳人情意允[五七],還如織女嫁牛郎㉒[五八]。(旦兒云)牛員外,你聽者:(偈云[五九])曾向章臺舞細腰[六〇],行人幾度折柔條。自從落在禪僧手,一任東風再不摇。(牛員外云[六一])呀,那婆娘堅意的要出家了,我自回去也[六二]。(下)(正末云)柳翠,你聽者[六三]:(偈云[六四])暑往寒來春復秋,從知天地一虛舟[六五]。雖然墜落風塵裏[六六],莫忘西方在哪頭[六七]。花上露,水中漚[六八],人生能得幾沉浮[六九]。去來影裏光陰速,生死鄉中得自由。(唱)

【雁兒落】[七〇]你可便罷追陪百二行㉓,年紀到三十上。何不去步瑤臺十二層㉔,離苦海三千丈㉕?

【得勝令】[七一]柳也,這不是大樹大蔭凉,我則怕甘做了老孤椿。柳也,早逢着玉殿驂鸞客㉖,再休想那章臺走馬郎。度你到西方,飽看取明月清風況。世脱下皮囊,一任教黄鶯紫燕忙。

(旦兒云)我柳翠且歸林下,明日再來問禪[七二]。(下[七三])

（長老云）上告我師和尚，柳翠在東廊下坐化了也㉗。（正末云）老僧引着柳翠，駕起祥雲，見俺世尊去來〔七四〕！（下）（行者做驚科，云）好是奇怪，難道這香積厨下瘋魔和尚倒是個活佛不成㉘？我如今不喫齋了，也學他喫酒喫肉，尋個柳翠來度他去〔七五〕。（長老云〔七六〕）誰想聖僧羅漢，度脱柳翠歸空去了㉙。（偈云〔七七〕）真僧出世下人間〔七八〕，指引迷人度有緣。眼看一片祥雲裹，知是天花墜哪邊〔七九〕。（下）（觀音領善才上，云〔八〇〕）我南海觀世音菩薩〔八一〕，着月明尊者度脱柳翠去〔八二〕，這早晚敢待來也。（正末同旦兒上云〔八三〕）菩薩，我月明尊者，度脱的柳翠來了也〔八四〕。（觀音云〔八五〕）柳翠，因爲你枝葉觸污微塵，罰往人世，填還宿債，今日月明尊者引度你歸空了麽〔八六〕？（旦兒云）菩薩稽首㉚〔八七〕！弟子省悟了也。（正末云）柳也，聽我佛的偈〔八八〕：（偈云）一切有爲法，如夢幻泡影。如露亦如電，應作如是觀。（唱）

【鴛鴦煞】〔八九〕撇下這人相我相衆生相，出離了生況死況別離況。駕一片祥雲，放五色毫光。唱道是佛在西天㉛，月臨上方。縷得你一縷蔭凉，和桂影長相向㉜。伴着這寶蓋香幢㉝，再不許春日遊人到來賞。

（觀音云〔九〇〕）柳也〔九一〕，你聽者：（偈云〔九二〕）出人寰脱離灾障㉞〔九三〕，拜辭了風流情况。三十年墜落塵緣，忙追遭月明和尚㉟〔九四〕。再休題舞依依裊娜輕盈〔九五〕，翠巍巍嬌柔模樣〔九六〕。畢罷了愛欲貪嗔，共同到靈山會上。（同下〔九七〕）

題目〔九八〕　　顯孝寺主誦金經〔九九〕

正名〔一〇〇〕　月明和尚度柳翠〔一〇一〕

【注釋】

① 化城　佛教術語，指一時幻化的城郭，比喻小乘佛教所能達到的境界。

② 桶底則脱　宋元時俗語，歇後語"心空"的前半句。

③ 紅爐上一點雪　指化、空。雪落紅爐,必然要化,化則空,這裏以此指佛教修行所達到的結果。空則徹悟,則成佛,故下文有"選佛場"之云。

④ 階梯　本意爲臺階、階級。這裏指修行悟禪造詣的深淺。

⑤ 抽丁拔楔　猶言解決疑難。丁同釘。

⑥ 問禪　習佛者向別人請教佛理。

⑦ 阿鼻地獄　佛教用語,指地獄的最下一層。

⑧ 瓦片將來水上撇,有如步步踏青波　將瓦片以與水面盡量小的夾角向水面抛出,當瓦片接觸水面時會被彈起,於是在水面跳躍般向前,故云"有如步步踏青波"。

⑨ 墨路　猶言思路。

⑩ 禪床　坐禪之床。

⑪ 散花方丈　即念經的方丈。佛教稱經之散文爲散花,偈頌爲貫花,故云。

⑫ 法門老比丘　猶言佛門老和尚。法門,佛教指修行者入道的門徑,也泛指佛門。比丘,指出家修行的男僧。

⑬ 皮囊　即皮袋。這裏指人畜之軀體。

⑭ 化　乞求。　瓦糧　僧道爲蓋寺院和供僧食而求人布施的錢物。

⑮ 魔障　猶言誘惑。《兒女團圓》第一折中有:"哎,你一個鬼精靈會魔障這生人意,可知我這個酒糟頭不識你這拖刀計。"

⑯ 禪鐘　寺院的鐘。

⑰ 雲板　古時報時、報事之器。

⑱ 《雨霖鈴》:"今宵酒醒何處?楊柳岸、曉風殘月。"　語出宋代詞人柳永詞《雨霖鈴》,其詞下闋爲:"多情自古傷離別,更那堪、冷落清秋節!今宵酒醒何處?楊柳岸、曉風殘月。此去經年,應是良辰好景虛設。便縱有、千種風情,更與何人説!"

⑲ 返照回光　日落時由於陽光的反射作用而天空有短時的發亮。常比喻人臨死前忽然神志清醒或短暫的精神興奮。也比喻事物在行將滅亡時,表面似乎有些好轉。

⑳ 掛礙　牽掛。　遮障　阻擋。

㉑ 魔頭　宋元時俗語,佛家、道家指干擾、妨害修行、修真的事物,也指邪魔。《翫江亭》第三折中有:"師父的言語,今日個魔頭至此,知他是哪個魔頭!"

㉒ 織女嫁牛郎　中國古代民間傳說故事。織女爲天帝孫女,長年織造雲錦,自嫁與河西牛郎後,織乃中斷。天帝知之大怒,令其與牛郎分離,每年祇許七夕相會一次。故事初見於漢代《古詩十九首》。

㉓ 追陪　猶言追隨、沉溺於某事之中。　百二行　猶言一百二十行,比喻行業

之多,這裏意指俗家生活。

㉔ 瑤臺十二層　瑤臺,古代神話傳說中的神仙所居之地。相傳瑤臺在崑崙山下,有十二座,故云。

㉕ 苦海三千丈　苦海,佛家將人生比作苦海。三千丈,比喻苦海之深。

㉖ 驂鸞客　過路客。驂,指三匹馬駕的車;鸞,古代的一種車鈴。驂鸞,指在旅途中行進。

㉗ 坐化　佛教名詞,傳說有些高僧臨終之時常常端坐而逝,故云。

㉘ 活佛　猶言生活於人間之佛。

㉙ 歸空　猶言昇天。

㉚ 稽首　古代的一種跪拜禮,叩頭至地。

㉛ 唱道是　宋元時俗語,亦作"唱道""暢道",有真的是、端的是等意思。《西廂記》第一本第四折中有:"唱道是玉人歸去得疾,好事收拾得早,道場畢諸人散了。"

㉜ 桂影　這裏指月亮,相傳月中有桂樹,故云。

㉝ 寶蓋香幢　寶蓋,佛教名詞,指菩薩、高僧講經時懸於頭頂上的傘蓋。香幢,刻有佛號或經咒的石柱。

㉞ 人寰　人世、人間。　灾障　災難、禍障。

㉟ 追遣　追隨、跟隨。

【校記】

〔一〕長老領行者上,云　孟本作"長老引行者上云"。

〔二〕衆僧響動法器　息本、孟本均無"響"。

〔三〕正末上,偈云　息本爲"正末上云",孟本作"末上云"。

〔四〕此是選佛場　孟本作"此是選佛腸","腸",誤。

〔五〕上不見有賢聖　息本、孟本均無"見"。

〔六〕下不見有凡愚　息本、孟本均無"見"。

〔七〕内不見有自己　孟本將"己"作"巳",誤。

〔八〕作怎麼道　息本爲"作麼生道"。

〔九〕行者叫云　息本作"行者云",孟本作"行者"。

〔一○〕長老云　孟本作"長老"。

〔一一〕正末云　孟本作"末"。

〔一二〕速道　息本、孟本均作"你有的話問將來"。

〔一三〕甚的苦來苦似柏　"似",孟本作"如"。

〔一四〕甚的甜來甜似蜜　"蜜",孟本作"密"。

〔一五〕長老云　息本無此三字，漏刻，孟本作"長老"。

〔一六〕長老云　息本無此三字，漏刻，孟本作"長老"。

〔一七〕長老云　息本無此三字，漏刻，孟本作"長老"。

〔一八〕甜的般若波羅蜜　"蜜"，息本、孟本均作"密"。

〔一九〕下　息本無此字。

〔二〇〕行者云　孟本作"行者"。此情形後文中甚多，概不再入校。

〔二一〕速道　息本、孟本均作"問將來"。息本於此句後還有"（行者云）爲甚麽某人一隻眼？（末云）衆星朗朗，不如孤月獨明"。孟本與息本略同，祇將"行者云"作"行者"，"末云"作"末"。

〔二二〕落奈何　三本均作"奈何"，誤，今改。

〔二三〕和尚從來好喫茶　"從"，息本、孟本均作"曾"。

〔二四〕採的茶芽識滋味　"識"，息本、孟本均作"知"。

〔二五〕後韵不來　"後"，息本、孟本均作"下"。

〔二六〕下　息本無此字。

〔二七〕旦兒柳翠上，云　孟本作"旦兒上，云"，息本、孟本於此句後還有"師父今日昇堂說法，我問禪去"。

〔二八〕速道　息本、孟本均作"柳翠，你有的話問將來"。

〔二九〕弟子借這扇子爲題　息本、孟本均作"題着這扇子"。

〔三〇〕偈云　息本、孟本均無此二字。

〔三一〕柳翠　息本、孟本均作"柳也"。

〔三二〕若不是我呵　息本、孟本均作"你若不是我呵"。

〔三三〕〔駐馬聽〕曲　孟本於"駐馬聽"後有一"末"字。曲文首句"一世飄颻"，息本、孟本均作"塵世飄颻"。二句"不離紅塵大道旁"，息本、孟本均作"不住東風上下狂"。三句"受了"，息本、孟本均作"受了那"，"魔障"，孟本作"摩障"。四句"則你這"，息本、孟本均作"則這"。六句"是那禪鐘響"，息本作"禪僧量"，孟本作"禪鐘響"。七句"柳翠也來合掌"，息本作"量江棹長"。"帶云"，孟本無。"若來遲了呵"，息本、孟本均作"柳翠，若來遲了呵"。

〔三四〕云　息本作"末云"，孟本無。

〔三五〕我等不的她　孟本無"的"。

〔三六〕我下法座去也　息本作"我先去也"，孟本作"我下法座去也"。

〔三七〕等柳翠來時　息本、孟本均作"等柳翠回來"。

〔三八〕擊響雲板　息本、孟本均作"擊響檀板"。

〔三九〕唱兩句道《雨霖鈴》　息本作"唱住兩句《雨霖鈴》"，孟本作"唱兩句《雨霖鈴》"。

〔四〇〕那其間　息本、孟本均作"我那其間"。

〔四一〕〔殿前歡〕曲　孟本於"殿前歡"下有一"末"字。曲文五句"任東風上下狂"，息本作"任邯鄲老樹狂"。八句"莫等待曉風殘月"，息本作"鼻竅中兩行玉柱"。末句"酒醒後知是何方"，息本作"頭直上萬道金光"。

〔四二〕正末做睡科　息本無此，孟本作"做睡科"。

〔四三〕旦兒上，云　息本作"旦兒柳翠上，云"。

〔四四〕自家柳翠　息本作"自家柳翠的便是"。

〔四五〕化瓦糧回來　息本、孟本均作"化瓦糧回來了"。

〔四六〕師父下法座去了　息本作"師父先行上去了"。

〔四七〕"着你回來"三句　息本、孟本均作"着你唱兩句《雨霖鈴》"。

〔四八〕楊柳岸、曉風殘月　息本、孟本於此句後均還有"擊響檀板"。

〔四九〕那時節師父返照回光　息本、孟本均無"那時節"。

〔五〇〕旦兒唱云　息本作"旦唱"，孟本作"旦兒"。

〔五一〕正末做醒科，唱　息本無，孟本作"末醒科"。

〔五二〕〔掛玉鈎〕曲　曲文四句"越引的"，息本、孟本均作"越引的我"。五句"這的是"，息本、孟本均作"原來是"。七句"饒他便"，息本、孟本均作"便是"。末句"也則索"，息本、孟本均作"我又索"。

〔五三〕云　息本作"末云"，孟本無。

〔五四〕疾　息本無此字。

〔五五〕看她說甚麼　息本、孟本均作"咱看她說甚麼"。

〔五六〕偈云　息本、孟本均無。

〔五七〕借問佳人情意允　息本作"借問小姐情意允"。

〔五八〕還如織女嫁牛郎　息本、孟本均作"肯學織女嫁牛郎"。

〔五九〕偈云　息本、孟本均無。

〔六〇〕曾向章臺舞細腰　"細"，息本作"謝"。

〔六一〕牛員外云　息本作"員外云"，孟本作"員外"。

〔六二〕呀，那婆娘堅意的要出家了　息本、孟本均作"柳翠堅意的出了家"。我自回去也　息本、孟本均作"我回家中去"。

〔六三〕"柳翠"二句　息本、孟本均作"柳翠，你的是也"。

〔六四〕偈云　息本、孟本均無。

〔六五〕從知天地一虛舟　息本作"報春三世又還秋"，孟本作"春秋幾度變還休"。

〔六六〕雖然墜落風塵裏　息本、孟本均作"雖然不在紅塵裏"。

〔六七〕莫忘西方在哪頭　息本作"却向紅塵裏伴幽"，孟本作"却向紅塵裏絆幽"。

〔六八〕花上露，水中漚　息本作"如那花上露，水中漚"，孟本作"如那花上露，水中泡"。

〔六九〕人生能得幾沉浮　息本、孟本均作"不堅不久若虛舟"。

〔七〇〕〔雁兒落〕曲　曲文首句"你可"，息本作"早則你"，孟本作"蚤則你"。三句"何不去"，息本、孟本均無此三字。

〔七一〕〔得勝令〕曲　曲文首句"柳也這不是"，息本作"柳也早則不"，孟本作"柳也蚤則不"。二句"老孤椿"，息本、孟本均作"這老孤椿"。三句"柳也早逢着"，息本作"世逢着"。四句"再休想"，息本作"柳也再休想"。

〔七二〕"我柳翠且歸林下"二句　息本、孟本均作"我且歸林下去"。

〔七三〕下　息本、孟本均無。

〔七四〕見俺世尊去來　息本、孟本均作"見我佛去來"。

〔七五〕"行者做驚科云"七句　息本、孟本均無。

〔七六〕長老云　孟本作"長老驚云"。

〔七七〕偈云　息本、孟本均無。

〔七八〕真僧出世下人間　"間"，臧本原作"天"，據文意及息本、孟本改之。

〔七九〕"眼看一片祥雲裏"二句　息本、孟本均作"天花墜落洋光現，縹緲雲中上九天"。

〔八〇〕觀音領善才上，云　息本作"佛領四天王阿難迦葉上，佛云"，孟本作"佛領四天王阿難迦葉上，云"。

〔八一〕我南海觀世音菩薩　息本、孟本均作"老僧釋迦文佛是也"。

〔八二〕着月明尊者度脫柳翠去　息本、孟本均作"我着月明和尚度脫柳翠去了"。

〔八三〕正末同旦兒上，云　息本作"正末同旦兒柳翠上，末云"，孟本作"正末同旦兒上，云"。息本於此後還有"柳翠，跟着我見佛去來。（做見科，正末云）"；孟本與息本略同，祇無"正末云"。

〔八四〕"菩薩"三句　息本、孟本均作"我佛，月明和尚度脫的柳翠來了也"。

〔八五〕觀音云　息本作"佛云"，孟本作"佛"。

〔八六〕"因為你枝葉觸污微塵"四句　息本、孟本均作"因為你一念差遲，罰往塵世，填還宿債，今日月明和尚引度你歸空也"。

〔八七〕菩薩稽首　息本、孟本均作"我佛，弟子省也"。

〔八八〕柳也，聽我佛的偈　息本作"聽古佛的偈"，孟本作："柳也，聽我的偈。"

〔八九〕〔鴛鴦煞〕曲　曲文二句"出離了"，息本、孟本均作"離了這"。五句"唱道是佛在西天"，息本、孟本均作"暢道福是遥黃"。六句"月臨上方"，息本、孟本均作"直臨下方"。七句"纔得你一縷蔭涼",息本、孟本均作"得一縷蔭涼","蔭",臧本、息本、孟本原均作"陰"。八句"和桂影長相向",息本爲"向一縷頭直上"。九句"伴着這寶蓋香幢",息本、孟本均作"趁着這月色正蒼蒼"。末句"再不許春日遊人到來賞",息本、孟本均作"春日遊人再不賞"。

〔九〇〕觀音云　息本作"佛云",孟本作"佛"。

〔九一〕柳也　息本無此二字。

〔九二〕偈云　息本、孟本均無此二字。

〔九三〕出人寰脱離灾障　"人",孟本作"塵"。

〔九四〕忙追遣月明和尚　"追",息本作"差"。

〔九五〕再休題　息本、孟本均作"再不見"。

〔九六〕翠巍巍嬌柔模樣　"柔",息本、孟本均作"容"。

〔九七〕同下　息本無。

〔九八〕題目　孟本無。

〔九九〕顯孝寺主誦金經　息本作"風光獨佔出墻花",孟本無此句。

〔一〇〇〕正名　孟本無。

〔一〇一〕月明和尚度柳翠　孟本無此句。

鼓盆歌莊子嘆骷髏雜劇[①]

【仙吕·點絳唇】散誕逍遥，個中玄妙[②]，誰知道！惟有漁樵，一笑興亡了。

【混江龍】從吾所好，水邊林下把許由學[③]。有道童隨引，無俗客相邀。六甲風雷袖裏藏[④]，一壺春酒杖頭挑。出家兒不憂貧賤本性[⑤]，待學憂道[⑥]，繩樞瓮牖[⑦]，陋巷箪瓢[⑧]。

【油葫蘆】〔一〕忙處人多閒處少，把光陰虛度了。我則待一心辦道不臨朝[⑨]。你覷這巍巍海上蓬萊島，索强如家家門前長安道[⑩]。你則説有榮辱真紫襴[⑪]，無拘束粗布袍，比及他鐘聲未響頭鷄叫，你在那朝門外馬蕭蕭[⑫]。

【天下樂】〔二〕怎如俺萬里風頭鶴背高[⑬]，直睡到紅日上花梢，尚兀自睡未覺[⑭]。蒙頭衲被熟睡着，甚的唤做海水潮？甚的唤做紅日曉？不識個明星兒直到老。

【那吒令】閒來時迅腳[⑮]，步崎嶇野橋；閒來時共酌，看出猿樹鳥；有時節醉倒，卧沙汀岸草[⑯]。覺來時酒未醒，或朗吟開懷抱，這幽景難描。

【鵲踏枝】閒時節撅茯苓與泥炮[⑰]，採靈芝帶根燒[⑱]；家繞着他這溪口灘頭，轉過他這山隱山遥。醉歸來把仙莊玩了，比人間景物逍遥。

【寄生草】腰金帶，衣紫袍，想人生一夢邯鄲道[⑲]。你聰明不肯回頭早，怎如俺尋真誤入蓬萊島[⑳]；俺這裏白雲緑水鎮常閑[㉑]，你那裏春花秋月何時了。

【節節高】俺這裏洞天深處,端的是世人不到。我則待埋名隱姓,無榮無辱,無煩無惱。你看那蝸角名,蠅頭利㉒,多多少少;我則待夜睡到明,明睡到夜,夜睡到曉。呀,不覺的刮馬似光陰過了㉓。

【元和令】我喫的是盤蔬飲一瓢,穿的是布道服是一套。則待粗布淡飯且淹消㉔,任天公饒不饒。我則待竹籬茅舍枕着山腰,掩柴扉静悄悄,嘆人生空擾擾㉕。

【上馬嬌】〔三〕你則待家道興,名分高,兩件兒受煎熬。幾時得舒心樂意寬懷抱!常則是焦,煩惱蹙兩眉梢。

【勝葫蘆】〔四〕你則待日夜思量計萬條,怎如我無事樂陶陶。俺這裏春夏秋冬草不凋,倚窗寄傲,携笻凝眺㉖,看鸚鵡摘金桃。

【勝葫蘆】門外清風和氣飄,元來是春酒釀葡萄。俺這裏花不知名分外嬌。我則待醉時一覺,醒時歡笑,直喫到紅日上花梢。

【後庭花】俺山中過一宵,你人間過了幾朝。恰纔桃李三春放,又早梧桐一葉凋。嘆節令不相饒,虚度了青春年少,怎如俺步烟霞閑迅脚,携琴書過野橋,採茶芽摘藥苗,砍青松連葉燒,撅蔓菁和土炮㉗,種胡蔴緑水繞㉘,採靈芝澗水澆,我其實年益高。

【青歌兒】拜辭了皇家宣詔,情願待草履蔴縧㉙。出家兒貧不憂愁富不驕。我如今趁着年少,志誠學道,修煉丹藥㉚;我則待偎着嶺,靠着山,近着水,傍着橋,蓋一座無憂無慮草團瓢㉛,稽首回歸索強似凌煙閣。

【注釋】

① 鼓盆歌莊子嘆骷髏雜劇　元·鍾嗣成《録鬼簿》於李壽卿名下有《鼓盆歌莊子嘆骷髏》,據《元曲選》所見元代雜劇劇名的一般形式補入"雜劇"二字。此劇未留下完整劇本,衹有殘曲若干,今據趙景深《元人雜劇鈎沈》所輯録之。

② 個中　即其中。

③ 許由　上古之賢者,相傳堯欲把君位讓給他,他逃到箕山之下,自耕而食;堯又請他做九州長官,他到潁水邊洗耳,表示連讓他當官的話都不願聽到。

④ 六甲風雷　六甲,指六甲天書,道教編造的一種據説可以驅遣鬼神、呼風唤

雨的法術秘訣。因六甲天書可呼風喚雨,故有"風雷"云。

⑤ 出家兒　猶言出家人。

⑥ 憂道　即憂道之不能得。

⑦ 繩樞瓮牖　形容家境十分貧寒。繩樞,用繩繫門,以代門軸;瓮牖,用破瓮之口做窗户。《史記·秦始皇本紀》中有:"陳涉,瓮牖繩樞之子。"

⑧ 陋巷簞瓢　形容生活困苦。簞,食器;瓢,飲器。《史記·仲尼弟子列傳》中有:"孔子曰:'賢哉回也！一簞食,一瓢飲,在陋巷,人不堪其憂,回也不改其樂。'"

⑨ 辦道　宋元時俗語,意爲學道、辦道。《城南柳》第二折中有:"你兩個年紀小小的則管裏被這酒色財氣迷着,不肯修行辦道,還要等甚麼?"

⑩ 索強如　宋元時俗語,意爲勝於、賽過。《城南柳》第四折中有:"但能勾五千歲退齡,索強如九十日韶光。"

⑪ 紫襴　指紫色的襴袍,古代官服的一種樣式。

⑫ 馬蕭蕭　馬嘶鳴聲。杜甫《兵車行》中有:"車轔轔,馬蕭蕭,行人弓箭各在腰。"

⑬ 萬里風頭鶴背高　這裏指夢境。即指夢境中可以無拘無束、海闊天空地領略一切,猶如跨鶴馭風、雲遊萬里。風頭,指風吹的方向。

⑭ 尚兀自　宋元時俗語,意爲尚且、仍然、還是。《裴度還帶》第一折中有:"憂愁的髭鬢斑白,尚兀自還不徹他這穹途債。"

⑮ 迅脚　移脚。

⑯ 沙汀　沙灘。汀,水中或水邊的平地。

⑰ 撅　掘,挖掘。

⑱ 靈芝　菌類植物,古以爲瑞草。漢·張衡《西京賦》中有:"浸石菌於重涯,濯靈芝以朱柯。"

⑲ 人生一夢邯鄲道　即人生如夢。唐人沈既濟《枕中記》載,盧生於邯鄲客店中遇道者呂翁。生自嘆窮困,翁乃授之枕,使入夢。生夢中歷富貴榮華,一貧如洗,幾起幾落。及醒,主人炊黃粱尚未熟。後以此喻人生如夢,富貴終歸虛幻。

⑳ 尋真　追尋人之本性。《莊子·秋水》中有:"謹守而勿失,是謂反其真。"

㉑ 鎮常閑　猶言鎮日常閑,即整日常閑。鎮日,宋元時俗語,意爲整天。《董解元西廂記》卷七中有:"鎮日家耽酒迷花,便把文君不顧。"

㉒ 蝸角名,蠅頭利　比喻極小的名和利。王實甫《西廂記》四本第三折中有:"蝸角虛名,蠅頭微利,拆鴛鴦在兩下裏。"

㉓ 刮馬　宋元時俗語,意爲跑馬。《竹葉舟》第四折中有:"我則待夜睡到明,明睡到夜,睡直到覺,呀,盍則似刮馬兒光陰過了。"

㉔ 淹消　宋元時俗語,指消磨歲月。《冤家債主》楔子中有:"粗衣淡飯且淹消,

養性修真常自保。"

㉕ 空擾擾　猶言空忙亂。

㉖ 筇(qióng)　杖。筇本竹名,因筇竹可作杖,故云。

㉗ 蔓菁　植物名,一、二年生,草本,直根肥大,可作蔬菜,鮮食、腌制或制干均可。

㉘ 胡麻　一指芝麻,一指油用亞麻。

㉙ 草履蔴縧　草履,草鞋;蔴縧,用蔴編織的帶子或繩子。

㉚ 修煉丹藥　即煉丹。丹藥,古代道家所煉據説服用後可長生不老之藥。

㉛ 草團瓢　宋元時俗語,指圓形茅屋。《飛刀對箭》第一折中有:"我這裏怨天公安排得我便無着落,困蟄龍久隱在草團瓢。"

【校記】

〔一〕〔油葫蘆〕曲　曲文三句"我則待","則",趙輯本作"又",改之,此情形後文中仍有多處,概不再入校。

〔二〕〔天下樂〕曲　曲文二句"花梢",趙輯本將"梢"作"稍",改之。三句"尚兀自",趙輯本作"向兀自",據文意改之。

〔三〕〔上馬嬌〕曲　曲文末句"眉梢",趙輯本作"勾眉稍",改之。

〔四〕〔勝葫蘆〕曲　曲文末句"花梢",趙輯本作"花稍",改之。

李壽卿·散曲

雙調·壽陽曲

金刀利,錦鯉肥,更那堪玉葱纖細①;添得醋來風韵美,試嘗道甚生滋味。

【注釋】

①更那堪　宋元時俗語,意爲更兼之,況且更,更加。

李壽卿・附錄

歷代關於李壽卿的史料記載

元·鍾嗣成《錄鬼簿》：

李壽卿，太原人，將仕郎，除縣丞。《說鱄諸伍員吹簫》《月明三度臨歧柳》《船子和尚秋蓮夢》《吕太后定計斬韓信》《吕太后夜鎮鑒湖亭》《司馬昭復奪受禪臺》《鼓盆歌莊子嘆骷髏》《吕太后祭溠水》《吕無雙遠波亭》《辜負吕無雙》（與《遠波亭》關目同）。

明·朱權《太和正音譜·古今英賢樂府格勢》：

李壽卿之詞，如洞天春曉。

其詞雍容典雅，變化幽玄，造語不凡，非神仙中人，孰能致此？

明·朱權《太和正音譜·群英所編雜劇》：

李壽卿：《斬韓信》《嘆骷髏》《臨歧柳》《鑒湖亭》《祭溠水》《復奪受禪臺》《伍員吹簫》《遠波亭》《辜負吕無雙》《船子和尚秋蓮夢》。

明·賈仲明《凌波仙》：

《南華》莊老嘆骷髏，船子秋蓮夢裏游，月明三度臨歧舞。播閻浮，四百州，姓名香，贏得青樓。黃沙漫，塞草秋，白骨荒丘。

明·王世貞《曲藻》：

今世所演習者：《北西廂記》出王實甫……《伍員吹簫》《莊

子嘆骷髏》出李壽卿……

清·黄文暘《重訂曲海總目》：

元人雜劇：
李壽卿：《伍員吹簫》。

清·黄丕烈《也是園藏書古今雜劇目録》：

待訪古今雜劇存目：
元李壽卿：《説鱄諸伍員吹簫》。

清·李調元《劇話》卷上：

元人劇本，見於《百種曲》僅十分之一。考陶宗儀《輟耕録》所載，陸顯之、李取進、于伯淵……及涵虚子編元群英：馬致遠、王實甫、關漢卿……李壽卿……

清·梁廷枏《曲話》卷一：

作曲人自一種至數十種，有姓氏可考及或隱其本名而寓以他稱者，以雜劇言之，其人各一種者，元人如：……李壽卿作《伍員吹簫》……

臧晉叔《元曲選》，首列元人雜劇，與予所考，多不同，且有較予爲多者，今並録之……李壽卿十一種：《伍員吹簫》《斬韓信》《嘆骷髏》《臨歧柳》《鑒湖亭》《船子和尚秋蓮夢》……王伯成二種：《貶夜郎》……

清·梁廷枏《曲話》卷四：

曲話以《涵虚曲論》爲最先，取詞客九十八人而品題之。如云"馬東籬如朝陽鳴鳳，張小山如瑶天笙鶴，白仁甫如鵬搏九霄，李壽卿如洞天春曉……"等類。其題目雖佳，然未必人人切當不移也。

清·姚燮《今樂考證》：

元劇總論：

涵虛子曰："古今群英樂府，各有其目：馬東籬如朝陽鳴鳳，張小山如瑤天笙鶴，白仁甫如鵬搏九霄，李壽卿如洞天春曉……"

歷代與《伍員吹簫》有關的史料記載

《左傳》昭公二十七年：

……吳公子光曰："此時也，弗可失也。"告鱄諸曰："上國有言曰：不索，何獲？我王嗣也，吾欲求之。事若克，季子雖至，不吾廢也。"鱄諸曰："王可弒也，母老子弱，是無若我何？"光曰："我，爾身也。"夏四月，光伏甲於堀室而享王，王使甲坐於道，及其門，門階戶席，皆王親也，夾之以鈹，羞者獻體改服於門外，執羞者坐行而入，執鈹者夾承之，及體以相授也。光偽足疾，入於堀室。鱄諸置劍於魚中以進，抽劍刺王。鈹交於胸，遂弒王。

《戰國策·魏策四》：

……唐且曰："此庸夫之怒也，非士之怒也。夫鱄諸之刺王僚也，彗星襲月；聶政之刺韓傀也，白虹貫日；要離之刺慶忌也，倉鷹擊於殿上……"

漢·司馬遷《史記·吳太伯世家》：

伍子胥之初奔吳，說吳王僚以伐楚之利。公子光曰："胥之父兄爲僇於楚，欲自報其讎耳，未見其利。"於是伍員知光有他志,乃求勇士鱄諸,見之光。光喜,乃客伍子胥。子胥退而耕於野,以待鱄諸之事。

十二年冬,楚平王卒。十三年春,吴欲因楚喪而伐之,使公子蓋餘、燭庸以兵圍楚之六、灊。使季札於晋,以觀諸侯之變。楚發兵絶吴兵後,吴兵不得還。於是吴公子光曰:"此時不可失也。"告鱄諸曰:"不索何獲,我真王嗣,當立,吾欲求之。季子雖至,不吾廢也。"鱄諸曰:"王僚可殺也。母老子弱,而兩公子將兵攻楚,楚絶其路。方今吴外困於楚,而内空無骨鯁之臣,是無奈我何。"光曰:"我身,子之身也。"四月丙子,光伏甲士於窟室,而謁王僚飲。王僚使兵陳於道,自王宫至光之家,門階户席,皆王僚之親也,人夾持鈹。公子光佯爲足疾,入於窟室,使鱄諸置匕首於炙魚之中以進食。手匕首刺王僚,鈹交於匈,遂弒王僚。公子光竟代立爲王,是爲吴王闔廬。

漢·司馬遷《史記·楚世家》:

六年,使太子建居城父,守邊。無忌又日夜讒太子建於王曰:"自無忌入秦女,太子怨,亦不能無望於王,王少自備焉。且太子居城父,擅兵,外交諸侯,且欲入矣。"平王召其傅伍奢責之。伍奢知無忌讒,乃曰:"王奈何以小臣疏骨肉?"無忌曰:"今不制,後悔也。"於是王遂囚伍奢,而召其二子而告以免父死。乃令司馬奮揚召太子建,欲誅之。太子聞之,亡奔宋。

無忌曰:"伍奢有二子,不殺者爲楚國患。盍以免其父召之,必至。"於是王使使謂奢:"能致二子則生,不能將死。"奢曰:"尚至,胥不至。"王曰:"何也?"奢曰:"尚之爲人廉,死節,慈孝而仁,聞召而免父,必至,不顧其死。胥之爲人,智而好謀,勇而矜功,知來必死,必不來。然爲楚國憂者必此子。"於是王使人召之,曰:"來,吾免爾父。"伍尚謂伍胥曰:"聞父免而莫奔,不孝也;父戮莫報,無謀也;度能任事,知也。子其行矣,我其歸死。"

伍尚遂歸。伍胥彎弓屬矢，出見使者，曰："父有罪，何以召其子爲？"將射，使者還走，遂出奔吳。伍奢聞之，曰："胥亡，楚國危哉！"楚人遂殺武奢及尚。

十年，楚太子建母在居巢，開吳。吳使公子光伐楚，遂敗陳、蔡，取太子建母而去。楚恐，城郢。初，吳之邊邑卑梁與楚邊邑鍾離小童爭桑，兩家交怒相攻，滅卑梁人。卑梁大夫怒，發邑兵攻鍾離。楚王聞之怒，發國兵滅卑梁。吳王聞之大怒，亦發兵，使公子光因建母家攻楚，遂滅鍾離、居巢。楚乃恐而城郢。

十三年，平王卒。將軍子常曰："太子珍少，且其母乃前太子建所當娶也。"欲立令尹子西。子西，平王之庶弟也，有義。子西曰："國有常法，更立則亂，言之則致誅。"乃立太子珍，是爲昭王。

昭王元年，楚衆不說費無忌，以其讒亡太子建，殺伍奢子父與郤宛。宛之宗姓伯氏子嚭及子胥皆奔吳，吳兵數侵楚，楚人怨無忌甚。楚令尹子常誅無忌以說衆，衆乃喜。

四年，吳三公子奔楚，楚封之以捍吳。五年，吳伐楚之六、灊。七年，楚使子常伐吳，吳大敗楚於豫章。

十年冬，吳王闔閭、伍子胥、伯嚭與唐、蔡俱伐楚，楚大敗，吳兵遂入郢，辱平王之墓，以伍子胥故也。

漢‧司馬遷《史記‧伍子胥列傳》：

伍子胥者，楚人也，名員。員父曰伍奢，員兄曰伍尚。其先曰伍舉，以直諫事楚莊王，有顯，故其後世有名於楚。

楚平王有太子名曰建，使伍奢爲太傅，費無忌爲少傅。無忌不忠於太子建。平王使無忌爲太子取婦於秦。秦女好，無忌馳歸報平王曰："秦女絕美，王可自取，而更爲太子取婦。"平王遂自取秦女而絕愛幸之，生子軫。更爲太子取婦。

無忌既以秦女自媚於平王，因去太子而事平王。恐一旦平王卒而太子立，殺己，乃因讒太子建。建母，蔡女也，無寵於平王。平王稍益疏建，使建守城父，備邊兵。

頃之，無忌又日夜言太子短於平王："太子以秦女之故，不能無怨望，願王少自備也。自太子居城父，將兵，外交諸侯，且欲入爲亂矣。"平王乃召其太傅伍奢考問之。伍奢知無忌讒太子於平王，因曰："王獨奈何以讒賊小臣疏骨肉之親乎？"無忌曰："王今不制，其事成矣。王且見禽。"於是平王怒，囚伍奢，而使城父司馬奮揚往殺太子。行未至，奮揚使人先告太子："太子急去，不然將誅。"太子建亡奔宋。

無忌言於平王曰："伍奢有二子，皆賢，不誅且爲楚憂。可以其父質而召之，不然且爲楚患。"王使使謂伍奢曰："能致汝二子則生，不能則死。"伍奢曰："尚爲人仁，呼必來。員爲人剛戾忍訽，能成大事，彼見來之并禽，其勢必不來。"王不聽，使人召二子曰："來，吾生汝父；不來，今殺奢也。"伍尚欲往，員曰："楚之召我兄弟，非欲以生我父也，恐有脱者後生患，故以父爲質，詐召二子。二子到，則父子俱死。何益父之死？往而令讎不得報耳。不如奔他國，借力以雪父之恥，俱滅，無爲也。"伍尚曰："我知往終不能全父命。然恨父召我以求生而不往，後不能雪恥，終爲天下笑耳。"謂員："可去矣！汝能報殺父之讎，我將歸死。"尚既就執，使者捕伍胥。伍胥貫弓執矢向使者，使者不敢進，伍胥遂亡。聞太子建之在宋，往從之。奢聞子胥之亡也，曰："楚國君臣且苦兵矣。"伍尚至楚，楚并殺奢與尚也。

伍胥既至宋，宋有華氏之亂，乃與太子建俱奔於鄭。鄭人甚善之。太子建又適晋，晋頃公曰："太子既善鄭，鄭信太子。太子能爲我内應，而我攻其外，滅鄭必矣。滅鄭而封太子。"太子乃還鄭。事未會，會自私欲殺其從者。從者知其謀，乃告之於鄭。鄭定公與子產誅殺太子建。建有子名勝。伍胥懼，乃與勝懼奔吴。到昭關，昭關欲執之。伍胥遂與勝獨身步走，幾不得脱。追者在後。至江,江上有一漁父乘船,知伍胥之急,乃渡伍胥。伍胥既渡,解其劍曰:"此劍直百金,以與父。"父曰:"楚國之法,得伍胥者賜粟五萬石,爵執珪,豈徒百金劍邪!"不受。伍胥未至吴而疾,止中道,乞食。至於吴,吴王僚方用事,公子光爲將。伍胥乃因公子光以求見吴王。

久之,楚平王以其邊邑鐘離與吴邊邑卑梁氏俱蠶,兩女子爭桑相攻,乃大怒,至於兩國舉兵相伐。吴使公子光伐楚,拔其鐘離、居巢而歸。伍子胥説吴王僚曰:"楚可破也。願復遣公子光。"公子光謂吴王曰:"彼伍胥父兄爲戮於楚,而勸王伐楚者,欲以自報其讎耳。伐楚未可破也。"伍胥知公子光有内志,欲殺王而自立,未可説以外事,乃進鱄諸於公子光,退而與太子建之子勝耕於野。

五年而楚平王卒。初,平王所奪太子建秦女生子軫,及平王卒,軫竟立爲後,是爲昭王。吴王僚因楚喪,使二公子將兵往襲楚。楚發兵絶吴兵之後,不得歸。吴國内空,而公子光乃令鱄諸襲刺吴王僚而自立,是爲吴王闔廬。闔廬既立,得志,乃召伍員以爲行人,而與謀國事。

楚誅其大臣郤宛、伯州犁。伯州犁之孫伯嚭亡奔吴,吴亦以嚭爲大夫。前王僚所遣二公子將兵伐楚者,道絶不得歸。後聞闔廬弑王僚自立,遂以其兵降楚,楚封之於舒。闔廬立三年,乃興師與伍胥、伯嚭伐楚,拔舒,遂禽故吴反二將軍。因欲至郢,將軍孫武曰:"民勞,未可。且待之。"乃歸。

四年,吴伐楚,取六與灊。五年,伐越,敗之。六年,楚昭王使公子囊瓦將兵伐吴。吴使伍員迎擊,大破楚軍於豫章,取楚之居巢。

九年,吴王闔廬謂子胥、孫武曰:"始子言郢未可入,今果何如?"二子對曰:"楚將囊瓦貪,而唐、蔡皆怨之。王必欲大伐之,必先得唐、蔡乃可。"闔廬聽之,悉興師與唐、蔡伐楚,與楚夾漢水而陳。吳王之弟夫概將吳請從,王不聽,遂以其屬五千人擊楚將子常。子常敗走,奔鄭。於是兵乘勝而前,五戰,遂至郢。己卯,楚昭王出奔。庚辰,吳王入郢。

昭王出亡,入雲夢;盜擊王,王走鄖。鄖公弟懷曰:"平王殺我父,我殺其子,不亦可乎!"鄖公恐其弟殺王,與王奔隨,謂隨人曰:"周之子孫在漢川者,楚盡滅之。"隨人欲殺王,王子綦匿王,己自爲王以當之。隨人卜與王於吳,不吉,乃謝吳不與王。

始,伍員與申包胥爲交,員之亡也,謂包胥曰:"我必覆楚。"包胥曰:"我必存之。"及吳兵入郢,伍子胥求昭王。既不得,乃掘楚平王墓,出其屍,鞭之三百,然後已……

漢·司馬遷《史記·范雎蔡澤列傳》:

……范雎曰:"……伍子胥橐載而出昭關,夜行晝伏,至於陵水,無以餬其口,膝行蒲伏,稽首肉袒,鼓腹吹篪,乞食於吳市,卒興吳國,闔閭爲伯……"

漢·司馬遷《史記·刺客列傳》:

專諸者,吳堂邑人也。伍子胥亡楚而如吳也,知專諸之能。伍子胥既見吳王僚,説以伐楚之利。吳公子光曰:"彼伍員父兄皆死於楚而員言伐楚,欲自爲報私讎也,非能爲吳。"吳王乃止。伍子胥知公子光之欲殺吳王僚,乃曰:"彼光將有内志,未可説以外事。"乃進專諸於公子光。

……

光既得專諸,善客待之。九年而楚平王死。春,吳王僚欲因楚喪,使兵二弟公子蓋餘、屬庸將兵圍楚之灊,使延陵季子於晉,以觀諸侯之變。楚發兵絶吳將蓋餘、屬庸路,吳兵不得還。於是公子光謂專諸曰:"此時不可失,不求何獲!且光真王嗣,當立,季子雖來,不吾廢也。"專諸曰:"王僚可殺也。母老子弱,而兩弟將兵伐楚,楚絕其後。方今吴外困於楚,而内空無骨鯁之臣,是無如我何。"公子光頓首曰:"光之身,子之身也。"

四月丙子,光伏甲士於窟室中,而具酒請王僚。王僚使兵陳自宫至光之家,門户階陛左右,皆王僚之親戚也。夾立侍,皆持長鈹。酒既酣,公子光佯爲足疾,入窟室中,使專諸置匕首魚炙之腹中而進之。既至王前,專諸擘魚,因以匕首刺王僚,王僚立死。左右亦殺專諸,王人擾亂。公子光出其伏甲以攻王僚之徒,盡滅之,遂自立爲王,是爲闔閭。闔閭乃封專諸之子以爲上卿。

漢·趙曄《吴越春秋》卷三

五年,楚之亡臣伍子胥來奔吴。伍子胥者,楚人也,名員。員父奢兄尚,其前名曰伍舉,以直諫事楚莊王。王即位三年,不聽國政,沉湎於酒,淫於聲色。左手擁秦姬,右手抱越女,身坐鐘鼓之間而令曰:"有敢諫者,死!"於是武舉進諫曰:"有一大鳥,集楚國之庭,三年不飛,亦不鳴,此何鳥也?"於是莊王曰:"此鳥不飛,飛則衝天;不鳴,鳴則驚人。"伍舉曰:"不飛不鳴,將爲射者所圖,弦矢卒發,豈得衝天而驚人乎?"於是莊王棄其秦姬、越女,罷鐘鼓之樂,用孫叔敖任以國政,遂霸天下,威伏諸侯。莊王卒,靈王立,建章華之臺,與登焉。王曰:"臺美。"伍舉曰:"臣聞國君服寵以爲美,安民以爲樂,克聽以爲聰,致遠以爲明。不聞以土木之崇高,蟲鏤之刻畫,金石之清音,絲竹之淒唳以之爲美。前莊王爲抱居之臺,高不過望國氛,大不過容宴豆,木不妨守備,用不煩官府,民不敗時務,官不易朝常。今君爲此臺七年,國人怨焉,財用盡焉,年穀敗焉,百姓煩焉,諸侯忿怨,卿士訕謗,豈前王之所盛,人君之美者耶?臣誠愚,不知所謂也。"靈王即除工去飾,不游於臺。由是伍氏三世爲楚忠臣。楚平王有太子名建,平王以伍奢爲太子太傅,費無忌爲少傅。平王使無忌爲太子娶於秦。秦女美容,無忌報平王曰:"秦女天下無雙,王可自取。"王遂納秦女爲夫人而幸愛之,生子珍,而更爲太子娶齊女。無忌因去太子而事平王,深念平王一旦卒而太子立,當害己也,乃復讒太子建。建母蔡氏,無寵,乃使太子守城父,備邊兵。頃之,無忌日夜言太子之短曰:"太子以秦女之故,不能無怨望之心,願王自備。太子居城父將兵,外交諸侯,將入爲亂。"平王乃召伍奢而按問之。奢知無忌之讒,因諫之曰:"王獨奈何以讒賊小臣而疏骨肉乎?"無忌承宴,復言曰:"王今不制,其事成矣,王且見擒。"平王大怒,因囚伍奢,而使城父司馬奮揚往殺太子。奮揚使人前告太子:"急去,不然將誅。"二月,太子奔宋。無忌復言平王曰:"伍奢有二子,皆賢,不誅且爲楚憂。可以其父爲質而召之。"王使使謂奢曰:"能致二子,則生;不然,則死。"伍奢曰:"臣有二子,長曰尚,少曰胥。尚爲人慈溫仁信,若聞臣召輒來;胥爲人少好於文,長習於武。文治邦國,武定天下,執綱守戾,蒙垢受耻,雖冤不爭,能成大事。此前知之士,安可致耶?"平王謂伍奢之譽二子,即遣使者,駕駟馬,封函印綬,往許召子尚、子胥。令曰:"賀二子,父奢以忠信慈仁去難就免,平王内慚囚繫忠臣,外愧諸侯之耻,反進奢爲國相,封二子爲侯,尚賜鴻都侯,胥賜蓋侯,相去不遠三百餘里。奢久囚繫,憂思二子,故遣臣來奉進印綬。"尚曰:"父繫三年,中心忉怛,食不甘味,嘗苦飢渴,晝夜感思,憂父不活,惟父獲免,何敢貪印綬哉!"使者曰:"父囚三年,王今幸赦,無以賞賜,封二子爲侯,一言當至,何所陳哉。"尚乃入報子胥曰:"父幸免死,二子爲侯,使者在門,兼封印綬,汝可見使。"子胥曰:"尚且安坐,爲兄卦之。今日甲子,時加於巳,支傷日下,氣不相受。君欺其臣,父欺其子,今往方死,何侯之有?"尚曰:"豈貪於侯,思見父耳。一面而別,雖死而生。"子胥曰:"尚且無往,父當我活。楚畏我勇,勢不敢殺兄,若誤往,必死不脱。"尚曰:"父子之愛,恩從中出,徼倖相見,以自濟達。"於是子胥嘆曰:"與父俱誅,何明於世?冤讎不除,耻辱日大,尚從是往,我從是决。"尚泣曰:"吾之生也,爲世所笑,終老地上,而亦何之?不能報讎,畢爲廢物。汝懷文武,勇於策謀,父兄之讎,汝可復也。吾如得返,是天佑之;其遂沉埋,亦吾所喜。"胥曰:"尚且行矣,吾去不顧,勿使臨難,雖悔何追。"旋泣辭行,與使俱往。楚得子尚,執而囚之,復遣追捕子胥。胥乃貫弓執矢去楚,楚追之,見其妻曰:"胥亡矣,去三百里。"使者追及無人之野,胥乃張弓布矢,欲害使者,使者俯伏而走。胥曰:"報汝平王,欲國不滅,釋吾父兄,若不爾者,楚爲墟矣。"使返,報平王。王聞之,即發大軍追子胥,至江,失其所在,不獲而返。子胥行至大江,仰天行哭:"林澤之中,言楚王無道,殺吾父兄,願吾因於諸侯以報讎矣。"聞太子建在宋,胥欲往之。伍奢初聞子胥之亡,曰:"楚之君臣且苦兵矣。"尚至楚,就父,俱戮於市。伍員奔宋,道遇申包胥,謂曰:"楚王殺吾父兄,爲之奈何?"申包胥曰:"於乎,吾欲教子報楚,則爲不忠;教子不報,則爲無親友也。子其行矣,吾不容言。"子胥曰:"吾聞:父母之讎,不與戴天履地;兄弟之讎,不與同域接壤;朋友之讎,不與鄰鄉共里。今吾將復楚幸以雪父兄之耻。"申包胥曰:"子能亡之,吾能存之;子能危之,吾能安之。"胥遂奔宋。宋元公無信於國,國人惡之。大夫華氏謀殺元公,國人與華氏因作大亂,子胥乃與太子建俱奔鄭。鄭人甚禮之。太子建又適晉,晉頃公曰:"太子既在鄭,鄭信太子矣。太子能爲内應而滅鄭,即以鄭封太子。"太子還鄭。事未成,會欲私其從者。從者知其謀,乃告之於鄭。鄭定公與子産誅殺太子建。建有子名勝,伍員與勝奔吴,到昭關,關吏欲執之,伍員因詐曰:"上所以索我者,美珠也。今我已亡矣,將去取之。"關吏因捨之。與勝行去,追者在後,幾不得脱。至江,江中有漁父,乘船從下方泝水而上。子胥呼之,謂曰:"漁父渡我!"如是者再。漁父欲渡之,適會旁有人窺之,因而歌曰:"日月昭昭乎侵已,馳與子期乎蘆之漪。"子胥即止蘆之漪。漁父又歌曰:"日已夕兮予心憂悲,月已馳兮何不渡爲,事寖急兮當奈何?"子胥入船,漁父知其意也,乃渡之千潯之津。子胥既渡,漁父乃視之有其饑色,乃謂曰:"子俟我此樹下,爲子取餉。"漁父去後,子胥疑之,乃潛身於深葦之中。有頃,父來,持麥飯鮑魚羹盎漿,求之樹下,不見,因歌而呼之曰:"蘆中人,蘆中人,豈非窮士乎?"如是至再,子胥乃出蘆中而應。漁父曰:"吾見子有饑色,爲子取餉,子何嫌哉?"子胥曰:"性命屬天,今屬丈人,豈敢有嫌哉!"二人飲食畢,欲去,胥乃解百金之劍以與漁者:"此吾前君之劍,中有七星,價直百金,以此相答。"漁父曰:"吾聞楚之法令,得伍胥者賜粟五萬石,爵執圭,豈圖取百金之劍乎?"遂辭不受,謂子胥曰:"子急去,勿留,且爲楚所得。"子胥曰:"請丈人姓字。"漁父曰:"今日兇兇,兩賊相逢,吾所謂渡楚賊也。兩賊相得,得形於默,何用姓字爲? 子爲蘆中人,吾爲漁丈人,富貴莫相忘也。"子胥曰:"諾!"既去,誡漁父曰:"掩子之盎,無令其露。"漁父諾。子胥行數步,顧視漁者,已覆船自沉於江水之中矣。子胥默然,遂行。至吳,疾於中道,乞食溧陽。適會女子擊綿於瀨水之上,筥中有飯。子胥遇之,謂曰:"夫人,可得一餐乎?"女子曰:"妾獨與母居,三十未嫁,飯不可得。"子胥曰:"夫人賑窮塗,少飯亦何嫌哉?"女子知非恒人,遂許之。發其簞筥,飯其盎漿,長跪而與之,子胥再餐而止。女子曰:"君有遠逝之行,何不飽而餐之?"子胥已餐而去,又謂女子曰:"掩夫人之壺漿,無令其露。"女子嘆曰:"嗟乎! 妾獨與母居三十年,自守貞明,不願從適,何宜饋飯而與丈夫,越虧禮儀,妾不忍也。子行矣!"子胥行,反顧女子,已自投於瀨水矣。於乎,貞明執操,其丈夫女哉! 子胥之吳,乃被髮佯狂,跣足塗面,行乞於市。市人觀,罔有識者。翌日,吳市吏善相者見之,曰:"吾之相人多矣,未嘗見斯人也,非異國之亡臣乎?"乃白吳王僚,具陳其狀,王宣召之。王僚曰:"與之俱入。"公子光聞之,私喜曰:"吾聞楚殺忠臣伍奢,其子子胥勇而且智,彼必復父之讎,來入於吳,陰欲養之。"市吏於是與子胥俱入見王,王僚怪其狀偉,身長一丈,腰十圍,眉間一尺。王僚與語三日,辭無復者。王曰:"賢人也!"子胥知王好之,每入與語,遂有勇壯之氣,稍道其讎,而有切切之色。王僚知之,欲爲興師復讎。公子謀殺王僚,恐子胥前親於王而害其謀,因讒伍胥之諫:"伐楚者非爲吳也,但欲自復私讎耳,王無用之。"子胥知公子光欲害王僚,乃曰:"彼光有内志,未可說以外事。"入見王僚曰:"臣聞諸侯不爲匹夫興師用兵於壯國。"王僚曰:"何以言之?"子胥曰:"諸侯專爲政,非以意救急後興師。今大王踐國制威,爲匹夫興兵,其義非也。臣固不敢如王之命。"吳王乃止。子胥退耕於野,求勇士,薦之公子光,欲以自媚。乃得勇士鱄諸。鱄諸者,堂邑人也。伍胥之亡楚如吳時遇之於塗,鱄諸方與人鬥,將就敵,其怒有萬人之氣,甚不可當,其妻一呼即還。子胥怪而問其狀:"何夫子之怒盛也,聞一女子之聲而折道,寧有說乎?"鱄諸曰:"子視吾之儀寧類愚者也,何言之鄙也?夫屈一人之下,必伸萬人之上。"子胥因相其貌,碓顙而深目,虎膺而熊背,戾於從難,知其勇士,陰而結之,欲以爲用。遭公子光之有謀也,而進之公子光,光既得鱄諸而禮待之。公子光曰:"天以夫子輔孤之失根也。"鱄諸曰:"前王餘眛卒,僚立,自其分也,公子何因而欲害之乎?"光曰:"前君壽夢有子四人:長曰諸樊,則光之父也;次曰餘祭,次曰餘眛,次曰季札。札之賢也,將卒,傳付適長,以及季札,念季札爲使,亡在諸侯未還。餘眛卒,國空,有立者,適長也。適長之後,即光之身也。今僚何以當代立乎?吾力弱無助,於掌事之間,非用有力徒能安吾志。吾雖代立,季子東還,不吾廢也。"鱄諸曰:"何不使近臣從容言於王側,陳前王之命,以諷其意,令知國之所歸,何須私備劍士,以捐先王之德。"光曰:"僚素貪而恃力,知進之利不睹退讓,吾故求同憂之士,欲與之并力,惟夫子詮斯義也。"鱄諸曰:"君言甚露乎?於公子何意也?"光曰:"不也,此社稷之言也,小人不能奉行,惟委命矣。"鱄諸曰:"願公子命之。"公子光曰:"時未可也。"鱄諸曰:"凡欲殺人君,必前求其所好。吳王何好?"光曰:"好味。"鱄諸曰:"何味所甘?"光曰:"好嗜魚之炙也。"鱄諸乃去,從太湖學炙魚,三月得其味,安坐,待公子光命之。

八年,僚遣公子伐楚,大敗楚師,因迎故太子建母於鄭。鄭君送建母珠玉簪珥,欲以解殺建之過。九年,吳使光伐楚,拔居巢、鐘離。吳所以相攻者,初,楚之邊邑卑梁之女與吳邊邑處女蠶,爭界上之桑,二家相攻,吳國不勝,遂更相伐,滅吳之邊邑。吳怒,故伐楚,取二邑而去。

十二年冬,楚平王卒,伍子胥謂白公勝曰:"平王卒,吾志不悉矣。然楚國在,吾何憂矣。"白公默然不對,伍子胥坐泣於室。

十三年春,吳欲因楚葬而伐之,使公子蓋餘、燭傭以兵圍楚,使季札於晉,以觀諸侯之變。楚發兵絕吳後,吳兵不得還。於是,公子光心動。伍胥知光之見機也,乃說光曰:"今吳王伐楚,二弟將兵,未知吉凶,鱄諸之事,於斯急矣。時不再來,不可失也。"於是,公子光見鱄諸曰:"今二弟伐楚,季子未還,當此之時,不求何獲。時不可失,且光真王嗣也。"鱄諸曰:"僚可殺也,母老子弱,弟伐楚,楚絕其後。方今吳外困於楚,内無骨鯁之臣,是無如我何也。"四月,公子光伏甲士於窟室中,具酒而請王僚,僚白其母曰:"公子光爲我具酒來請,期無變悉乎?"母曰:"光心氣怏怏,常有愧恨之色,不可不慎。"王僚乃被棠鐵之甲三重,使兵衛陳於道,自宮門至於光家之門,階席左右皆王僚之親戚。使至立侍,皆操長戟交戟。酒酣,公子光佯爲足疾,入窟室裏足,使鱄諸置魚腸劍炙魚中進之,既至王僚前,鱄諸乃擘炙魚,因推匕首,立戟交戟倚鱄諸胸,胸斷臆開,匕首如故,以刺王僚,貫甲達背。王僚既死,左右共殺鱄諸,衆士擾動。公子光伏其甲士以攻僚衆,盡滅之,遂自立,是爲吳王闔閭也。乃封鱄諸之子,拜爲客卿。季札使還,至吳,闔閭以位讓季札曰:"苟前君無廢社稷,以奉君也,吾誰怨乎?哀死待生,以俟天命,非我所亂,立者從之,是前人之道。"命哭僚墓,復位而待。公子蓋餘、燭傭二人將兵,遇圍於楚者,聞公子光殺王僚自立,乃以兵降楚,楚封之於舒。

漢·趙曄《吳越春秋》卷四

……楚聞吳使孫子、伍子胥、白喜爲將,楚國苦之,群臣皆怨,咸言費無忌讒殺伍奢、白州犂,而吳侵境,不絕於寇,楚國群臣有一朝之患。於是,司馬成乃謂子常曰:"太傅伍奢、左尹白州犂,邦人莫知其罪,君與王謀誅之,流謗於國,至於今日,其言不絕,誠惑之。蓋聞仁者殺人以掩謗者,猶弗爲也,今子殺人以興謗於國,不亦異乎?夫費無忌,楚之讒口。民莫知其過,今無辜殺三賢士,以結怨於吳,内傷忠臣之心,外爲鄰國所笑,且卻伍之家,出奔於吳,吳新有伍員、白喜,秉威銳志,結讎於楚,故強敵之兵,日駭楚國有事,子即危矣。夫智者除讒以自安,愚者受佞以自亡,今子受讒,國以危矣。"子常曰:"是囊之罪也,敢不圖之。"九月,子常與昭王共誅費無忌,遂滅其族,國人乃謗止。

……

十月,楚二師陣於柏舉,闔閭之弟夫概,晨起請於闔閭曰:"子常不仁,貪而少恩,其臣下莫有死志,追之必破矣。"闔閭不許。夫概曰:"所謂臣行其志不待命者,其謂此也。"遂以其部五千人擊子常,大敗,走奔鄭,楚師大亂,吳師乘之,遂破楚衆。楚人未濟漢,會楚人食,吳因奔而擊破之雍澨,五戰,徑至於郢。王追於吳寇,出固將亡,與妹季芊出河灘之間,楚大夫尹固與王同舟而去。吳師遂入郢,求昭王。王涉灘濟江入於雲中。暮宿,群盜攻之,以戈擊王頭,大夫尹固,隱王以背,受之中肩,王懼奔鄀。大夫種建負季芊以從。鄀公辛得昭王,大喜,欲還之,其弟懷怒曰:"昭王是我讎也。"欲殺之,謂其兄辛曰:"昔平王殺我父,吾殺其子,不亦可乎?"辛曰:"君討其臣,敢讎之者?夫乘人之禍,非仁也;滅宗廢祀,非孝也;動無令名,非智也。"懷怒不解,辛陰與其季弟巢以王奔隨。吳兵逐之,謂隨君曰:"周之子孫在漢水上者楚滅之,謂天報其禍,加罰於楚,君何寶之?周室何罪,而隱其罪?能出昭王,即重惠也。"隨君卜,昭王與吳王不吉,乃辭吳王曰:"今隨之僻小,密近於楚,楚實存我,有盟至今未改,若今有難而棄之,今且安靜,楚敢不聽命。"吳師多其辭,乃退。是時,大夫子期雖與昭王俱亡,陰與吳師爲市,欲出昭王。王聞之,得免,即割子期心以與隨君,盟而去。吳王入郢,止留伍胥,以不得昭王,乃掘平王之墓,出其屍,鞭之三百,左足踐腹,右手扶其目,誚之曰:"誰使汝用讒諛之口,殺我父兄,豈不冤哉!"即令闔閭妻昭王夫人。伍胥、孫武、白喜亦妻子常、司馬成之妻,以辱楚之君臣也。遂引軍擊鄭,鄭定公前殺太子建而困迫子胥,自此鄭定公大懼,乃令國中曰:"有能還吳軍者,吾與分國而治。"漁者之子應募曰:"臣能還之,不用尺兵斗糧,得一橈而行歌道中即還矣。"公乃與漁者之子橈。子胥軍將至,當道扣橈而歌曰:"蘆中人!"如是再,子胥聞之,愕然大驚,曰:"何等謂?"與語:"公爲何誰矣?"曰:"漁父者子。吾國君懼怖,令於國:'有能還吳軍者,與之分國而治。'臣念前人與君相逢於塗,今從君乞鄭之國。"子胥嘆曰:"悲哉!吾蒙子前人之恩,自致於此,上天蒼蒼,豈敢忘也。"於是,乃釋鄭國。

……

子胥等過溧陽瀨水之上,乃長太息曰:"吾嘗饑於此,乞食於一女子。女子飼我,遂投水而亡。將欲報以百金而不知其家。"乃投金水中而去。有頃,一老嫗行哭而來,人問曰:"何哭之悲?"嫗曰:"吾有女子,守居三十不嫁,往年擊綿於此,遇一窮塗君子而輒飯之,而恐事泄,自投於瀨水。今聞伍君來,不得其償,自傷虛死,是故悲耳。"人曰:"子胥欲報百金,不知其家,投金水中而去矣。"嫗遂取金而歸。

敦煌千佛洞藏《伍子胥變文》

昔周國欲末,六雄競起,八□諍(爭)侵。

南有楚國平王,安仁治化者也。王乃朝庭萬國,神威遠振,統領諸邦。外典明臺,內昇宮殿。南與天門作鎮,北以淮海為關,東至日月為邊,西與佛國為境。開山川而地軸,調律呂以辨陰陽。駕紫極以定天闕,撼黃龍而來負翼。六龍降瑞,地像嘉和,風不鳴條,雨不破塊。街衢道路,濟濟鏘鏘,蕩蕩坦坦然,留名萬代。

楚之上相,姓仵(伍)名奢,文武附身,情存社稷。手提三尺之劍,清(請)托六尺之軀。萬邦受命,性情淳直,議(儀)節忠貞,意若風雲,心如鐵石,恒懷匪懈,宿夜兢兢。事君□致為美,順而成之;主若有僭,犯顏而諫。

伍奢乃有二子,見事於君。小者子胥,大名子尚。一事梁國,一事鄭邦,並悉忠貞,為人洞達。

楚王太子,長大未有妻房。王問百官:"誰有女堪為妃後?朕聞:國無東宮,半國曠地,東海流泉溢;樹無枝,半樹死;太子為半國之尊,未有妻房,卿等如何?"大夫魏陵啟言王曰:"臣聞秦穆公之女,年登二八,美麗過人。眉如盡月,頰似凝光,眼似流星,面如花色。髮長七尺,鼻直顏(額)方,耳似珰珠,手垂過膝,拾指纖長。願王出敕,與太子平章。儻若得稱聖情,萬國和光善事。"

遂遣魏陵,召募秦公之女。楚王喚其魏陵曰:"勞卿遠路,冒涉風霜。"

其王見女,姿容麗質,忽生狼虎之心。魏陵曲取王情:"願陛下自納爲妃後。東宮太子，別與外求。美女無窮，豈坊（妨）大道。"王聞魏陵之語，喜不自昇（勝），即納秦女爲妃，在内不朝三日。

伍奢聞之，忿怒。不懼雷電之威，披髮直至殿前，觸聖情而直諫。王即驚懼，問曰："有何不祥之事？"伍奢啓曰："臣今見王無道，慮恐失國喪邦。忽若國亂臣逃，豈不由秦公之女！與子娶婦，自納爲妃，共子爭妻，可不慚於天地！此乃混沌法律，顛倒禮儀。臣欲諫交，恐社稷難存！"王乃面慚失色，羞見群臣："相國，可（何）不聞道：成謀不説，覆水難收；事已如斯，勿復重諫！"

伍奢見王無道，自納秦女爲妃，不懼雷電之威，觸聖情而直諫："陛下是萬人之主，統領諸邦，何得信受魏陵之言！（下闕）

孝之心，□果救吾之難，幽冥懸□□□□□□□□□別。子尚遠承父書相喚，悲泣將□□□□□□□□□平王囚禁，遠書相命，欲救慈父，□□□□□□□□□王曰："卿父今被嚴刑，囚繫□□□□□□救父儌，何名孝子？卿須急去，更莫再三。"子尚即辭鄭王，星夜奔於梁國，見弟子胥，具言書意。"今爲平王無道，信受佞（佞）臣之言，囚繫慈父之身，擬將嚴峻，吾今遠至，喚弟相隨。事意不得久停，願弟急須裝束。"子胥見兄所説，遥知父被勾留，逆委事由，書當多爲（僞），報其兄曰："平王無道，乃用賊臣之言，囚禁父身，擬將誅翦。見我兄弟在外，慮恐在後讎宛（怨），詐作慈父之書，遠道妄相下脱，此之情況，足得一□□□□□□□□□誅戮，馳（馳）書相命，必是妖言，擬收□□□□□□□□不可登塗，由如鈍鳥蕩羅，泉魚（下闕）

"今却返具述胥言。適有粗疏，請君勿責。"使人得語，便即却回，將繩自縛，乃見平王。啓平王曰：

奉命身充爲急使，日夜奔波歷數州。

會稽山南相趁及，拔劍擬欲斬臣頭。

臣懼子胥手中劍,子胥怕臣俱總休。
　　彼此相擬不相近,遙語聲聲説事由。
　　却回報你平王道:即日興兵報父雠。
　楚帝聞此語,怕(拍)陛大嗔:"勃逆小人,何由可耐!一寸之草,豈合量天;一笙毫毛,擬拒爐炭。子胥狂語,何足可觀;風裏野言,不須採拾!"楚王便獄中唤出仵(伍)奢子尚,處法徒刑。子尚臨死之時,仰面向天嘆而言曰:"吾當不用弟語,遠來就父同誅,奈何!奈何!更知何道?吾死之後,願弟得存。忽爾天道開通,爲父雠冤殺楚。"遺語已訖,便即殺之。父子二人,同時誅戮。

　楚王出勅,遂捉子胥處若爲勅曰:"梁國之臣,逆賊子胥,父事於君,不能忠謹,徒(圖)謀社稷,暴虎貪殘。子尚鄭國之臣,並父同時殺訖;唯有子胥逃逝,目下未獲。如能捉獲送身,賞金千斤,户封千邑户。隱藏之者,法有常刑。先斬一身,然後誅九族。所由寬縱,解任科徽(徵)。盡日奏聞,固(錮)身送上。"勅既下行,水楔(洩)不通,州縣相知,牓標道路。村坊搜括,誰敢隱藏;競擬追收,以貪重賞。

　子胥行至莽、蕩山間,按劍悲歌而嘆曰:
　　子胥發忿乃長吁,大丈夫屈厄何嗟嘆。
　　天網恢恢道路窮,使我悋惶没投竄。
　　渴乏無食可充腸,迥野連翩而失伴。
　　遙聞天漸(塹)足風波,山嶽岧嶤接雲漢。
　　窮洲根際絶舩(舟)船,若爲得達江南岸。
　　上倉(蒼)儻若逆人心,不免此處生留難。
　悲歌以(已)了,更復前行,信業隨緣,至於潁水。風來拂耳,聞有打紗之聲,不敢前蕩,隈形即立。
　　子胥行至潁水傍,渴乏饑荒難進路。
　　遥聞空裏打紗聲,屈節斜身便即住。

慮恐此處人相掩,捻脚攢形而暎(映)樹。
量(良)久穩審不須驚,漸向樹間偷眼覰。
津傍更亦没男夫,唯見輕盈打紗女。
水底將頭百過窺,波上玉腕千回舉。
即欲向前從乞食,心意懷疑生游(猶)豫。
進退不敢輒諮量,踟蹰即欲低頭去。

女子泊(拍)紗於水,舉頭忽見一人,行步獐狂,精神恍惚,面帶饑色,腰劍而行,知是子胥,乃懷悲曰:"兒聞桑間一食,靈輒爲之扶輪;黃雀得藥封瘡,銜白環而相報。我雖貞潔,質素無虧,今於水上泊(拍)紗,有幸得逢君子,雖即家中不被(備),何惜此之一餐。"緩步岸上而行,乃喚:"遊人且住,劍客是何方君子?何國英才?相貌精神,容儀聳干。緣何急事?步涉長塗。失伴周章,精神恍惚。觀君面色,必然心有所求。若非俠客懷冤,定被平王捕逐。兒有貧家一惠,敢屈君餐。情裏如何?希垂降步。"子胥答曰:"僕是楚人,身充越使,比緣貢獻,西進楚王。及與梁鄭二國計會軍國,乘舥(肥)却返。行至小江,遂被狂賊侵欺,有幸得存。今日登山驀嶺,糧食罄窮。空中聞娘子打紗之聲,觸處尋聲訪覓。下官形骸若此,自拙爲人,恐失王逞(程),奔波有實;今游會稽之路,從何可通?乞爲指南,不敢忘(望)食!"女子答曰:"兒聞古人之語,蓋不虛言。情去意實難留,斷弦由可續,君之行李,足亦可知。見君眄後看前,面帶愁容而步涉,江山迢遞,冒染風塵。今乃不棄卑微,敢欲邀君一食:

兒家本住南陽縣,二八容光如皎練。
泊(拍)紗潭下照紅妝,水上荷水(花)不如面。
客行由(猶)同海泛舟,博(薄)暮飯巢畏日晚。
儻若不棄是卑微,願君努力嘗餐飯。

子胥即欲前行,再三苦被留連,人情實亦難通,水畔跨(蹲)身,即坐喫飯。三口便即停餐,媿賀(荷)女人,即欲進發。更蒙

女子勸諫,盡足食之。慚愧彌深,乃論心事。子胥答曰:

下官身是仵(伍)子胥,避楚逃逝入南吳。
慮恐平王相捕逐,爲此星夜涉窮塗。
蒙賜一餐堪充飽,未審將何得相報!
身輕體健目精明,即欲取別登長路。
僕是棄背帝鄉賓,今被平王見尋討。
恩澤不用語人知,事願娘子知懷抱。"
子胥言已向前行,女子號咷發聲哭:
"旅客惇惇實可念,以死匍匐乃貪生。
食我一餐由(猶)未足,婦人不愜丈夫情。
君雖貴重相辭謝,兒意慚君亦不輕。"
語已含啼而拭泪,"君子容儀頓顑頷,
儻若在後被迫收,必道女子相帶累。
三十不與丈夫言,與母同居住鄰里。
嬌愛容光在目前,列(烈)女忠貞浪虛棄。"
喚言仵(伍)相物(勿)懷擬(疑),遂即抱石投河死。
子胥回頭聊長望,憐念女子懷惆悵。
遥見抱石透(投)河亡,不覺失聲稱冤枉。
無端潁水滅人蹤,落泪悲嗟倍懷愴:
"儻若在後得高遷,唯贈百金相殯葬!"

子胥哭已了,更復前行。風塵慘面,蓬塵映天,精神暴亂,忽至深川。水泉無底,岸闊無邊。登山入谷,繞澗尋源,龍虵塞路,拔劍蕩前,虎狼滿道,遂即張弦。餓乃蘆中餐草,渴飲岩下流泉。丈夫爲讎發憤,將死由(猶)如睡眠。川中忽遇一家,遂即叩門乞食。有一婦人出應,遠蔭弟語聲,遥知是弟子胥。切語相思慰問,子胥緘口不言。知弟渴乏多時,遂取葫蘆盛飯,並將苦苣爲薺。子胥賢士,逆知阿姊之情,審細思量,解而言曰:"葫蘆盛飯者,內苦外甘也,苦苣爲虀(薺)者以苦和苦也。義合遺我速去速去,不可久停。"便即辭去。姊問弟曰:"今乃進發,欲投何處?"子胥答曰:"欲投越國。父兄被殺,不可不讎。"阿妹(姊)抱得弟頭,哽咽聲嘶,不敢大哭,嘆言:"痛哉!苦哉!"自撲搥兌(胸),共弟前身何罪,受此孤恓!

曠大劫來有何罪,如今孤負阿爺娘。
雖得人身有富貴,父南子北各分張。
忽憶父兄行坐哭,令兒寸寸斷肝腸。
不知弟今何處去,遺吾獨自受恓惶。
我今更無眷戀處,恨不將身自滅亡!
子胥別姊稱"好住!不須啼哭淚千行。
父兄枉被刑誅戮,心中烈火劇煎湯。
丈夫今無天日分,雄心結怨苦蒼蒼。
儻逢天道開通日,誓願活捉楚平王。
挽心並戀(臠)割,九族總須亡,
若其不如此,誓願不還鄉!"

作此語了,遂即南行。行得廿餘里,遂乃眼瞤耳熱,遂即畫地而卜,占見外甥來趁。用水頭上攘之,將竹插於腰下,又用木劇(屐)倒著,並畫地戶天門,遂即臥於蘆中,咒而言曰:"捉我者殃,趁我者亡,急急如律令!"子胥有兩個外甥——子安、子永,至家有一人食處,知是胥舅,不顧母之孔懷,遂即生惡意奔遂(逐),我若見楚帝取賞,必得高遷。逆賊今既至門,何因不捉?行可十里,遂即息於道旁。子永少解陰陽,遂即畫地而卜,占見阿舅頭上有水,定落河傍,腰間有竹,塚墓城(成)荒,木劇(屐)到(倒)著,不進徬徨。若著此卦,必定身亡;不復尋覓,廢我還鄉。子胥屈節看文,乃見外甥不趁,遂即奔走,星夜不停。

川中又遇一家,墻壁異常嚴麗,孤莊獨立,四週無人,不耻八尺之軀,遂即叩門乞食。

子胥叩門從乞食,其妻斂容而出應。

> 劃見知是自家夫，即欲發言相識認。
> 婦人卓立審思量，不敢向前相附近。
> 以禮設拜乃逢迎，怨結啼聲而借問：
> 妾家住在荒郊側，四迥無鄰獨棲宿。
> 君子從何至此間，面帶愁容有饑色？
> 落草獐狂似怯人，屈節攢刑而乞食。
> 妾雖禁閉在深閨，與君影響微相識。

子胥報言娘子曰：

> 僕是楚人充遠使，涉歷山川歸故里。
> 在道失路乃迷昏，不覺行由來至此。
> 鄉關迢遞海西頭，遙遙阻隔三江水。
> 適來專輒橫相忏，自側於身實造次。
> 貴人多望錯相識，不省從來識娘子。
> 今欲進發往江東，幸願存情相指示。

其妻遂作藥名詩問曰："妾是仵茄之婦細辛，早仕於梁，就禮未及當歸，使妾閒居獨活，菁芨薑薺，澤瀉無憐，仰嘆檳榔，何時遠志。近聞楚王無道，遂發材狐（柴胡）之心，誅妾家破芒消，屈身苜蓫，葳蕤怯弱，石膽難當，夫怕逃人，茱萸得脫。潛形菌草，匿影藜蘆，狀似被趁野干，遂使狂夫莨菪。妾憶泪霑赤石，結恨青箱。夜寢難可決明，日念舌乾卷柏。聞君乞聲厚樸，不覺躑躅君前，謂言夫婿麥門，遂使蓯蓉緩步。看君龍齒，似妾狼牙，桔梗若爲，願陳枳殼。"子胥答曰："余亦不是仵茄之子，亦不是避難逃人，聽說塗之行李。余乃生於巴蜀，長在藿鄉，父是蜈公，生居貝母，遂使金牙採寶，支（之）子遠行。劉寄奴是余賤朋，徐長卿爲之貴友。共渡襄河，被寒水傷身，三件芒消，唯余獨活。每日懸腸斷續（續斷），情思飄飄，獨步恒山，石膏難渡。披岩巴戟，數值狼胡，乃意款冬，忽逢鍾乳。留心半夏，不見鬱金，余乃返步當歸，芎窮至此。我之羊齒，非是狼牙，桔梗之情，願知其意。"妻答曰：

君莫急急，即路遥長。
縱使從來不相識，錯相識認有何妨。
妾是公孫鐘鼎女，匹配君子事貞良。
夫主姓伃（伍）身爲相，束髮千里事君王。
自從一別音書絶，憶君愁腸氣欲絶。
遠道冥冥斷寂寥，兒家不慣長欲別。
紅顔顉頷不如常，相思落泪何曾歇。
年光虛擲守空閨，誰能渡得芳菲節。
青樓日夜減容光，祇緣蕩子事（仕）於梁。
嬾向庭前睹明月，愁歸帳裏抱鴛鴦。
遠附雁書將不達，天塞阻隔路遥長。
欲識殘機情不愜，畫眉羞對鏡中妝。
偏憐鵲語蒲桃架，金鶯雙棲白玉堂。
若作秋胡不相識，妾亦無心學採桑。
見君口中雙板齒，爲此識認意相當。
粗飯一餐終不惜，願君且住莫匆忙。
子胥被認相辭謝，方便軟言而帖寫：
"娘子莫漫横相干，人間大有相似者。
娘子夫主姓伃（伍）身爲相，僕是寒門居草野。
儻見夫婿爲通傳，以理勸諫令歸舍。
今緣事急往江東，不得停留復日夜。"

其婦知謀大事，更亦不敢驚動，如法供給，以理發遣。

子胥被婦認識，更亦不言。丈夫未達於前，遂被婦人相識，豈緣小事，敗我大義。列士抱石而行，遂即打其齒落。晝即看日，夜乃觀星，奔走不停，遂至吴江北岸。慮恐有人相掩，潛身伏在蘆中，按劍悲歌而嘆曰：

江水淼漫波濤舉，連天沸或淺或深。

飛沙蓬勃遮雲漢,清風激浪喻摧林。
白草遍野覆平原,綠柳分行垂兩岸。
烏鵲拾食遍交橫,魚龍踊躍而撩亂。
水猫游撞戲爭奔,千回不覺長吁嘆。
忽憶父兄狂(枉)被誅,即得五内心腸爛。
思量讎恨痛哀嗟,今日相逢不相捨。
我若命盡此江潭,死活總看今日夜。
不辭骸骨掩長波,父兄之讎終不斷。
上蒼靡草總由風,還是諸天威力化。

悲歌以(已)了,行至江邊遠盼,唯見江潭廣闊,如何得渡!蘆中引領,回首寂然。不遇泛舟之賓,永絕乘槎之客。唯見江烏出岸,白露(鷺)鳥而爭飛;魚鱉縱橫,鸕鴻芬(紛)泊。又見長洲浩瀚,漠浦波濤,霧起冥昏,雲陰靉靆。樹摧老岸,月照孤山,龍振(震)鱉驚,江沌作浪,若有失鄉之客,登岫嶺以思家。乘槎之賓,指參辰而爲正(止)。岷山一住,似虎狼盤旋,潰潰如鼓角之聲,並無船而可渡。經餘再宿,隱匿蘆中。波上唯見一人,唱謳歌而撥棹,手持輪鈎,欲以(似)魚(漁——下同者不注,編者)人。即出蘆中,乃喚言:"執鈎乘船之仕,趑趄就岸相看,勿辭之勞,幸願存情相顧。"魚人聞喚,當即尋聲,蘆中忽見一人,便即搖船就岸。收輪卷索,息棹停竿,隨流水上,翩翩歌清風而問曰:"君子今欲何去?迥在江傍浦側,不見乘船泛客,又無伴侶蕭然。爲當流浪漂蓬,獨立窮舟旅岸。縱使求船覓渡,在此寂絕舟船。不耻下末愚夫,願請具陳心事。"子胥答曰:"吾聞人相知於道術,魚相望(忘)於江湖;下奏(走)身是遊人,豈敢虛相誑語!今緣少許急事,欲往江南行李。自拙爲人,幸願先生知委。儻蒙賜渡,恩可殺身;若也不容,自當息意。"魚人答曰:"適來鑒貌辨色,觀君與凡俗不同。君子懷抱可知,更亦不須分雪。我聞别人不賤,别玉不貧。秦穆公賜酒蒙恩,能言獨正三軍,空籠而獲重貴。觀君艱辛日久，渴乏多時，不可空腸渡江，欲設子之一餐。吾家去此往返十里有餘，來去稍遲，子莫疑怪。"子胥答曰："但求船渡，何敢望餐！"魚人答曰："吾聞麒麟得食，日行千里；鳳凰得食，飛騰四海。"答語已了，留船即去，乃向家中取食。子胥聞得此語，即與魚人看船。子胥心口思惟："此人向我道家中取食，不多喚人來捉我以否？"遂即拋船而走，遂向蘆中藏身。魚人逡巡之間，即到船所。其魚人乃取得美酒一檻，魚肉五斤，薄餅十番，飯攜一罐，行至船所，不見蘆中之士，唯見岸上空船，顧戀之情，悲傷不已。魚人歌而喚曰："蘆中之仕，何故潛身？出來此處相看，吾乃終無惡意，不須疑慮，莫作二難。爲子取食到來，何故不相就食？"子胥聞船人此語，知無惡意，遂即出於蘆中，愧賀（荷）取食艱辛，逢迎卑謝。於是鋪設，兩共同餐。便即鼓棹搖船，至於江半。子胥得食喫足，心自思惟："凡人得他一食，慚人一包（飽）。得人兩食，爲他着力。"懷中璧玉，以贈船人。畏暮貪前，與物不相承領。子胥慮嫌信少，更脱寶劍相酬。漁人息棹回身，乃報子胥言曰："君莫造次，大須三思，一惠之餐，有何所值。人之屈厄，魚鱉同群；君子迍邅，龍蛇共處。楚王捕逐於子，捉獲賞賜千金。隱匿之人，誅身滅族。吾上不貪明君重賞，下不避誅戮之襄（愆），子欲寶劍相讎（酬），何如平王之物？龍泉寶劍，與子防身；璧玉荆珍，將充所貴。後若高遷富貴，莫忘一朝。自責蒲柳之年，逢君日晚，劍璧之事，請更莫留。子若表我心懷，更亦不須辭謝。"子胥見人不受，情中漸覺不安。心口思惟，慮恐船人嫌我信物輕少。雖是君王寶物，知欲如何，遂擲劍於江中，放神光而焕爛。劍乃三涌三没，水上偏偏。江神遥聞劍吼，戰悼（踔）涌沸騰波，魚鱉忙怕攢埕，魚龍奔波透出。江神以手捧之，懼怕乃相分付。劍既離水，魚鱉跳梁，日月貞明，山林皎亮，雪開霧歇，霞散煙流，岸樹迎賓，江風送客。遠望沙傍白露（鷺），博（薄）暮擬欲歸林。浦側不見承船，汎客又無伴侣。唯見孤山森漫,回盼故鄉,拭泪沾衣,心懷鬱燠。渡江欲至南岸,子胥乃問船人曰:"先生姓何名誰?鄉貫住在何州縣?"魚人答曰:"我亦無姓無名,長住江而爲伴。橫干莫浦,綰劍深潭,今日兩賊相逢,何用稱名道姓!君爲蘆中之事(仕),我爲船上之人,意義足亦可知,富貴不須相忘。"子胥曰:"蒙先生一濟,無有忘時,遇藥傷蛇,由(猶)能返報。"魚人問曰:"祇今逃逝,擬投何國?"子胥曰:"擬投越國。"魚人曰:"子投越國,越國與楚和順,元不交兵,慮恐捉子送身,懷報讎心不達。子投吳國,必得流通。吳王常與楚讎,兩國不相和順。吳與楚國數爲征戰,無有賢臣,得子甚要。"子胥問船人曰:"吳國如何可投得?"船人曰:"子至吳國,入於都市,泥塗其面,披髮獐狂,東西馳走,大哭三聲。"子胥曰:"此法幸願解之。"船人答曰:"泥塗其面者外濁內清,大哭三聲,東西馳走者,覓其明主也,披髮在市者理合如斯也。吾非聖人,經事多矣。"子胥蒙他教示,遂即拜謝漁人。慮恐楚使相逢,不得久停,至岸即發。哽咽聲嘶,由如四鳥分飛,狀若三荆離别,遂别漁人南行,眷戀之情,悲傷不已。回頭遥望,忽見魚人覆船而死。子胥愧荷魚人,哽咽悲啼不已,遂作悲歌而嘆曰:

  大江水兮森無邊,雲與水兮相接連。
  痛兮痛兮難可忍,苦兮苦兮冤復冤。
  自古人情有離別,生死富貴總關天。
  先生恨胥何勿事?遂向江中而覆船。
  波浪舟兮浮没沉,唱冤枉兮痛切深。
  一寸愁腸似刀割,塗中不禁泪沾襟。
  望吳邦兮不可到,思帝鄉兮懷恨深。
  儻值明主得遷達,施展英雄一片心。

悲歌已了,更復向前,凄愴依然。丈夫契闊,何大迍邅?忠心盡節,事君九年,夙夜匪懈,晨省無愆。今遭落薄(魄),知復何言。語已懷恨,氣上衝咽;業也命也,並悉關天。登山驀嶺,渡水尋川,求却不却,求前不前,動即被餓,性命轉然。平王太劇,唱叫稱冤,子胥帶劍,塗步而前。至潾、蕩山間,石壁侵天萬丈,入地騰竹縱橫。遥望松羅,山崖鬥(陡)暗,蟲狼離合,百鳥關關,思憶帝鄉,乃爲歌曰:

我所思兮道路長,涉江水兮入吳鄉。
父兄冥莫知何在,零丁遺我獨恓惶。
丈夫流浪隨緣業,生死富貴亦何常。
平王曲受魏陵語,信用讒佞煞忠良。
思故鄉兮愁難止,臨水登山情不已。
楚帝輕盈憐細腰,官裏美女多餓死。
秦穆公之女顔如玉,二八容光若桃李。
見其姿首納爲妃,豈合君王有此理。
自從逃逝鎮懷憂,使我孤遺無所投,
晝即塗中尋鬼路,躡影藏形恒夜游。
燕山勒頌知何日,冒染蓬塵雙鬢秋。
不慮東西抗天塞,唯愁渴乏渡荒州。
願我平安達前所,行無滯礙得通流。
儻若吳中遇明主,興兵先斬魏陵頭。

悲歌已了,由(猶)懷慷慨,北背楚關,南登吳會。屬逢天暗,雲陰鬖鬛。失路徬徨,山林摧滯,怪鳥成群,蟲狼作隊,禽號姓姓(狌狌),獸名(鳴)狒狒。忽示心驚,拔劍即行。匣中光出,遍野精明,中有日月,北斗七星,心雄慘烈,不懼千兵。平王捉我,幸未消寧,儻被擒獲,百死無生。偷蹤竄道,飲氣吞聲,風吹草動,即便藏形。劍歌已了,更復前行。北跨廣陵,南登吳會,關津忽切,州縣嚴加,勒鋪(捕)交橫,鎮代相續。潛身避影,一步一前,不經旬月之間,即至吳國。一依漁人教示,披髮遂入市中,泥塗面上而行,獐狂大哭三聲,東西馳走。吳國臣佐,乘馬入市遊行，正見異色奇才，身長八尺，知是賢臣，奔走啓告吴王："適別龍顔，游於廛市，見一外國君子，泥塗而獐狂，披髮悲啼，東西馳走。臣以傍觀的審監貌可知，望陛下追問逗留，必是懷冤俠客！"吴王聞相此語，心生歡喜，遂集群臣撥珠簾而説夢："朕昨夜三更，夢見賢人入境，遂乃身輕體健，踴躍不勝。卿等詳儀（議），爲朕解其善惡。"百官聞王此語，一時舞道（蹈）呵呵，齊唱太平，俱稱萬歲："市中有八尺君子，雅合陛下之心，見在群臣，不勝喜賀。"吴王令急使，向市中迎召賢臣："爲朕傳語，雖不先相識；欲得相見，面申懷抱。"使人得其口勅。走馬直入市中，見子胥具説吴王口勅。子胥奉王勅命，不敢遲違，隨使便行。乃至吴王殿所，匍面在地，哽咽聲嘶，良久而起。吴王知是子胥，便即悲情予問："楚王不納忠諫之詞，曲受佞臣之語，枉殺卿之父兄，奈何荼毒，凄愴難論，痛苦之哉，誰復能忍。山河阻隔，遠涉風雲，朕國狹小，勞卿遠至。"子胥良久，攬髮而言："臣父兄事君不謹，遂被楚帝誅身。臣即不紹於家，棄父離君逃走。臣聞國之將喪，灾害競興，樹欲摧折，風霜共逼。孤情難立，見此艱辛，皂帛（白）難分，龍蛇混雜。臣欲自刎而死，地下羞見仙（先）人。故投托明王，願陛下知臣心素。臣居草野，長在蓬門，不堪事立君王，多幸蒙王收録。"吴王報言曰："朕國狹窄，乏少中（忠）良；立卿今欲爲臣屈節，莫將爲所耻？"子胥曰："臣是小人，虚露大造，蒙王收録，早是分外垂恩。更蒙舉立，爲臣死罪，終當不敢！"吴王問左右曰："卿等如何？"群烈（列）咸言唱允，悉道："明王有敢（感），外國來投。拜爲匡輔大臣，合國齊稱萬歲。"

　　子胥爲臣志節，恒懷匪懈之心；夙夜兢兢，事君終無二意。言不傷氣，語乃合光，遝邐詵詵，官寮濟濟。天兵不動，征馬停鞭，四塞歸臨，八方安怗。禍亂不作，灾害不興，百姓歡忻，歌謡滿路，同於堯舜之年。咸云我皇有感，聖日巍巍，乾坤再明。子胥治國一年，鳳不鳴條，雨不破塊。治國二年，食庫盈益，天下清太(泰),吏絶貪殘,官寮息暴。治國三年,六夷送款,萬國咸投。治國四年,感得景龍應瑞,赤雀咸(銜)書,芝草併生,嘉和(禾)合秀。耕者讓畔,路不拾遺。三教並興,城門不閉。更無呼唤,無摇(徭)自活。子胥治國五年,日月重明,市無二價,猫鼠同穴,米麥論分,牢獄無囚。競説君臣道合,遠近宣贊,愧賀(荷)仵(伍)相之功,百姓皆詣子胥之門:"願與仵(伍)相爲兵伐楚。"子胥見勇夫投募,不敢自專,遂啓吴王:"臣是小人,濫蒙恩寵,功效未立,何敢興心,自度無堪,終當不敢。"吴王報曰:"朕聞養子備老,積行擬衰。去歲擬遣相讎,慮恐讎心未發。比年清太(泰),皆是仵(伍)相立功。今不讎冤,何名孝子?朕國興兵伐楚,正合其時。"勅召國内勇夫,乃與仵(伍)相讎報。勅召曰:"仵(伍)相父兄,枉被平王誅戮,今欲征發天兵討楚,召募效力之人。如有判(拚)命相隨,火急即須投募。先賜重賞勛禄,不輕有此。驍列之夫,速來所咨陳牒。"勅既行下,遠近咸知,各悉投名,爭前應募。兵部簡練,選試詮量,勇冠三軍,決勝千里。亦有撓關弄木,手把方梁,抱石跳空,弓彎七紮。榜示七日,募得九十萬精兵。賞排借緑,各賜千段。所由將過城外,排立雁行。吴王既見戰卒,列在城南,便即慰勞戰士。吴王問子胥曰:"今欲伐楚,可用幾兵?"子胥啓吴王曰:"且須萬兵。"吴王曰:"萬兵不少以不?"子胥曰:"臣聞一人判死,百人不敵;百若齊心,横行天下。"吴王曰:"不然,但將九十萬人,始可相伐。"吴王即立子胥爲元帥大將軍行兵節度。上承天子之教,爲父報讎伸冤。於是廣殺牛羊,城南宴設。酒有千斛,肉乃萬斤,一概均分,食無高下。吴王出城送子胥:"卿但努力,謹慎前路,天道相饒,讎心必究。朕亦無憂於國,卿亦不負幽魂。事了早還,莫令憂慮。"子胥啓吴王曰:"臣今將兵討楚,必稱所心。願陛下莫慮愁心,遠念臣之逞(程)路。計亦不遠旬月中間,事了回兵,自當死謝!"子胥辭王以(已)了,便即征發天兵。四十二面大鼓籠天，三十六角音聲括地，傍震百里山林，隱隱轟轟。搦生手（先）鋒，乃先踏道。陣雲鋪於四面，遍野聲滿平原，鐵騎磊落已（以）爭奔，勇夫生寧（猙獰）而競透（進）。飛騰千里，恰似魚鱗，萬卒行行，猶如雁翅。長槍排肩，直豎森森，刺天屑角，對掌開弦，彎彎如寫月。白旃落雪，戰劍如霜，弩發雷奔，抽刀劍吼。將軍告令，水楔（泄）不通，大總管出教嚴嚀，飛鳥難度。兵馬浩浩瀚瀚，數百里之交橫，金甲玲瓏，銀鞍煥爛，騰踏山林，奔波鬧亂。胡菟（狐兔）怕而爭奔，驚龍蛇而競竄。

　　將軍馬上卓紅旗，兵士各各依條貫。
　　先鋒踏道疾如風，即至黃河東北岸。

先鋒引道路奔騰，排批舟船，橫軍渡水。所由修造，撲水蓬飛。兵馬既至江頭，便須要設兵士。軍官食了，便即渡江。屬風浪靜，山林皎亮，日月貞明，霧卷青天，雲歸滄海。直爲人多手衆，至曉即至江西。子胥告令軍兵，大須存心捉溺（搦），此是平王之境，未曾諳悉山川，嵅嶮先登，遠致虞候；長巡子將，絞略橫行。傔奏（走）偷路而行，游奕經餘一月，行逞（程）向盡，欲至楚邦。

楚王不幸早亡，立太子昭王，知其軍國。昭王聞子胥兵馬欲至，遂乃征發天兵，簡練驍雄五（伍）戎之士，多賜絹帛，廣立功勳。楚國土曠人稠，遂即興兵百萬，綨毒（旗纛）敵（蔽）日，衣甲漫天，列陣橫行，擬共子胥交戰。城上修營戰格，門門格立，挽車更伏，作冶鎔銅。四面多安擂木，兵馬具備，力敵萬夫。昭王統領勇夫，遂與吳軍相擊。子胥乃布兵列陣，一似魚鱗，跋羅回吼唤，三聲大鼓，揚名即發。列千軍於楚塞，布萬陣於黃池，須臾鋒劍交橫，抽刀劍吼，槍沾汗血，箭下獐狂。塵土張天，鐵馬嘶滅，一死一進，唯努唯前。各辦殺心，終無退意。西軍大敗，遍野橫屍，干戈不得施張，人人重重相厭（壓）。子胥十戰九勝，戰士不失一兵。昭王見兵被殺，怕懼奔走入城。子胥遂後奔馳，狀如蓬飛撲火；吳軍隨後即趁，恰似風雲一向，摩滅楚軍，狀□熱湯撥（潑）雪。子胥遙鞭語昭王曰："你父平王，至當無道，與子娶婦，自納爲妃。忠臣諫言，遂被誅戮；佞臣諂亂，却賜封侯。殺我父兄，枉死傷苦，今乃報讐父罪，即當快吾心意。吾今欲食汝心，將爲不足；縱使萬兵相向，未敵我之一身。今取你父骸骨，及你生身，祭我父兄靈魂始得。"昭王怕懼之心，遂即白幡降伏。吳軍大叫，直入楚城，尋逐昭王，燒其宮殿。昭王棄城而走，遂被仵（伍）相擒身，返縛昭王。"你父墳陵，今在何處？"昭王啓子胥曰："我父平王，已從物化，負君之罪，命處黄泉，事既相當，身從臠割，父憖子替，何用屍骸？請快讐心，任從斧越（鉞）。"昭王被考，喫苦不前，忍痛不勝，遂即道父之墓所。子胥捉得魏陵，臠割剜取心肝，萬斬一身，並誅九族。子胥喚昭王曰："我父被殺，棄擲深江。"遂乃偃息停流，取得平王骸骨，並魏陵、昭帝，並悉總取心肝，行至江邊，以祭父兄靈曰："小子子胥，深當不孝，父兄枉被誅戮，痛切奈何！比爲勢力不加，所以蹉跎年歲。今還殺伊父子，棄擲深江，奉祭父兄，惟神納受。"子胥祭了，發聲大哭，感得日月無光，江河混沸。忽即雲昏霧暗，地動山摧。兵衆唅啼，人倫淒愴，魚龍歛氣（泣），江水不潮，澗竭泉枯，風塵慘列（烈）。子胥祭了，自把劍結恨之深，重斬平王白骨；其骨隨劍血流，狀似屠羊。取火燒之，當風揚作微塵。即捉劍斬昭王作其百段，擲着江中，魚鱉食之，還同我父。子胥尋覓父兄骸不得，立樹乃作父兄，於今見在亳州境内東南一百廿里有餘，後世莫知，今城父懸（縣）是也。

　　子胥收兵却返，擬伐梁鄭二邦。作書與鄭王曰："楚平王無道，枉誅我父兄；子尚是君之臣，如何不與設計？送與楚王遣死，以君賤臣。讐滅楚王，回兵討鄭。"鄭王得信，忙怕異常，莫知何計。即欲興兵相敵，慮恐士卒不勝，遂召秘略之人："止得吳軍兵者，分國共治，更賜千金。"乃有漁人之子，遂即應募投名:"臣能止得吴軍,不須寸兵尺劍,唯須小船一支,棹楫一枚,鮑魚一雙,麥飯一謳(甌),美酒一榼,放在城東水中,臣自有其方法。"鄭王依語,即覓船等,送在水中。漁人拔棹長歌,乘船遊戲。其鄭王閉却城西門,城頭遥看,設何方計,却得吴軍。子胥兵馬,欲至鄭國三十餘里,先遣健兒看鄭國有幾許兵馬相敵。行至鄭國,四城門罕閉。又行至城東門外,池水中唯獨有一人,乘漏蓋船,口唱歌而言曰:"蘆中一人,豈非窮事(士)乎?我有美酒一榼,魚肉五斤,餅有十播,飯有一罐,請來就船而食。

　　兇即清自當,吉則知吾意。
　　儻若事明君,榮華取富貴。
　　忽爾事相當,願勿生遺棄。"

其將聞船人此語,遂即却回,至子胥邊具說船人之語。子胥聞此語已,即知是船人之子。子胥歡憙:"我有冤讎,至當相滅,因他得活,豈得孤(辜)恩?富貴忘貧,黄天不助;有恩不報,豈成人也!有恩若報,風流如(儒)雅。"子胥控馬籠鞭,就水抱得小兒,拍搦悲啼吊問:"汝父沈溺,深江荼毒,奈何奈何,願子莫懷讎恨!"鄭王怕懼,乃出城迎拜子胥,向前言曰:"臣聞將軍讎冤得達,憙賀快哉!臣今死罪有餘,乞存草命。"子胥報鄭王曰:"兄事於君,君須掩藏,曲取平王之意,送往誅身;兄既身亡,君須代命。"鄭王曰:"遠使將書,云捨慈父之罪,臣不細委知,遣往相看。爲言旬月即還,不知平王誅戮。臣今合死,愜意無言。大將軍得允讎心,滅其宗廟,快哉踴躍,憙賀不勝!伏願寬恩,乞存活路。"船人啓言:"大將軍!我被鄭王召募,被吴軍來伐,能却得吴軍兵者,賜金千斤,封邑萬戶。我既貪他重賞,其意如何?"子胥曰:"君不索吾身命,由(猶)自與之取賞却兵,敢相違負?"子胥見魚人勸諫,遂即適(釋)放鄭王。鄭王歡憙,乃索酒食如山,三日三夜,供承吴軍兵馬。子胥遂策(册)魚人之子爲楚帝。楚鄭二邦,並乃太平。

即伐天兵,討伐梁帝。梁王聞吴軍欲至,遂殺牛千頭,烹羊萬口,飲食堆如山嶽,列在路邊,帳設鋪施。吴軍即至,梁王肘行膝步,拜謝子胥:"伏願寬恩,乞存活路。今聞將軍伐楚,臣等竟賀不勝,遥助(祝)快哉,深加踴躍。"子胥報曰:"我緣急事,不能設計相留,懷恨於君,故來相伐。"子胥見酒食列在城南,乃問梁王,梁王啓大將軍曰:"此酒食可供將軍兵事(士)。"子胥既見此言,即令兵衆飽食。兵事食訖,其兵喫食飽足,精神踴躍,啓子胥言曰:"得他一食,慚人一包(飽);得他兩食,謝他不足。"兵將咸言:"大將軍,此語快哉,莫伐梁王。"子胥心口思量:"我有冤讎,端心相滅,因他得活,豈得孤恩。"乃捨梁王之罪,語以(已)進發。乃收天兵,行至潁水河傍,仰面向天嘆而言曰:"我昔逃逝至此,遂從女子求食;其女亦不相違,抱石投河而死,今日更無餘物,報女子之恩。"依生存之言,遂取百金投潁水。子胥祭曰:

我昔逃逝入南吴,在路相逢從乞食。
慚君與我一中飡,抱石投河而命極(殛)。
自從分別歲年多,朝朝暮暮長相憶。
念君神識逐波濤,遊魂散漫隨荆棘。
語已含啼而啓告:冥靈幸願知懷抱。
既能貞質透河亡,黃泉能莫生悼嗟!
幽冥路隔不相知,生死由來各異道。
更無餘物奉於君,唯取百金相殯報。

子胥祭祀訖,回兵行至阿姊家,捉得兩個外甥子安、子永,兀(髡)其頭,截其耳,打却前頭雙板齒:"我昔逃逝從乞食,捉我欲送楚平王。今日讎之,願汝永爲奴僕。"

天兵有限,不可久停,馬乃擊電奔星,行至子胥妻舍。擬迎婦歸吴國。遂即叩門而喚,其妻掩閉門庭。隔壁遥應,不相容内(納)。子胥報妻曰:"吾昔遭楚難,愧君出應逢迎;今乃讎楚,回軍相見,望同往日,何爲閉門相却,不睹容光? 爲當別有他情,何爲耻胥不受? 自兹隔別,每念君恩,愧賀(荷)不輕,故未諮屈。"妻答曰:"君乃昔遭楚難,行路相過,叩門面睹,此乃知君屈厄,妾乃懸響相仍,君乃拒諱不承,妾亦無能苦死。夫妻義重,望君結死同生,君乃先辱不輕,妾即後嫌不受。貧賤不相顧盼,富貴何假提携? 不貪寵禄榮華,願君知兒懷抱!"子胥乃承死罪,隔門拜謝叩頭。其妻既見殷勤,遂乃開門納受。恩愛還同昔日,相命即歸。

子胥告令三軍,單行引隊。今既天下清太(泰),日月貞明,玉鞭齊打金鞍,乃爲歌曰:

> 我天兵兮不可對,塞平川兮千萬隊。
> 一掃萬里絕塵埃,征討楚軍如瓦碎。
> 大丈夫兒天道通,提戈驟甲遠從戎。
> 戰卒驍雄如虎豹,鐵騎生寧(猙獰)真似龍。
> 布陣鋪雲垂曳地,神族集鶴發陵空。
> 横行天下無對當,將知萬國總還同。
> 樂兮樂兮今日樂,歡兮歡兮今日歡。
> 金鞭打節齊聲和,尋塗逐(遂)乃入吴中。

征馬合合雜雜,隱隱琪琪,鐵馬提撕,大軍浩瀚。長松青翠,短草黄禾,玉響清泠,金鞍瓘錫。日夜登其長路,旬月即到吴中。吴王聞子胥得勝,遂即從騎迎來。子胥見吴王迎來,下馬拜謝吴王,高聲唱言起居曰:"遇(愚)臣自別龍顔後,匪懈之心中(終)不忘。臣蒙王借兵伐楚,兵衆與臣,共同一心。統領無乖,驅馳合契。兵至河北,營在楚南,平王不幸身亡,立太子昭王知其軍國。聞臣兵至,出敵相交。臣遣驍兵褐(遏)後,猛將衝前,一向摩滅楚軍,人馬重重相壓。横屍遍野,血染山川。由如鶻打鴨鵝,狀若豹征狐兔。俗捧崑崙之押(壓)卵,何得不摧;執炬火已(以)燔毛,如何不盡? 昭王見兵退散,遂即奔走入城藏;臣乃從後奔馳,遂即城中擒獲。臣已結恨尤深,即斬昭王百段。平王枯骨,劍斬血流。臣見此傷,讎心得止。兵之戰士,並總平安;煞楚兵夫,橫屍遍野。王之勢力,得愜讎心。愧賀大王,仰王無盡。不失一兵一馬,衣甲具全,中有驍勇之夫,願王酬功給效。"吴王曰:"朕自別卿之後,戀念不離心懷。慮恐楚卒人多,俠讎之心不達。天道相助,得已滅楚歸吳;所有功勳,朕自憂(優)加處分。"子胥隨帝部卒入城,檢納干戈,酬功給效。中有先鋒猛將,賞緋各賜金魚;執毒(纛)旌兵,皆佔班位;自餘戰卒,各悉酬柱國之勛。一時舞道(蹈)呵呵,咸言君王有感。吳王見子胥有大人之相,遂立子胥爲國大相。

歷代與《度柳翠》有關的評論

明・祁彪佳《遠山堂劇品・艷品》:

  度柳翠(北四折) 李磐隱
  柳翠事,已經三演。此劇芳華不及王實甫,俊爽不及徐文長,然較王劇稍核,較徐劇稍備,而字句亦極琢煉之工。

清・李調元《劇話》卷上:

  元雜劇,凡出場所應有持、設、零雜,統謂"砌末",如《東堂老》《桃花女》以銀子爲砌末,《兩世姻緣》以鏡、畫爲砌末,《灰闌記》以衣服爲砌末,《楊氏勸夫》以狗爲砌末,《度柳翠》以月爲砌末。

清・李調元《劇話》卷下:

  《月明度柳翠》劇,見姚靖《西湖志》:"宋紹興間,柳宣教履臨安尹任,僧玉通不赴庭參,柳便用紅蓮計破其戒。玉通慚悔而死,托生於柳,隸樂籍,報之。久之,皐亭山僧清了以化緣詣柳翠,爲戴面具現身説法,示彼前因。翠悟,沐浴而化。"清了一名月明,故云"月明和尚度柳翠"也。元李壽卿撰曲,見臧晉叔選《百種曲》中。考《咸淳臨安志》《五燈會元》,皆無柳宣教、月明之名。今所演,蓋《武林舊事》所載元夕舞隊之《耍和尚》也。

清·姚燮《今樂考證·著録一》:

李壽卿(十種)

《説鱄諸伍員吹簫》《月明三發臨歧柳》(一作《月明和尚度柳翠》)《船子和尚秋蓮夢》《吕太后定計斬韓信》《吕太后夜鎮鑒湖亭》《司馬昭復奪受禪臺》(有二本)《鼓盆歌莊子嘆骷髏》《吕太后祭滻水》《吕無雙遠波亭》《辜負吕無雙》(與《遠波亭》關目同)。

鍾氏云:"壽卿,太原人,將仕郎,除縣丞。"

翟灝云:"《咸淳臨安志》載紹興間尹臨安者二十五人,除罷月日,秩然無紊,並無柳宣教之姓名。《五燈會元》:"清了,字真歇。"亦無月明之號。惟張邦基《侍兒小名録》載:"五代時僧至聰,修行十年,自以戒行具足。一日下山,於道旁見一美人號紅蓮者,一瞬而動,遂與合歡。明起沐浴,與婦人俱化。"此紅蓮事,又其僧不名玉通。李壽卿所撰《月明三度臨歧柳》,其楔子云:"觀世音净瓶内楊柳枝葉,偶汙微塵,罰往人世爲妓。既三十年,令十六羅漢月明尊者點化返元。"則柳翠之虛假顯然。若今燈夕所演,乃《武林舊事》所載元夕舞隊之《耍和尚》,其和尚與婦人俱未嘗有名目也。"

元·陶宗儀《輟耕録》卷二十五《院本名目》:

和曲院本:

月明法曲

歷代與《嘆骷髏》有關的史料記載

《莊子·至樂》：

莊子妻死,惠子吊之。莊子則方箕踞鼓盆而歌。惠子曰:"與人居,長子,老身死,不哭亦足矣,又鼓盆而歌,不亦甚乎?"莊子曰:"不然。是其始死也,我獨何能無慨然。察其始,而本無生;非徒無生也,而本無形;非徒無形也,而本無氣。雜乎芒芴之間,變而有氣,氣變而有形,形變而有生。今又變而之死,是相與爲春秋冬夏四時行也。人且偃然寢於巨室,而我噭噭然隨而哭之,自以爲不通乎命,故止也。"……莊子之楚,見空髑髏,髐然有形,撽以馬捶。因而問之曰:"夫子貪生失理而爲此乎?將子有亡國之事,斧鉞之誅,而爲此乎?將子有不善之行,愧遺父母妻子之醜,而爲此乎?將子有凍餒之患而爲此乎?將子之春秋故及此乎?"於是語卒,援髑髏枕而臥。夜半,髑髏見夢,曰:"子之談者似辯士。視子所言,皆生人之累也,死則無此矣。子欲聞死之説乎?"莊子曰:"然。"髑髏曰:"死無君於上,無臣於下,亦無四時之事。從然以天地爲春秋,雖南面王樂不能過也。"莊子不信,曰:"吾使司命復生子形,爲子骨肉肌膚,反子父母妻子閭里知識,子欲之乎?"髑髏深矉蹙額,曰:"吾安能棄南面王樂,而復爲人間之勞乎!"

關於李壽卿雜劇存目本事的考證

《船子和尚秋蓮夢》

劇本佚,本事不詳。元人陶宗儀《輟耕録》卷二十五《院本名目·諸雜院㸑》中有《船子和尚四不犯》。

《吕太后定計斬韓信》

劇本佚,從劇名中可知其内容之大概。《漢書·韓彭英盧吴傳》中載:

……武涉已去,蒯通知天下權在於信,深説以三分天下(之計),鼎足而王。語在《通傳》。信不忍背漢,又自以功大,漢王不奪我齊,遂不聽。

漢王之敗固陵,用張良計,徵信將兵會陔下。項羽死,高祖襲奪信軍,徙信爲楚王,都下邳。

信至國,召所從食漂母,賜千金,及下鄉亭長,錢百,曰:"公,小人,爲德不競。"召辱已少年令出跨下者,以爲中尉,告諸將相曰:"此壯士也。方辱我時,寧不能死?死之無名,故忍而就此。"

項王亡將鍾離昧家在伊廬,素與信善。項王敗,昧亡歸信。漢怨昧,聞在楚,詔楚捕之。信初之國,行縣邑,陳兵出入。有變告信欲反,書聞,上患之。用陳平謀。僞游於雲夢者,實欲襲信,信弗知。高祖且至楚,信欲發兵,自度無罪;欲謁上,恐見禽。人或説信曰:"斬昧謁上,上必喜,亡患。"信見昧計事,昧曰:"漢所以不擊取楚,以昧在。公若欲捕我自媚漢,吾今死,公隨手亡矣。"乃罵信曰:"公非長者!"卒自剄。信持其首謁於陳。高祖令武士縛信,載後車。信曰:"果若人言:'狡兔死,良狗烹。'"上曰:"人告公反。"遂械信。至雒陽,赦以爲淮陰侯。

信知漢王畏惡其能,稱疾不朝從。由此日怨望,居常怏怏,羞與絳、灌等列。嘗過樊將軍噲,噲趨拜送迎,言稱臣,曰:"大王乃肯臨臣。"信出門,笑曰:"生乃與噲等爲伍!"上嘗從容與信言諸將能各有差。上問曰:"如我,能將幾何?"信曰:"陛下不過能將十萬。"上曰:"如公何如?"曰:"如臣,多多益辦耳。"上笑曰:"多多益辦,何爲爲我禽?"信曰:"陛下不能將兵,而善將將。此乃信之爲陛下禽也。且陛下所謂天授,非人力也。"

后陈豨为代相监边，辞信，信挈其手，与步于庭数匝，仰天而叹曰："子可与言乎？吾欲与子有言。"豨因曰："唯将军命。"信曰："公之所居，天下精兵处也，而公，陛下之信幸臣也。人言公反，陛下必不信；再至，陛下乃疑；三至，必怒而自将。吾为公从中起，天下可图也。"陈豨素知其能，信之，曰："谨奉教！"

汉十年，豨果反，高帝自将而往，信称病不从。阴使人之豨所，而与家臣谋，夜诈赦诸官徒奴，欲发兵袭吕后、太子。部署已定，待豨报。其舍人得罪信，信囚，欲杀之。舍人弟上书变告信欲反状于吕后。吕后欲召，恐其党不就，乃与萧相国谋，诈令人从帝所来，称豨已死，群臣皆贺。相国绐信曰："虽病，强入贺。"信入，吕后使武士缚信，斩之长乐钟室。信方斩，曰："吾不用蒯通计，反为女子所诈，岂非天哉！"遂夷信三族。

编者按：关于此，《前汉书平话》中也有详细叙述，情节大致是：项羽既灭，刘邦就有杀韩信之心，先与张良商议，被张良阻止，又与萧何商议，也未能成功，最后用陈平"诈游云梦"之计，夺了韩信兵权，封之为淮阴侯。后来陈豨谋反，刘邦率兵亲征，临行嘱托吕后杀韩信。吕后便同萧何定计。萧何正在思索，有人告密，说是韩信教唆陈豨造反。萧何即向吕后献计，宣韩信对质。吕后许之，萧何便亲自去对韩信说，已向吕后保奏，使韩信官复原职，请韩信入宫谢恩，于是杀了韩信。

《吕太后夜镇鉴湖亭》

剧本佚，本事未详。

《司马昭复夺受禅台》

剧本佚。从剧名可推知其内容应是司马昭仿照曹丕代汉的禅让办法即位为皇帝的故事。但是，考之正史，司马昭并无受禅之事。《晋书·文帝纪》中载：

五月，天子命帝（即司马昭——编者）冕十有二旒，建天子旌旗,出警入蹕,乘金根車,駕六馬,備五時副車,置旄頭雲罕,樂舞八佾,設鐘虡宮懸,位在燕王上。進王妃爲王后,世子爲太子,王女王孫爵命之號皆如帝者之儀。諸禁綱煩苛及法式不便於時者,帝皆奏除之。晉國置御史大夫、侍中、常侍、尚書、中領軍,衛將軍官。

秋八月辛卯,帝崩於露寢,時年五十五。

九月癸酉,葬崇陽陵,謚曰文王。武帝受禪,追尊號曰文皇帝,廟稱太祖。

受禪爲皇帝者乃是晉武帝司馬炎。《晉書·武帝紀》中載:

泰始元年冬十二月丙寅,設壇於南郊,百僚在位及匈奴南單于四夷會者數萬人,柴燎告類於上帝曰:"皇帝臣炎敢用玄牡明告於皇皇后帝:魏帝稽協皇運,紹天明命以命炎。昔者唐堯,熙隆大道,禪位虞舜,舜又以禪禹,邁德垂訓,多歷年載。暨漢德既衰,太祖武皇帝撥亂濟時,扶翼劉氏,又用受命於漢。粵在魏室,仍世多故,幾於顛墜,實賴有晉匡拯之德,用獲保厥肆祀,弘濟於艱難,此則晉之有大造於魏也。誕惟四方,罔不祗順,廓清梁岷,包懷揚越,八紘同軌,祥瑞屢臻,天人協應,無思不服。肆予憲章三後,用集大命於茲。炎維德不嗣,辭不獲命。於是群公卿士,百辟庶僚,黎獻陪隸,暨於百蠻君長,僉曰:'皇天鑒下,求人之瘼,既有成命,固非克讓所得距違。天序不可以無統,人神不可以曠主。'炎虔奉皇運,寅畏天威,敬簡元辰,昇壇受禪,告類上帝,永答衆望。……"

《三國志平話》中載:

有魏王昏闇日甚,司馬不能正。大丞相曹爽弄權,司馬遂舉兵誅曹爽,廢魏王,立起高貴鄉公。司馬權盛,帝不能禁。帝與衆謀,欲殺司馬。司馬知之,以賈充弒帝,立起少帝,天下之權皆歸司馬,少帝拱手而已。遂加司馬爲晉王。少帝禪位於司馬,封少帝爲陳留王。漢帝聞之,笑而死。

《吕太后祭滻水》

剧本佚。本事出《前汉书平话》,其载:

……太后归於後宫,闷闷不悦。至三更前後,忽闻一声地裂响,龙灯皆灭,门窗自鸣。太后忧至天明。近臣奏曰:"内门前陷一大坑,内中涌出一肉块,无眉无眼。上面有四句诗,道甚的?诗曰:

刘兴吕不兴,两口不安宁;

彭越咸与韩,跳出陷人坑。"

太后听毕:"於我之祸也。"唤左右仗刃砍之,不能破也。太后勑令:"将於郊外取穴埋之。"左右将去埋讫。随後而穴(肉)入城来,又作人言,骂太后:"无端贱人,不离百日,您两口人喫剑也!"太后不忍见,令人将肉块坠入河中。祇当日半夜前後,河水涨十分,溢满长安浮桥。百姓尽皆奔走入城,水又至城门。太后会百司文武,安排祭河神之物,随太后至河边,排列香案羊肉,贡献河神,遂祝曰:"河伯河神,愿息威灵!有灾罪我,无害生民。吾今致祭,风静河清。"祝罢,众官一齐下拜。忽听一声鼓响。太后举头,忽见河内一只大船(鱼),目睹太后,亦石转睛。鱼背上又见一支孤舟,上有高祖、韩信、彭越、英布、戚氏、赵王等神魂在於船上。黑云笼罩定,大臣尽皆不见,唯有吕后得见。高祖举手而骂:"您姊妹二人信馋言损害忠良,索谋掩刘氏江山,封吕氏为王,皆是贱婢。"骂讫数句,韩信道:"我王免怒。"信张弓兜箭,拽满射中,鬼箭正中吕后左乳上。当吕后倒於河边死讫。有诗为正:一心谋取刘天下,岂拟时衰祸患来。

《吕无双远波亭》

剧本佚,本事未详。

《辜负吕无双》

剧本佚,本事未详。

狄君厚・雜劇

晉文公火燒介子推雜劇[一]

第一折[二]

（浄、旦一折）[三]（駕上開住）①（二太子奏住）[四]（旦譖奏了）②（貶太子了）（貶正夫人入冷宫住）[五]（正末扮介子推披秉上，開）③自家介子推，晉朝職當諫議，晉獻公爲君④，朝治裏信皇妃麗姬⑤[六]、國舅吕用公所譖⑥，貶東宫太子申生⑦[七]、重耳於霍地爲民⑧[八]，更將正宫皇后齊姜下入冷宫⑨。信麗姬與她兩個太子，大者奚齊⑩，次者卓子⑪[九]，大者爲雲，次者愛月，奏官裏蓋千尺雲月臺⑫，臺上太極宫百二十間，動天下民夫，幾月成功，朝中宰輔⑬，緘口無言，没一個敢諫官裏。似此這般，怎生奈何呵！

【仙吕·點絳唇】[一○]我想今日人才，各居朝代，爲臣宰⑭，怕不都立在舜殿堯階⑮，一個個將古聖風俗壞。

【混江龍】[一一]當日個高辛氏舉八元八愷⑯，慎徽五典五惇哉⑰。今日父子無義慈情分，兄弟喪恭友心懷，則爲五教不明生釁恨⑱，致令得四時失序降民灾⑲。今日父子無高低悦順，兄弟無上下和諧。臣宰與君王主事⑳，君王信麗姬支劃㉑。大太子申生軟弱，小太子重耳囊揣㉒。毒性子奚齊如蛇蝎，狠心腸卓子似狼豺。愛的是爲雲長子，寵的是愛月嬰孩。却正是農忙耕種，百忙裏官急科差㉓，割捨了我當忠諫，取奏天裁㉔。我這裏整朝章秉象簡端居於相位中，我與你出班部上瑶階㉕，赴丹墀直望着君□□㉖，皆因朝中肱股㉗，托賴着拜勝□□,元首明哉㉘。

（做起,末禮了）（駕云了）（云）〔一二〕臣該萬死,謾奏天顏:臣見貶正宮皇后、東宮太子、西府儲君㉙,不知有何罪犯?（駕云了）（云）〔一三〕陛下信讒臣之奏,待蓋雲月臺,不可興工。（淨、旦云了）（駕云了）（云）□言者錯矣!

【油葫蘆】〔一四〕二太子要臺上□□將雲月摘,上青霄可無大才。娘娘呵,便怎能夠挽蟾宮折得桂枝來?（云）晉朝宮室蓋不得。（駕云了）（云）陛下,（唱）不呵□□乘船用車把磚石載,柱了梁山選木將園林採。石包成千尺臺,磚砌就五丈階,爲甚咱晉朝的宮殿難修蓋?□□的□□□□棟梁材。

【天下樂】〔一五〕今日待動土興工計利開,但用的民夫,將百姓差,題起來痛傷情,老臣心內駭。不爭宮殿上太極宮㉚,不爭臺修成雲月臺,臣則怕引得禍從天上來。

（駕云了）（云）臣敢說麼?（駕云了）（云）當日紂王無道㉛,因寵妲己㉜,蓋摘星樓、不明殿、長夜宮,敲陽人脛腿驗髓㉝,剖婦人腹氣驗胎,如此不仁,有諫臣三人,微子㉞、箕子㉟〔一六〕、比干㊱,此三人者,乃是紂之庶民,爲諫不從,微子去之,箕子爲奴,比干諫而死。自古至今,百姓、諸侯、官吏皆毀紂王無道㊲。（駕云了）

【那吒令】〔一七〕百姓每怒嫉能妬色,損臣僚重宰。力假三市諸侯㊳,恨荒淫好色,布八方四海。史官每罵輕賢重色,傳千年萬載,那其間正值着饑歲時、凶年代,普天下並役當差㊴。

【鵲踏枝】〔一八〕比及壘起基階㊵,立起梁材,百姓每凍餓死的屍骸,成山臥蓋。那座摘星樓興工了數載,不曾動分毫府庫資財。

（云了）

【寄生草】〔一九〕百姓每如何敢賣,官司也不敢買㊶。（駕云了）（唱）揀人家高梁大廈渾成壞㊷,問甚末聖壇佛堂從頭兒拆㊸,將它那皇宮內苑從新蓋㊹。告大王恁時節龍樓鳳閣已成功,待子麼到如今雕欄玉砌今何在?

（云了）

【六幺序】[二〇]每日將生靈害，每日把筵宴開。微子、箕子、比干這三人諫在金階，（帶云）諫不從也，微子便走去西伯㊺，箕子在宮苑塵埃，把那比干腹教刀刃分開。磣可可活把心肝摘㊻，血濯濯的苦痛傷懷㊼，驗三毛七孔真如在㊽。妲己早歡娛滿面，紂王早喜笑盈腮。

（駕云了）

【幺篇】[二一]爲那嬌態，有些顏色，選入宮來。把那蠆盆深埋㊾，銅柱牢栽，酒池鐫開，肉林安排㊿。損害人材，食啖嬰孩�，引的四海兵來，戈戟無㊨。想着紂王興衰，我王裁劃㊩，則爲摘星樓把山河敗壞，陛下，修甚麼望月臺？（駕云了）（唱）戊午日兵來，甲子日成災㊴，皆因那姜太公妙策奇材㊵，臨時間血浸朝歌壞㊶，把座摘星樓變做塵埃。武王伐紂功勞大，一來是神天佑護㊷，二來是天地裁排㊸。

（淨、旦云了）（駕云了）（謝駕云）萬歲萬歲！（出朝科）

（云）聖人道：篤信好學，守死善道，危邦不入，亂邦不居，天下有道則見，無道則隱㊹。今日退朝，是吾全身之樂哉㊺！

【賺煞尾】[二二]跳出那興廢利名場，做一個用捨行藏客㊻。孔子道危行言遜免害㊼，不得中行而與之，必也狂狷進退乎哉㊽。（淨、旦云了）（唱）現如今您晉朝禍已成胎，少不得惹起塲干戈橫禍災。（云了）（唱）我想這千尺月臺，恁時節撇在九霄雲外。（淨云了）（唱）我道來，去了這晉朝臣，您可索隄備着楚兵來㊾。（下）

（駕一行下了）

【注釋】

① 駕　元雜劇中對皇帝的稱謂。　開　戲曲術語，指開場演出時角色的説白或唸詩。　住　戲曲術語，是元雜劇劇本中動作、表情的舞臺提示，有時也作舞臺效果的提示。

② 譖(zèn)　進讒言，説別人的壞話。　了　戲曲術語，元雜劇劇本中動作、表情的舞臺提示，有時也作舞臺效果的提示，與"科""住"意思、作用相同。

③ 介子推　又作介之推、介推。春秋時晉國貴族，曾從晉文公流亡，文公回國

即位後賞賜隨從臣屬，沒有賞到他，遂和母親隱居綿上（今山西介休東南）山中而死。文公尋他不到，曾以綿上作爲他名義上的封田，後世遂稱綿山爲介山。傳説晉文公爲逼他出來，放火燒山，他不願出來被火燒死。　披秉　即披袍秉笏。這裏指妝扮成官吏模樣。

④ 晉獻公　惠公父，公元前676年至公元前651年在位二十六年，晚年昏庸無道，寵信麗姬，逼公子申生自殺，逼公子重耳出亡。

⑤ 麗姬　又作驪姬，晉獻公之愛姬。

⑥ 吕用公　劇中假託的人物。《史記·晉世家》中載："五年，伐驪戎，得驪姬、驪姬弟，俱愛幸之。"吕用公恐由此敷演而來。但這裏的"驪姬弟"其實是驪姬之妹，弟，娣也。《左傳》莊公二十八年中有："晉伐驪戎，驪戎男，女以驪姬。歸，生奚齊，其娣生卓子。"

⑦ 申生　晉獻公之子，齊姜所生，爲麗姬陷害，自殺而死。

⑧ 重耳　晉獻公之子，狐氏所生，爲麗姬陷害，在外流亡十九年，後由秦入晉爲君，是爲晉文公。　霍地　古諸侯國名，周武王封其弟叔處於霍，春秋時爲晉所滅，故地在今山西霍縣境内。

⑨ 齊姜　晉獻公之妻，齊桓公之女，生申生。

⑩ 奚齊　晉獻公之子，麗姬所生，後爲里克所殺。

⑪ 卓子　《史記·晉世家》作悼子，晉獻公子，麗姬所生，後爲里克所殺。

⑫ 官裏　指國君。

⑬ 宰輔　輔政的大臣，一般指宰相。

⑭ 臣宰　指輔國之大臣。

⑮ 怕不　宋元時俗語，意爲豈不，難道不。《琵琶記》第四出中有："祇得六十日，便把我孩兒都瘦了，若再過三年，怕不做一個骷髏！"

⑯ 高辛氏舉八元八愷　《左傳》文公十八年中有："昔高陽氏有才子八人：蒼舒、隤敱、檮戭、大臨、尨降、庭堅、仲容、叔達，齊聖廣淵，明允篤誠，天下之民，謂之八愷。高辛氏有才子八人：伯奮、仲堪、叔獻、季仲、伯虎、仲熊、叔豹、季貍，忠肅共懿，宣慈惠和，天下之民，謂之八元。"

⑰ 慎徽五典五惇　《左傳》文公十八年中有："故虞書數舜之功曰：慎徽五典，五典克從，無違教也。"徽，美好。慎徽，嚴格地尊從。五典，傳説中我國最古的書籍，指少昊、顓頊、高辛、唐、虞之書；一説指《詩》《書》《易》《禮》《春秋》五經；一説指古代的五種倫理道德，即父義、母慈、兄友、弟恭、子孝。五惇，五倫惇厚。五倫指君臣、父子、兄弟、夫妇、朋友。

⑱ 五教　即五常之教，指父義、母慈、兄友、弟恭、子孝五種倫理道德的教育。

⑲ 四時失序　四季的更替、變化紊亂。

⑳ 與　這裏意爲替。　主事　即決定、處理事情。

㉑ 支劃　猶言指劃、安排。

㉒ 囊揣　宋元時俗語，意爲軟弱、懦弱無能。《兒女團圓》第二折中有："倒將我劈面搶白，欺負咱軟弱囊揣。"

㉓ 百忙裏　猶言百忙中，十分繁忙。《單刀會》第四折中有："説與你兩件事先生記者，百忙裏趁不了老兄心，急且裏倒不了俺漢家節！"　官急科差　官方緊急的攤派或差事。

㉔ 割捨了　拚着，不顧一切。《敬德不伏老》第一折中有："量這個潑無徒怎敢來小覷人！我割捨得發一會兒村，使一會兒狠。"　取奏天裁　奏明國君使之定奪。

㉕ 班部　指朝班。《七國春秋平話》卷上中有："却説燕王子之與諸大臣議曰：'何人退得齊兵？'班部中有鹿毛壽出班奏曰……"　瑤階　玉階。瑤，美玉。

㉖ 丹墀（chí）　古時宮殿前的石階以紅色涂飾，故名。墀，臺階。

㉗ 肱股　胳膊和大腿。常用以比喻輔佐君主的大臣。肱，手臂從肘至腕的部分，泛指手臂。股，大腿。

㉘ 托賴着　意爲倚恃。《麗春堂》第二折中有："這潑徒怎敢將人戲，你托賴着誰人氣力！"　元首　本義指頭，常用以比喻君主。

㉙ 儲君　太子。

㉚ 不爭　宋元時俗語，表示假設語氣，意爲如果、若是。《錯斬崔寧》中有："我從丈人家借辦得幾貫錢養身活命，不爭你偷了我的去，却是怎的計結。"

㉛ 紂王　即殷紂王，商代最末的君主，帝乙之子，名受，號帝辛，爲暴政，武王伐之，紂軍倒戈，紂兵敗自焚於鹿臺。

㉜ 妲已　殷紂王之妃，姓己名妲，有蘇氏女，周武王滅商後殺之。

㉝ 陽人　即男人。　脛腄（dī）　脛，小腿。腄，臀腄，強脂。

㉞ 微子　周代宋國的始祖，名啟，一作開。殷紂王之庶兄，封於微（今山東梁山西北），因見紂王無道，屢諫不從，遂出走。周武王滅商，乞降於周。周公旦攻滅武庚後，封之於宋。

㉟ 箕子　商代貴族，紂王的諸父，官太師，封於箕（今山西太谷東北），因見紂王無道，屢諫之，紂王怒，囚禁之，周武王滅商後被釋放。

㊱ 比干　商代貴族，紂王之叔父，官少師，見紂王無道，力諫不從，被紂王剖心而死。《史記·殷本紀》中有云："紂愈淫亂不止。微子數諫不聽，乃與大師、少師謀，遂去。比干曰：'爲人臣者，不得不以死爭。'乃強諫紂。紂怒曰：'吾聞聖人心有七竅。'剖比干，觀其心。箕子懼，乃詳狂爲奴。紂又囚之。"

㊲ 毀　毀謗。這裏指斥責。

㊳ 假　借。　三市諸侯　指所有的諸侯。三市，三市六街之縮語。三市六街，

宋元時語,街市的總稱。《水滸傳》第六十六回中有:“千門萬户受灾危,三市六街遭患難。”這裏的三市,泛指天下。

㊴ 並役當差　承應役使差科。

㊵ 比及　宋元時俗語,意爲等到、及至。《裴度還帶》第一折中有:“你學成滿腹文章,比及你受困時,你投託幾個相知;題上幾首詩,也得些滋潤也。”

㊶ 官司　即官府、官衙。

㊷ 渾成壞　全部拆壞。渾,全部、整體。

㊸ 甚末　即甚麽、什麽。

㊹ 從新蓋　猶言重新蓋,即重新修建。

㊺ 西伯　西伯昌,即周文王。《史記・周本紀》中有載:“公季卒,子昌立,是爲西伯。西伯曰文王,遵后稷、公劉之業,則古公、公季之法,篤仁,敬老,慈少。”

㊻ 磣(chěn)可可　宋元時俗語,意爲淒慘、悲慘。《魔合羅》第三折中有:“我則見濕浸浸血污了舊衣裳,多應是磣可可的身耽着新棒瘡。”

㊼ 血濯(zhuó)濯　猶言血淋淋。

㊽ 三毛七孔　指心臟。《史記・扁鵲倉公列傳》張守節正義云:“心重十二兩,中有七孔,三毛,盛精汁三合,主藏神。”

㊾ 蠆(chài)盆　放滿蛇蝎毒蟲的盆。

㊿ 酒池鎸開,肉林安排　《史記・殷本紀》中載,紂王曾“大冣樂戲於沙丘,以酒爲池,縣肉爲林,使男女裸相逐其間,爲長夜之飲。”

51 唊　喫。

52 無該　此處意義不詳,待考。

53 裁劃　决斷、定奪、考慮。

54 戊午日兵來,甲子日成灾　《史記・周本紀》中有:“於是武王遍告諸侯曰:‘殷有重罪,不可以不畢伐。’乃遵文王,遂率戎車三百乘,虎賁三千人,甲士四萬五千人,以東伐紂。十一年十二月戊午,師畢渡盟津,諸侯咸會……二月甲子昧爽,武王朝至於商郊牧野,乃誓。”又,《史記・殷本紀》中有:“周武王於是遂率諸侯伐紂。紂亦發兵距之牧野。甲子日,紂兵敗。紂走入,登鹿臺,衣其寶玉衣,赴火而死。”

55 姜太公　周代齊國的始祖。姜姓,吕氏,名望,字尚,一説字子牙,西周初年官太師,輔佐周武王滅商,封於齊。

56 臨時間　指很短的時間,猶言一時間。

57 佑護　保佑、庇護。

58 裁排　安排、决定。

59 篤信好學,守死善道,危邦不入,亂邦不居。天下有道則見,無道則隱　語出

《論語・泰伯》。邢昺曰："此章勸人守道也。子曰'篤信好學'者,言厚於誠信而好學問也。'守死善道'者,守節至死不離善道也。'危邦不入,亂邦不居'者,亂,謂臣弒君、子弒父;危者,將亂之兆也;不入,謂始欲往,見其亂兆,不復入也;不居,謂今欲見其亂,則遂去之也。'天下有道則見,無道則隱'者,言值明君則當出仕,遇昏主則當隱退。"

⑥⓪ 全身　保全性命。

⑥① 用舍行藏客　意爲自由自在的人。語原出《論語・述而》："子謂顏淵曰:用之則行,捨之則藏,唯我與爾有是夫。"行藏,指出處或行止。

⑥② 危行言遜免害　語出《論語・憲問》："子曰:邦有道,危言危行;邦無道,危行言孫(遜)。"危,厲也,即嚴肅、嚴厲。遜,順也。危行言遜,屬行不隨俗,順言以遠害。

⑥③ 不得中行而與之,必也狂狷進退乎哉　行動不能適度,必然流於偏激。語出《論語・子路》："不得中行而與之,必也狂狷乎?狂者進取,狷者有所不爲也。"中行,做事適度,恰如其分。狂狷進退,激進與保守。

⑥④ 提備　猶言提防、防備。

【校記】

〔一〕晋文公火燒介子推雜劇　元刊本題"新編關目晋文公火燒介子推",今據《元曲選》所見元雜劇題目的一般格式作"晋文公火燒介子推雜劇"。

〔二〕第一折　元刊本原不分折,今據唱曲所用曲牌之宮調及科白、劇情校出。

〔三〕净旦一折　元刊本原將"折"作"拆",誤,今改。

〔四〕二太子奏住　元刊本"太子"前有一字模糊不清,隱約可辨爲"二",據文意應爲"二太子",即指下文所云"麗姬與她兩個太子,大者奚齊,次者卓子",故補出。

〔五〕貶正夫人入冷宮住　元刊本原無"人",據文意補之。

〔六〕朝治裏　元刊本原作"朝治裏",據文意改之。

〔七〕東宮太子　元刊本原作"東君太子",據文意改之。

〔八〕霍地　元刊本原作"霍地",誤,改之。

〔九〕卓子　元刊本原作"卓慈",據《左傳》莊公二十八年所紀,應爲"卓子",故改。此情形後文甚多,概不再入校。

〔一〇〕〔仙吕・點絳唇〕曲　元刊本原不標宮調,據《太和正音譜》補之,曲文四句"怕不",元刊本原將"怕"作"帕",據文意改之。此情形後甚很多,概不再入校。

〔一一〕〔混江龍〕曲　曲文首句"八元八愷",元刊本原將"愷"作"凱",據《左傳》文公十八年所紀,應爲"愷",故改之。五句"讎恨",元刊本原作"酬恨",據文意改之。十九句"取奏天裁",元刊本原將"裁"作"哉",據文意改之。二十二句"直望着君□□",元刊本"君"後二字不可辨;末句"托賴着拜勝□□","勝"後有二字不可辨。

〔一二〕云　元刊本原無此字,據文意補之。

〔一三〕云　元刊本原無此字,據文意補之。

〔一四〕〔油葫蘆〕曲　曲文首句"二太子要臺上□□將雲月摘",元刊本於"上"後有兩字不可辨。三句"娘娘呵",元刊本將"呵"作"阿"。"唱",元刊本原無此字,據文意補出。曲文四句"不呵□□",元刊本於"不呵"後有兩字不可分辨;末句"□□的□□□棟梁材",元刊本於"的"前有二字,後有四個字不可辨。

〔一五〕〔天下樂〕曲　曲文末句"臣則怕",元刊本原將"則"作"又",據文意改之。此情形後文甚多,概不再入校。

〔一六〕箕子　元刊本原將"箕"作"其",據《史記·殷本紀》所紀應爲"箕",故改之。此情形後文中仍有,概不再入校。

〔一七〕那吒令　元刊本原將"那"作"哪"。

〔一八〕〔鵲踏枝〕曲　曲文四句"成山臥蓋",元刊本原將"臥"作"握",據文意改之。

〔一九〕〔寄生草〕曲　"唱",元刊本原無此字,據文意補之。曲文四句"聖壇佛堂從頭兒拆",元刊本原將"佛"作"弗",將"拆"作"折",據文意改之。六句"恁時節",元刊本將"節"作"郎",誤,改之。

〔二〇〕〔六幺序〕曲　曲文三句"箕子",元刊本作"其子",誤,改之。六句"把那比干腹教刀刃分開",元刊本將"比干"作"此干",誤,改之。"教"元刊本作"交",據文意改之。此情形後文中很多,概不再入校。九句"驗三毛七孔真如在",元刊本將"如"作"加",誤,改之。

〔二一〕〔幺篇〕曲　"幺篇"元刊本原作"幺"。曲文五句"銅柱牢栽",元刊本原將"栽"作"裁",誤,改之。十四句"把山河敗壞",元刊本原將"敗"作"拜",據文意改之。十五句"修甚麼望月臺","甚",元刊本原作"臺",誤,據文意改之。"唱",元刊本原無此字,據文意補出。曲文十七句"成灾",元刊本原作"成史",據文意改之。二十一句"功勞大",元刊本原將"功"作"工",改之。二十二句"神天佑護",元刊本將"佑"作"估",形近誤刻,改之。

〔二二〕〔賺煞尾〕曲　"賺煞尾",元刊本作"尾",據《太和正音譜》改之。曲文四句"不得中行而與之","行"元刊本作"興",據《論語·子路》中所紀改之。五句"狂狷",元刊本將"狷"作"簡",據《論語·子路》改之;"唱",元刊本原無此字,據文意補之。"唱",元刊本原無此字,據文意補之。"唱",元刊本原無此字,據文意補之。

第二折[一]

（净旦說計了）（駕上云）（奏住）（駕云了）（申生、重耳哭住）（駕一行上）（旦與申生祭食①，藥死神獒了②[二]）（重耳走下）（回奏了）（駕云了）（扮閹官托砌末上③[三]）（云）自家六宫大使王安④[四]，奉官裏〇〇皇后〇〇⑤[五]，賫三般朝典⑥，將東宫太子賜死，想人生冤枉，何處伸訴！

【南呂·一枝花】[六]致令得申生遭罪囚，逼臨得重耳私奔走⑦。雖然是麗皇后生嫉妬，哎，你個晋天子也合問緣由，您肯分解個恩讎⑧。賜朝典它甘心受，料東宫一命休，則是刎頸交⑨，傷身離不了這短劍、白練、藥酒。

【梁州第七】[七]前家兒功反成罪累⑩，後堯婆恩變爲讎⑪，從古至今前家後繼從來有⑫。似這麗后定計⑬，國舅輔謀⑭，暗存着燕侶鶯儔⑮。可待請佃它鳳閣龍樓⑯，送的個前家兒惹罪遭殃，搬的個親夫主出乖弄醜⑰。都是後堯婆私事公讎⑱，國舅、太后，君王行兩三遍題名兒奏⑲。教武士金瓜列在我這腦背後⑳，我如何不敢承頭㉑。

（天臣云了）（聽了）（太子云了）

【牧羊關】[八]將太子待放來如何放，教太子走來如何走，臣若壞了太子呵㉒，教這潑宮奴萬載名留㉓。若不教太子短劍下身亡，微臣便索金瓜下命休。太子今日青天上遭罪死，若到黄泉下不可結冤讎㉔。（太子云了）（唱）那壁是〇〇難推怨㉕，微臣這壁官差不自由。（做待着尋思了，云）自至宫中，誰會害人性命？

【四塊玉】[九]我從來是個奉善人，哪裏有殺人的手？竹節也似聖〇催怎敢遲留㉖？至如東宫合死呵㉗，也不合教這明晃晃短劍下亡㉘。（覰砌末云）若要個完全的屍首，（唱）則合教這長挽挽白練休㉙。（覰砌末云）太子呵，（唱）你能可眼睁睁服藥酒。

（使臣上云）（云）臣不知太子有何罪犯，宫裏與皇后有這般冤恨。（說關子了）㉚（聽住）

【罵玉郎】〔一〇〕聽太子從頭兒說開無虛謬，元來是爭社稷結冤讎㉛，則是這三人定的計策，臣也都參透㉜。是君王傳的聖旨，麗后定的見識，是賊子施的機縠㉝。

（淨云了）（慌聽了）〔一一〕

【感皇恩】〔一二〕呀，唬的我魂魄悠悠，不提防有人隨後。嗨，太子命難逃，微臣也身難躱，那賊漢怒難收。（太子云了）（唱）都是賊子奏，奏得您繼母焦㉞，焦得您父王愁。

（太子云了）

【採茶歌】〔一三〕你道他下場頭㉟，怎干休㊱，太子呵，則除你一心分破帝王憂。古往今來雖是有，冤冤相報何時休㊲。

（使臣上云）（云）天臣言者差矣！

【牧羊關】〔一四〕他父親牽腸肚，咱兩個何費口。他子父每歹殺呵痛關着骨肉㊳，待將他摘膽剜心怎做的不傷懷袖㊴。觸突着皇后合依評論㊵，冒突着天子合問緣由㊶，傷毒着宮婢非爲罪㊷，藥殺神獒直甚狗㊸。

【黃鐘尾】〔一五〕你今日道屠殺他這太子不怕難合口㊹，（帶云）上天生我，上天死我，君王何不可㊺？（唱）我怕甚服侍君王不到頭㊻？哎，衆公卿、衆宰侯㊼，別人有家私不能夠㊽，有妻男不能守，有功名不能就。宰輔臣僚冒支請受㊾，臣道君昏怎生不奏？麗后心毒，獻公出醜，殺的是玉葉金枝有如榆柳㊿，將鳳子龍孫不如猪狗㉛，爾等蒼生眞乃禽獸㉜。我已過三十不爲夭壽㉝，爲主忠心死而甘受。我博一個萬載青名，煞强如教萬民咒㊴。（帶云）我如今棄了身，棄了命，便死身亡，（唱）問甚您鋼刀下爛朽。（帶云）割捨了訛言諢語㉟、抗勅違宣㊱，（唱）怕甚末金瓜下碎首。（帶云）既爲臣子，怎敢將主所殺㊷？（唱）我將這行仁慈、有道禮、忒忠孝的申生我委實下不得手。

(外云住)〔一六〕(申生自刎了)〔一七〕(駕一行上)(净奏住)(下)

【注釋】

① 祭食　祭祀用過的食物。《史記·晉世家》中有:"二十一年,驪姬謂太子曰:'君夢見齊姜,太子速祭曲沃,歸釐於君。'太子於是祭其母於曲沃,上其薦胙於獻公。獻公時出獵,置胙於宮中。驪姬使人置毒藥胙中。居二日,獻公從獵來還,宰人上胙獻公,獻公欲享之。驪姬從旁止之,曰:'胙所從來遠,宜試之。'祭地,地墳;與犬,犬死;與小臣,小臣死。驪姬泣曰:'太子何忍也……'"

② 神獒　一種猛犬。

③ 閹官　王宮中被閹割的官員,即後來的宦官。　砌末　戲曲術語,指演出中所用道具,有時也指某種舞臺設置。

④ 六宮大使　皇宮中給妃嬪傳旨送信的使臣。六宮,皇宮中嬪妃的住所。古代天子有六宮,《周禮·天官·内宰》中有:"詔王后帥六宮之人。"

⑤ 官裏○○皇后○○　這種格式在此劇用以表示避諱意,意思應爲"官裏聖旨皇后聖懿"。

⑥ 賚(lài)　賞賜、贈送。　三般朝典　三種朝廷的典章。這裏猶云三道聖旨。

⑦ 逼臨　宋元時俗語,意爲强迫、用勢逼迫。《西遊記》第二出中有:"我得了個孩兒,今朝滿月,賊漢逼臨我拋在江裏。"

⑧ 肯　猶言哪裏肯,不肯。

⑨ 刎頸交　即刎頸之交,比喻同生死共患難的朋友。刎,割頸、割斷。

⑩ 前家兒　指前妻所生的孩子。《蝴蝶夢》第二折中有:"你差了也,前家兒着一個償命,留着你親生孩兒養活你,可不好哪!"　罪累　罪過、罪惡。脉望館本《魏徵改詔風雲會》第二折中有:"他侵犯邊境有罪累,也須要審問個虛實。"

⑪ 後堯婆　宋元時俗語,指惡毒的後母。《還牢末》第二折中有:"這都是後堯婆兇惡,把孩兒打拷搊揉。"

⑫ 前家後繼　前妻死後再娶妻。前家,指前妻。後繼,指後娶之妻。

⑬ 似這　猶言哪似這。

⑭ 輔謀　以計謀輔助。輔,輔佐、輔助。

⑮ 燕侣鶯儔　比喻親昵愛戀的情侣。

⑯ 請佃　承佃、承租,意指接受。《拜月亭》第四折中有:"把你這眼前厭倦物件,分付與他别人請佃。"

⑰ 搬的個　猶言搬弄得,挑撥得。　　出乖弄醜　出洋相,丟醜。

⑱ 私事公讎　私事變爲公讎,即因公報私讎。

⑲ 君王行(háng)　即君王面前。

⑳ 金瓜　古代衛士的一種兵仗,桿的上端呈金瓜形,故名。

㉑ 承頭　以頭承受,以頭承接。

㉒ 壞了太子　猶言殺壞了太子,殺死了太子,壞了太子性命。

㉓ 潑宫奴　即賤宫奴。潑,咒罵之詞,有惡劣、卑賤之意。

㉔ 黄泉　人死後埋葬的地穴。亦指陰間。《左傳》隱公元年有:"不及黄泉,無相見也。"

㉕ 那壁是○○　"○○",用避諱意,意應是"聖旨"。　　推怨　推托埋怨。

㉖ 竹節也似聖○　"聖○",用避諱意,意思應是"聖旨"。全句意謂一道接一道的聖旨。竹節,比喻聖旨道道相連。

㉗ 至如　宋元時俗語,意爲即使。《調風月》第一折中有:"大剛來婦女每常川有些没是哏,止不過人道村,至如那村字兒有甚辱家門。"

㉘ 明晃晃　形容光亮耀眼。睢景臣《哨遍·高祖還鄉》中有:"明晃晃馬蹬槍尖上挑,白雪雪鵝毛扇上鋪。"

㉙ 長挽挽　亦作長攙攙,形容長長的樣子。《望江亭》第四折中有:"他祇待强拆開我長攙攙的連理枝,生擺斷我顫巍巍的並頭蓮。"

㉚ 説關子　表演戲劇中的關鍵情節。《拜月亭》第二折中有:"做説關子了。"

㉛ 社稷　古代帝王、諸侯所祭的土神和穀神。常用以指代國家。

㉜ 參透　徹底領悟,完全明白。

㉝ 機彀(gòu)　陰謀、圈套。《單鞭奪槊》第二折中有:"雖然他人又强馬又肥,也拚的和他歹鬥,難道我李世民便落人機彀。"

㉞ 焦　焦躁、焦慮。

㉟ 下場頭　宋元時俗語,意思是結局,到頭來。《莊周夢》第二折中有:"起初時鬧垓垓蝶急蜂忙,濃鬧鬧笑欣欣鶯甜燕美,下場頭冷清清財散人離。"

㊱ 干休　宋元時俗語,意爲算了、作罷。《西廂記》第二本第一折中有:"限你每三日内將鶯鶯獻出來與俺將軍成親,萬事干休!"

㊲ 冤冤相報　結下讎恨就會有讎人來報讎。《貨郎旦》第四折中有:"又誰知蒼天有眼,偏爭他來早來遲,到今日冤冤相報,解愁眉頓作歡眉。"

㊳ 歹殺　意爲即使再不好。

㊴ 懷袖　懷抱,引申爲關係密切,這裏指父子間的骨肉之情。

㊵ 觸突　觸犯、唐突。

㊶ 冒突　冒犯、唐突。

㊷ 傷毒　嚴重地損害。

㊸ 直　同值。

㊹ 難合口　這裏指難合衆人之口，即難以使人們不議論。

㊺ 上天生我，上天死我，君王何不可　這裏意爲我的生死禍福都由天命，君王殺死我又有何不可以的呢？

㊻ 服侍君王不到頭　封建社會中作爲臣民對皇帝盡忠要鞠躬盡瘁，如果中途夭折，則稱爲服侍君王不到頭。

㊼ 宰侯　宰相、諸侯，泛指朝中高官。

㊽ 够　聚、多。

㊾ 冒支請受　白白地領取俸祿。冒支，假冒支付花費；請受，領受。

㊿ 玉葉金枝　皇族子孫的貴稱。

㉛ 鳳子龍孫　對皇族子孫的貴稱。

㉜ 蒼生　指百姓。

㉝ 夭壽　即短壽。夭，夭折，未成年而卒。

㉞ 煞強如　宋元時俗語，意爲勝於、賽過。《醉寫赤壁賦》第二折中有："燃寶篆焚香獸，欹地氈簾下玉鉤，煞強如獨釣在江頭。"

㉟ 訛言課語　宋元時俗語，指胡言亂語。《七里灘》第二折中有："不去呵枉惹的我訛言課語，回奏與你漢鑾輿。"

㊱ 抗勅違宣　違抗皇帝聖命。勅，皇帝的詔書。宣，帝王宣召。

㊲ 將主所殺　即將主人殺害。主，這裏意爲主人，指太子申生。

【校記】

〔一〕第二折　元刊本原不分折，據唱曲宮調及科白、劇情校出。

〔二〕藥死神獒了　元刊本將"獒"作"傲"，據文意改之。

〔三〕扮閹官托砌末上　元刊本將"閹"作"淹"，據文意改之。

〔四〕自家六宮大使　元刊本將"六宮"作"大宮"，改之。

〔五〕奉宮裏○○皇后○○　元刊本於"宮裏○"、"皇后"後均有二"○"，以表避諱之意，不改。

〔六〕〔南呂・一枝花〕曲　元刊本於曲牌"一枝花"前未標出宮調，今補出。曲文首句"致令"，元刊本作"致今"，誤，改之。三句"嫉妒"，元刊本將"妒"作"㐬"，誤，改之。六句"他甘心受"，元刊本將"他"作"它"，改之。此情形後文中很多，概不再入校。末句"則是刎頸交,傷身離不了",元刊本將"則"作"子"、將"頸"作"脛"、將"離"作"難",據文意改之。

〔七〕〔梁州第七〕曲 "梁州第七",元刊本作"梁州",據《太和正音譜》改之。曲文首句"前家兒反成罪累",元刊本將"反"作"番"、將"累"作"壘",誤,據文意改之。五句"輔謀",元刊本將"輔"作"鋪",誤,改之。七句"可待",元刊本將"待"作"持",誤,據文意改之。九句"搬的個",元刊本作"般的個",據文意改之。十一句"國舅",元刊本作"國舊",改之。十二句"等侯",元刊本將"候"作"侯",據文意改之。

〔八〕〔牧羊關〕曲 曲文三句"臣若壞了太子呵",元刊本將"壞(壤)"省作"衷"。"唱",元刊本原無此字,據文意補之。曲文八句"那壁是〇〇難推怨";元刊本於"是"後有二"〇",意爲"聖旨"用避諱意。

〔九〕〔四塊玉〕曲 曲文三句"聖〇",元刊本於"聖"後有一"〇",應爲"旨",這裏用避諱意。"覷砌末云",元刊本原無"覷",據後文中語例補出。"唱",元刊本原無此字,據文意補之。"唱"元刊本原無此字,據文意補之。曲文末句"眼睜睜",元刊本作"眼爭爭",據文意改之。

〔一〇〕〔罵玉郎〕曲 曲文二句"元來是爭社稷",元刊本將"稷"作"禝",改之。

〔一一〕慌聽了 元刊本將"慌"作"荒"。

〔一二〕〔感皇恩〕曲 曲文二句"不提防",元刊本作"不隄防"。三句"嗨",元刊本作"每",據文意改之。"唱",元刊本原無此字,據文意補之。

〔一三〕〔採茶歌〕曲 曲文四句"古往今來",元刊本原將"古"作"右",改之。

〔一四〕〔牧羊關〕曲 "牧羊關",元刊本將"牧"作"收",誤,改之。曲文二句"何費口",元刊本作"哥費口",據文意改之。六句"評論",元刊本原作"平論",據文意改之。七句"冒突着",元刊本將"冒"作"兒",誤,改之。末句"藥殺神獒",元刊本作"藥煞神傲",據文意改之。

〔一五〕〔黄鐘尾〕曲 "黄鐘尾",元刊本作"尾",據《太和正音譜》改之。"唱",元刊本原無此字,據文意補之。曲文二句"服侍",元刊本將"服"作"伏"。五句"不能够",元刊本原將"够"作"勾"。十二句"有如楊柳",元刊本將"如"作"好",誤,改之。十五句"已過",元刊本作"已還",據文意改之。十八句"煞強如",元刊本作"橄強如"。"唱",元刊本原無此字,據文意補之。十九句"鋼刀下爛朽",元刊本將"鋼"作"岡"、將"爛"作"闌",據文意改之。正末帶云語"抗勅違宣",元刊本原將"抗"作"亢",據文意改之。"唱",元刊本原無此字,據文意補之。曲文二十句"怕甚麽",元刊本將"怕"作"坦",誤,改之。"唱",元刊本原無此字,據文意補之。

〔一六〕外云住　元刊本作"外云推",據文意改之。

〔一七〕申生自刎了　元刊本將"了"作"子",改之。

第三折〔一〕

（末素扮引外背劍上①,開）自當日出朝,載老母歸於莊宅上,半載之間倒大來悠哉。

【中呂·粉蝶兒】〔二〕活計生涯,遺僕男一犁兩耙②,落得個任道遥散誕行達③。背一張琴,携一壺酒,訪友在山間林下。今日還家,想着我出朝時那場驚怕。

（云）孔子云:邦有道則知,無道則愚,其知可及也,其愚不可及也④。信有之⑤。

【醉春風】我如今耳静勝如聾,眼明渾似瞎⑥,我便有那論邦辯國的巧舌頭⑦,則不如裝做個啞,做個啞,將書劍收拾,素琴攥起,劍匣高掛。

（見卜兒了）（介林拜了）〔三〕（云）介林於府學中攻書〔四〕,已經半年之間,不知你做甚功課哩〔五〕?（介林云了）（正末云）〔六〕孩兒,你習文武科也學得是也,我想來則不如不會倒好〔七〕。（介林云了）（正末云〔八〕）聽我説。

【喜春來】你今日修文治國平天下⑧,你如今待演武安邦定殺伐。兒呵,你如今修文演武未通達。（帶云）罷,罷,至如你便不成呵,（唱）似我也退朝,誰肯將你貨與帝王家⑨。

（介林云了）〔九〕（云）孩兒,你説的言語有擎王保駕之意⑩、安邦定國之心,豈不知孔子擊磬於衛⑪,有荷蕢者曰〔一〇〕:"有心哉,擊磬乎⑫?"子貢曰:"有美玉於斯,韞櫝而藏諸?求善價而沽諸?"子曰:"沽之哉!沽之哉!我待價者也⑬。爾今未入於室[一一],焉知就裏⑭[一二]?權然後知輕重,度然後知長短⑮[一三]。我受過的辛苦緣何不知[一四]?便憑才藝奪國家大柄貴者⑯,衹除是出朝將入朝相矣⑰。(介林云了)[一五]

【普天樂】[一六]出爲將便是鎮華夷⑱,入爲相居官朝鑾駕⑲。鎮華夷呵便似挾太山以超北海⑳,朝鑾駕呵便索待漏院久立東華㉑。假若封加你官位高,至如陞遷得你功勞大,劃地索招罪招殃添驚怕㉒。兒呵,則不如無是無非且做莊家㉓。(外云了)(唱)這的是送你身的榮華富貴㉔。(外云)(唱)兀的是追你魂的高車駟馬。(云了)(唱)那的是取你命的大纛高牙㉕。

(重耳上叫了)(做驚問了)

【迎仙客】[一七]他道認得咱,不知是誰哪。(做見科了)臣道是誰家個客人,原來卻是殿下。(做講)小太子若是但躬身,微臣便該萬剮。(做起了)東宮安在?(云了)(打悲了)㉖(唱)東宮元來自刎昇遐㉗。晉天子呵,全不怕萬載人民罵。

(淨上)(驚住)(淨背云了)㉘(聽問)(做見卜兒、旦、太子)(介林云)[一八]太子事泄㉙[一九],非干微臣之過,皆因吕用公奉官裏聖○所逼㉚[二〇],國舅仗着寶劍道[二一]:"你家中有小太子重耳,好生將得項上頭來便休,若不將出頭來,教您全家兒賜死!"老漢以此說太子在於宅內[二二],太子勿慮,臣替太子死去。母親,將您孩兒項上首級腐爛㉛,授與國舅[二三],言稱是太子之首。我雖然盡其忠,不能盡其孝㉜,爭奈有七十歲老母[二四],如百年之後㉝,無臨喪祭之子㉞。休,休,休!既爲忠臣,何思孝以哉[二五]!

(歌曰)別恨山妻泪滿腮㉟,
含悲老母痛傷懷。
忠心替代儲君死[二六],
孺子疾忙取劍來㊱!

（介林自刎了）（做慌放）㊲〔二七〕

【上小樓】〔二八〕我則見扯劍出匣，他便揪住頭髮，喫察刀過處㊳，頭落地，苦痛天哪！（帶云）你好是下得啊，兒啊！（唱）好兒今日個不尋思，就、就死擎王保駕。（太子云了）（唱）顯得臣也忠心扶你晉朝天下。

【幺篇】〔二九〕你没兒待怎生㊴，我絕嗣待怎麽㊵？孩兒今日救了儲君，替了親爺，須他是爲國於家。（旦哭做住）不爭你舉哀聲，敢把咱全家誅殺。君王，小可題起那麗姬㊶，怕那不怕？（做怕了〔三〇〕）（净云了下）（太子做望云了）（扮風雪上）（太子云了）（悲住）

【醉高歌】行路途劫巴巴㊷，耽凄楚消消灑灑㊸，頭直上風雪紛紛下㊹，咱兩個凍不煞多應餓殺。

【紅綉鞋】〔三一〕受了他五七日心驚膽怕，不似這兩三程行得人力盡身乏。（云了）望見兀那野煙起處有人家。（帶云）太子共我絕糧三日，我每日割着身上肉，推做山林内拾得野物肉與太子充飢㊺，他有一日爲君啊，（唱）至如他心虧負我，我須是割股養着他。（太子云了）（到山中了）（唱）深山裏絕餓殺。

（眼花意了㊻）（太子背靠坐定）（太子燒肉與末喫）

【快活三】〔三二〕想我着適纔來澗底下㊼，割得來與他家，燒得來半熟慌用手來拿，早是我澀奈無收煞㊽。

（太子云了）

【朝天子】〔三三〕百忙裏讓咱，猛然的見他，不由我喫忒忒心頭怕㊾。（太子云了）（唱）太子問臣聲唤做甚哪，有幾處熱癇瘦瘡發㊿。（云了）微臣忍痛難禁聲，疼不罷。（太子云住）（唱）太子呵臣這疼痛如刀刃扎。（太子云了）（唱）你可待損剮51、損剮些肉咱，（太子云了）（唱）你直待咽咬煞微臣罷52。

（楚使上云住）（打認住）（太子云）（說關子了〔三四〕）（云）既然楚大夫肯將太子去楚，老夫家中有老母無人侍養〔三五〕，老夫還

家，等太子雪冤時分，臣迎太子來。（打悲了）

【耍孩兒】〔三六〕哭啼啼訴不盡別離話，（太子云了）（唱）你與我疾忙上馬。你一程程乘騎去他邦，我則索慢慢的步砌還家㊿③。他那裏傷心去路何時盡，我這裏含恨歸程知它幾日是家。（太子云了）（唱）赤緊的您父子無投機話㊿④。可知道風雲氣少㊿⑤，哪裏問兒女情多㊿⑥。

【三煞】〔三七〕今世裏父賢子不孝，子孝父不達，這的是父不父、子不子傷了風化㊿⑦，我如今有兒無兒皆如此，（太子云了）（唱）你今日有爺無爺爭甚哪㊿⑧。謝楚大夫相提拔，太子爲晋唐枝葉㊿⑨，皆是你齊楚根芽。

【二煞】〔三八〕太子呵想必那春申君擡舉你[60]，（云了）（唱）你見那孟嘗君隨順他[61]。若是君權[68]向客舍裏權安插[62]，俺便似山川困虎伸剛距[63]。（太子云了）（唱）你便似淺水蛟龍奮爪牙，（太子云了）（唱）怎肯教麗姬賊子請了天下[64]！太子呵直等的先皇晏駕[65]，那其間便起征伐。

【煞尾】〔三九〕太子呵你若是報不得母、雪不得兄[66]，你便空破了國；我若是侍不得母、埋不得兒，我便是白喪了家；你若是雪不得冤、報不得恨，則恁地空干罷[67]！太子呵你便是治不得國，我便是齊不得家。吡，枉教人唾駡殺。

（一行下）

【注釋】

① 素扮　戲曲術語，指演員用簡單的綫條作面部化妝。

② 耙（pá）　一種整地的農具，用於耕後碎土、滅茬除草等。

③ 逍遥散誕行達　悠閑，自由自在。《鶴林玉露》卷十六中有："官税早輸，逍遥散誕。"

④ 邦有道則智，邦無道則愚。其智可及也，其愚不可及也　語出《論語·公冶長》："邦有道則知，邦無道則愚。其知可及也，其愚不可及也。"邢昺曰："'邦有道則

知,邦無道則愚'者,此其德也。若遇邦國有道,則顯其知謀;若遇無道,則韜藏其知而佯愚。'其知可及也,其愚不可及也'者,言有道則知,人或可及,佯愚似實,不可及也。"知,即智。

⑤ 信有之　確實有。

⑥ 渾似　猶言簡直就像。

⑦ 論邦辯國　這裏指討論國家大事。

⑧ 修文治國平天下　這裏化用了"修身、齊家、治國、平天下"。修身、齊家、治國、平天下是儒家的爲政之道與爲政目標。出身《礼記·大學》:"物格而後知至,知至而後意誠,意誠而後心正,心正而後身修,身修而後家齊,家齊而後國治,國治而後天下平。"

⑨ 貨與帝王家　即學成文武藝,貨與帝王家。指讀書人學成文韜武略,要爲皇帝效忠。貨,賣。

⑩ 擎王保駕　輔佐君王。擎,舉,向上托。

⑪ 孔子擊磬(qìng)於衛　本事見《論語·憲問》。詳見下注。磬,古代樂器,用石或玉雕成,懸掛於架上,擊之而鳴。

⑫ 有荷蕢(kuì)者曰:有心哉,擊磬乎　語出《論語·憲問》,其曰:"子擊磬於衛,有荷蕢而過孔氏之門者,曰:'有心哉,擊磬乎?'既而曰:'鄙哉,硜硜乎,莫己知也,斯己而已矣。'"劇中引文意爲有拿着草筐經過孔子之門的隱者,聽到磬聲説:"有戚戚然憂苦,這是擊磬的聲音嗎?"蕢,草器。有心,心中戚戚然。孔子擊磬於衛心中戚戚,是因爲無人理解自己。

⑬ 子貢曰:"有美玉於斯,韞(yùn)櫝(dú)而藏諸?求善價而沽諸?"子曰:"沽之哉!沽之哉!我待價者也。"　語出《論語·子罕》,意爲尋求知己而爲之效力。斯,此。韞,蘊藏、包含。櫝,櫃子。韞櫝,藏在櫃子裏。沽,賣。

⑭ 未入於室,焉知就裏　比喻涉世未深,不知其中甘苦。焉,哪裏。就裏,其中。

⑮ 權然後知輕重,度然後知長短　語出《孟子·梁惠王上》,意爲祇有經過親身實踐,纔能對事物有真正的了解。權,秤錘,這裏指用秤來稱。度,計量長短的標準,這裏意爲度量。

⑯ 國家大柄　即國家大權。權,權柄。

⑰ 祇除是　除非,唯有,祇有這樣。　出朝將入朝相　即出朝爲將,入朝爲相,比喻權勢極大。

⑱ 華夷　華,華夏。夷,蠻夷。猶言中外。

⑲ 鑾駕　天子所乘之車,這裏指皇帝。

⑳ 挾太山以超北海　夾持着太山跳過渤海。語出《孟子·梁惠王上》。挾,夾

持,夾在胳膊下。太山,即泰山。超,跳躍而過。北海,渤海。

㉑ 待漏院　古代宮廷中百官清晨入朝等待朝拜皇帝的地方。古代百官清晨入朝準備朝拜皇帝,稱爲待漏。漏,古代的計時器。　東華　這裏指黎明時的月亮。

㉒ 剗(chǎn)地　宋元時俗語,意爲無端地,平白無故地。《薦福碑》第二折中有:"青霄有路終須到,剗地着我又上黃州道。"

㉓ 莊家　指農家,種田的莊家漢。杜仁杰《耍孩兒·莊家不識勾闌》中有:"風調雨順民安樂,都不似俺莊家快活。"

㉔ 送你身的　猶言葬送你身軀的,斷送你性命的。

㉕ 大纛(dào)高牙　指用於儀仗的高大的旗子。纛,古時軍隊或儀仗隊的大旗。牙,牙旗的簡稱。

㉖ 打悲　戲曲術語,指戲劇表演作悲痛的表情。《漢宮秋》第三折中有:"做下馬科,與旦打悲科。"

㉗ 昇遐　古代稱帝王去世的諱稱。

㉘ 背云　戲曲術語,指人物的内心獨白。

㉙ 泄　泄露,敗露。

㉚ 官裏聖〇　即皇帝聖旨。聖〇,用避諱意。

㉛ 首級　即頭。

㉜ 雖然盡其忠,不能盡其孝　爲皇帝效忠便不能孝敬父母。盡忠,爲皇帝效力。盡孝,贍養父母。

㉝ 百年之後　即死後。百年,對死的委婉説法。

㉞ 臨喪祭　親自治喪祭典。臨,親臨、親自。

㉟ 山妻　古時隱者對自己妻子的稱謂,也用爲自稱其妻的謙詞。羅大經《鶴林玉露》卷四中有:"既歸竹窗下,則山妻稚子,作笋蕨,供麥飯,欣然一飽。"

㊱ 疾忙　猶言急忙、趕快。

㊲ 做慌放　戲曲術語,即做慌科。放,元雜劇劇本中動作、表情的舞臺提示,與"科""了""介"意義作用相同。

㊳ 喫察　象聲詞,形容以劍砍斷物體的聲音。

㊴ 待怎生　猶言怎麼辦。怎生,如何、怎樣。柳永《滿江紅》詞中有:"盡思量,休又怎生休得?"

㊵ 絶嗣　斷絶後代。嗣,子孫。

㊶ 小可　宋元時俗語,用於自稱的謙詞。《兒女團圓》第二折中有:"小可是這新莊店人氏,姓俞名循禮。"

㊷ 劫劫巴巴　形容勞勞碌碌、處境艱難。

㊸ 耽凄楚　陷於悲哀中不可自拔。耽,這裏意爲耽於,沉溺於。　消消灑灑　凄楚悲愴貌。

㊹ 頭直上　宋元時俗語,意爲頭頂上。《曲江池》第三折中有:"長街上陰風凜冽,頭直上冷氣嚴凝。"

㊺ 推做　推託説,托辭。《武王伐紂平話》卷上中有:"娘娘取一日推作生辰,遍告諸宫監,必來與娘娘賀生辰。"

㊻ 眼花意了　表演作眼花的樣子。意了,戲曲術語,元雜劇劇本中對舞臺動作,表情的提示,有"做……樣子"的意思。有時指遞眼色、眉目傳情等。

㊼ 適纔　即剛纔。

㊽ 澀奈无收煞　羞愧不已。涩奈,宋元时俗语,意为羞涩、羞惭。收煞,宋元时俗语,意为结果、收场。《存孝打虎》第三折中有:"坐下马筋力堪夸,我则见纱灯儿般转到十数匝,我看你怎生收煞。"

㊾ 喫忒忒　狀聲詞,形容心跳聲。

㊿ 熱癤(jié)瘻瘡　指熱性病過程中皮膚粘膜交界處發生瘡疹的疾患。癤,一種局部性皮膚和皮下組織化膿的炎症。

51 損剮　猶言搜剮。

52 咽　同啃。

53 步砌　宋元時俗語,指步行、走步。《追韓信》第三折中有:"子見衆公卿步砌殷勤,擺列着半張鑾駕迎韓信。"

54 赤緊的　宋元時俗語,意爲確實、實在、真的。《氣英布》第一折中有:"不爭我服事重瞳没個結果,赤緊的做媳婦先惡了公婆。"　投機　雙方情意相合。《澠池會》第二折中有:"心懷姦計,若不是片語投機,論阿諛揣情磨意。"

55 風雲氣　本指豪邁、壯烈之氣,這裏引申指劇烈的爭鬥、衝突。

56 兒女情　指親昵、和睦、愛戀之情。

57 風化　風俗教化。

58 爺　即爹、父親。

59 晋唐枝葉　猶言晋唐的後代。晋唐,周成王封其弟叔虞於唐,其地在今山西翼城一帶,此是晋國的前身,後叔虞之子燮遷於曲沃,因南有晋水,因曰晋。

60 春申君　戰國時楚人,名黄歇。頃襄王時出使於秦,制止秦的進攻。考烈王立,以他爲相,封春申君,賜淮北地十二縣,後改封江東。曾却秦救趙,攻滅魯國,相楚二十五年,有食客三千人,與齊之孟嘗君、趙之平原君、魏之信陵君被合稱四公子。　擡舉　關照、照料。《劉知遠諸宫調》二中有:"天指引到來此處,文人相見便神和,招入舍好擡舉。"

㊽ 孟嘗君　即田文,戰國時齊國貴族,襲其父田嬰的封爵,封於薛(今山東滕縣南),稱薛公,號孟嘗君,戰國四公子之一。齊湣王時封爲相,門下有食客數千,曾聯合韓、魏先後打敗楚、秦、燕三國,一度入秦爲相,不久逃歸。齊湣王七年因田甲叛亂事,出奔到魏,任魏相,後來與燕趙等國聯合攻齊。　隨順　順從,屈從。多指女子屈從嫁給男子。《秋胡戲妻》第三折中有:"力田不如見少年,採桑不如嫁貴郎,你隨順了我罷。"這裏指意見、行爲相同。

㊾ 權　暫且。

㊿ 剛距　即剛爪。距,鷄爪子,這裏指爪子。

㉛ 請　受領、得到。

㉜ 晏駕　古代對帝王死亡的諱稱。

㉝ 報不得母雪不得兄　猶言報不得母讎,雪不得兄恨。

㉞ 恁地空干罷　猶言就那樣白白地算了。恁地,如此,這樣。干罷,了結,就此算了。

【校記】

〔一〕第三折　元刊本原不分折,據唱曲宫調及科白、劇情校出。

〔二〕〔中吕·粉蝶兒〕曲　"粉蝶兒",元刊本原於曲牌前未標出宫調,據《太和正音譜》補之。曲文首句"活計生涯",元刊本將"活"作"舌",誤,改之;二句"一犁兩耙",元刊本原將"耙"作"耙"。三句,"散誕行達",元刊本原將"誕"作"但",據文意改之。六句"訪友",元刊本將"訪"作"詵",改之。末句"警伯",元刊本將"警"作"今",據文意改之。〔醉春風〕曲　曲文首句"耳静",元刊本作"耳净",據文意改之。四句:"裝作個啞",元刊本將"裝"作"妝",將"啞"作"瘂"。五句"收拾",元刊本作"收十"。

〔三〕介林拜了　元刊本將"林"作"休"。

〔四〕介林於學府中攻書　元刊本將"攻"作"功"。

〔五〕不知你做甚功課哩　元刊本將"功"作"工"。

〔六〕正末云　元刊本原無此三字,據文意補之。

〔七〕則不如不會倒好　元刊本將"倒"作"到",據文意改之。

〔八〕正末云　元刊本原無此三字,據文意補之。

〔九〕介林云了　元刊本原無"介",據文意補之。

〔一〇〕有荷蕢者曰　元刊本原無"有荷蕢"三字,據《論語·憲問》補之。

〔一一〕爾今未入於室　元刊本將"未"作"來",將"室"作"至",據文意改之。

〔一二〕焉知就裏　元刊本將"知"作"之"，據文意改之。

〔一三〕權然後知輕重，度然後知長短　元刊本原作"然後之輕重長短"，據《孟子·梁惠王上》中"權然後知輕重，度然後知長短。物皆然，心爲甚，王請度之"改之。

〔一四〕緣何不知　元刊本將"緣"作"綠"，誤，改之。

〔一五〕介林云了　元刊本無"介"，據文意補之。

〔一六〕〔普天樂〕曲　曲文三句"挾太山以超北海"，元刊本將"超"作"起"，誤，據文意改之。四句"久立東華"元刊本將"華"作"革"，誤，據文意改之。"唱"，元刊本原無此字，據文意補之。曲文九句"送你身的"，元刊本原作"送的你"，據後文中"追你魂的"、"取你命的"改之。"唱"，元刊本原無此字，據文意補之。曲文十句"追你魂的"，元刊本作"還你魂的"，據文意改之。"唱"，元刊本原無此字，據文意補之。曲文末句"大纛高牙"，元刊本將"纛"作"索"，據文意改之。

〔一七〕〔迎仙客〕曲　曲文末句"晋天子呵全不怕萬載人民罵"，元刊本於"晋"前有一"文"字，衍文，刪去。"怕"，元刊本作"帕"，誤，據文意改之。

〔一八〕介林云　元刊本原無"云"，據文意補之。

〔一九〕太子事泄　元刊本將"事"作"是"，據文意改之。

〔二〇〕皆因呂用公奉官裏聖〇所逼　元刊本將"公"作"厶"，誤，改之；"聖〇"，意爲"聖旨"，這裏用避諱意。

〔二一〕國舅仗着寶劍道　元刊本將"舅"作"舊"、將"道"作"到"。

〔二二〕老漢　元刊本將"漢"作"謹"，誤，改之。

〔二三〕授與國舅　元刊本將"授"作"受"。

〔二四〕爭奈有七十歲老母　元刊本無"十"，據文意補之。

〔二五〕何思孝以哉　元刊本將"哉"作"戰"，誤，改之。

〔二六〕忠心替代儲君死　元刊本將"儲"作"雠"，誤，據文意改之。

〔二七〕做慌放　元刊本將"慌"作"荒"。

〔二八〕〔上小樓〕曲　"帶云"，元刊本原無此二字，據文意補之。"唱"，元刊本原無此字，據文意補之。"唱"，元刊本原無此字，據文意補之。曲文末句"扶你晋朝天下"，元刊本將"扶"作"伏"，據文意改之。

〔二九〕〔幺篇〕曲　"幺篇"，元刊本作"幺"，據《太和正音譜》補之，曲文首句"你没兒"，元刊本將"没"作"浚"。二句"待怎麽"，元刊本作"待子麽"，據文意改之。三句"救了儲君"，元刊本將"儲"作"雠"，據文意改之。

〔三〇〕做怕了　元刊本作"帕做了"，改之。

〔三一〕〔紅綉鞋〕曲　曲文首句"心驚膽怕"，元刊本將"驚"作"苟"、將"怕"作

"咱",據文意改之。正末帶云語"我每日割着身上肉",元刊本將"割"作"害"。"唱",元刊本原無此字,據文意補之。曲文四句"至如他心虧負我",元刊本將"他"作"我",據文意改之。五句"我須是割股養着他",元刊本將"養"作"券",據文意改之。"唱",元刊本原無此字,據文意補之。

〔三二〕〔快活三〕曲　曲文首句"適纔",元刊本作"十纔",據文意改之;三句"慌用手來拿",元刊本將"慌"作"荒"。

〔三三〕〔朝天子〕曲　"太子云了",元刊本作"大云了",據文意改之。"唱",元刊本原無此字,據文意補之。曲文四句"太子問臣聲喚做甚哪",元刊本將"做"作"子"。六句"微臣",元刊本作"微臣裏","裏",衍文,删之。"太子云住",元刊本將"太"作"大"。"唱",元刊本原無此字,據文意補之。"太子云了",元刊本無"子",據文意補之。"唱",元刊本無此字,據文意補之。

〔三四〕説關子了　元刊本無"説",據文意補之。

〔三五〕老夫家中有老母無人侍養　元刊本將"侍"作"待",誤,改之。

〔三六〕〔耍孩兒〕曲　"太子云了",元刊本無"子",據文意補之。"唱",元刊本原無此字,據文意補之。曲文四句"慢慢的步砌",元刊本將"砌"作"砘"。"太子云了",元刊本原無"子",據文意補之。"唱",元刊本原無此字,據文意補之。

〔三七〕〔三煞〕曲　"太子云了",元刊本無"子",據文意補之。"唱",元刊本原無此字,據文意補之。曲文五句"有爺無爺",元刊本將"爺"均作"耶",改之。

〔三八〕〔二煞〕曲　"二煞",元刊本作"二"。曲文三句"安插",元刊本將"插"作"搯",據文意改之。曲文四句"伸剛距",元刊本作"生剛巨",據文意改之。"唱",元刊本原無此字,據文意補之。曲文五句"奮爪牙"元刊本將"爪"作"瓜",誤,據文意改之。"太子云了",元刊本無"子",據文意補之。"唱",元刊本原無此字,據文意補之。曲文六句"請了天下",元刊本將"請"作"情"。

〔三九〕〔煞尾〕曲　"煞尾",元刊本作"尾"。曲文二句"我若是侍不得母、埋不得兒,我便是白喪了家",元刊本將"我若是"作"若是"、將"侍"作"借"、將"白"作"自",據文意改之。

楔　子〔一〕

（净旦開了）（駕上開了）（叔向奏了）（卜兒開了）（末上見卜兒云〔二〕）您孩兒去晋城①,知得重耳爲君,號文公,即位將群臣都封贈了,惟忘了您兒。兒作了一篇《龍蛇歌》,懸於晋朝宫门,晋文公若見,必宣您兒來。(卜兒云)(不省了)(云)上問母親,怎生是一世之榮不如萬載之名?(卜兒云了)(做省得了)母親言者善也,家中無妨礙〔三〕。

【仙吕·賞花時】〔四〕母親道奉帝臨朝一世榮②,背母歸山博個萬代名。(帶云)家中萬事無牽掛,(唱)則今日便登程。(卜兒云了)(唱)遥望着翠巍巍綿山峻嶺③,(卜兒云)(唱)您孩兒鴉背着母親行④。

【注釋】

① 晋城　晋國的都城絳(在今山西曲沃、侯馬一帶)。
② 奉帝臨朝　在朝侍奉皇帝,即爲官。
③ 綿山　山名,在山西省介休東南,屬霍山山脈,因山下有綿上之田,故稱綿山。相傳春秋時晋國介子推隱遁焚身於此,故亦稱介休山,簡稱介山。
④ 鴉背着　像小烏鴉背着老烏鴉一樣。據傳烏鴉有反哺之意,當老烏鴉不能飛動覓食時,小烏鴉便會侍養老烏鴉。這裏劇中所述是介子推背母進山。

【校記】

〔一〕楔子　元刊本原不分折、楔子,今據唱曲宫調及科、白劇情校出。
〔二〕末上見卜兒云　元刊本原無"兒",據文意補之。
〔三〕家中無妨礙　元刊本將"妨"作"方"。
〔四〕〔仙吕·賞花時〕曲　"賞花時",元刊本原於曲牌前未標宫調,今補。曲文首句"奉帝臨朝",元刊本原將"帝"作"地"。二句"背母歸山博個萬代名",元刊本將"博"作"撥"、將"代"作"伐",誤,改之。"帶云",元刊本原無此二字,據文意補之。"唱",元刊本原無此字,據文意補之。"卜兒云了",元刊本無"兒",據文意補之。"唱",元刊本原無此字,據文意補之。"唱"元刊本原無此字,據文意補之。

第四折〔一〕

（駕上開）（駕提燒山了）（扮樵夫上）（慌放）〔二〕

【越調·鬥鵪鶉】〔三〕焰騰騰火起紅霞,黑洞洞煙飛墨雲,鬧垓垓火塊縱橫①,急穰穰煤煙亂滾②,悄蹙蹙火巷外潛藏③,古爽爽煙峽內側隱④。我則見煩煩的煙氣熏⑤,紛紛的火焰噴,急煎煎地火燎心焦⑥,密匝匝煙屯合峪門⑦。

【紫花兒序】〔四〕紅紅的星飛迸散,騰騰的焰接林梢⑧,烘烘的火閉了山門。煙驚了七魄⑨,火唬了三魂⑩,不付能這性命得安存⑪,多謝了烟火神靈搭救了人。慚愧呵險些兒有家難奔,盡都是火嶺煙嵐⑫,望不見水館山村⑬。

（駕云了）（云）〔五〕有個老宰相共個老婆婆火燒了也。那個老宰相不肯躲那火,抱着黃蘆樹,見今燒死了也⑭。（駕云了）

【小桃紅】〔六〕小人向虎狼叢裏過了三旬⑮,每日負力擔柴捆,教俺稚子山妻得安遁⑯。（駕云了）（唱）我不知你笑那深山裏玉堂臣⑰,他向那濃煙烈焰裏成灰燼。（云了）為甚俺這樵夫得脫身,無是他皇天有信⑱,從來不負俺這苦辛人。

（云）那個老官人和我每日攀話。（囗云了〔七〕）

【金蕉葉】〔八〕小人怕不待信着口傾心告君⑲,則恐怕觸突着當今至尊。（云了）小人雖是個莊家漢,也省的些個小勾當。（唱）止不過玉帛玄纁奉品⑳,不似你晉國裏招賢廢人。

（駕云）

【調笑令】〔九〕柴林下那個宰臣,教火燒了身,兀的不辛苦殺凌煙閣上人㉑。（云了）我道來呵道他親孩兒替死向鋼刀下刎,他血瀝割股焚身,封官時宰相每若議論,則封個完體將軍㉒。

（駕云）

【寨兒令】〔一〇〕道他曾巴巴劫劫背着主公㉓,破破碌碌踐紅塵㉔,

行到半路裏絶糧也剮割濕肉烹。道大王當日從臣,道大王今日爲君,每日重裀而卧㉕,列鼎而食㉖,那其間路上有饑人。(駕云了)(唱)您向當心裏放水瓮防身,您却四面火把燒焚。一頭放水放水浪滚,一頭放火把火光焚。(云)做皇○一頭放水㉗,一頭放火,(唱)哪的是您天子重賢臣?

【鬼三臺】〔一〕颷颷的狂風徹㉘,將密匝匝山圍盡,猛一陣煤撲人生煙嗆人。風卷泄蕩起灰塵㉙,火焰紅如絳雲,氤氤煙燻的兩輪日月昏㉚,刮刮的火煉的一合天地分㉛。補氤氳兔走被煙迷㉜,忒楞楞撲飛禽被那火淋㉝。

(駕云)

【秃厮兒】〔一二〕您這火林外前後有軍,深山裏進退無門。他道是向火坑中自喪身,更休想卧麒麟高墳。

(云了)

【聖藥王】〔一三〕那老兒過六旬近七旬,他道是老而不死是何人?你道他性子狠、意氣嗔㉞,見如今抱黄蘆肢體做灰塵,可知、可知有甚喫火不燒身。

【收尾】不爭你個晋文公烈火把功臣盡,枉惹得萬萬載朝廷議論。常想趙盾捧車輪㉟,也不似你個當今帝王狠。

(駕云了)(祭出)(散場)〔一四〕

【注釋】

① 鬧垓垓　宋元時俗語,形容熱鬧、喧嘩、噪雜。《五侯宴》第五折中有:"我則見鬧垓垓、鬧垓垓的軍到來,一個個志氣胸懷。"　火塊　即一片片燃燒的大火。

② 急穰(ráng)穰　宋元時俗語,形容心忙意亂。《東堂老》第二折中有:"急穰穰的樓頭,數徹那更。"這裏用以形容紛亂。

③ 悄蹙蹙　宋元時俗語,亦作悄促促,形容悄悄地、静静地。《楚昭公》第三折中有:"好教我痛煞煞,提着膽向刀尖過,倒不如悄促促,低着頭在劍下誅。"　火巷　以火燒成的巷子,比喻火勢兇猛。

④ 古爽爽　狀聲詞,形容物體碰撞發出的響聲。　煙峽　濃煙構成的峽谷,形

容煙極濃。　側隱　即隱藏。

⑤ 煩煩的　這裏形容烟霧彌漫的景象。

⑥ 急煎煎　宋元時俗語,意爲急急忙忙。《玉壺春》第一折中有:"急煎煎翠池塘,展烏衣忙殺銜泥燕。"

⑦ 密匝匝　形容密集、衆多。《梧桐雨》第三折中有:"數層槍密匝匝,一聲喊山摧塌。"　煙屯合峪門　形容濃煙籠罩了一切。屯,屯集。峪,山谷。

⑧ 騰騰的　形容火焰衝騰的樣子。

⑨ 七魄　魄,人的精靈。古人謂精神能離形體而存在者爲魂,依形體而存在者爲魄。道家謂人有七魄:第一魄名屍狗,第二魄名伏矢,第三魄名雀陰,第四魄名吞賊,第五魄名非毒,第六魂名除穢,第七魄名臭肺。

⑩ 三魂　魂,古謂可離開人體而存在的人的精神。道家謂人有三魂:一曰爽靈,二曰胎元,三曰幽精。

⑪ 不付能　宋元時俗語,意爲好不容易,纔能夠。付,也作甫。《金鳳釵》第一折中有:"不付能恰做官,没揣的罷了職。"

⑫ 火嶺煙嵐　形容烟火彌漫。嶺,山嶺。嵐,山林中的霧氣。

⑬ 水館山村　指村莊、客舍。館,客舍。

⑭ 見今　即現今。見,現。

⑮ 旬　十歲。白居易《長慶集·偶吟自慰兼呈夢得》詩中有:"且喜同年滿七旬,莫嫌衰病莫嫌貧。"

⑯ 稚子　幼兒。　安遁　安然逃遁。這裏指安然逃離塵世。

⑰ 玉堂臣　指朝廷大臣。玉堂,玉砌之堂,代指朝廷。

⑱ 無是　無非是。

⑲ 怕不待　宋元時俗語,意爲豈不,難道不。《秋胡戲妻》第二折中有:"怕不待要請太醫看脈息,着甚麼做藥錢調治?"

⑳ 止不過　即衹不過。　玉帛玄纁(xūn)奉品　這裏指朝中大臣所得的奉禄。玉帛,指財富。玄,帶赤的黑色;纁,絳色。玄纁,這裏用以指代織物。

㉑ 凌煙閣上人　即標名於凌煙閣的功臣。凌煙閣,唐代帝王爲功臣畫像,以表彰他們功績的地方。

㉒ 完體將軍　僅能保全自己身體的將軍。元曲中對下流,無出息人的稱謂。《東堂老》第四折中有:"他去那麗春園納了爭風印,你休閒波,完體將軍。"這裏反其意而用之。

㉓ 巴巴劫劫　亦作劫劫巴巴,注見本劇第三折注第㊷。

㉔ 破破碌碌　宋元時俗語,亦作波波碌碌,形容奔波勞碌、辛辛苦苦。《薦福

碑》第二折中有:"指望一舉狀元及第,崢嶸發達,誰想今日波波碌碌,受如此般辛勤也。" 紅塵　鬧市中的飛塵。這裏指灰塵、塵埃。

㉕ 重裀而卧　形容居住條件優越。重,重叠、層叠。裀,褥子、床墊。

㉖ 列鼎而食　形容飲食豐盛。列,排列。鼎,古代的一種烹飪器皿。

㉗ 皇○　即皇帝,這裏用避諱意。

㉘ 徹　通、穿、透。這裏用以形容風力極大。

㉙ 風卷泄蕩　形容狂風極其猛烈,具有摧枯拉朽的力量。

㉚ 氳氳　這裏用以形容烟霧彌漫的樣子。

㉛ 刮刮的　象聲詞,形容火燒雜物時發出的劈劈啪啪的聲響。　一合　宋元時俗語,意爲整個、一總。《劉行首》第四折中有:"小庵雖窄隱幽微,包含着一合天地。"

㉜ 補氤氲　增加烟霧之氣。氤氲,氣或光色混、動蕩的樣子。

㉝ 忒楞楞　狀聲詞,形容鳥撲翅飛騰的聲音。《追韓信》第二折中有:"沙鷗驚起蘆花岸,忒楞楞飛過蓼花灘。"

㉞ 意氣嗔　猶言脾氣壞。嗔,瞋怒。

㉟ 趙盾捧車輪　本事未見於正史記載,疑從民間傳説附會而來。趙盾,即趙宣子,春秋時晋國人,趙衰之子。晋襄公七年任中軍元帥,掌握國政。晋靈公十四年(前607),避靈公殺害出走。未出境,其族人趙穿殺死靈公,他回來後擁立晋成公,繼續執政。

【校記】

〔一〕第四折　元刊本原不分折,據唱曲宫調及科白、劇情校出。

〔二〕慌放　元刊本將"慌"作"荒"。

〔三〕〔越調·鬥鵪鶉〕曲　"鬥鵪鶉",元刊本原於曲牌前未標出宫調。今補出,"鵪鶉",元刊本原省作"奄享"。曲文四句"烟煤亂滚",元刊本將"滚"作"衮",改之。

〔四〕〔紫花兒序〕曲　"紫花兒序",元刊本無"兒",據《太和正音譜》補之。曲文七句"搭救了人",元刊本將"搭"作答。八句"險些兒有家難奔",元刊本將"險"作"嶮"。末句"水館山村",元刊本將"村"作"材",誤,據文意改之。

〔五〕云　元刊本原無此字,據文意補之。

〔六〕〔小桃紅〕曲　"唱",元刊本原無此字,據文意補之。曲文七句"無是他皇天有信",元刊本將"是"作"事",改之。

〔七〕□云了　元刊本於"云了"前有一字模糊不可辨。

〔八〕〔金蕉葉〕曲　"唱",元刊本原無此字,據文意補之。

〔九〕〔調笑令〕曲　曲文四句"向鋼刀下刎",元刊本將"鋼"作"剛",據文意改之。

〔一〇〕〔寨兒令〕曲　曲文六句"重裀而卧",元刊本將"裀"作"捆",誤,改之。"唱",元刊本原無此字,據文意補之。曲文十句"一頭放水放水浪滾",元刊本將"投"作"頭",將"放"作"於",將"滾"作"衮",據文意改之;十一句"一頭放火",元刊本將"頭"作"投",據文意改之。正末帶云語"做皇○",元刊本於"皇"後有一"○",意即"帝",這裏用避諱意。"一頭放水,一頭放火",元刊本將"頭"均作"投",改之。

〔一一〕〔鬼三臺〕曲　曲文首句"颼颼的狂風徹",元刊本將"的"作"的的",其一爲衍文,删之。三句"生煙嗆人",元刊本將"嗆"作"搶",據文意改之。七句"二合天地分",元刊本作"一合天地地分",一"地"爲衍文,删去。

〔一二〕〔禿廝兒〕曲　曲文末句"麒麟高墳",元刊本作"麒麟高塚",失韵,故改之。

〔一三〕〔聖藥王〕曲　曲文三句"性子狠",元刊本將"狠"作"很",改之。

〔一四〕散場　元刊本於此二字後還有"新編關目晉文公火燒介子推",不取。

狄君厚·散曲

雙調·夜行船

揚州憶舊

憶昔揚州廿四橋,玉人何處也吹簫①。絳燭燒春②,金船吞月③,良夜幾番歡笑。

【風入松】東風楊柳舞長條,猶似學纖腰,牙檣錦纜無消耗④,繁華去也難招。古渡漁歌隱隱⑤,行宮烟草蕭蕭⑥。

【喬牌兒】悲時空懊惱,撫景慢行樂⑦,江山風物宜年少,散千金常醉倒。

【新水令】別來雙鬢已刁騷⑧,綺羅叢夢中頻到。思前日,值今宵,絡緯芭蕉⑨,偏恁感懷抱。

【甜水令】世態沉浮,年光迅速,人情顛倒。無計覓黃鶴⑩,有一日舊迹重尋,蘭舟再買,吳姬還約,安排着十萬纏腰。

【離亭宴煞】珠簾十里春光早⑪,梁塵滿座歌聲繞⑫,形勝地須教玩飽⑬。斜日汴堤行⑭,暖風花市飲,細雨蕪城眺⑮。不拘束越錦袍,無言責烏紗帽⑯。到處裏疏狂落魄,知時務有誰如,攬風情似咱少。

【注釋】

① 憶昔揚州廿四橋,玉人何處也吹簫　寫揚州繁華,化用杜牧《寄揚州韓綽判官》詩中"二十四橋明月夜,玉人何處教吹簫"二句。

② 燒春　酒名。李肇《唐國史補》中有云:"酒則有……劍南之燒春。"

③ 金船吞月　金船,大酒器。吞月,月影映於酒中。

④ 牙檣　用象牙製成的船桅杆。　錦纜　彩絲制成的纜繩。《開河記》中載,

隋煬帝游幸江都(揚州),曾造大船沿江淮而下,用民間女子十五六者五百人,與羊相間牽錦纜,每船用錦纜十條。

⑤ 漁歌隱隱　漁歌時有時無,飄忽不定。

⑥ 行宮　古代京城以外供帝王出行時居住的宮室,隋煬帝在揚州建有行宮多處,故云。

⑦ 撫景　度時光。撫,執、佔有。景,日影。

⑧ 刁騷　宋元時俗語,指頭髮稀落且蓬亂。歐陽修詩《齋宮尚有殘雪》中有:"休把青銅照雙鬢,君謨今已白刁騷。"

⑨ 絡緯　蟲名,即莎雞,俗名絡絲娘、紡織娘。

⑩ 無計覓黄鶴　《商蕓小說》中有:"腰纏十萬貫,騎鶴上揚州。"這裏化用此二句,故後文中有"安排着十萬纏腰"。"十萬纏腰",即腰纏十萬貫。

⑪ 珠簾十里春光早　化用杜牧詩《贈别》中"春風十里揚州路,卷上珠簾總不如"二句。

⑫ 梁塵　指美妙的歌聲。《拾遺總類》中有:"善歌者吴人虞公發聲動梁上塵。"

⑬ 形勝地　風景優美之地。柳永詞《望海潮》中有:"東南形勝,三吴都會,錢塘自古繁華。"

⑭ 汴堤　即隋堤,隋煬帝開運河沿途所築。

⑮ 蕪城　揚州的别稱。鮑照有《蕪城賦》。

⑯ 言責　即負進言之責。《孟子·公孫丑》下中有:"有言責者,不得其言則去。"

狄君厚・附録

歷代關於狄君厚的史料記載

元·鍾嗣成《錄鬼簿》：

　　狄君厚（平陽人）：《晉文公火燒介子推》

明·朱權《太和正音譜·古今群英樂府格勢》：

　　已下一百五人（俱是杰作，尤有勝於前列者。其詞勢非筆舌可能擬，真詞林之英杰也）：董解元（仕於金，始制北曲）、盧疎齋……狄君厚……

明·朱權《太和正音譜·群英所編雜劇》：

　　狄君厚：《火燒介子推》
　　明·賈仲明《凌波仙》：
　　元貞、大德秀華夷，至大、皇慶錦社稷，延祐、至治承平世。養人才，編傳奇，一時氣候雲集。有平陽狄君厚，捻《火燒介子推》，祇落得，三尺荷堆。

清·李調元《劇話》卷上：

　　元人劇本，見於《百種曲》僅十分之一。考陶宗儀《輟耕錄》所載陸顯之、李取進、于伯淵、岳伯川、康進之、王廷秀、石子章、趙子祥、范子安、李好古、曾瑞卿、狄君厚、張壽卿、孔文卿十四人，共三十五本。

清·梁廷枏《曲話》卷一：

　　臧晉叔《元曲選》，首列元人雜劇，與予所考多不同，且有較予為多者，今並錄之……狄君厚一種：《火燒介子推》。

清·姚燮《今樂考證·著錄一》：

狄君厚(一種)：《晋文公火燒介子推》
鍾氏云："君厚，平陽人。"

清·姚燮《今樂考證》：

元劇總論：

涵虛子曰："古今群英樂府，各有其目：馬東籬如朝陽鳴鳳，張小山如瑤天笙鶴，白仁甫如鵬搏九霄，李壽卿如洞天春曉……前九十八人，已經題目。此外一百五人，並稱杰作，未可以優劣論也。其姓名列如左，董解元、盧疎齋、鮮於伯機……狄君厚……

歷代與《介子推》有關的史料記載

《左傳》莊公二十八年：

春，齊侯伐衛，戰，敗衛師。數之以王命，取賂而還。晉獻公娶於賈，無子，烝於齊姜，生秦穆婦人，及太子申生。又取二女於戎，大戎狐姬生重耳，小戎子生夷吾。晉伐驪戎，驪戎男，女以驪姬。歸，生奚齊，其娣生卓子。驪姬嬖，欲立其子，賂外嬖梁五，與東關嬖五，使言於公曰："曲沃，君之宗也，蒲與二屈，君之疆也，不可以無主。宗邑無主，則民不威；疆場無主，則啟戎心。戎之生心，民慢其政，國之患也。若使太子主曲沃，而重耳、夷吾主蒲與屈，則可以威民而懼戎，且旌君伐。"使俱曰："狄之廣莫，於晉爲都，晉之啟土，不亦宜乎？"晉侯說之。夏，使太子居曲沃，重耳居蒲城，夷吾居屈，群公子皆鄙，唯二姬之子在絳。二五卒與驪姬譖群公子，而立奚齊，晉人謂之二耦。

《左傳》僖公二十三年：

晉公子重耳之及於難也，晉人伐諸蒲城。蒲城人欲戰，重耳不可，曰："保君父之命而享其生祿，於是乎得人；有人而校，罪莫大焉。吾其奔也。"遂奔狄。從者狐偃、趙衰、顛頡、魏武子、司空季子。

狄人伐廧咎如，獲其二女叔隗、季隗，納諸公子。公子取季隗，生伯鯈、叔劉，以叔隗妻趙衰，生盾。將適齊，謂季隗曰："待我二十五年，不來而後嫁。"對曰："我二十五年矣。又如是而嫁，則就木焉。請待子。"處狄十二年而行。

過衛，衛文公不禮焉。出於五鹿，乞食於野人，野人與之塊。公子怒，欲鞭之。子犯曰："天賜也。"稽首受而載之。

及齊，齊桓公妻之，有馬二十乘，公子安之，從者以爲不可。將行，謀於桑下。蠶妾在其上，以告姜氏。姜氏殺之，而謂公子曰："子有四方之志，其聞之者，吾殺之矣。"公子曰："無之。"姜曰："行也！懷與安，實敗名。"公子不可。姜與子犯謀，醉而遣之。醒，以戈逐子犯。

及曹，曹共公聞其駢脅，欲觀其裸。浴，薄而觀之。僖負羈之妻曰："吾觀晉公子之從者，皆足以相國。若以相，夫子必反其國；反其國，必得志於諸侯。得志於諸侯，而誅無禮，曹其首也。子盍蚤自貳焉？"乃饋盤飧，置璧焉。公子受飧反璧。

及宋，宋襄公贈之以馬二十乘。

及鄭，鄭文公亦不禮焉。叔詹諫曰："臣聞天之所啓，人弗及也。晉公子有三焉，天其或者將建諸？君其禮焉。男女同姓，其生不蕃，晉公子，姬出也，而至於今，一也；離外之患，而天不靖晉國，殆將啓之，二也；有三士足以上人而從之，三也。晉鄭同儕，其過子弟，因將禮焉，況天之所啓乎？"弗聽。

及楚，楚子饗之，曰："公子若反晉國，則何以報不穀？"對曰："子女玉帛，則君有之；羽毛齒革，則君地生焉。其波及晉國者，君之餘也。其何以報君？"曰："雖然，何以報我？"對曰："若以君之靈，得反晉國，晉楚治兵，遇於中原，其辟君三舍。若不獲命，其左執鞭弭，右屬櫜鞬，以與君周旋。"子玉請殺之。楚子曰："晉公子廣而儉，文而有禮；其從者肅而寬，忠而能力。晉侯無親，外內惡之。吾聞姬姓，唐叔之後，其後衰者也。其將由晉公子乎！天將興之，誰能廢之？違天必有大咎。"乃送諸秦。

秦伯納女五人，懷嬴與焉。奉匜沃盥，既而揮之。怒曰："秦晉匹也，何以卑我？"公子懼，降服而囚。他日，公享之。子犯曰："吾不如衰之文也，請使衰從。"公子賦《河水》，公賦《六月》。趙衰曰："重耳拜賜。"公子降，拜，稽首。公降一級而辭焉。衰曰："君稱所以佐天子者命重耳，重耳敢不拜？"

《左傳》僖公二十四年：

二十四年，春，王正月，秦伯納之。不書，不告入也。及河，子犯以璧授公子，曰："臣負羈紲，從君巡於天下，臣之罪甚多矣。臣猶知之，而況君乎？請由此亡。"公子曰："所不與舅氏同心者，有如白水！"投其璧於河。

濟河，圍令狐，入桑泉，取臼衰。

二月甲午，晉師軍於廬柳。秦伯使公子縶如晉師。師退，軍於郇。辛丑，狐偃及秦、晉之大夫盟於郇。壬寅，公子入於晉師。丙午，入於曲沃。丁未，朝於武宮。戊申，使殺懷公於高梁。不書，亦不告也……

晉侯賞從亡者，介子推不言祿，祿亦弗及。推曰："獻公之子九人，唯君在矣！惠、懷無親，外內棄之。天未絕晉，必將有主。主晉祀者，非君而誰？天實置之，而二三子以爲己力，不亦誣乎？竊人之財，猶謂之盜，況貪天之功以爲己力乎？下義其罪，上賞其姦，上下相蒙，難與處矣。"其母曰："盍亦求之，以死誰懟?"對曰:"尤而效之,罪又甚焉!且出怨言,不食其食。"其母曰:"亦使知之,若何?"對曰:"言,身之文也,身將隱,焉用文之?是求顯也。"其母曰:"能如是乎?與女偕隱。"遂隱而死。晉侯求之不獲,以綿上爲之田,曰:"以志吾過,且旌善人。"

《莊子·齊物論》:

麗之姬,艾封人之子也。晉國之始得之也,涕泣沾襟,及其至於王所,與王同筐床,食芻豢,而後悔其泣也。

漢·司馬遷《史記·晉世家》:

五年,伐驪戎,得驪姬、驪姬弟,俱愛幸之。
……
十二年,驪姬生奚齊。獻公有意廢太子,乃曰:"曲沃吾先祖宗廟所在,而蒲邊秦,屈邊翟,不使諸子居之,我懼焉。"於是使太子申生居曲沃,公子重耳居蒲,公子夷吾居屈,獻公與驪姬子奚齊居絳。晉國以此知太子不立也。太子申生,其母齊桓公女也,曰齊姜,早死。申生同母弟爲秦穆公夫人。重耳母,翟之狐氏女也。夷吾母,重耳母女弟也。獻公子八人,而太子申生、重耳、夷吾皆有賢行。及得驪姬,乃遠此三子。
……
獻公私謂驪姬曰:"吾欲廢太子,以奚齊代之。"驪姬泣曰:"太子之立,諸侯皆知之,而數將兵,百姓附之,奈何以賤妾之故廢嫡立庶?君必行之,妾自殺也。"驪姬詳譽太子,而陰令人譖惡太子,而欲立其子。

二十一年,驪姬謂太子曰:"君夢見齊姜,太子速祭曲沃,歸釐於君。"太子於是祭其母齊姜於曲沃,上其薦胙於獻公。獻公時出獵,置胙於宮中。驪姬使人置毒藥胙中。居二日,獻公從獵來還,宰人上胙獻公,獻公欲饗之。驪姬從旁止之,曰:"胙所從來遠,宜試之。"祭地,地墳;與犬,犬死;與小臣,小臣死。驪姬泣曰:"太子何忍也!其父而欲弒代之,況他人乎?且君老矣,旦暮之人,曾不能待而欲弒之!"謂獻公曰:"太子所以然者,不過以妾及奚齊之故。妾願子母辟之他國,若早自殺,毋徒使母子爲太子所魚肉也。始君欲廢之,妾猶恨之,至於今,妾殊自失於此。"太子聞之,奔新城。獻公怒,乃誅其傅杜原款。或謂太子曰:"爲此藥者乃驪姬也,太子何不自辭明之?"太子曰:"吾君老矣,非驪姬,寢不安,食不甘。即辭之,君且怒之。不可。"或謂太子曰:"可奔他國。"太子曰:"被此惡名以出,人誰内我?我自殺耳。"十二月戊申,申生自殺於新城。

　　此時重耳、夷吾來朝。人或告驪姬曰:"二公子怨驪姬譖殺太子。"驪姬恐,因譖二公子:"申生之藥胙,二公子知之。"二子聞之,恐,重耳走蒲,夷吾走屈,保其城,自備守。初,獻公使士蒍爲二公子築蒲、屈城,弗就。夷吾以告公,公怒士蒍。士蒍謝曰:"邊城少寇,安用之?"退而歌曰:"狐裘蒙茸,一國三公,吾誰適從!"卒就城。及申生死,二子亦歸保其城。

　　二十二年,獻公怒二子不辭而去,果有謀矣,乃使兵伐蒲。蒲人之宦者履鞮命重耳促自殺。重耳踰垣,宦者追斬其衣袪。重耳遂奔翟。使人伐屈,屈城守,不可下。

　　……

　　晋文公重耳,晋獻公之子也。自少好士,年十七,有賢士五人:曰趙衰、狐偃咎犯,文公舅也;賈佗;先軫;魏武子。自獻公爲太子時,重耳固已成人矣。獻公即位,重耳年二十一。獻公十三年,以驪姬故,重耳備蒲城守秦。獻公二十一年,獻公殺太子申生,驪姬讒之,恐,不辭獻公而守蒲城。獻公二十二年,獻公使宦者履鞮趣殺重耳。重耳踰垣,宦者逐斬其衣袪。重耳遂奔狄。狄,其母國也。是時重耳年四十三。從此五士,其餘不名者數十人,至狄。

　　狄伐廧咎如,得二女:以長女妻重耳,生伯鯈、叔劉;以少女妻趙衰,生盾。居狄五歲而晉獻公卒,里克已殺奚齊、悼子,乃使人迎,欲立重耳。重耳畏殺,因固謝,不敢入。已而晉更迎其弟夷吾立之,是爲惠公。惠公七年,畏重耳,乃使宦者履鞮與壯士欲殺重耳。重耳聞之,乃謀趙衰等曰:"始吾奔狄,非以爲可用與,以近易通,故且休足。休足久矣,固願徙之大國。夫齊桓公好善,志在霸王,收恤諸侯。今聞管仲、隰朋死,此亦欲得賢佐,盍往乎?"於是遂行。重耳謂其妻曰:"待我二十五年不來,乃嫁。"其妻笑曰:"犁二十五年,吾冢上柏大矣。雖然,妾待之。"重耳居狄凡十二年而去。

過衛,衛文公不禮,去。過五鹿,饑而從野人乞食,野人盛土器中進之。重耳怒。趙衰曰:"土者,有土也,君其拜受之。"

至齊,齊桓公厚禮,而以宗女妻之,有馬二十乘,重耳安之。重耳至齊二歲而桓公卒,會竪刀等爲内亂,齊孝公之立,諸侯兵數至。留齊凡五歲。重耳愛齊女,毋去心。趙衰、咎犯乃於桑下謀行。齊女侍者在桑上聞之,以告其主。其主乃殺侍者,勸重耳趣行。重耳曰:"人生安樂,孰知其他!必死於此,不能去。"齊女曰:"子一國公子,窮而來此,數士者以子爲命。子不疾反國,報勞臣,而懷女德,竊爲子羞之。且不求,何時得功?"乃與趙衰等謀,醉重耳,載以行。行遠而覺,重耳大怒,引戈欲殺咎犯。咎犯曰:"殺臣成子,偃之願也。"重耳曰:"事不成,我食舅氏之肉。"咎犯曰:"事不成,犯肉腥臊,何足食!"乃止,遂行。

過曹,曹共公不禮,欲觀重耳駢脅。曹大夫釐負羈曰:"晉公子賢,又同姓,窮來過我,奈何不禮!"共公不從其謀。負羈乃私遺重耳食,置璧其下。重耳受其食,還其璧。

去,過宋。宋襄公新困兵於楚,傷於泓,聞重耳賢,乃以國禮禮於重耳。宋司馬公孫固善於咎犯,曰:"宋小國新困,不足以求入,更之大國。"乃去。

過鄭,鄭文公弗禮。鄭叔瞻諫其君曰:"晉公子賢,而其從者皆國相,且又同姓。鄭之出自厲王,而晉之出自武王。"鄭君曰:"諸侯亡公子過此者衆,安可盡禮!"叔瞻曰:"君不禮,不如殺之,且後爲國患。"鄭君不聽。

重耳去,之楚,楚成王以適諸侯禮待之,重耳謝不敢當。趙衰曰:"子亡在外十餘年,小國輕子,況大國乎?今楚大國而固遇子,子其毋讓,此天開子也。"遂以客禮見之。成王厚遇重耳,重耳甚卑。成王曰:"子即反國,何以報寡人?"重耳曰:"羽毛齒角玉帛,君王所餘,未知所以報。"王曰:"雖然,何以報不穀?"重耳曰:"即不得已,與君王以兵車會平原廣澤,請辟王三舍。"楚將子玉怒曰:"王遇晉公子至厚,今重耳言不孫,請殺之。"成王曰:"晉公子賢而困於外久,從者皆國器,此天所置,庸可殺乎?且言何以易之!"居楚數月,而晉太子圉亡秦,秦怨之;聞重耳在楚,乃召之。成王曰:"楚遠,更數國乃至晉。秦晉接境,秦君賢,子其勉行!"厚送重耳。

重耳至秦,繆公以宗女五人妻重耳,故子圉妻與往。重耳不欲受,司空季子曰:"其國且伐,況其故妻乎!且受以結秦親而求入,子乃拘小禮,忘大醜乎!"遂受。繆公大歡,與重耳飲。趙衰歌《黍苗》詩。繆公曰:"知子欲急反國矣。"趙衰與重耳下,再拜曰:"孤臣之仰君,如百穀之望時雨。"是時晉惠公十四年秋。惠公以九月卒,子圉立。十一月,葬惠公。十二月,晉國大夫欒、郤等聞重耳在秦,皆陰來勸重耳、趙衰等反國,爲內應甚衆。於是秦繆公乃發兵與重耳歸晉。晉聞秦兵來,亦發兵拒之,然皆陰知公子重耳入也。唯惠公之故臣呂、郤之屬不欲立重耳。重耳出亡凡十九歲而得入,時年六十二矣,晉人多附焉。

文公元年春,秦送重耳至河。咎犯曰:"臣從君周旋天下,過亦多矣。臣猶知之,況於君乎?請從此去矣。"重耳曰:"若反國,所不與子犯共者,河伯視之!"乃投璧河中,以與子犯盟。是時介子推從,在船中,乃笑曰:"天實開公子,而子犯以爲己功而要市於君,固足羞也。吾不忍與同位。"乃自隱渡河。秦兵圍令狐,晉軍於廬柳。二月辛丑,咎犯與秦晉大夫盟於郇。壬寅,重耳入於晉師。丙午，入於曲沃。丁未，朝於武宮，即位爲晉君，是爲文公。群臣皆往。懷公圍奔高梁。戊申，使人殺懷公。

……

　　文公修政，施惠百姓。賞從亡者及功臣，大者封邑，小者尊爵。未盡行賞，周襄王以弟帶難出居鄭地，來告急晉。晉初定，欲發兵，恐他亂起，是以賞從亡未至隱者介子推。推亦不言禄，禄亦不及。推曰："獻公子九人，唯君在矣。惠、懷無親，外内棄之，天未絶晉，必將有主，主晉祀者，非君而誰？天實開之，二三子以爲己力，不亦誣乎？竊人之財，猶曰是盜，况貪天之功以爲己力乎？下冒其罪，上賞其姦，上下相蒙，難與處矣！"其母曰："盍亦求之，以死誰懟？"推曰："尤而效之，罪有甚焉。且出怨言，不食其禄。"母曰："亦使知之，若何？"對曰："言，身之文也；身欲隱，安用文之？文之，是求顯也。"其母曰："能如此乎？與汝偕隱。"至死不復見。

　　介子推從者憐之，乃懸書宮門曰："龍欲上天，五蛇爲輔。龍已昇雲，四蛇各入其宇，一蛇獨怨，終不見處所。"文公出，見其書，曰："此介子推也。吾方憂王室，未圖其功。"使人召之，則亡。遂求所在，聞其入綿上山中，於是文公環綿上山中而封之，以爲介推田，號曰"介山"，"以記吾過，且旌善人"。

漢・劉向《列女傳》卷七：

　　娶驪姬者，驪戎之女，晉獻公之夫人也。初，獻公取於齊，生秦穆夫人及太子申生。又二女於戎，生公子重耳、夷吾。獻公伐驪戎，克之，獲驪姬以歸，生奚齊、卓子。驪姬嬖於公，齊姜先死，公乃立驪姬以爲夫人。驪姬欲立奚齊，乃與弟謀，曰："一朝不朝，其間用刀，逐太子與二公子而可間也。"於是驪姬乃説公曰："曲沃，君之宗邑也，蒲與二屈，君之境也，不可以無主。宗邑無主，則民不畏；邊境無主，則開寇心。夫寇生其心，民嫚其政，國之患也。若使太子主曲沃，二公子主蒲與二屈，則可以威民而懼寇矣。"遂使太子居曲沃,重耳居蒲,夷吾居二屈。□□驪姬既遠太子,乃夜泣。公問其故,對曰:"吾聞申生,爲人甚好仁而强,甚寬惠而慈於民,今謂君惑於我必亂國,無乃以國民之故,行强於君,君未終命而歾,君其奈何,胡不殺我,無以一妾亂百姓。"公曰:"惠其民,而不惠其父乎?"驪姬曰:"爲民與爲父異。夫殺君利民,民孰不戴?苟父利而得寵,除亂而衆説,孰不欲焉。雖其愛君,欲不勝也。若紂有良子,而先殺紂母,章其惡,鈞死也,毋必假手於武王,以廢其祀。自吾先君武公兼翼而楚穆弑成,此皆爲民而不顧親,君不早圖,禍且及矣。"公懼,曰:"奈何而可?"驪姬曰:"君何不老而授之政?彼得政而治之,殆將釋君乎?"公曰:"不可!吾將圖之。"由此疑太子。驪姬乃使人以公命告太子曰:"君夢見齊姜,亟往祀焉。"申生祭於曲沃,歸福於絳,公田不在,驪姬受福,乃置鴆於酒,施毒於脯。公至,召申生,將胙,驪姬曰:"食自外來,不可不試也。"覆酒於地,地墳。申生恐而出。驪姬與犬,犬死。飲小臣,小臣死之。驪姬乃仰天叩心而泣,見申生哭曰:"嗟乎!國子之國,子何遲爲?君有父恩,忍之,况國人乎!弑父以求利,人孰利之?"獻公使人謂太子曰:"爾其圖之。"太傅里克曰:"太子入自明,可以生;不,則不可以生。"太子曰:"吾君老矣,若入而自明,則驪姬死,吾君不安。"遂自經於新城廟。公遂殺少傅杜原款。使閹楚刺重耳,重耳奔狄。使賈華刺夷吾,夷吾奔梁。盡逐群公子,乃立奚齊。獻公卒,奚齊立,里克殺之。卓子立,又殺之。乃戮驪姬,鞭而殺之。於是秦立夷吾,是爲惠公。惠公死,子圉立,是爲懷公。晋人殺懷公於高梁,立重耳,是爲文公。亂及五世,然後定。詩曰:"婦有長舌,惟厲之階。"又曰:"哲婦傾城。"此之謂也。

劉唐卿·雜劇

降桑椹蔡順奉母雜劇①〔一〕

劉唐卿撰〔二〕

第一折〔三〕

（冲末扮殿頭官領張千上②，云）淡淡朦朦映曉星③，海潮捧現日東昇④。九重閶闔開宮殿⑤，文武班齊賀聖明。小官殿頭官是也。方今大漢⑥，聖人在位⑦，節儉寬洪，施恩布德。過堯舜之治化⑧，邁湯武之寬仁⑨。禮樂修明，彝倫治政⑩〔四〕。感應的天下咸寧，八方肅靖〔五〕。東夷西戎仰賀〔六〕，南蠻北狄歸降⑪〔七〕。貢麟鳳獻瑞呈祥⑫，產禾苗豐年稔歲⑬。自大漢以來⑭，立社稷之堅固⑮，保家邦之永昌。俺漢國乃建都之地⑯，錦綉山河。到春來賞韶華霽景⑰，步綠野紅塵⑱，往來車馬爭馳，賞不盡花光柳色。到夏來玩江山明媚，宴水閣風亭，荷蓮香滿池塘，處處竹林松徑。到秋來涼生暑退，登雲嶺層樓，賞黃花四野鋪金⑲，真乃是山明水秀。到冬來木凋松秀⑳，賞雪飲酒，滌場圍講武操兵㉑〔八〕，享富貴紅爐暖閣㉒。端的是：四時花爛漫，八節景稀奇㉓。乃魚龍變化之鄉㉔，錦綉繁華之地。文臣善治安民，武將施謀定亂。方今聖人，任賢使能，崇儒重道，好禮尚文，乃仁德之君也。小官忝掌朝綱之事㉕〔九〕，乃職所當為。今日早朝，奉聖人的命，為因朝中缺少文武英才，着小官訪能幹官員，去天下府州縣邑〔一〇〕，山間林下，但有文高武聖之人，薦舉於朝，必當擢用。小官領了聖命，今差使臣，天下採訪去了。小官不敢久停久住，回聖人的話，走一遭也〔一一〕。聖人寬洪治萬邦，紛紛四海隱賢良㉖。懷才抱德須當用，保舉於朝作棟梁。（下）（外扮蔡員外同卜兒領家童上）㉗（蔡員外云）富貴榮華祖輩傳，常行方便自然安。家生一子行忠孝，寶鼎香焚答謝天。老夫姓蔡名寧，字以靜，本貫汝南人也㉘。嫡親的四口兒家屬㉙，婆婆延氏。所生一子，乃是蔡順，年二十歲也。孩兒幼習儒業，涉獵經史，講明聖人經書㉚，飽諳古今事理，學成滿腹大才。因爲父母在堂，未肯求進㉛。媳婦兒李氏潤蓮，他乃宦門之女㉜。這孩兒他三從四德爲先㉝〔一二〕，貞烈賢達第一，針指女工無不通曉。蔡順與潤蓮十分孝道。昏定晨省㉞，問安視寢，侍奉親闈㉟，無些須敢慢㊱。老夫積祖以來㊲，家中頗有資財。老夫平素之間，多行善事，廣積陰功㊳，發慈憫布德施恩〔一三〕，行仁義寬洪海量，愛交善友良朋，並無邪僻之事。人皆員外呼之。時遇盛冬天氣，朔風大凜，密佈彤雲㊴，紛紛揚揚下着這國家祥瑞㊵。老夫今日在映雪堂上安排酒筵，請幾個年高長者，賞雪飲酒，取一時之樂。婆婆，酒肴之類安排的停當了不曾？（卜兒云）老員外，我早間分付下興兒㊶，着他買些新鮮的案酒稀奇果品㊷〔一四〕，不知停當了不曾。下次小的每㊸，與我喚得興兒來者。（家童云）理會的。（淨扮興兒上，云）自幼乖覺伶俐，不與兒童作戲。專以志誠爲本，所事合着人意。醉了時丟磚掠瓦，到晚來飛檐走壁。常着人摔翻踢打㊹〔一五〕，酒醒時後悔不及。氣得我滿腹疼痛〔一六〕，嗤嗤的則放大屁。猛可裏一裏響亮，恰似我員外出氣。（外呈答云）㊺得也麼㊻。看這廝。（興兒云）小人是蔡員外家中興兒便是，時遇暮冬天氣，紛紛揚颺下着國家祥瑞。老員外不惜資財，在映雪堂上安排酒肴，請他那一班富豪長者〔一七〕，賞雪飲酒，施展他那富貴奢華㊼。早間夫人吩咐着我買些新鮮的案酒，與了我十兩銀子，着我買辦。我到落下他七兩九錢八分半㊽。酒肴都預備停當了。員外在映雪堂上呼唤，須索走一遭去。可早來到也。（做見科，云）老員外，喚興兒怎麼？（員外云）興兒，我今日要賞雪飲酒，果桌都安排下了嗎〔一八〕？（興兒云）員外，今日早間，奶奶吩咐了我一聲，我打了個料帳⁴⁹，去那街市上。不一時把那應用的案酒果品都買將來⁵⁰，安排的水陸具備⁵¹〔一九〕。別的不打緊⁵²，我七錢銀子買了一隻肥鵝。您孩兒是孝順的心腸，着我自家宰了，退的乾乾净净的，煮在鍋裏。煮了三兩個時辰⁵³〔二〇〕，不想家裏跟馬的小裙兒走將來⁵⁴，把那鍋蓋一揭揭開，那鵝忒楞楞就飛得去了⁵⁵。（外呈答云）謅弟子孩兒⁵⁶！（興兒云）我不敢説謊。我要説謊就是老鼠養的。（外呈答云）得也麼，潑説！（蔡員外云）這厮胡説！一壁廂預備果桌⁵⁷。家童，門首覷者〔二一〕。若衆長者來時，報復我知道。（家童云）理會的。（劉普能同周景和上）（劉普能云）瑞雪飛揚滿太空，黎民深喜慶年豐。收成米麥盈倉廩⁵⁸，弦管笙歌樂盛冬。老夫姓劉，雙名普能。這一位長者是周景和。老夫幼學儒業，頗看詩書。田園數處，家道豐盈。牛羊孳畜成羣，地方廣闊千頃。非干老夫之能，托賴祖宗之蔭也。時遇揚飛攪雪，下着國家祥瑞。本處蔡員外安排酒肴，請衆位長者，在映雪堂上賞雪飲酒。周景和，俺須索走一遭去〔二二〕。（周景和云）長者，時值嚴凝天氣，朔風凜冽，瑞雪紛紛。這雪似梨花亂落長空，如柳絮飄颺霄漢。長者乃豪富之家，正好賞雪飲酒，同席歡會，俺走一遭去。可早來到也。家童，報復去：道有劉普能、周景和來了也。（家童云）理會的。（報科，云）報得員外得知：有劉普能、周景和來了也。（蔡員外云）道有請。（家童云）理會的，有請。（做見科）（劉普能云）呀呀呀，老員外，量俺二人有何德能，着員外置酒張筵。俺難以克當也。（蔡員外云）不敢不敢。二位長者少待片時，等衆位長者來全了時飲酒。這早晚敢待來也。（夏德閏〔二三〕、仇彥達上）（夏德閏云）盛世豐年宇宙清⁵⁹，萬民安樂盡康寧⁶⁰。於公幸際垂祥瑞⁶¹，酒泛羊羔享太平㉒。老夫姓夏，雙名德閏。這一位長者是仇彥達。老夫幼習經典，勤於學問，祖代流傳家私廣盛，一年收數載餘糧〔二四〕，一倍增萬倍之利。方今聖人在位，治平天下，肅靖邊庭㉓，感應的風調雨順，大收禾稼。此時歲稔年豐，老夫當享太平之世。時遇暮冬天道，紛紛颺颺下着如此般大雪。有本處蔡員外，是吾故友，在映雪堂上請衆位長者賞雪飲酒。仇彥達，俺須索走一遭去。（仇彥達云）長者，這般大雪非常，方今太平盛世，此雪是國家之吉兆，單應來春天下青苗皆發，必然大收也。（夏德閏云）言者當也，俺一同賞雪去來〔二五〕。可早來到也。家童報復去：道有夏德閏、仇彥達來了也。（家童云）理會的。（報科云）報得員外得知：有夏德閏、仇彥達來了也。（家童云）理會的。（報科云）報得員外得知：有夏德閏、仇彥達來了也。（蔡員外云）道有請。（家童云）理會的，有請。（見科）（夏德閏云）有勞長者設此華筵，俺二人不勝感戴也。（蔡員外云）不敢不敢。你二位長者且待片時，等衆員外來全了時飲酒。這早晚敢待來也。（二净扮王伴哥㉔、白廝賴上㉕）（王伴哥云）小子一生不受苦，外貌端莊內有福。我吹的龍笛品的簫㉖，打的筋斗擂的鼓〔二六〕。我兩個一生皮臉無羞恥，油嘴之中俺爲祖㉗。人家擺酒來邀賓，仗着村濁性兒魯㉘。走到人家祇管噇㉙，酒肉裝滿咱肚腹〔二七〕。我這個兄弟他把駱駝一口咬斷了筋，我在下把那癩象一口咽見了骨㉚〔二八〕。這個兄弟嘴饞起來似餓狼〔二九〕，我在下嘴饞起來如病虎㉛。我繞門楚户二十年㉜，俺兩個喫倒泰山不謝土㉝。（外呈答云）饞弟子孩兒，得也麼。（王伴哥云）自家姓王，雙名是伴哥。這個老兄姓白，雙名是廝賴，又唤作白喫白嚼白噇。（外呈答云）得也麼。（王伴哥云）他新娶了個媳婦，就唤作白蘿蔔兒㉞。（外呈答云）得也麼。（王伴哥云）俺倆是個至交的好弟兄，絕倫的光棍，平日之間别無甚麼買賣㉟，全憑着舌劍唇槍，説嘴兒哄人的錢使。我這個兄弟又比我能言快語。（白廝賴云）我説哥，你少嘴舌罷⑯。量你兄弟不足賢兄掛齒〔三〇〕。哥的那喉舌，何人敢及！古者有隨何⑰〔三一〕、蒯通⑱、蘇秦⑲，雖爲古辯之士，若是見了哥也拱手回容⑳，他豈敢開口？量您兄弟拙口鈍腮，真乃蛆皮而已㉑，我若虛言，你就是我的孫子。（外呈答云）這廝要便宜，得也麼。（王伴哥云）兄弟，閑話休題。今日下着這般大雪，俺身上都單寒，肚裏骨碌碌的響達動了〔三二〕。我心上要喫些茶飯，手裏又無錢〔三三〕，可怎麼好？（白廝賴云）哥，有了主兒了！我着你飽喫一頓。（王伴哥云）兄弟，你敢請我？（白廝賴云）哥，你也不知道，蔡員外家要安排酒席，在映雪堂上請他一班兒富貴長者，賞雪飲酒哩。（王伴哥云）兄弟，這個是天假其便也〔三四〕，是俺兩個甚口食分㉒〔三五〕，撞席兒去㉓！可早來到，俺自過去。（見科）（王伴哥云）眾位長者支揖㉔。恕俺兩個來遲，休要見怪；若是見怪，先拿酒來，罰我喫幾碗酒罷。（外呈答云）得也麼，你看這廝！（白廝賴云）哥，我不要罰酒，着他搗蒜蘸胖蹄㉕，我們先喫一頓。（蔡員外云）你兩個休要攪擾。家童，抬過果桌來者。（家童云）理會的。（抬果桌科）（蔡員外云）將酒來。（家童云）理會的。（蔡員外遞酒科，云）眾位長者，想聖人治世，普施洪恩，大行王道㉖，見如今四夷咸伏㉗，天下平定，君聖臣賢，萬民歡樂。時遇盛冬天氣，下着國家祥瑞，俺遇此豐稔之時，莫負眼前光景。老夫在此草舍聊備小酌，敬請眾位長者盤桓一會㉘，共賞國家禎祥㉙，方表交情，悉皆歡飲，勿勞推辭。這一杯酒先從劉普能長者起，長者滿飲一杯。（劉普能云）老長者請。（蔡員外云）長者請。（劉普能云）不敢，老夫飲。（做飲科）（蔡員外云）再將酒來。這一杯酒，周長者滿飲此杯。（周景和云）不敢，老夫飲。（做飲科）（蔡員外云）再將酒來。夏長者滿飲一杯。（夏德閏云）不敢〔三六〕，老夫飲。（做飲科）（蔡員外云）再將酒來，仇長者滿飲一杯。（仇彥達云）不敢，老夫飲。（做飲科）（王伴哥云）我説老蔡，你我們兩個也看不在眼裏，好酒好肉則與別人喫，不睬我兩個〔三七〕。你有手，我没手？你不與我遞酒，我自家不會喫！（王伴哥拿酒壺科，云）衆位長者請了。罷罷罷，我嘴對嘴喫罷。（外呈答云）不像樣，得也麽。（白廝賴云）哥喫酒，我播菜兒⑨〔三八〕。（做拿下飯與王伴哥遞科）（王伴哥張口科）（白廝賴自喫科，云）香噴噴的米罕⑨。（外呈答云）兩個饞弟子孩兒〔三九〕。得也麽。（蔡員外云）酒且慢行。家童，與我喚蔡順兩口兒來，與衆長者行一杯酒者〔四〇〕。（家童云）理會的。（正末蔡順同旦兒）（正末云）小生姓蔡名順，字君仲，本貫汝南人也。嫡親的四口兒家屬。渾家李氏，一雙父母年高。小生幼學文墨，苦志於寒窗之下，學成滿腹文章。爲因父母在堂，未曾進取功名。小生每行孝道⑫，侍奉雙親。想人子立身，莫大於孝。孝乃百行之源，萬善之本也。時遇暮冬天氣〔四一〕，紛紛颺颺下着國家的祥瑞。有父親在映雪堂上，請衆長者賞雪飲酒。家童喚俺兩口兒。大嫂，須索走一遭去。當今聖人在位，是好豐稔之年也呵。（唱）〔四二〕

【仙吕·點絳唇】見如今雨順風調，萬民安樂年光好，聖德過堯。則他這文共武行忠孝。

（旦兒云）蔡順，是好雪也，恰便似銀妝成世界，粉填滿山川。這雪潤隴畝、滋禾稼，天下黎民皆喜也。（正末唱）〔四三〕

【混江龍】上合天道，常垂甘露潤田苗；這雪單注着多收五穀⑬，廣剩倉廒⑭〔四四〕。鄉下農民酌村酒，城中士户飲香醪⑮。好收成端的民歡樂。托賴着一人有慶⑯，因此上萬國來朝〔四五〕。

（云）可早來到也。不必報復去，我自過去。（正末同旦兒見科）（正末云）父親，您孩兒來了也。（蔡員外云）蔡順，你來了。今日下着國家祥瑞，我安排酒肴，請衆位長者賞雪飲酒。你同媳婦兒與衆位長者厮見咱〔四六〕。（正末云）您孩兒理會的。（正末同旦兒見衆位長者科）（正末施禮科，云）衆位長者支揖。（旦兒云）萬福。（衆云）不敢不敢。（蔡員外云）衆位長者在此,非我自夸:此子蔡順雖無大才,頗讀經典;孩兒行於孝道,不出仕於朝。那堪媳婦潤蓮,三從四德爲先,貞烈賢達第一;朝暮問安視寢,始終無移。老夫知之於心,感於肺腑,十分的見喜。因此上喚他兩口兒出來,與衆長者捧一杯酒,盡老夫之情也。(劉普能云)據長者仁純德厚[97],仗義疏財[四七];富不侈其心,貴不驕其志。每行善事,多積陰功,爲子者盡孝,爲婦者大賢,皆是老長者修積也。(正末云)衆位長者在上,凡人子侍其父母,當盡其孝敬之心。夫孝者,始於事親,終於事君。蓋事君則忠,事親則孝。想父母養育之恩,至重難報。今蔡順遵先王之道[98],讀孔聖之書,切思父母深恩,重若泰山,豈敢不行孝道也[四八]。(衆云)先生説的深有理。(察員外云)孩兒,你與衆位長者遞一杯酒者。(正末云)理會的。大嫂,執着壺,我與衆位長者遞一杯酒。大嫂,將酒來。(旦兒云)理會的,酒在此。(正末云)這杯酒,劉普能尊者滿飲一杯。(劉普能云)蔡秀才請。(正末云)不敢,老尊者請。(劉普能云)蔡秀才,是好大雪也,頃刻雲迷四野,須臾雪蔽山林。這雪蜂認梨花,採之無香[99];鵲迷日色,飛之無影[100]。遇此勝時,正好圍爐歡飲也。(做飲料)(正末唱)[四九]

【油葫蘆】你看瑞雪紛紛滿目飄,將山川粉填了。恰便是蜂蝶亂囔舞虛嚻[101],掃綿扯絮飛來到。恰便似揚花亂糝空中落[102]。(劉普能云)蔡秀才,這場大雪,那田地上萬種草木,到來春都皆發生也。(正末唱)這場雪潤良田[五〇],萬物生,壓瘴氣[103],滋稼苗。端的是遍街衢蔽阻長安道[104]。恰便似風内剪鵝毛。

(云)再將酒來。這杯酒可是周員外滿飲一杯。(周景和云)好波,將來老夫飲。蔡秀才,幸際太平時世,歲稔年豐,感謝天公降宜時瑞雪,俺正好開筵飲酒也。(正末云)老員外道的是也。(唱)[五一]

【天下樂】正值着豐稔年光瑞雪飄,正好飲香也波醪。將珍饈擺列着[105],樂陶陶宴賞直到曉。寶鼎内香篆焚[106],暖爐中獸炭燒[107]。俺可也盡開懷,無促討⑩。

（云）興兒,將熱酒來。（興兒云）小哥,遞些促搊酒兒。衆位老員外都是凍了。嘴頭子熱,燙腫了〔五二〕,着他怎麼喫下飯？（外呈答云）得也麼,潑說。（正末云）這杯酒,夏員外滿飲一杯。（夏德閏云）秀才請。（正末云）不敢,老員外請。（夏德閏云）秀才,這場大雪非比尋常,恰便是空中糝玉,雲外飛瓊；冷颼颼行人迷徑,白茫茫歸鳥失巢。似這等紅爐暖閣之中,理當賞雪飲酒也。（正末云）這雪越下的大了也。（唱）〔五三〕

【醉中天】這雪更寒擁藍關道⑩,盡蔽了九重霄。嶺畔寒梅恰便似玉舒梢⑩〔五四〕。（云）將酒來。仇員外滿飲一杯。（仇員外云）老夫飲。這雪真乃國家祥瑞也。（正末唱）〔五五〕這雪普四海添吉兆,仰聖德黎民安樂。滿斟白醪,賀新年萬姓歌謠⑪。

（王伴哥云）白廝賴,恰纔老蔡不與俺兩個遞酒,你看小蔡兒也輕慢俺兩個,也不遞酒。他小覷俺兩個。罷了,氣殺也。（白廝賴云）哥不要上氣。你若上氣,顯得就不是舊油嘴了。掌大碗來,倒着酒祇管喫。灌的醉了,就打鋪在那家裏睡。哥,等他爺兒們若無理,我把他鼻子都咬下他的來。（外呈答云）賊弟子孩兒,得也麼。（蔡員外云）酒且慢行。衆位長者,非老夫敢僭⑫:則這般飲酒,也不能取其樂。列位長者都是通文達理的人,幸遇冬寒雪降,指雪為題,每人吟一首詩。有詩者不飲酒,無詩者罰一杯。（老長達云）老長者,先從誰起？（蔡員外云）先從劉普能長者起。（白廝賴云）我說老蔡,遞酒也從他起,飲詩也從他起。他是那一個？他無故則是劉普能⑬,他就是普賢菩薩⑭,我也不讓他。（王伴哥云）兄弟說的是。先從你起。你了是我,我了是你；兩個油嘴,胡說到底；喫的醉了,一齊調鬼⑮。（外呈答云）潑說！（劉普能云）今蒙長者大設華筵,重意相待,老長者單指雪為題,要俺俱各吟詩一首。無詩者罰酒一杯。衆位長者恕罪:老夫不才,強搜枯腸,作詩一首,衆位長者污耳咱〔五六〕。（眾云）不敢不敢，洗耳願聞。（劉普能吟詩云）碎剪瓊花滿太空，彤雲萬里布寒風。擁爐畫屋如春暖，詩酒高談樂盛冬。（眾云）高才高才！（王伴哥云）他便高才。喫了酒，可不高才！（外呈答云）不高才？喫打！得也麼。（周景和云）該老夫吟詩也。我詩就了，眾位長者恕罪。（眾云）不敢不敢，洗耳願聞。（周景和吟詩云）蝶翅飛揚落地輕，風翻柳絮舞零零。滋禾潤稼呈祥瑞，萬姓謳歌樂太平。（眾云）高才高才！（白厮賴云）高裁做的好衣服。（外呈答云）怎的？（白厮賴云）我説是高裁。（外呈答云）那個高才？得也麼。（夏德閏云）該老夫吟詩。我詩就了也。眾長者恕罪。（眾云）不敢不敢。（夏德閏吟詩云）撲面穿簾拂粉墻，飛瓊糝玉六花揚⑯。高堂映雪宜歡飲，爛醉笙歌錦瑟傍⑰。（眾云）〔五七〕高才高才！（王伴哥云）我可他是能飲的伯伯。（外呈答云）得也麼，這厮。（仇彦達云）該老夫吟詩。我詩就了也，眾位長者恕罪。（眾云）不敢不敢。（仇彦達吟詩科，云）一色樓台盡粉妝，隨風逐物弄輕狂⑱。低垂簾幕陳佳宴，笑飲忘懷入醉鄉〔五八〕。（眾云）高才高才！（白厮賴云）我可其實的快噇⑲。（外呈答云）得也麼，這厮。（蔡員外云）眾位長者，高才大德，博學廣文，真乃古君子也。老夫疏於學問，草腹菜腸，對着眾位長者，也吟詩一首，萬望勿哂咱。（眾云）不敢不敢。願聞。（蔡員外云）老夫吟詩。（做飲詩科，云）密佈彤雲遍九霄，飛空四野剪鵝毛〔五九〕。羊羔酒泛歌金縷⑳，共享豐年樂事饒。（眾云）高才高才！（正末云）眾位老尊者在上，小生無才，也吟詩一飲，望眾位長者教訓咱。（眾云）不敢，願聞。（正末云）小生吟詩也。（做吟詩科，云）凛凛寒風透滿懷，遥空頃刻凍雲埋㉑。紛紛祥瑞天街落㉒，四海消除黎庶災。（眾云）高才高才！（王伴哥云）他甚麽高才〔六〇〕！老蔡，我把你個老猢猻，我兩個是客人，倒不讓俺吟詩。你意思道他兩個是愚魯之人，不知文義，小量俺兩個不是？俺騙你那驢嘴㉓〔六一〕，我把那五言詩，八韵賦[124]，長篇短文，我作了勿知其數量。這首雪詩，有何罕哉！拏酒來！我喫一碗，然後吟詩；若吟的不是，每人再罰我一碗。（外呈答云）得也麽，倒好了你也。（王伴哥云）我吟詩也，衆位長者勿罪。（做吟詩科，云）紛紛瑞雪滿街基，有似楊花上下飛。一輪紅日當天照，管情化作一街泥。（外呈答云）可知是一街泥。得也麽。（白廝賴云）好哥也，不枉了吟得好詩，真乃是文章的魁首，油嘴的班頭[125]。（外呈答云）得也麽，這廝。（白廝賴云）古人說，凡會酒席吟詩，不可太多。我學生不吟詩[126]，我如今指雪爲題，唱個小小的曲兒。曲子名是〔清江引〕[127]。衆位長者污耳咱。（衆云）你唱你唱。（白廝賴云）曲兒不打緊，聽我的歌聲婉轉，上古秦青[128]，善能歌唱。他若聽見唱，他也拱手而伏[129]。衆位長者聽我唱賞雪的曲兒。（唱）

【清江引】[六二]這雪白來白似白廝賴，（云）[六三]這雪若還下在席子上。（唱）恰便是一床白綾被，鋪在熱炕上。蓋着和衣兒睡，醒來時，化了一身水。（外呈答云）謁弟子孩兒，不甚好。得也麽。（夏得閨云）衆長者，似這等寒冬雪降，那富豪之家，暖閣內簌氈簾[130]，圍爐中獸炭燒，銀瓶內斟美酒[131]，輕裘暖帽，駿馬雕鞍[六四]，富貴任其所願；有那等貧寒之家，身無遮體之衣，口無應饑之食，顫顫欽欽無顔落色[132][六五]，凍剥剥的袖手低頭[133]。蔡秀才，你是讀書的人，想一生於世，有錢的可是怎生？無錢的可是何如？我試聽咱。（正末唱）

【那吒令】[六六]有錢人最好，錦貂裘暖帽；無錢人困遭，穿補衣納襖，繞人家乞討，忍饑寒凍倒。數九天怎過遭，大街上高聲叫[六七]，顫欽欽性命難逃[六八]。

（夏德閨云）人生在天地之間，貧富分其兩等，乃自然之理也。（正末唱）

【鵲踏枝】[六九]富家郎逞英豪，顯奢驕，他們便語話言談，氣勢偏高，腆着脯向人每氣傲。他把這貧民們當作兒曹[134]。

（仇彦達云）秀才言者當也。便好道，衣是人之膽，今時人

享榮華、受富貴;穿錦綉、住蘭堂,乃前生分定也。(正末唱)

【寄生草】[七〇]有錢的高堂上常奢侈,無錢的遭貧寒住瓦窰;有錢的列金釵弦管[135],可便心歡樂,無錢的受犧惶,寂寞傷懷抱;有錢的乘軒昂馬,踐紅塵道,無錢的向人前縮手口難開。則他這貧窮富貴是天道[136][七一]。

(蔡員外云)衆位長者慢慢的飲酒。看有甚麽人來。(解子押延岑上[137])(延岑云)猛烈剛強自古無,平生慷慨不塵俗。見義當爲真男子,則我是正直無私大丈夫。某姓延名岑,字均義。我平生好漢,剛強性魯,脊力[138]過人。我在那長街市上閒行,因見個年小的後生[七二],趕着個年老的打。我路見不平,將那年少搬將過來[七三],三拳兩脚打死了[七四]。我出首到官,饒我死罪,脊杖了六十[139],罰我去鄭州迭配牢城[140]。時遇冬暮天氣,紛紛颺颺的下着這般大雪。身上單寒,肚裏無食。解子哥哥,你看這家兒人家,高房子,大門樓,門前車馬嚷鬧,必是一個豪富之家[七五]。俺去討些茶飯食用。(解子云)延岑,你可休走了。(延岑云)哥哥,小人身做身當,豈敢帶累你也。(解子云)你若這般便好。(延岑云)來到門首也。我試叫一聲:"大主人家,有那憐憫之心,用不了的茶飯,乞討些食用。"(正末云)甚麽人在門首大驚小怪的?我試看去咱。(蔡員外云)孩兒也,你試看去。(正末出門見科,云)一條好漢也! 兀那壯士,你因何帶鎖披枷來?(延岑云)哥哥不知:小人平昔之間剛強性勇,脊力過人。一日街上閒行,見一個年少的後生趕着個年老的打。我路見不平,把那年少的拉將過來,三拳兩脚打死了。我出首到官,免我死罪,脊杖了六十,罰去鄭州迭配牢城。身上單寒,肚中饑餒。路過門首過,見車馬盈門,小人來乞討些茶飯食用。(正末進門科,云)俺這家私裏外,無人照管。若得這個壯士與我做護臂,可也好也。我對父親、母親說去。(正末見蔡員外科)(蔡員外云)孩兒也,甚麽人吵鬧?(正末云)父親,門首有個壯士,迭配鄭州牢城去。身上單寒,肚中饑餒,來乞討些茶飯食用。父親,俺家私裏外,無人照覷,若得這個壯士與我做了護臂,可也好也。(蔡員外云)孩兒也,與我喚過那壯士來。(正末云)理會的。(正末見延岑云)兀那壯士,父親喚你哩。(延岑云)理會的。(見衆位長者科,云)衆位老長者:小人施禮哩。(蔡員外云)兀那壯士:那裏人氏,姓甚名誰〔七六〕,因甚帶鎖披枷?你説一遍咱。(延岑云)小人姓延名岑,字均義,乃濟州歷陽人也⑭。我平日之間,剛正性勇,膂力過人。忽朝一日,街上閑行,見一個年少的後生趕着個年老的打。我路見不平,將那年少的三拳兩脚打死了。小人出首到官,免我死罪,脊杖了六十,罰去鄭州迭配牢城。下着如此般大雪,身上無衣,肚裏無食。路打長者門首過,見車馬盈門,特來乞討些茶飯食用。(蔡員外云)哦,原來是這般。興兒,將熱酒來,着壯士飲幾杯。(興兒云)燙口的熱酒。(蔡員外云)來來來,壯士,你滿飲一杯。(延岑云)老長者,量小人有何德能?着長者這般錯愛⑭〔七七〕。(蔡員外云)壯士,你在患難之中,不必多念。興兒,將些茶飯來,着壯士食用。(興兒云)老的也,留着好酒肉待客人,與他喫的麽?看他兩個眼剔留禿魯的⑭,他是個真賊。(外呈答云)得也麽,這廝。(興兒拏茶飯科,云)來來來,一盤卷子,一盤羊肉,你喫你喫。(延岑云)解子哥哥,你喫一杯酒,喫些飯波。(解子云)我餓過了,喫不下也。(卜兒見蔡員外云)老的,我有話説,可敢説麽?(蔡員外云)婆婆,有甚麽話説?(卜兒云)老身姓延。我想來一般樹上那得兩般兒花〔七八〕,俺五百年前是一家⑭。我有心認義他做個侄兒,未知老的意下如何〔七九〕?(蔡員外云)婆婆,你心與我皆同。不知這壯士心下何如。你試問他咱。(卜兒云)兀那壯士,老身姓延,你也姓延。俺老兩口兒止生了這個孩兒,是蔡順。我想來樹一般很那得兩般花,俺五百年前是一家。我有心認義你做個侄兒⑭。你意下如何?(延岑云)奶奶,你休逗小人耍〔八〇〕。(卜兒云)我見你英雄,並無假意。(延岑云)是真個?多謝了父親母親也。(卜兒云)蔡順,您兩個拜你哥哥者。(正末云)哥哥,受俺兩口兒一拜。(延岑云)兄弟,多謝父親母親一見一故,此恩重如泰山。異日崢嶸,此恩必當重報也。(正末唱)

【金盞兒】[八一]哥哥,你是英豪逞雄驍,(延岑云)兄弟,我路見不平,把那年少的三拳兩脚就打死了也。(正末唱)致傷人命[八二],官司行告,鄭州迭配,見些功勞。有一日身榮爲官爵,青史把名標[八三]。博一個烏靴白象簡,金帶紫羅袍。

(解子云)這早晚雪下的大了。延岑,俺還要趕路途哩。辭了長者,俺去來。(蔡員外云)家童,將來!(家童拏砌末科,云)理會的。(蔡員外云)延岑,與你這一套暖衣,十兩銀子,做盤纏費。解子哥哥,與你這五兩銀子,路上看覷他咱。(解子云)謝了長者,小人知道。(延岑拜科,云)謝了父母。(卜兒云)延岑,你路上小心在意者。(延岑云)父親、母親:您孩兒祇今便索長行。久以後不得崢嶸發達便罷,但得一身顯耀,你孩兒口中銜鐵,背上搭鞍,報今日父母之恩。哥哥、嫂嫂,善待父母。衆位長者恕罪。我出的這門來。解子哥哥,我想來誰想今日遇着這一家人家,將我認義做親,與我衣服錢鈔,此恩異日必當重報也。祇因剛强性不容,致傷人命入牢城。異日風光身顯耀,必報今朝濟惠恩。(同下)(劉普能云)蔡長者,量俺有何德能?着長者重意相待。俺酒够了也,老夫人告辭[八四]。(蔡員外云)普能再飲一杯[八五]。(劉普能云)不必了,長者恕罪。我出的這門來。周景和,天色晚了也,俺一同回去來。瑞雪紛紛四野垂,圍爐開宴捧金杯。知心故友同酬興,滿頭白雪醉扶歸。(同下)(夏德閏云)劉普能、周景和他二人去了。仇彦達,俺也回去來。長者恕罪。出的這門來,天色晚了也。深蒙良友大張筵,美酒盈樽喜笑喧。忘懷横飲無拘繫[八六],不負三冬瑞雪天。(同下)(王伴哥云)白廝賴,他四位長者都回去了,俺倆個每人再喫兩碗回去罷。(白廝賴云)哥也,俺打刺孫多了㊣,你兄弟莎䈰八了㊣,俺牙不約兒赤罷㊣。(外呈答云)且打番語,得也麼。(王伴哥云)依着兄弟,回去來。今日個俺來油嘴,喫東西却是餓鬼〔八七〕。我如今跑到家裏,再喫上五碗雪三盆凉水。(二凈下)(蔡員外云)衆位員外都回去了也。夫人、媳婦兒,無甚事,俺回後堂中去來。(正末云)父親,俺回後堂中去來。(唱)

【尾聲】〔八八〕俺可也離了畫閣蘭堂〔八九〕,舉步登途道。賞瑞雪排宴罷却。(蔡員外云)孩兒也,爲人在世,得歡當作樂,莫負眼前光景也。(正末唱)〔九〇〕咱人便休把時光虛度了。(蔡員外云)今日賞雪飲酒,都皆沉醉了。(正末唱)盡今生樂陶陶〔九一〕,飲香醪,滿盆羊羔。寶鼎龍涎香未消㊣,則他這銀臺上蠟燒。他們都觥籌歡笑㊣。(旦兒云)蔡順,今日父母十分歡喜也。(正末云)俺爲子者要孝當竭力也。(唱)則願的一雙父母壽年高。(同下)

【注釋】

① 降桑椹蔡奉母雜劇　本劇爲劉唐卿雜劇之唯一存本,述西漢末年,巨富蔡寧、延氏夫婦,有子蔡順、媳李潤蓮二人至孝,一日大雪,蔡寧邀鄉里長者在映雪堂飲酒賞雪,忽有義士延岑因打報不平而殺人,解押途中至蔡府乞食。延氏出於憐惜,認爲義子。延岑上路,蔡寧諸人賦雪遣興(第一折)。延氏年邁而病,思想桑椹子食用。蔡順以盛冬無椹,乃於後園中焚香祭天,祈告降椹於母。順孝心感天,上帝命增福神下界,召集蔡順家宅六神托夢於順,告其三更之後即降椹於人間(第二折)。風神召集雷、雨、風諸神作法,變冬爲春,遍山桑樹皆生桑椹。蔡順入五婁山採之,忽遇山中草寇延岑。延岑捕而問之,乃知爲義弟,於是贈物遣順回家。延岑同時踐其"逢賢必住"諾言,星夜往朝中接受招安(第三折)。蔡順以椹奉母,延氏食之病愈,忽朝中使命至,宣旨召蔡順一家朝中加賜賞(第四折)。蔡順全家至朝中,天子念其至孝感天,賜封翰林學士,合家皆賞之(第五折)。

② 冲末　元雜劇中僅次於正末的末脚。　殿頭官　古代侍奉殿前,傳達君王旨意、對外施行之官。此職歷代名稱不盡相同,多由宦官充任。元雜劇概以殿頭官稱之。

③ 淡淡朦朦映曉星　指海潮朦朦,淡霧中映着曉星。曉星:在此指啓明星,即

金星。

④ 海潮捧現日東昇　指太陽在海潮中昇起。在此喻漢祚如日之東昇。

⑤ 九重閶闔　本指極深之天門,此代指皇宫之正門。

⑥ 方今大漢　據《後漢書·周盤傳》載蔡順事,則此時在西漢末年。

⑦ 聖人在位　應爲王莽在朝。

⑧ 過堯舜之治化　意爲治理國家、教化人們勝過堯舜時期。堯舜:唐堯和虞舜,我國遠古部落聯盟的首長,古代相傳爲聖明之君。此句當化自《莊子·繕性》:"閒唐堯始爲天下,興治化之流。"

⑨ 邁湯武之寬仁　勝過湯武二王的寬仁。湯武:商湯王和周武王,分別爲商周二朝的創建者。

⑩ 彝倫治政　指人世間治理次序端正分明。彝倫:天地人之常道。

⑪ "東夷"二句　指四方小國皆朝賀歸順漢。中國:上古時代,我國華夏民族建國於黃河流域,以爲居天下之中,故稱中國,此指漢朝。相應於此,中國之外其他地方稱四方。東夷:即夷方。東方民族居住的地方。西戎:古代對於我國西北部少數民族的總稱,以其織皮冠之,皆爲西方部落,故名西戎。南蠻:古時對於南方少數民族的泛稱,也單稱蠻。北狄:古代時對北方少數民族的總稱。按:夷、戎、蠻、狄四詞皆含貶義。

⑫ 貢麟鳳獻瑞呈祥　麟鳳爲吉祥動物,以其出現爲國泰民安、豐衣足食的吉兆。言麟鳳自貢乃獻諛之詞。

⑬ 稔(rěn)　本指豐年穀物成熟,在此指豐收。

⑭ 自大漢以來　指自漢高祖劉邦建漢以來。

⑮ 社稷　本指土穀之神。古人以爲非土不乏,非穀不食,故歷代皇朝均立社稷壇祭土穀神,故以社稷代國家或國家政權。

⑯ 俺漢國乃建都之地　此句不可以表義解之,實指漢國乃四方之中心。

⑰ 韶華霽景　指春天風和日麗之景。韵華:春光,也代指美好時光。霽景:在此指春雨之後雲散日出之美景。

⑱ 步綠野紅塵　走在春天綠色田野中的道路上。在此當指春日郊遊踏青。紅塵:在此指道路。本折後文正末唱〔寄生草〕曲有"有錢的騎軒昂馬,踐紅塵道。"可爲一證。

⑲ 賞黃花四野鋪金　賞如鋪金滿地的菊花。

⑳ 木凋松秀　指冬天樹木大都葉落,唯松柏挺秀。

㉑ 滌場圃講武操兵　清掃場地、操練兵馬。場圃:收穀物、種蔬菜之地。古時多以一地,夏則種菜,秋則平之打谷,冬則習武於其中。

㉒ 暖閣　舊時爲取暖在大屋子裏隔出來的小房間。
㉓ 八節　八個節氣。即立春、春分；立夏、夏至；立秋、秋分；立冬、冬至。
㉔ 魚龍變化　指"魚龍漫衍"的變幻戲術。張衡《西京賦》載："巨獸百尋，是爲漫延（即衍）者也。魚龍者，爲舍利之獸，先戲於庭，後乃入殿前激水，化成比目魚，跳躍漱水，作霧障日。畢，又化成黄龍八丈，出水戲於庭炫耀於日光之下。"在此以魚龍變化喻安居樂業。
㉕ 忝掌　有愧地執掌（權力）。乃謙詞。
㉖ 紛紛四海隱賢良　指許多賢士皆隱於民間不出仕，享太平之樂。
㉗ 員外　財主、豪紳。六朝以來官有員外郎，爲正員以外的官員。因可以捐錢買，宋元時即借指財主豪紳。　卜兒　元雜劇中扮演老婦的脚色名。
㉘ 本貫汝南　籍貫汝南（今河南汝南縣）。
㉙ 嫡親的　血統最親近的一家人。
㉚ 聖人　在此指孔子。
㉛ "爲因"二句　指蔡順父母健在，須奉侍，故不肯外出進取功名。古有禮法：父母在，不遠游。
㉜ 宦門　爲官之家。即舊稱"官宦之家"。
㉝ 三從四德　封建社會奴役婦女的教條。出自《禮記》之《郊特牲》及《昏義》。"三從"指幼從父母，嫁從夫，夫死從子。"四德"指婦德、婦言、婦容、婦功。
㉞ 昏定晨省(xǐn)　舊時指子女奉侍父母，朝夕問候的禮節。指入睡時爲父母安定床衽，晨起時省問安否。語出《禮·曲禮》上："凡爲人子之禮，冬温而夏清，昏定而晨省。"
㉟ 親闈　原指雙親住的内室，在此代指雙親。
㊱ 慢　即簡慢，不周到。
㊲ 積祖　即累世代，從家族的祖宗算起。
㊳ 陰功　同陰德。指暗中助人。
㊴ 彤雲　在此指陰雲。多代指將要下雪之雲。
㊵ 國家祥瑞　指冬雪。有利於保墒護麥，爲來年豐收之瑞兆。
㊶ 興兒　舊小説戲曲中對於作爲僕人的小廝的通稱。
㊷ 案酒　在此代指下酒的蔬菜等。
㊸ 下次小的每　即手下的僕人們。《兒女團圓》第二折："城中有幾主錢鈔，下次小的們取不將來。我如今自要親身的去。"每，同"們"。
㊹ 着　在此意同"被"。
㊺ 外呈答　爲場外有一人在劇中插話，起打諢作用，但間或可上場。"外"似不

指脚色名。

㊻ 得也麽　算了吧。元雜劇中按喝之語。

㊼ 施展　在此意爲炫耀。

㊽ 落下　指從他人托辦的錢財中克扣一部分。

㊾ 料賬　預先寫好的清單。

㊿ 案酒　在此意爲下酒，作定語。

51 水陸　水陸二處所産食物。

52 不打緊　没關係。《射柳捶丸》：“這個也不大（同‘打’）緊，頭裏不干我事。”

53 兩個時辰　約合現在四小時。時辰：古代計時單位，詳見《張天師》第二折注⑦。

54 小褚兒　在此當指舊時富人家所雇的打雜小童。褚：原指兵卒。

55 忒楞楞　飛禽等動物起飛時翅膀響動的聲音。《追韓信》第二折：“沙鷗驚起蘆花岸，忒楞楞飛過蓼花灘。”

56 謅弟子孩兒　説謊話的婊子養的。弟子：即婊子，“弟”爲“蹄”字的借字，蹄子臟臭，以喻婊子。《漁樵記》第二折：“窮短命！窮弟子孩兒！窮醜生！”

57 一壁厢　一邊，或一邊去。《豫讓吞炭》第二折：“咱今將計就計……使智氏軍不戰自亂。一壁厢整搠人馬掩擊，無不成事。”

58 倉廩（lǐn）　糧倉。

59 宇宙　在此指天下。

60 盡　都，全部。

61 幸際　指天下太平、人民安樂之時。

62 酒泛羊羔　形容羊羔酒飄動浮游，代指酒之多。羊羔：即羊羔酒。以糯米、麥麩加肥羊肉釀成。

63 肅靖邊庭　安定邊疆。

64 伴哥　舊小説戲曲中泛指村中好事或霸道横行的青年。在此指前者。

65 白厮賴　人名。喻白白賴他人東西者。爲古戲劇中無賴形象之一。

66 龍笛　笛名。

67 油嘴　油腔滑調。也指這一類人。在此指後者。

68 村濁性兒魯　又粗又魯的性子。村濁，又作“村紂”。周文質《鬥鵪鶉》套曲：“今日小生做個盟甫，改正那村紂的馮魁，疏駁那俊雅的通叔。”

69 噻（sái）　指粗俗而無節制地大喫大喝。《小尉遲》：“好酒好肉噻一頓，本來不醉佯裝醉。”

⑦⓪ 癩象　大象。　咽　吞。

⑦① 病虎　餓極而疲倦之虎。

⑦② 繞門踅(xué)戶　指走街串戶，白賴他人喫食財物。

⑦③ 喫倒泰山不謝土　謂白喫了他人許多東西也不謝主人。土，土地神。

⑦④ 白蘿蔔兒　蘿蔔的根塊，可供蔬食，也可入藥。在此配與白廝賴，蓋以白同姓，爲打諢語。

⑦⑤ 買賣　指以不正當手段獲取錢財。

⑦⑥ 嘴舌　同喉舌，皆代指説貧嘴。

⑦⑦ 隨何　劉邦舌辯之士。楚漢相爭，受劉邦之命出使淮南，遊説九江王英布背項羽投奔劉邦。後封爲護軍中尉（見《漢書·英布傳》）。

⑦⑧ 蒯(kuǎi)通　劉邦部下舌辯之士，與韓信相善，曾勸韓信叛漢。信不用，且不顧蒯通之勸奉詔入朝。蒯通知有難將臨，佯瘋。韓信死，劉邦知蒯通勸韓信反叛諸事，派隨何追捕入朝。劉邦欲施以烹刑，蒯通謂當時各爲其主，何罪之有？終以善辯免死。

⑦⑨ 蘇秦　戰國時東周洛陽人。爲雄辯之士。初説秦惠王吞併天下，不用。後説六國，合縱以抗秦，佩六國相印，爲合縱長。爲張儀破之，到齊爲客卿，與齊大夫爭寵而死。

⑧⓪ 拱手回容　很服氣的樣子。回容：喻收斂己長，對人寬容。《後漢書·馬武傳》："帝雖御功臣，而每能回客，宥其小失。"

⑧① 蛆皮　喻無所用之人。

⑧② 是俺兩個甚口食分　感嘆語。指白喫精食的好機會。

⑧③ 撞席兒　即闖席。指未邀之而擅自赴宴者。《誶范叔》第一折："須賈，你是來拜辭，還是來撞席？"

⑧④ 支揖　作揖、敬禮。

⑧⑤ 搗蒜蘸胖蹄　一種喫食的做法，當爲蒜泥拌豬蹄。

⑧⑥ 王道　與霸道相對，指儒家以仁義治天下的方法。《孟子·梁惠王上》："養生喪死無憾，王道之始也。"

⑧⑦ 見如今四夷咸服　現如今四方小國都已臣服。見，古"現"字。四夷，古時對四方少數民族國家、部落的蔑稱。

⑧⑧ 盤桓　本指逗留不進貌，在此指短暫停留。

⑧⑨ 國家禎祥　也指瑞雪。禎，吉祥如意。

⑨⓪ 潑菜兒　即撥菜，"潑"與"撥"音近。

⑨① 米罕　蒙語，即羊肉。也作"米哈"。

⑨² 每　同"每常"。意爲時時、常常。《張協狀元》第五出:"(净扯末科)"你説誰?……外:媽媽,爲何恁地發怒? 末:"縣君每恁地。"

⑨³ 單注着　必然注定。《馬陵道》第四折:"一來是孫臏的機謀,二來主公的福分,第三來單注着那人(指龐涓)合滅。"單字在此用來加强語氣。

⑨⁴ 廣剩倉廒　指糧倉裝滿而有餘。

⑨⁵ 醪(láo)　濁酒。

⑨⁶ 托賴着一人有慶　托賴着當時皇上有仁義禮信等善行。出於《書·吕刑》:"一人有慶,兆民賴之。"慶:善。

⑨⁷ 據　發語詞,可解作"憑藉"。

⑨⁸ 先王　相對於孔聖而言的先王,一般指堯舜湯武等古代君主。如前文殿頭官所言"過堯舜之治化,邁湯武之寬仁"。

⑨⁹ 這雪蜂認梨花採之無香　指雪似梨花之美却無香。

⑩⁰ 鵠迷日色,飛之無影　喻大雪紛飛如群鵠飛舞遮蓋日色,却看不到影子,寶指大雪迷漫。

⑩¹ 虚嚣　喧鬧。

⑩² 亂糝　本指紛亂的穀物碎米,在此比喻亂飛的雪花。

⑩³ 瘴氣　指可以致病的地氣。

⑩⁴ 長安道　在此代指寬闊的街道。

⑩⁵ 珍饈　珍貴的食物。

⑩⁶ 香篆　盤香,也指香烟如篆形盤繞。

⑩⁷ 獸炭　指捏成獸形的炭。

⑩⁸ 無促訂　當謂不要使灑燙得過分。促訂,似以音同"促掐"而誤抄。促掐:本指捉弄人。《竹葉舟》第四折:"師父,你既肯度脱弟子成仙了道,怎生又要把我掉在大江之中,險些喪命。你好促掐也!"

⑩⁹ 這雪更塞擁藍關道　指雪大以致阻塞了道路。典出唐韓愈詩"雪擁藍關馬不前"(《右遷至藍關示姪孫湘》)。

⑪⁰ 嶺畔寒梅恰便似玉舒梢　指梅枝蓋雪,如玉枝舒展。出典詳見《張天師》三折注㉔。

⑪¹ 歌謡　指百姓唱歌作謡頌聖德。

⑪² 僭(jiàn)　指地位在下者超越本位行上級或長輩之事。

⑪³ 無故　同"無過",不過、不外。《五代史平話·梁史》卷上:"小生慣讀經史,教道鄉里徒弟,無過是教他學習個孝弟忠信的道理。"

⑪⁴ 普賢菩薩　佛教中佛之二脅士之一,與文殊菩薩並稱。在寺院裏,二位分列

於釋迦兩旁;乘青獅者爲文殊,乘白象者爲普賢。

⑮ 調鬼　指乘酒醉胡鬧。

⑯ 六花　即雪花。因其一般呈六角形而名。

⑰ 傍　伴隨、相和。

⑱ "一色"二句　指白雪覆蓋屋宇,皆如飾粉妝。雪花如柳絮翻飛,輕輕飄颺。第二句化自杜甫詩"顛狂柳絮隨風舞"。

⑲ 其實　真的。

⑳ 羊羔酒泛歌金縷　飲着羊羔酒,品賞着金縷曲。金縷,曲調名,又名〔金縷衣〕〔賀新郎〕。

㉑ 凍雲　預示將要下雪的烏雲。

㉒ 天街　本指京都之街,在此泛指大街大道。

㉓ 騙　猶"人",罵人的話。

㉔ 八韵賦　即五(七)律詩。

㉕ 班頭　又作"班首",同一班輩的首領。關漢卿《一枝花·不伏老》套曲:"我是個普天下郎君領袖,蓋世界浪子班頭。"

㉖ 學生　明清時後輩對尊長的謙稱。

㉗ 清江引　曲牌名,屬北曲〔雙調〕。此曲非正末所唱,故用〔仙吕〕以外的曲牌。

㉘ 秦青　據《列子·湯問》所載,上古有善歌者名秦青。有善歌者學於秦,未盡其技而辭歸;秦青於餞送之地撫節高歌,聲振林木,響遏行雲。薛譚乃求重學,終身不敢言歸。後世即以秦青代指善歌者。

㉙ 伏　同"服",即服氣。

㉚ 簌氍簾　簌簌作響的氍簾。

㉛ 銀瓶　酒瓶。杜南詩:"不通姓字粗豪甚,指點銀瓶索酒嘗。"

㉜ 顫欽欽無顏落色　形容窮人挨凍,身體戰抖,臉色灰白。顫欽欽,即發抖狀。無顏落色,即紅顏退去,臉色灰白。《玉壺春》第三折:"唬得他無顏落色,驚得他手脚難擡。"

㉝ 凍剝剝　形容寒冷之極。《五侯晏》第三折:"雪打的我眼怎開?風吹的我身倒偃,凍碌碌自嗟自怨。"

㉞ 兒曹　孩子們。

㉟ 金釵管弦　歌女樂人的代稱。

㊱ 天道　天理,即上天注定的命運。

㊲ 解子　解押犯人的公差。

⑱ 膂(lǔ)力　體力。膂,脊骨。

⑲ 脊杖　古代刑法之一,即定罪之後用刑棍在背上打若干下以爲懲罰,然後發配坐牢。

⑳ 鄭州迭配牢城　鄭州安插發配犯人的監獄。迭配,即遞配,遞解。舊時非本籍犯人,由官府押之出境,按站輪轉,送至監獄。

㉑ 濟州歷陽　地名,在今安徽和縣境内。

㉒ 錯愛　謙辭。猶"見愛",被人憐惜之意。謂本人不值憐而被憐了。

㉓ 剔留禿魯　眼睛眨來眨去,左顧右盼狀,多用於貶意。

㉔ 五百年前是一家　俗語,稱同姓之人多年之前一定爲一家,是套近乎、拉關係的俗語。

㉕ 侄兒　在此爲延氏謙虚的話。

㉖ 青史　歷史。因古代史書寫在青竹制成的竹簡上而名。

㉗ 搏一個烏靴白象笏、金帶紫羅袍　搏取一個高官。"烏靴白象笏、金帶紫羅袍",分别爲長筒皮靴、白象牙笏、玉帶、紫色莽袍,皆爲高官所用或所穿的,故代指高官厚禄。

㉘ 砌末　傳統戲曲所用簡單布景和大小道具的統稱。在此代指暖衣。

㉙ 口中銜鐵,背上搭鞍　即做被人乘騎的馬,喻做馬報答。鐵,在此指馬嚼子。

㉚ 酬興　即飲酒酬唱以遣興。

㉛ 横飲　放縱地飲酒。

㉜ 三冬　指冬天初冬、孟冬、季冬三個月。此指深冬寒天。

㉝ 打剌孫　蒙語,酒。《射柳捶丸》第三折:"打剌孫喝上五壺。"在此當爲動詞"飲酒"。

㉞ 莎鐏八　蒙語,醉酒。《射柳捶丸》第三折:"莎鐏八不去交戰。"

㉟ 牙不約兒赤　蒙語,離開。《黑旋風》楔子:"我先到那裏,我便等着你。若見了你呵,跳上馬牙不約兒赤便走。"

㊱ 龍涎　香名。

㊲ 觥籌　酒杯和酒令簿。在此代指飲酒行令。

【校記】

〔一〕降桑椹蔡順奉母雜劇　脈望館抄本《古今雜劇》(以下簡稱脈本)於此名下有"太和正音譜蔡順分椹"數字,今略去。

〔二〕劉唐卿撰　脈本作"元無名氏"。《孤本元明雜劇》(以下簡稱"孤本")及《元曲選外編》(以下簡稱"外編")皆稱劉唐卿撰,今從二本。

〔三〕第一折　脈本及孤本皆作頭"折",從外編改。　殿頭官引張千上　脈本於此句殘缺"殿頭官"三字,據下文改過。

〔四〕彝倫治政　外編將"治"作"叙"。

〔五〕八方肅靖　脈本將"靖"誤作"净",改之。下同處不復校出。

〔六〕東夷西戎仰賀　脈本將"賀"作"化",從外編改之。

〔七〕南蠻北狄歸化　"北",脈本誤作"北",從外編改之。

〔八〕滌場圃講武操兵　脈本無"圃"字,據外編增之。

〔九〕忝掌朝綱之事　脈本將"忝"字誤作"大",據外編改。

〔一〇〕府州縣驛　孤本於此句下注"驛當作邑",不從。

〔一一〕回聖人的話,走一遭也　脈本無"也"字,從外編。

〔一二〕這孩兒他三從四德爲先　孤本同。外編無"他"字。

〔一三〕布德施恩　脈本"施"誤作"世"。從外編、孤本改。

〔一四〕案酒　孤本、外編皆作"按酒"。下同處不復校出。

〔一五〕摔翻踢打　脈本作"採番踢打",據孤本、外編改。

〔一六〕滿腹疼痛　脈本"疼"字誤抄,今從外編、孤本改之。

〔一七〕一班富豪長者　諸本"班"皆作"般",同音假借,改之。

〔一八〕果桌　"桌"諸本皆作"卓"。同音假借,改之。下同處不復一一校出。

〔一九〕水陸俱備　脈本於"水陸"後多"的"字,今從孤本、外編去此字。

〔二〇〕三兩個時辰　孤本同,外編作"兩三個時辰"。

〔二一〕家童,門首覷者　脈本原同,後去"童"字,改作"家門首覷者"。孤本於此句下注:"原有'童'字,趙校刪,疑誤。"今從孤本及外編。

〔二二〕走一遭去　脈本誤作"走一走去"。從外編及孤本改之。

〔二三〕夏德閏　脈本前二句中皆作"夏德潤",從後文改。

〔二四〕餘糧　脈本誤作"餘量"。從孤本及外編改之。

〔二五〕俺一同賞雪去來　諸本皆無"雪"字,據文意及上下文類似句子改之。

〔二六〕打的筋斗搖的鼓　脈本"斗"誤作"陡","鼓"作"皷",今從外編及孤本改之。

〔二七〕酒肉裝滿咱肚腹　脈本作"酒肉裝咱滿肚腹"。

〔二八〕咽見了骨　孤本將"咽"誤作"咽"。

〔二九〕我這兄弟　諸本皆於"這"後有"兩"字,文意不通,去此字。

〔三〇〕不足賢兄掛齒　外編將"足"字誤作"是"字。

〔三一〕隨何　脈本誤作"隋何"。

〔三二〕響達動了　孤本及外編均作"響繞動了"。

〔三三〕又無錢　脈本誤作"又錢無"。

〔三四〕天假其便　脈本"假"誤作"加"。

〔三五〕俺兩個是甚口食分　脈本"甚"誤作"是",下同處不復校出。此句中"是"原在句首,疑誤,改之。

〔三六〕夏德閏云,不敢　脈本無"云"字,據孤本及外編改之。

〔三七〕不睬我們兩個　脈本將"睬"省作"採"。

〔三八〕捕菜兒　外編及孤本皆作"播菜"。

〔三九〕弟子孩兒　脈本誤作"弟子孤兒",改之。

〔四〇〕與衆位長者行一杯酒者　脈本"長"後無"者",據文意增之。

〔四一〕時遇暮冬天氣　脈本將"氣"作"炁",異體字,改之。下同處不復校出。

〔四二〕是好豐稔之年也呵。(唱)　脈本缺"唱"字,據孤本及外編增之。

〔四三〕天下黎民皆喜也。(正末唱)　脈本缺"正末唱"三字,據孤本及外編增之。

〔四四〕廣剩倉廒　脈本將"剩"誤作"勝"。據孤本及外編改之。

〔四五〕萬國來朝(云)　脈本將"云"作"正末云","正末"二字多餘,删之。下同此處不復校出。

〔四六〕斯見咱　孤本及外編將"咱"作"者",不從。下同此處不復校出。

〔四七〕仗義疏財　"疏"皆作"疎",俗體字,改之,下同處不復校出。

〔四八〕豈敢不行孝道也　脈本將"敢不"二字誤倒,改之。

〔四九〕(做飲科)(正末唱)　脈本失"正末唱"三字。據文意增之。

〔五〇〕(正末唱)"這場雪"句　脈本於"唱"字前無"正末"二字,據文意增之。

〔五一〕老員外道的是也(唱)　脈本失"唱"字,據文意增之。

〔五二〕嘴頭子熱,腫了　"燙"字脈本作"盪",據孤本及外編改之。

〔五三〕這雪越下的大了也(唱)　脈本失"唱"字。據文意增之。

〔五四〕舒玉梢　脈本將"梢"字誤寫作"稍",改之。

〔五五〕這雪真乃國家祥瑞也(正末唱)　脈本於"唱"字前無"正末"二字,據孤本增之。

〔五六〕污耳　孤本、外編俱同脈本之誤,據上下文意改之。

〔五七〕爛醉笙歌錦瑟傍。(衆云)　脈本誤將"衆云"作"衆下",依文意改之。

〔五八〕笑飲　"笑"脈本作"誤"。

〔五九〕剪鵝毛　脈本將"鵝"字錯抄,改之。

〔六〇〕(王伴哥云)他甚麼高才　脈本失"云"字,據文意增之。

〔六一〕俺騙你那驢嘴　"騙"字脈本誤作"謅",據外編、孤本改之。

〔六二〕(唱)〔清江引〕　脈本於"唱"前多"白廝賴"三字,依文意去之。

〔六三〕這雪白來白似白廝賴,(云)　此句脈本作"這雪白來白似雪,(白廝賴云)"。現從外編及孤本改之。

〔六四〕駿馬雕鞍　"鞍"字脈本誤作"案",從外編及孤本改之。

〔六五〕顫欽欽　孤本及外編皆作"戰兢兢",今從脈本。

〔六六〕(正末唱)〔那吒令〕　脈本失"正末唱"三字,據文意增之。

〔六七〕大街上高聲叫　"街"字脈本誤作"叫",從孤本及外編改正。

〔六八〕性命難逃　"逃"字脈本作"迯","逃"的俗寫體,據孤本及外編改爲"逃"。

〔六九〕(正末唱)〔鵲踏枝〕　脈本無"正末唱"三字,據文意增之。

〔七〇〕(唱)〔寄生草〕　脈本失"唱"字,據外編及孤本增之。

〔七一〕天道　脈本將"道"誤抄作"還",據孤本、外編改之。

〔七二〕年小的後生　"小"孤本及外編作"少"。下同此處不復校出。

〔七三〕搬將過來　"搬"脈本作"般",外編及孤本作"拉"。改爲"搬"。

〔七四〕三拳兩脚打死了　諸本於此句"打"字前有"過"字,當爲衍文。後文復述此事云"三拳兩脚打死了",可證。故去"過"字。

〔七五〕豪富之家　"豪"脈本誤作"毫",據孤本及外編改之。

〔七六〕姓甚名誰　脈本將"甚"誤作"字"。據孤本及外編改爲"甚"。

〔七七〕錯愛　脈本作"錯"誤抄爲"措",據孤本及外編改之。

〔七八〕那得兩般花　脈本將"那"誤作"乃",據後文及孤本、外編改之。

〔七九〕意下何如　孤本同,外編作"如何"。下同處不復校出。

〔八〇〕休逗小人耍　"逗"脈本作"鬥"。從孤本及脈本改爲"逗"。

〔八一〕(正末唱)〔金盞兒〕　脈本失"正末唱"三字。據孤本及外編增之。

〔八二〕(正末唱)致傷人命　脈本失"正末"二句。據孤本及外編增之,

〔八三〕青史把名標　"史"脈本誤作"吏",據文意及孤本、脈本改之。

〔八四〕長者老夫人告辭　脈本無"長者"二字,據文意及孤本、外編增之。

〔八五〕再飲一杯　脈本"杯"字錯抄,據孤本及外編改正。

〔八六〕忘懷橫飲無拘繫　"飲"脈本誤作"飯",據文意及孤本、外編改正。

〔八七〕喫東西恰是餓鬼　"似"皆作"是",不妥,應爲"似"。

〔八八〕(唱)〔尾聲〕　脈本失"唱"字。據孤本及外編增之。

〔八九〕畫閣蘭堂　"閣"字脈本缺,據後文及孤本、外編增之。

〔九〇〕正末唱　脈本缺"正末"二字。據孤本及外編增之。

〔九一〕(正末唱)盡今生樂陶陶　脈本缺"正末"二字,多"樂"字,據孤本及外

編增删之。

第二折

（卜兒抱病同蔡員外領净興兒與旦兒上，卜兒云）四肢老弱身無力，呵吁，兩鬢斑蟠病已深①〔一〕。老身延氏。爲因上廟燒香去，我趕頭香②，起的早了些兒，感了些寒氣。一卧不起，飲食少進，睡卧不寧。爭奈老身年紀高大〔二〕，肌體尪羸③，我那裏尪的這般病症〔三〕！這兩日身心恍惚。老的也，我的病越沉重了也。（蔡員外云）婆婆，便好道天有不測風雲，人有旦夕禍福〔四〕。你這病是輕災浮難，不必憂心。婆婆，將息病體〔五〕，省可裏煩惱也④。（卜兒云）媳婦兒，蔡順孩兒那裏去了也？（旦兒云）蔡順去街市上，與婆婆請醫士去了也。（蔡員外云）婆婆，想人皆養子，無過蔡順孝。俺幸遇此子，立身壯志⑤，正好同堂歡樂。婆婆，你耐心守病也〔六〕。（卜兒云）老的也，我這病有添無那減了也。媳婦兒，等孩兒來時，報復我知道。（旦兒云）理會的，我在門首望者。蔡順這早晚敢待來也⑥。（正末上，云）小生蔡順是也，爲因老母廟上燒香，感了些風寒，現今病着在床。嗟乎，年紀高大，肌體尪羸，值此病症〔七〕，俺爲子者何忍乎！小生對天禱告〔八〕，願將己身之壽，減一半與母親，願母親壽活百歲有餘，方表人子之孝也。小生爲母不安，這些時衣不解帶，廢寢忘食，憂悽不止，似此可怎了！小生恰纔去那周橋左側⑦，請下個醫士，調治母親的病症。太醫隨後便來也〔九〕，小生見母親走一遭去。蔡順也切思老母養育之恩，何以報答也。（唱）

【商調·集賢賓】⑧〔一〇〕則俺那老萱親在堂年邁高⑨，小生我想恩養育痛悲號。俺母親偎干濕三年乳哺，更懷躭十月劬勞。我母親攛掇的立志成名，生長的貌類清標⑩。方信養生送死防備老，憶深思我未報分毫。誰承望尊堂病已深⑪，則俺這幼子淚如澆。

（興兒云）小哥，少煩惱，奶奶年紀高大了也。奶奶睡倒身疲倦，起來不思饌⑫。心恍神不寧，頭暈眼睛轉〔一一〕。臉上皺紋多，手上青筋亂。你若到家中，奶奶不死也氣斷。存的性命活，也是棺材单⑬。（外呈答云）賊弟子孩兒，得也麽。（正末云）阿，好是煩惱人也呵。（唱）〔一二〕

【逍遥樂】俺母親骨岩岩身軀老耄⑭，（帶云）嘆母親這病。（唱）恰便似風裏楊花，水上幻泡。（興兒云）小哥不要心焦，到家裏，把奶奶的病，我替他害了罷。（正末唱）好教我便展轉的添焦〔一三〕，俺母親眼睁睁病枕難熬。我可便心似油煎，身如火燎，仰空巷痛哭嚎咷。（帶云）蔡順一片孝心，唯天可表也。（唱）則願的母病安妥，父命延長，子壽願夭。

（云）來到門首也。（見旦兒科，云）大嫂，你在這裏做什麽？（旦兒云）蔡順，母親這一會兒覺沉重了也。恰纔喚你來，我说，你請太醫去了。你過去見母親去。（正末云）〔一四〕似此可怎了也！我去見母親去。（正末見卜兒科，云）母親，您孩兒恰纔周橋左側，請下個高手的醫者，便來調理母親的病症。母親，今日病體如何？（卜兒云）孩兒，我這一會兒不見你，不由我心中思想，我這病看看至死，不久身亡，眼見的無那活的人也。（蔡員外云）孩兒也，你母親壽年高大，值此風雪之寒，寢饌俱廢，朝暮不能動履，命在頃刻之間，豈能相保。孩兒，如此如之奈何？（正末云）父親，豈不聞聖人云：父母有疾，人子憂心，無所不用其情⑮，怎敢時刻懈怠也。想母親止生您孩兒一個，今立身成名，豈不知父母鞠養之恩。您孩兒爲母不安，這些時衣不解帶，寢食俱廢，憂悴不止；行坐之間，猶如失魂喪魄。您孩兒對天禱告：願將己身之壽，減一半與母親，願母親壽享百世有餘〔一五〕，方稱孩兒之願也。（卜兒云）孩兒也，想人子之心，奉母莫大於孝。你的孝情，我盡知也。今老身命已將危，乃人之大限⑯，你父子勉勞憂慮〔一六〕。兒也，我眼見的無那活的人也。（旦兒云）蔡順,你請的太醫這早晚不見來。(正末云)大嫂,預備下茶湯⑰,太醫這早晚敢待來也。(正淨扮太醫上⑱,云)我做太醫最胎孩⑲,深知方脈廣文才⑳。人家請我去看病,着他準備棺材往外擡。自家宋太醫的便是,雙名是了人㉑。若論我在下手段,比衆不同。我祖是醫科,曾受琢磨㉒。我彈的琵琶,善爲高歌;好飲美酒,快噇肥鵝。那害病的人請我,我下藥就着他沉疴㉓;活的較少,死者較多。(外呈答云)名不虛傳,得也麽。(太醫云)我這門中有個醫士,姓胡,雙名是突蟲㉔〔一七〕。他老子就喚是胡蘿蔔㉕,我和他兩個的手段也差不多,俺因此上結爲兄弟。有人家來請我看病,俺兩個一同都去的,少一個也不行。我看病,兄弟便下藥;兄弟看病,我便下藥。俺兩個說下咒願:有一個私去看病的,嘴上就生㾦疙疸㉖〔一八〕。今日有本處蔡秀才來請我,說他母親害病,請我去下藥。我使人約兄弟去了也。我在這周橋上等着兄弟,這早晚敢待來也。(淨扮胡突蟲上,云)我做太醫最温存,醫道中惟我獨尊。若論煎湯下藥,委的是效驗如神〔一九〕。古者有户醫扁鵲㉗,他則好做我重孫。害病的請我醫治,一貼藥着他發昏。(外呈答云)得也麽,這厮。(胡突蟲云)在下是個太醫,姓胡,雙名是突蟲,小名兒是胡十八㉘。祖傳三輩行醫。若論我學生的手段,我指上不明㉙,醫經不通。人家請我看病,先打三鐘兩碗瓶酒,五個燒餅。喫將下去,就要發瘋。看病不行,我喫食倒有能。(外呈答云)兩個一對兒,得也麽。(胡突蟲云)我這醫門中〔二〇〕,有個醫士,姓宋,雙名是了人。俺兩個的手段都塌八四㉚,因此上都結做弟兄。他爲兄,我爲弟。人家來請看病,俺兩個同都去,少一個也不行。宋無胡而不走,胡無宋而不行;胡宋一齊同行,此爲胡虎乎護也㉛。(外呈答云)念等韵哩㉜,得也麽。(胡突蟲云)早間宋先兒使人來請我㉝,說蔡秀才的母親害病〔二一〕,請俺下藥。有哥在周橋上等着我哩。見咱哥走一遭去〔二二〕。可早來到也。(做見科,云)哥也,你兄弟來遲,莫要見罪;若要見怪,哥就是蝦蟆養的㉞。(外呈答云)得也麼,這廝。(太醫云)你還説嘴哩。你平常派賴㉟〔二三〕,冬寒天道,着我在這裏久等,險些兒凍的我腿轉筋。(胡突蟲云)哥也,休怪您兄弟來遲。我有些心氣病的病,今日起的早了些兒,感了些寒氣,把你兄弟爭些兒不疼死了。你兄弟媳婦兒慌了,請了太醫來,與了我一服藥喫,我纔不疼了。(外呈答云)你是太醫,怎麼又喫别人的藥?(胡涂蟲云)我的藥中喫,是我也喫了㊱。(外呈答云)可怎麼不中喫?(胡涂蟲云)我若喫了我自家的藥呵,我這早晚死了有兩個時辰也。(外呈答云)你可是盧醫不自醫?得也麼㊲。(太醫云)兄弟,自從俺打官司出來,一向無買賣。(外呈答云)爲甚麼打官司來?(太醫云)俺兩個爲醫殺了人來。(外呈答云)兩個一對兒油嘴。得也麼。(太醫云)兄弟,今日蔡長者家婆婆害病,請俺去下藥,他是財富之家,俺到那裏,他有一分病,俺説做十分病,有十分病,説做百分病。到那裏胡針亂灸,與他服藥喫。若是好了,兩個多多的問他要東西錢鈔;猛可裏死了㊳,背着藥包,望外就跑㊴。(外呈答云)得也麼,這廝。(胡涂蟲云)哥也,言者當也。憑着俺兩個一片好心,天也與半碗飯喫。(外呈答云)得也麼。(太醫云)兄弟俺去。可早來到也。報復去:道有兩個高手的醫士來了也。(家童云)您則在這裏,我報復去。(做報科云〔二四〕)報得長者得知,太醫來了也。(蔡員外云)道有請。(家童云)理會的。有請。(胡涂蟲云)哥也,看仔細些,莫要掉將下來㊵〔二五〕。(外呈答云)怎的?(胡涂蟲云)是有請,有請。(外呈答云)慌做什麼,得也麼。(太醫云)俺是個官士大夫〔二六〕,上他門來看病,消不得他接待接待㊶,就着俺過去?(外呈答云)你休要怪他。他家裏有病人,過去罷。(太醫云)好兒,看着你的面上,老子過去罷。(外呈答云)這廝做大。得也麼。(太醫做讓科,云)兄弟請了。(胡涂蟲云)不敢,兄長請。(太醫云)賢弟請。(胡涂蟲云)兄長差矣。想在下雖不讀孔孟之書，頗知先王之禮㊷。豈不聞聖人云㊸：徐行後謂之弟㊹，疾行先者謂之不弟。耕者讓畔，行者讓路；長者爲兄，次者爲弟。兄乃我之長，我乃兄之弟。既有長幼，須分尊卑。先王之禮，亦不差矣。我若先行，我就是驢馬畜性真油嘴也。（外呈答云）甚麼文談！得也麼。（胡涂蟲云）不敢不敢，吾兄請。（太醫云）不敢，賢弟乃善良君子，我乃是愚魯之人，區區無寸草之能。弟有九江之德㊺。據賢弟醫於病，神功效驗；治於病，多有良方。賢弟乃大成之人，我乃蛆皮而已〔二七〕。我若先行，我學生就是真狗骨頭之類也。（外呈答云）得也麼，潑說！過去了罷。（二淨做見科）（太醫云）老母懨懨身不快㊻，（胡涂蟲云）太醫下藥除患害。（太醫做拿左手科）（糊涂云做拿右手科）（太醫云）看俺雙雙把脈。（太醫拿卜兒左手科）（唱）〔二八〕

【南青哥兒】㊼入門來審了他這八脈㊽。（胡涂蟲拿卜兒右手科，唱）瘦伶仃有如蔴秸。（太醫唱）俺快把這藥包兒忙解開。（胡突蟲云）可憐也，脈息不好了！（唱）快疾忙去買。（太醫唱）快疾忙去買。（正末云）太醫，買甚麼？（太醫唱）去買一個棺材。（胡突蟲唱）去買一個棺材〔二九〕。

（外呈答云）幾時了！得也麼。（太醫拿藥包兒打倒卜兒科）（卜兒云）打殺我也。（外呈答云）他是病人，怎麼打他？（太醫云）不妨事，不妨事。還好哩，還知疼痛哩。（外呈答云）不知疼痛，可不死哩〔三○〕？得也麼。（太醫云）胡先兒，他這個是甚病？吾兄，不是我夸嘴，我恰纔覷了他面目，審了他脈息。你摸他這半身子，如火相似，他害的是熱病。（太醫云）你又胡說了。他這個脈息跳的有一寸高，你怎説是熱病？他這半邊身子如冰一般凉，他害的是冷病。（胡突蟲云）不難，把老人家鼻子爲界，用一條繩子拴在他鼻頭上，把這繩兒扯下來，就地下釘個橛兒拴住〔三一〕。你醫這左半邊冷病，我醫這右半邊熱病。吾兄弟意下何如？（太醫云）好好好。俺兩個説的明白，假似你一服藥着老人家喫將下去,醫殺這右半邊呵呢?(胡突蟲云)管不干你那左半邊的冷病事[49]。(太醫云)説的有理。(胡突蟲云)假如你一服藥着這老人家喫將下去,醫殺了你那左半邊呵呢?(太醫云)管不干你那右半邊熱病事。(胡突蟲云)我説假似走了手,都醫殺了呵呢?(太醫云)管大家没事。(外呈答云)謅弟子孩兒,得也麽。(蔡員外云)太醫,你如今下一服甚麽藥?(太醫云)我如今下一服是奪命丹,第二服是促死丸。(蔡員外云)你爲甚麽與他兩樣藥喫?(太醫云)你不知道。我有主意。兩樣藥喫下去,着這老人家死也死不的,活又活不的。(外呈答云)得也麽,這廝。(胡突蟲云)蔡老官兒,你要你這婆婆好麽?(蔡員外云)可知要好哩。(胡突蟲云)我有個海上方兒[50],用一樁物件,你捨得麽?(蔡員外云)要我這婆婆好,不問要甚麽都捨的〔三二〕。(胡突蟲云)把你這兩隻眼,拿尖刀割將下來,用一鐘熱灑喫將下去,你這婆婆就好了。(蔡員外云)他便好了,我可怎麽了?(胡突蟲云)你敢拄着明杖兒走[51]。(外呈答云)得也麽,這廝胡説。(蔡員外云)住住住。你兩個休要胡嘶嚷,你二位端的那一位高强?讓一個醫了罷。(二净拏着藥包兒一遞一打着念科)(太醫打胡突蟲,云)我能調理四時傷寒[52]。(胡突蟲打太醫,云)我善醫治諸般雜症。(太醫云)我療小兒吐瀉驚疳[53]。(胡突蟲云)我治婦女胎前産後。(太醫云)我會醫四肢八脈。(胡突蟲云)我會醫五癆七傷[54]〔三三〕。(太醫云)我會醫左癱右瘓。(胡突蟲云)我會醫緊癆慢癆[55]。(太醫云)我會醫兩腿酸麻。(胡突蟲云)我會醫四梢沉困[56]〔三四〕。(太醫云)我會醫口苦舌澀。(胡突蟲云)我會醫胸膈膨悶。(太醫云)我會醫癞膁跛臂[57]。(胡突蟲云)我會喑啞痴聾。(太醫云)我會醫發寒發熱。(胡突蟲云)我會醫發傻發瘋〔三五〕。(太醫云)我會醫水蠱氣蠱[58]。(胡突蟲云)我會醫頭疼額疼。(太醫云)我會醫胸膛上生着孤拐。(胡突蟲云)我會醫肩膀上生着脚疔。(太醫云)老長者着俺下藥。(胡突蟲云)將這老人家喪了殘生〔三六〕。(太醫云)用涼水滿滿的一碗。(胡突蟲云)用巴⁵⁹豆足足的半升。(太醫云)着這個老人家喫將下去〔三七〕。(胡突蟲云)叫喚起滿肚裏生疼。(太醫云)登時間直腸直肚⁶⁰。(胡突蟲云拿藥包打倒卜兒科,云)瀉殺這個老媽媽也是場乾净。(外呈答云)賊弟子的孩兒,去了罷。罷罷罷。(打二净下)(正末云)父親,今母親得病,積日之久,四肢無力,身體飄然,似此如之奈何?(蔡員外云)孩兒,我試問婆婆咱。婆婆,你這些時飲食不進,你心中可想甚麼食用?(卜兒云)老的也,我心中想一味東西食用,奈是冬寒天氣,則怕無有此物。(正末云)母親想甚麼食用?對您孩兒說咱。(卜兒云)孩兒也,我想那春暮桑椹子食用,您孩兒不問那裏,務要尋來奉侍母親。(卜兒云)孩兒也,我這會有些昏沉。媳婦兒,扶我去後堂中去來。我冒風寒着床垂命,爲子者堂前孝敬。但得那美甘甘桑椹充腸,醫可了我懨懨疾病。(同下)(蔡員外云)孩兒也,你母親思想桑椹食用。况值盛冬時節,萬木凋零,便有黄金,也無處買也。你母之命,仰望神天加護。他病痛苦淹纏⁶¹〔三八〕,良方治不痊。我暫把愁眉放,生死任從天。(下)(正末云)母親思想桑椹子食用,奈是寒冬天氣,可那得此物來?興兒,與我後園中快設香案,安排祭祀禮物,我禱告神天去咱。(興兒云)小哥說的是。前堂上人雜,後園中静悄悄的,問神天求的幾個桑椹子⁶²,救奶奶的命;若無桑椹子,馬蓮子也罷⁶³,喫下去倒消食〔三九〕。(外呈答云)得也麽這廝。(正末云)來到這後園中也。興兒,擡過香案來者。(興兒云)理會的。(做擡香案科,云)放下這香案,擺下三牲⁶⁴。小哥,都有了也。(正末云)興兒,休要打攪。你且前後執料去者。(興兒云)我也寒冷了,小哥,你便燒香,我竈窩裏向火去了也。(下)(正末燒香科,云)皇天后土⁶⁵,三界神祇⁶⁶。此一炷香,不爲别,有母延氏年七十五歲,見今病枕在床,積日之久,未能得愈。切思父母之恩，未嘗頃刻下懷。今母親有疾，爲子者豈不盡心！小生這些時衣不解帶，寢食皆廢，憂悽不止。今母親沉重，投藥不效，空勞無功。不期母親思想桑椹子食用㊻，冬寒天氣，朔風遍起，萬木凋零，怎生得那桑椹子來？伏望神明可憐，怎生得天上降下幾個桑椹子來㊼，救濟俺母親病體痊可。願將蔡順己身之壽減一半與母親。願母親壽活百歲餘年，方表人子之道也㊽。百行由來孝爲先，人心盡孝理當然。椹子若能天降下，救濟慈親病體痊。（拜科，唱）〔四〇〕

【梧葉兒】列香案虔誠拜，設奠祀專意禱。但能够那樹上發柔條，結幾個桑椹子摘將來醫濟的好。我這裏望青霄哎，神也保佑的母安樂。呵，惟願的可便長生不老。

（云）小生對着神天，將頭也磕破了，滴下來的淚珠兒，可都成冰了。這一會兒，覺有些昏沉。我搭伏着這香案暫且盹睡咱。（做睡科）（增福神領鬼力上㊾，云〔四一〕）蕩蕩神威氣象寬，親傳敕令下瑤天。祇因人子行純孝，吾神駕霧騰雲到世間。吾神乃上界增福神是也。我身居逍遙之境，自在之鄉，掌管人間貴賤壽夭、增福延壽之事。行善者增添福祿，作惡者減算除年。今因下方有一人，姓蔡名順，字君仲，其妻乃李氏潤蓮。他二人每行孝道〔四二〕，侍奉親闈，朝暮問安視寢，未嘗有懈心。他們母親延氏〔四三〕，見今染病在床上，藥餌不能調治。今冬寒時日，母思桑椹子食用。此人在後花園中設其香案祭物，對天祈禱，叩頭出血，滴淚成冰。又願將己身之壽減一半與他母親〔四四〕，願他母壽活百歲有餘。此人一念誠孝，通於天地，感動神靈。吾神親傳上帝敕令，將冬天變做春天，着大衆神祇今夜晚間三更時分㊿，降甘露瑞雪，滿山遍峪，但有的桑樹，都生桑椹子。着蔡順摘將去，獻與他母親食用了呵，他那病體必然痊可。有此人在後花園中焚罷香，搭伏着香案盹睡着了也〔四五〕，恐防蔡順不知㊼，吾神駕起祥雲，直至此人宅上托夢〔四六〕，走一遭去。按落雲頭，可早來到他家前堂上也。鬼力,與我喚將蔡氏門中家宅六神來者。(鬼力云)理會的。蔡氏門中家宅六神安在?(門神戶尉上)(門神云)積善門欄瑞靄生,手執斧鉞鎮宅庭。剛強直正無邪僻,以此人間爲正神[73]。小聖乃蔡氏門中門神是也。此一位乃是戶尉之神。今有蔡順的母親病枕在床,俺家宅六神不安。因蔡順至孝,感動神天,通於天地,有增福神降臨在堂,呼喚六神。俺二神見六神去,可早來到這前堂上也。鬼力,報復去:道有門神、戶尉來了也。(鬼力云)理會的。報的上神得知:有門神、戶尉來了也。(增福神云)着他過來。(鬼力云)理會的。過去。(做見科)(門神云)呀呀呀。早知上聖來到,祇合遠接;接待不着,勿令見罪。上聖呼喚小聖有何法旨[74][四六]?(增福神云)門神、戶尉,您且一壁有者[75]。(外扮土地,同井神、竈神、净厠神上[四七])(土地云)吾乃土地神。秉性純和福自臻[76],常居正道,永鎮家庭;晨昏香火,悉把吾尊。招財進寶臻佳瑞,合家無慮保安存。(井神云)吾乃井泉神。節操堅剛民自稱,將流波積聚,徹底澄清;身無點污[77],潔似寒冰。井中常喜禎祥現,兆應家宅百事亨[四八]。(竈神云)吾乃是竈神。一家之主我爲尊,終朝火燎[78],每日煙燻。炭頭般相貌,墨錠般法身[79][四九]。縱然葷素不離口,爭奈終日縮竈門。(净厠神云[五〇])吾乃是净厠神。我一生無始終[80]。我坐的是净桶,玩的是糞坑;尿長溺一臉,屎長污一身。何曾得聞清香味,每日人來把屁熏。(外呈答云)兩個一對。得也麼。(土地云)衆神都來了也。今有蔡順體母親病體不安。此子至孝,通於天地,感動上界。增福神在堂上呼喚,不知爲何?俺見上聖去來,到這前堂上。鬼力,報復去:道有土地等神來了也。(鬼力云)理會的。(報科,云)報的上聖得知,有土地等神來了也。(增福神云)着他過來。(鬼力云)理會的。過去。(做見科)(土地云)呀呀呀,早知上聖到來,祇合遠接;接待不着,勿令見罪。(井神云)上聖,小聖失於迎迓[81],勿以見責也。(竈神云)早知來到,快跑遠接,跑得緊了,一定喫跌[五一]。(外呈答云)甚麽文談,得也麽。(厠神云)早知上聖來到,慌忙迎笑,若還不笑[五二],鑿個藜暴[五三]。(外呈答云)兩個一對,潑說,得也麽。(土地云)上聖,呼喚俺家宅六神,有何事也?(增福神云[五四])您六位聽者:爲蔡順母見今病枕不安,藥餌不能醫治。他母親想桑椹子食用[五五]。奈是冬寒天氣㊶,無處求取。此子至孝,通於天地,感動上帝之心。今吾神傳上帝之令,特降桑椹子,救他母親之命[五六]。恐此人不知,吾神故來托一夢警㊷。有蔡順在後園中燒罷香,昏沉而睡[五七]。您六神隨着我,托夢去來。(衆神云[五八])有勞上聖下降,俺跟上聖去來。(增福神同六神見正末科[五九])(增福神云[六〇])來到這後園中,此人真個睡着了也。我試喚他咱。蔡順,蔡君仲。(竈神云)蔡炒肉㊸。(厠神云)蔡裏蟲㊹。(外呈答云)這厮,得也麽。(正末做驚科,唱)[六一]

【醋葫蘆】不由我顫欽欽的添怕怖[六二],悠悠的魂魄消。我則見衆神祇,簇擁着一周遭。莫不是身邊犯下什麽罪惡[六三]。(增福神云)蔡順,休驚莫怕也。(正末唱[六四])他可便單題着咱名號。我須索從頭至尾,問下根苗㊺。

(跪科、云)何方大聖,甚處靈福?通名顯姓咱。(厠神云)上聖,這小蔡兒最促掐㊻。他前日望着我嘴頭子上放了個屁,把我牙迸掉了[六五]。我正要擺佈他哩。(外呈答云)這厮且勿打攪[六六]。(增福神云)蔡順,俺非外道邪魔㊼。吾神乃上界增福神是也。這六位是您家宅六神。因你母親病體不安,寒冬天氣,想桑椹子食用。爲你虔誠懇禱,祈求此物;叩頭血出,滴泪成冰。願將己身之壽,減一半與你母親。因你至孝,感動天地。今吾神傳上帝敕令,將冬天變做春天。今三更時分,命大衆神祇降甘露瑞雪[六七]。滿山遍峪,但有桑樹,都生了椹子。任你摘來,與你母親食用,自然病體安愈。你聽者:這孝乃萬善之本,百行之源。忠孝乃人之大節也。非忠不以爲臣,非孝不以爲子。凡人子事親之際,無所不用其誠。要居則致其敬⑧⑨,養則致其樂。此則人子之大孝也。你聽者:父母深恩比昊天,嗟乎病體實堪憐〔六八〕。子行大孝諸神佑,永播芳名萬古傳。(正末拜衆神科,云)感謝上聖也。(唱)

【後庭花】〔六九〕我怎消的衆神靈下紫霄⑨⑩,駕祥雲香霧繞。凛凛神威大,堂堂美相貌。赴天朝親傳敕詔⑨①。爲慈親病重倒,因愚男盡孝道。後園中誠意禱,感天神來護保。枯桑上長出嫩條,香甘甘子結的飽。我摘將來籃内托,母親行將孝意表,母親行將孝意表。

(增福神云)你那母親若食了這桑椹子,可自然病體安樂也。(正末唱〔七〇〕)

【青哥兒】喫了呵,但能得尊堂、尊堂安樂,我做一壇水陸、水陸大醮⑨②。(增福神做推正末科,云)休推睡裏夢裏⑨③。(衆神隨下〔七一〕)(正末醒科,唱)呀,原來是一枕南柯夢已覺⑨④。恰纔那空中神道,與小生夢裏相交,細説根苗。着我歡展眉梢〔七二〕。小生這些時耽着憂、懷着悶,受煎熬。恰纔呵聽説罷,喜孜孜開懷抱。

(旦兒上,云)蔡順,你爲何大驚小怪的?(正末云)大嫂〔七三〕,你不知:我因母親思想桑椹子食用,奈是寒冬天氣,無處尋取。我恰纔禱告上天,覺一陣昏沉,睡着了。夢見增福神同家宅六神來托夢。增福神言説,因我孝心感動天地,把冬天變做春天。今夜三更時分,着大衆神祇降甘露瑞雪,滿山遍峪〔七四〕,但是桑樹都結桑椹子。着我摘來孝順母親,他自然無病也。(旦兒云〔七五〕)蔡順,你的孝意真誠,因此上有這等感應也。(正末云)兀的不天色陰也。(旦兒云)蔡順,這天色定然是雪也。(正末云)兀的不喜歡殺小生也。(唱)

【尾聲】〔七六〕可又早颼颼的風力峭,慘慘的凍雪罩。他道是三更時分雪花飄,小生我深山中摘桑,我也可不憚勞。怎敢把神靈違拗。(云)小生摘將那桑椹子來,母親若喫下去呵。(唱)恰便似靈丹入

腹〔七七〕,可又早病兒消。(同旦兒下)

【注釋】

① 斑皤(pō)　即斑白。皤:白色。多指年老者的白鬢。
② 趕頭香　趕去搶燒最早的一炷香,以爲吉利。
③ 尪(wāng)羸(léi)　瘦弱無力。
④ 省可裏　也作"省可",意爲免得、休要。《董西廂》卷六:"我孩兒安心,省可裏煩惱。這事體休聲揚,着人看不好。"
⑤ 立身壯志　行正品行,培養志氣。
⑥ 敢待　恐怕、大約。
⑦ 周橋　當爲村落中處於交通要道上的橋梁。
⑧ 商調·集賢賓　古代戲曲音樂名詞。商調:宮調之一,元周德清《中原音韵》:"商調悽愴怨慕。"其所屬曲牌,據《九宮大成譜》所載,北曲有四十一隻。其中經常配套的如:〔集賢賓〕—〔逍遥樂〕—〔金菊香〕—〔梧葉兒〕—〔醋葫蘆〕—〔幺篇〕—〔後庭花〕—〔柳葉兒〕—〔浪裏來〕。集賢賓:商調曲牌,一般在此套曲中作爲首曲。
⑨ 老萱親在堂　老母親在世。萱親:指母親,萱即萱堂。《詩·王風·柏兮》:"焉得諼草(即萱草),言樹之背(屋後)。"指在堂北種萱草,古代北堂爲母親所居之處。後因以北堂稱萱堂,以萱堂代母親。
⑩ 清標　俊逸的風采。
⑪ 誰承望　誰料到。《雙赴夢》第二折:"單注着東吳國一員驍將,砍折俺西蜀兩條金梁。這一場苦誰承望!"
⑫ 不思饌　不想喫飯。
⑬ 棺材靶　代指屍體。靶:用以填實容器内空餘地方的東西。
⑭ 骨岩岩　形容極瘦弱的樣子。《謝天香》第四折:"可怎生骨岩岩黄瘦?"
老耄　年壽高大。
⑮ 無所不用其情　此指盡情孝道。
⑯ 大限　生命之極限,即死期。
⑰ 茶湯　茶水,泛指招待客人的飲料。
⑱ 正淨　又名大面,戲曲脚色。行當中的淨脚,扮演淨中地位較高的人物。
⑲ 胎孩　軒昂,氣派。"抬頦"的借字。指板起面孔以示莊嚴。引申爲氣概軒昂。
⑳ 方脈　開方號脈,即醫術。
㉑ "自家"二句　諧"送了人"之音:看病就送人性命。

㉒ 琢磨　本指雕玉刻石,在此指宋太醫自吹曾受過祖傳醫術。

㉓ 沉疴　病重。

㉔ 姓胡雙名是突蟲　諧音胡涂蟲。

㉕ 葫蘿蔔　即胡蘿卜。

㉖ 殭疙疸　一種硬化不動的腫塊。

㉗ 盧醫扁鵲　戰國時名醫。原名秦越人。家居盧國,又名盧醫。

㉘ 胡十八　即胡木。十八二字爲"木"的拆字。胡木即諧指糊涂呆滯。

㉙ 指上不明　把號脈之術不精,指不通醫術。

㉚ 塌八四　蒙語。據上下文看,當爲"差不多"之意。

㉛ 胡虎乎護　諧音"烏呼烏呼",即把病人醫死。

㉜ 等韵　聲韵調協調的一組漢字。也稱研究等韵的學科。在此指前者。

㉝ 先兒　即先生。當爲俗稱。《小尉遲》第二折:"二位老先兒在此,小子特來議事。"

㉞ 蝦蟆　蛙和蟾蜍的統稱。

㉟ 派賴　即潑賴、耍賴,《鬼兒盆》第二折:"我一年二季,好生供奉你。你不看覷我,反來折挫我,直恁的派賴。"在此句中又意爲"惡毒"。

㊱ 是　那樣。在因果假設句裏起承接作用。

㊲ 盧醫不自醫　即名醫反而不能給自己看病。

㊳ 猛可裏　猛然。睢景臣《哨遍·高祖還鄉》套曲:"猛可裏抬頭覷,覷多時認得,險氣破我胸脯。"

㊴ 望　往、朝。

㊵ 莫要掉將下來　不知所指。據後文"慌做甚麼"一句判斷,當爲提醒上臺階不要掉下來。表現宋太醫醫術不高,進門給人看病,故此心慌,走路不穩。

㊶ 消不得　應爲"少不得"。

㊷ "想在下"二句　此爲胡突蟲自吹懂得儒家禮法。元雜劇常有類似說法。

㊸ 聖人　在此應指孔子,然下面所引之語,似非孔子之語。故聖人當爲其他儒家先聖。

㊹ 弟　通"悌"。指弟順從兄長。

㊺ 九江之德　盛德。九江,指多而盛。

㊻ 憪憪　形容病態。韓琦〔點絳唇〕詞:"病起憪憪,畫堂花謝添憔悴。"

㊼ 南青哥兒　南曲〔青哥兒〕曲牌名。

㊽ 八脈　中醫中奇經八脈:陽維、陰維;陽蹻、陰蹻;冲、錯、任、帶。

㊾ 管　肯定、包管。《五代史平話·周史》卷上:"有必勝之兆。明公但出戰,管有神助也。"

㊾ 海上方兒　仙方。古謂東海有仙山,而仙人善醫藥,故有此説。

㊿ 明杖兒　盲人用以探路的拐杖。

51 傷寒　中醫病名。有廣狹二義。廣義指風寒温熱諸外感病的總稱;狹義指寒邪外襲之症。在此當指前者。

52 驚疳　疾病名。也稱疳積。主指脾胃之病。

53 五癆七傷　指多種癆傷之病。癆傷,積勞削損之病,多爲心胃損傷所致。

54 緊癆慢癆　指急性、慢性兩種癆病。

55 四梢　兩手兩脚。

56 瘸臁　腿瘸。臁,小腿的兩側,在此代腿。

57 水蠱氣蠱　皆指腸胃蟲名。蠱,毒蟲。

58 巴豆　豆名。可作瀉藥。

59 直腸直肚　指瀉得厲害,喫了即瀉。

60 淹纏　久久纏撓。

61 問　向。

62 馬蓮子　馬蓮花的果實。可入藥。

63 三牲　祭祀用的牛、羊、猪肉,在此泛指肉。

64 皇天后土　天神和土地神。

65 三界神祇　泛指天上、地上、陰間三界的神靈。

66 不期　不料。

67 怎生　務必。《西廂記》第一本第二折:"望和尚慈悲爲本,小生亦備錢五千,怎生帶得一分兒齋,追薦俺父母咱!"

68 方表人子之道　方表爲子的孝道之心。

69 鬼力　元雜劇中負責跑腿傳訊的鬼卒。

70 三更時分　後半夜三點至五點左右。

71 恐防　恐怕。

72 正神　正直之神,與邪辟之神相對。

73 法旨　神天的旨義。

74 一壁有　在一邊侍立。

75 臻　全,具備。

76 點　污黑。

77 終朝　指整天。

78 法身　神的身子。

79 無始終　意謂不停地干。

80 迓迓(yà)　迎接。

⑧② 奈是　無奈是。

⑧③ 夢警　警告提醒之夢。

⑧④ 蔡炒肉　"蔡"諧"菜"音,故稱菜炒肉。調諧語。

⑧⑤ 蔡裏蟲　即"菜裏蟲",詳見上注。

⑧⑥ 問個根苗　問個清楚。根苗,喻從頭自尾地細審。

⑧⑦ 促掐　捉弄人。

⑧⑧ 邪魔外道　佛教以其他教派爲外道,以妄見爲邪魔,後即泛指一切鬼怪。

⑧⑨ 要　最緊要者。

⑨⓪ 怎消的　怎能承受起。《蔣神靈應》第二折:"量小將有何才德,怎消得推爲掛印之帥?"　紫霄　指上天之神居住之處。

⑨① 天朝　在此指天上天帝的朝庭。

⑨② 水陸大醮(jiào)　指蔡順設水陸祭品,盛祭衆神,答謝上天降椹養母之恩。醮:祭祀、設道場祈禱。按:另有"水陸道場"俗語,指佛教設齋供奉,以超度水陸衆鬼的法會。

⑨③ 休推睡裏夢裏　指不要再推托睡覺做夢。

⑨④ 南柯夢　即夢。

【校記】

〔一〕斑皤　脈本將"斑"誤作"班"。從孤本及外編改正。

〔二〕年紀高大　脈本將"紀"作"記",從孤本及外編改正,下同處不復校出。

〔三〕病症　諸本皆將"症"作"證"。"症"的音假字。改爲"症"。

〔四〕人有旦夕禍福　"夕"字脈本誤抄作"時"。從孤本及脈本改正。

〔五〕病體　脈本將"體"作"躰","體"的俗寫字,從孤本及外編改之。下同處不復校出。

〔六〕耐心守病　脈本將"耐"誤抄作"奈"。從孤本及外編改正。

〔七〕值此病症　脈本誤抄"病"爲"兩"。從孤本及外編改正。

〔八〕禱告　脈本殘"禱"字。從孤本及外編補足。

〔九〕太醫　脈本誤將"太"誤作"大"。從孤本及外編改正,下同處不復校出。

〔一〇〕(唱)〔商調·集賢賓〕　脈本缺"唱"字,"調"誤作"條"。從孤本及外編增"唱"字,改"條"字爲"調"字。

〔一一〕頭暈眼睛轉　"暈"字脈本誤作"運"。從孤本及外編改正。

〔一二〕好是煩惱人也呵(唱)　脈本無"唱"字。從孤本及外編增之。

〔一三〕(正末唱)好教我便展轉的添焦　脈本無"正末"二字。"展轉"誤作"轉轉"。從孤本及外編增"正末"二字,並改"轉轉"爲"展轉"。

〔一四〕正末云　脈本將"正末云"與下文"正末見卜兒科云"兩句顛倒,從外編及孤本更正,並刪下句"正末"。

〔一五〕壽享百歲有餘　脈本將"歲"作"世",似不妥。據孤本及外編改"世"作"歲"。

〔一六〕勉勞憂慮　脈本誤將"免"抄作"勉",從孤本及外編改正。

〔一七〕雙名是突蟲　脈本於"突蟲"二字之前多一"胡"字。從孤本及外編去"胡"字。

〔一八〕殭疙疸　脈本將"殭"抄作"薑"。據孤本及外編改正。

〔一九〕效驗如神　脈本將"效"字作"効","效"的異體字爲"効",逕改之。

〔二〇〕我這醫門中　脈本將"這"誤作"將",從孤本及外編改正。

〔二一〕母親害病　脈本將"害病"誤作"病害"。今從孤本及外編改之。

〔二二〕見咱哥走一遭去　脈本無"咱"字,於此處原作"早"字,已涂去。現從孤本及外編。

〔二三〕派賴　脈本將"派"字錯抄。從孤本及外編改正。

〔二四〕做報科云　脈本作"見報科"。"見"似爲衍文,今從孤本及外編刪"見"字。

〔二五〕莫要掉將下來　脈本將"掉"抄作"弔","掉"的同音假借字,從孤本及外編改爲"掉"。

〔二六〕俺是個官士大夫　"個"字脈本誤作"吾",從孤本及外編改之。

〔二七〕我乃蛆皮而已　脈本誤將"已"字作"矣"。從孤本及外編改之。

〔二八〕(太醫拿卜兒左手科)(唱)　脈本無"科"字。從脈本及外編增之。

〔二九〕(胡突蟲唱)去買一個棺材　脈本無"蟲"字。據文意增之。

〔三〇〕可不死哩　脈本將"哩"作"來",似不妥,據孤本及外編改爲"哩"。

〔三一〕釘個橛兒　脈本將"橛"字錯抄。據孤本及外編改正。

〔三二〕不問要甚麼都捨的　脈本和孤本將"捨的"誤作"的捨"。據外編改爲"捨的"。

〔三三〕我會醫五癆七傷　諸本皆把"癆"字作"勞",爲同音假借。據文意改"勞"爲"癆"。

〔三四〕四肢沉困　脈本誤將"肢"作"稍"。從孤本及外編改爲"肢"。

〔三五〕我會醫發傻發瘋　脈本將"會"字誤抄作"爲"。據孤本及外編改爲"會"。

〔三六〕喪了殘生　脈本原作"喪了這殘生"。已涂去"喪了這"中間三字。孤本及外編皆存"這"字。但孤本於此句下注:"原本衍'喪了'二字,趙誤刪了這二字"。暫從脈本。

〔三七〕着這個老人家喫將下去　脈本原於"這"後有"兩"字,已刪去,孤本及外編皆作"這一個",當爲誤解脈本所添的"一"字,不從。

〔三八〕他病痛苦淹纏　脈本將"病痛"誤作"病病",從孤本及外編改之。

〔三九〕喫下去倒消食。(外呈答云)　脈本誤將"外呈答"作"外員答"。從孤本及外編改之。

〔四〇〕拜科(唱)　脈本無"唱"字,從孤本及外編增之。

〔四一〕增福神領鬼力上,云　脈本將"增福"二字删去,今從孤本及外編,仍存此二字。

〔四二〕他二人每行孝道　孤本及外編將"二"作"兩"。

〔四三〕他們母親　脈本及孤本將"們"字誤抄作"門"。從外編改正。

〔四四〕己身之壽　脈本誤將"己"抄作"巳"。從孤本及外編改正。

〔四五〕搭伏　脈本"伏"字錯抄。改之。

〔四六〕直至　脈本將"直"字錯抄,改之。下同此處不復校出。

〔四六〕有何法旨　脈本缺"何"字。從孤本及外編增之。

〔四七〕外扮土地,同井神、竈神、净厠神上　諸本皆將"同"字置於"井神"之後,似不妥,今置於"井神"之前。

〔四八〕百事亨　脈本將"亨"誤作"享"。從孤本及外編改正。

〔四九〕墨錠般法身　脈本將"錠"作"定",同音假借,從孤本及外編改之。

〔五〇〕净厠神云　脈本無"净"字。從孤本及外編增之。

〔五一〕一定喫跌　脈本將"一"誤作"以"。從孤本及外編改之。

〔五二〕若還不笑　脈本將"不"字誤作"下"。從孤本及外編改之。

〔五三〕鏖個藜暴　諸本皆如此。孤本於此句之後注云:"藜暴"疑是"栗包"之誤。不從此注。

〔五四〕增福神云　脈本缺"神"字,增之。

〔五五〕他母親想桑椹子食用　脈本及孤本皆無"親"字。據上下文意及外編增之。

〔五六〕救他母親之命　孤本及外編皆將"命"作"病"。

〔五七〕昏沉而睡　脈本誤將"昏"字抄作"香"。據孤本外編改正。

〔五八〕衆神云　諸本皆無"神"字,當脱此字。據上下文改之。

〔五九〕見正末科　脈本脱"正"字,錯將"科"字抄作"云"字,據孤本及外編改正。

〔六〇〕增福神云　脈本脱"福"字,據孤本及外編增之。

〔六一〕正末做驚醒科(唱)　脈本脱"醒"及"唱"二字。據孤本及外編增之。

〔六二〕顫欽欽　孤本及外編均作"戰兢兢"。

〔六三〕犯下甚麼罪惡　脈本誤將"甚"字作"試"字。從孤本及外編改正。孤本於此句下注云："'甚'原誤'是',趙改'試',亦誤。"

〔六四〕正末唱　脈本脱"正末"二字,據孤本及外編增之。

〔六五〕迸掉　脈本將"掉"作"吊"。"吊"爲"掉"的同音假借,據孤本及外編改之。

〔六六〕且勿打攪　諸本均無"勿"字,疑脱此字,據文意補之。

〔六七〕命大衆神祇　"祇"字脈本脱。據孤本及外編增之。

〔六八〕嗟乎　脈本將"乎"誤作"呼"。據孤本及外編改正。

〔六九〕(唱)〔後庭花〕　脈本脱"唱"字,據孤本及外編增之。

〔七〇〕(正末唱)〔青哥兒〕　脈本脱"正末唱"三字。據外編及孤本增之。

〔七一〕衆神隨下　脈本俱將"神"作"人",據孤本及外編改正。

〔七二〕歡展眉梢　脈本錯抄"展"字,將"梢"字誤作"稍",據孤本及外編改正。

〔七三〕大嫂　脈本錯抄"嫂"字,改正之。

〔七四〕滿山遍峪　脈本誤將"遍"抄作"邊",據孤本及外編改之。

〔七五〕旦兒云　脈本將"旦"字誤作"但"。改之。

〔七六〕(唱)〔尾聲〕　脈本缺"唱"字,據孤本及外編增之。

〔七七〕恰便似靈丹入腹　脈本將"似"誤作"是",錯抄"丹"字,據孤本及外編改之。

第三折

(桑樹神上,云〔一〕)園內開花我最奇,封爲綾錦樹神祇①。蠶蟲食葉生絲廣,結果能充腹內饑。吾神乃桑樹神是也。我枝葉榮旺,生長青肥;桑條弄翠影,桑葉有陰濃。那山妻採桑②,喜柔條續續連青③;稚子攀枝,愛紫椹重重帶黑。吾神根蟠數丈④,歲久年深,助蠶作繭,廣織紗羅。吾神在園林中顯耀,惟我獨魁也。奉上帝敕令,封吾神爲綾錦之神。今因凡間有一人,姓蔡名順,字君仲。此人平生本分,孝順雙親。因他母親病體不安,如今冬寒天氣,思想桑椹子食用。爲此人孝心感動天地,奉上帝敕,今夜三更時分,着大衆神祇降甘露瑞雪,着吾樹上生桑椹子出來。蔡順摘去,奉侍他母親食用。就着他母親病體安康。既有敕令,不敢有違。吾神往山林中知會衆神[二],走一遭去。蒙敕令親到山場,着那遍樹上枝葉榮芳。桑椹子今宵就結[三],與蔡順孝奉萱堂。(下)(風伯領鬼力上,云[四])巽位當權顯耀雄⑤,揚塵簸土罩乾坤。喜時清氣人皆爽,怒後掀翻太華峰⑥。吾神乃上界風伯是也,專管一年四季和炎金朔⑦。吾神隨雷電震動乾坤,助飛雹渾彌宇宙⑧。喜時塵土不動,怒時巨浪翻波。刮的那太岳山頭嵐峰動⑨[五],地軸天關上下搖⑩。今爲下方爲人者,姓蔡名順,字君仲,此人堅心孝道。因他母親病體不安,思想桑椹子食用,況值冬寒時月,無處求取。此人至孝,感動天地,將冬天變做春天。着俺衆神祇今夜三更時分,降甘露瑞雪,將山林下桑樹都滋長桑椹子出來。着蔡順摘去侍奉他母親,病體自然痊可。吾神領了上帝敕令,待衆神來時,自然有主意。鬼力望者,這早晚衆神敢待來也。(雪神同雨師領鬼力上[六])(雪神云)萬里冰花六出寒⑪,滿空祥瑞蔽天關。頃刻變成銀世界,須臾妝成玉江山。吾神乃上界雪神是也。這一位是雨師。吾神居於琉璃之宮⑫,玉樹之洞⑬,住西天佛國世界⑭,按乾坤之道而分陰陽⑮。溫則爲雨露,寒則成霜雪;能滋五穀、盡喜萬民。今因下方有一人,姓蔡名順,字君仲。他母親病體不安,感動天地。上帝命俺衆神,將冬天變做春天。今夜裏三更時分,着吾神降雪,尊神降雨⑯,將山中桑樹都生椹子。着蔡順摘去,奉母病愈,方顯俺的順天感應也。有風神在空中等候[七],速駕雲端,走一遭去。遠遠的不是風神在此?(做見科)(雪神云)呀呀呀,吾神來遲,乞恕其罪也。(風神云)尊神,因蔡順一事,既蒙上帝敕令,不敢有違。等雷公電母來時,俺同降甘澤瑞雪[八],生出桑椹,救蔡順的母親病症。雲頭起處,敢是雷公電母來也?(雷公電母領鬼力上)(公雷云)隱隱聲聞萬里驚,電光雨勢遍山村。天下一聲雷震地,人間萬物已知春。吾神乃上界公雷是也。這一位是電母。吾神形容猛壯⑰,性烈剛强,震塌乾坤,辟開山嶽。驚枯木而發生,震蟄蟲而出户⑱,怒轟雲漢⑲,惡蕩百川。今因下方有一人,姓蔡名順,字君仲。他母親染病,想桑椹子食用。有蔡順孝心,感動天神。上帝命俺大衆神祇〔九〕,今夜三更,降甘露瑞雪,滿山林中但是桑樹,都生桑椹子,着蔡順摘去,奉母治病,方顯神靈鑒察也。俺衆神既奉敕令,不敢有違,今有風神在空中等候。電母,俺去來。那雲端裏兀的不是衆位尊神在此?(做見衆神科)〔一〇〕(雷公云)衆位尊神,吾神與電母來了也。(風神云)雪神、雨神、雷公、電母都來了。你衆位尊神:爲因下方蔡順奉母一事,您都知上帝敕令麼?(衆神云)俺都知上帝敕令也。(風神云)既知上帝敕令,俺神靈豈敢有違?天色已晚也。今夜至三更,吾神顯耀威力,起一陣寒風,着雪神微微的降一陣瑞雪。等雪住時,吾神再助一陣和風,將冬天變做春天。着雷公發一聲霹靂,震動山林;電母熒煌閃爍,光走金蛇⑳;雨師下一陣甘雨,着遍山野桑樹上舒青葉、長翠條,都生出桑椹子來。着蔡順摘奉母親病體,指日而安,方顯神靈感應也。鬼力,是多早晚時候也?(鬼力報科,云)報得尊神得知:夜至三更也。(風神云)夜至三更也。您衆神祇各顯神力,吾神刮起寒風來。兀的不寒風起了也!(衆神云)是好寒風也!(風神云)雪神,可隨着這風下一陣瑞雪。(雪神云)吾神降一陣瑞雪。兀的不下雪了也〔一一〕!(衆神云)是好大雪也!(風神云)雪够了也。吾神將冬天變做春天,助起這寒風來。兀的不和風起了也!(雷公云)吾神顯耀威力,震一聲霹靂。兀的不雷響了也!(雷響科)〔一二〕(衆神云)是好雷聲也!(風神云)〔一三〕電母,可隨着雨師行一陣甘雨咱。(電母云)吾神掣起這電光來。(雨師云)吾神行一陣雷雨。兀的不雨下了也!(衆神云)〔一四〕是好甘雨也!(風神云)風雷雨雪都有了也。吾神不敢久停久住,俺衆神祇回上帝話,走一遭去。一夜枯桑盡發榮,寒冬天氣轉東風。年高母疾重安樂,着他壽享人間百歲終。(同下)(延岑領僂羅上,云)幾番擺陣靠山崖,闊劍長槍雁翅排。半該劣缺掐搜漢㉑,俺這裏殺死敵軍誓不埋。吾乃五婁大王延岑是也㉒〔一五〕。某幼習戰策,廣看兵書;英雄出衆,膽略過人。有撥刀相助之威,扶弱欺強之志。因我在前,路見不平,致傷人命。自己出首到官。謝勘官可憐,將我迭配鄭州牢城。行至半途,值着風雪,身上單寒,肚中饑餒,去蔡員外家乞討茶飯來。不料蔡員外的夫人他也姓延。因與我同姓,認義我爲侄男;我拜他兩口兒做父母。老夫人跟前止生了一子〔一六〕,乃是蔡順〔一七〕。此人十分孝順,多蒙老員外發賣了我棉衣一套㉓,白銀十兩,又與了解子錢物。誰想那解子施惻隱之心㉔,半途中開了枷鎖,放了我。某不敢回家,不得已,我聚集了五千人馬,在此山中落草爲寇㉕〔一八〕。這山名爲五婁山,俺這裏高山險峻,闊澗灣環,山嶺嶒峻㉖〔一九〕,道路崎嶇;樹密林稠〔二〇〕,水波汹涌。某聲名傳四野,敵兵虎膽寒;俺這裏水欺東大海,山壓太行山㉗。人見某英勇,就呼某爲五婁大王。某雖爲賊盜,仗義疏才;素性公平〔二一〕,不奪小客之錢,豈圖他人富貴!昨夜三更,下了一陣大雪,天氣如春之暖。忽然雷聲響亮,電掣金光,又下了一陣甘雨,未知主何吉兆〔二二〕?那山林中則怕有驚出來的狼蟲虎豹。某如今領着半垓小僂羅巡綽,走一遭去。昨曉雨雪淨塵埃,今日英雄下峻崖。這一去軍收鑼鼓登山寨,馬馱虎豹上山來。(同下)(正末同興兒提籃兒上,云)小生蔡順是也,昨日夢見增福神言説小生孝心感動神天,道三更時分,降甘澤瑞雪,那山林中但是桑樹上,都生出桑椹子來,任小生摘來侍奉母親。三更前後,果然降了一陣雪,下了一陣雨,小生今日將着籃兒〔二三〕,去山中摘桑椹子,走一遭去。俺母親似這等身體不安,幾時是好也。(唱)

【中呂·粉蝶兒】〔二四〕每日家腹内思量,則我這孝心腸豈能敢忘?憂的是老尊堂卧枕眠床〔二五〕,我可便受驅馳,耽辛苦,滿腹愁[二六],何展放？不由我心内悽惶。俺母親害的個病容顏,全不是舊時模樣。

（云）則不小生行孝㉘,想古者多有行孝之人也。（興兒云）小哥,想上古賢人,那幾個行孝？區區愚魯,不知古往之事,小哥試説一遍聽咱[二七]。（正末唱）

【醉春風】有一個董永賣親身㉙,黃香扇枕涼㉚,剡子鹿乳奉萱堂㉛[二八]。這三人萬代可便講,則願的老母安康體健[二九],可便是俺子孫興旺。

（興兒云）小哥,昨夜三更,舒手不見掌。刮了一陣風,下雪下雨,雷聲閃電一夜無休。雷骨碌碌地響將來,趕着我打。唬的我跪在竈窩裏躲了。那雷骨碌碌響着尋我。他尋不着我也,他説:"罷罷罷,我還響了去罷。"（外呈答云）謅弟子孩兒[三〇],得也麼。（正末云）增福神説道,三更前後,降甘澤瑞雪,山中就有桑椹子。着我摘將來侍奉母親[三一]。果然降了一陣雪,下了一陣雨。這的是人有所願,天必從之。（唱）[三二]

【迎仙客】昨夜個雪瑞飄,雨汪洋。仰天外黑黯黯可便雲霧長,融融的便暖如春,轟轟的便雷震響,影影的便電走金光㉜,感應的祥瑞舞,甘澤降。

（興兒云）小哥,你看這山林中青山綠水,猶如畫意,堪入丹青之手也㉝。（正末云）不覺的來到這大山中,是一派好山色景致也。（唱）[三三]

【紅綉鞋】看山色晴嵐一樣,看山峰高徹空蒼,看山景叠翠蕊芬芳,看山林難描畫,看山澗水流長[三四]。端的是山中堪玩賞。

（云）我貪看這山中景致,可忘了去尋桑樹。我轉過這崛頭㉞,下的這山坡來,兀的不是個桑園。（做驚科[三五],云）呀呀呀！你看這園中的桑樹上,都結下椹子。感謝神天保佑！小生放下這籃兒,我摘這桑椹子咱。（興兒云）小哥,你便摘,我便噇,撐殺我,往家擡。（外呈答云）得也麼。（正末做摘桑椹子

科)(唱)

【上小樓】我這裏不索自忙,桑椹子園中開放。我可便舉手攀枝,摘將下來侍奉萱堂。一半紅、一半黑,籃中各放。我這裏便謝天公可憐垂降。

(云)我將這椹子摘滿這籃兒也。(做提籃兒科,云)小生覺我這身子有些困倦,我在這桑樹下暫且停止咱㉟。(興兒云)小哥,我跟着你張羅這一日㊱〔三六〕,我也打一個盹,看有甚麽人來?(延岑領僂羅衝上㊲,云)巡山採獵獨强霸,縱橫放蕩任非為㊳。某乃是延岑也。領小僂羅去那山前山後巡綽了一遭㊴。不知怎生這山中,但是桑樹,枝葉發生,都長出桑椹子來,好是奇怪也。小僂羅擺佈的嚴整者,兀的不是個桑園!你看這桑樹長的這等榮旺。(做見正末科,云)兀那桑樹下,立着個年紀小的後生,領着個小廝㊵,將着個籃子採桑。這廝好大膽也!小僂羅,與我拿他將這來者!(僂羅云)理會的。(做拿正末科,云)過去跪者!(正末做跪科,云)太僕饒性命〔三七〕。(興兒云)太僕留命喝湯罷。(延岑云)兀那廝,這是俺的境界,你怎敢在此採桑,侵犯我這山中?你這廝好大膽也!(僂羅云)大王,這小的倒將息的肥肥的,宰了罷!(外呈答云)得也麽這廝〔三八〕。(正末唱)〔三九〕

【幺篇】看了惡相貌,不由我心下慌。(延岑云)小僂羅,把這廝拿到山寨上,我慢慢的問他。(正末唱)他可便口口聲聲忙傳將令,拏去山岡。可惜了這桑椹子孝敬禮萱堂,想望屈沉了那增福神夢中顯像㊶。

(延岑云)來到山寨中也。小僂羅,把那廝拿將過來!(僂羅云)理會的。(正末做跪科)(延岑云)兀那廝:某在這五妻山落草為寇,一任那强兵猛將㊷,誰敢來侵犯我這境界!你怎敢私來採桑?可不擒住了他的征夫㊸,捉住的敗將,某難以饒免!兀那廝,你是那裏人,姓甚名誰〔四〇〕?說的是,我自有個存活㊹;說的不是呵〔四一〕,小僂羅,打下澗泉水,磨的鋒刃利,某親自下手也。(興兒云)我説你有手,我也有手。你殺了他,管替他償命。(外呈答云)得也麽,潑説!(正末云)太僕饒性命㊺,聽小生説一遍。小生乃汝南人也,姓蔡名順,嫡親的四口兒家屬。父親蔡寧,母親延氏,妻乃李氏。告太僕可伶見。(延岑做沉吟科,云)母親延氏。你莫不是蔡員外的兒男麽?(正末云)小生是蔡員外的兒男。(延岑做驚科,云)險些兒不傷害了兄弟性命。天也,正是雲影萬里高士夢,月明千里故人來㊻。(做扶正末科,云)兄弟,請起,請起。你認的我麽?(正末云)小生不認的太僕。(延岑云)兄弟,你忘了我也,説冗的做甚。當日個感父母救我恩臨,在山寨切切於心。今日個巡山採獵,見兄弟獨立山林。聽説罷家鄉姓字,勝如得萬兩黄金㊼。兄弟你是貴人多忘,則我是披枷鎖迭配延岑。(正末云)原來是哥哥延岑。你怎生到這裏來?(延岑云)兄弟,感謝母親認義了我,與了我衣服盤纏,又與了我解子錢物。多蒙那解子至半途中施惻隱之心,放了我。某難回故鄉,就在這五婁山中落草爲寇,不想今日偶然遇兄弟。某一時間言語衝撞,恕某之罪。兄弟,一雙父母安康麽?(正末云)哥哥不知,今有母親身體不安,想桑椹子食用。因小生孝心有感神天保佑,冬月天氣生出桑椹子來。您兄弟摘他在盤中,回家侍奉老母。不想遇着兄弟在此也。(延岑云)原來母親不安,兄弟有此孝行,感動天地神靈,降生桑椹子。兄弟,你乃是賢哲君子也。小僂羅,將那牛蹄、粳米來者。(僂羅拿砌末,云)理會的。(延岑云)兄弟無物可奉,山林野物,牛蹄一隻,粳米三斗。你將去家中,侍奉父母親〔四二〕,休嫌輕微也。(正末云)多謝哥哥厚禮也。(延岑云)兄弟拜上母親,我曾對天發誓,逢賢必住㊽。等你回去了時,我將衆兄弟,小僂羅都散了,再不爲賊盜也。如今大漢聖人,差官各府州縣道,招安文武將士,量才擢用。某若到朝中,見了聖人,倘得任用了我呵,某定然保舉你爲官,報答父母之恩也。(正末云)謝了哥哥也。(唱)

【耍孩兒】願哥哥腰金衣紫爲卿相㊾〔四三〕,穩做着皇家棟梁。三簾傘下氣昂昂㊿,保忠臣護國安邦。則願的功高位至官一品㊿,竭力芳名萬載揚。非夸獎㊿,博一個烏靴白象簡,玉帶紫羅裳㊿。

（延岑云）兄弟言者當也。我則今日星夜長行也。（興兒做背砌末科,云）這個東西,定是我背着。我說老延,你就不與我個牛蹄兒喫?（延岑云）兄弟穩登前路,多多拜上父母也。（正末云）哥哥,您兄弟知道了也。（唱）〔四四〕

【尾聲】哥哥你說的是壯士言,到京師見帝王。則要你去邪歸正爲良將,治國安邦萬人講。（同下）

（延岑云）兄弟去了也。則今日將手下衆兄弟都散了,某星夜起程,往京師見聖人,走一遭去。（下）

【注釋】

① 綾錦樹神祇　即桑樹神。因綾錦用蠶絲所織,故稱桑樹爲綾錦神。
② 山妻　即山姑,指採桑女。
③ 續續　連續不斷貌。白居易《琵琶行》:"低眉信手續續彈,說盡胸中無限事。"
④ 蟠（pán）　屈曲,盤伏。在此爲蜷曲伸延貌。
⑤ 巽（xùn）位當權顯耀雄　指風神於雷電雲雨之神中爲先,故而當權顯示雄威。巽:八卦之一,象風。
⑥ 太華峰　西岳華山之峰。
⑦ 和炎金朔　春、夏、秋、冬四季。
⑧ 宇宙　在此指天空。
⑨ 太岳山頭嵐動　極指風力之大。太岳山,在山西中南部。
⑩ 地軸天關　古代傳說大地有軸,上天有關。晉張華《博物志》:"地有三千六百軸,互相牽制。"天關,即天門。
⑪ 六出寒　雪花六瓣,降於地而生寒。
⑫ 琉璃之宮　指雪神居處皆爲冰雪,晶瑩透明似琉璃,故稱爲琉璃宮。
⑬ 玉樹之洞　謂雪神所居洞旁皆爲冰雪之樹,如玉之白,故稱玉樹洞。洞,道家居所之習稱。
⑭ 居西天佛國世界　代指西域雪山連綿之處。

⑮ 按乾坤之道而分陰陽　以易卦中乾坤的道理分成陰陽兩極。乾坤,易卦中二卦名,乾主陽,坤主陰。陰陽交感而有關天地萬物,以及各種變化,故又稱乾坤爲天地。在此指雨雪下降是陰陽按乾坤之道變化的結果。

⑯ 尊神　神祇之間的尊稱。在此指雨師。

⑰ 形容猛壯　因雷震天地十分威猛,故人們把雷神的形容想象得很猛壯。

⑱ "驚枯木"二句　指春雷震發,萬物蘇醒而生長。蟄蟲,冬眠而居的昆蟲。蟄蟲出戶代指春天來臨,故二十四節氣有驚蟄。

⑲ 雲漢　指很高的天空。

⑳ 電母熒煌閃爍,光走金蛇　指閃電之神打閃電明滅變化,閃電之形如金蛇於空中飛動。熒,光明微弱。煌,光綫強烈。

㉑ 半垓劣缺掐搜漢　大量兇悍的傻羅。垓,數目名,萬萬。代指數量很大。掐搜,兇狠、勇悍。《董西廂》卷三:"老夫人做事掐搜相,做個老人家説謊。"劣缺,勇猛而兇悍。《㲉橋進履》第三折:"左隊陳劣缺天蓬,右隊擁掐搜甲士。"

㉒ 五婁　即五婁山。不明所在。

㉓ 賞發　即送東西給人。

㉔ 惻隱之心　同情憐憫之心。語出《孟子·公孫丑上》:"今人乍見孺子將入於井,皆有怵惕惻隱之心。"

㉕ 落草　舊時多指被壓迫者逃往山林抗暴,以居於山林之中,故稱落草。

㉖ 嶒崚　山嶺不平貌。

㉗ 水欺東大海,山壓太行山　指占山爲王,威鎮四方。太行山:今山西河北交界處。

㉘ 則不　不祇。

㉙ 董永賣親身　指東漢孝子董永賣身葬父事。

㉚ 黃香扇枕涼　指東漢江夏安陸人黃香事父事。黃香九歲失母,事父至孝,暑扇床枕,寒以身溫床席。博學經典,能文章,京師號曰:"天下無雙京師黃童。"官至尚書令。詳見《後漢書·文苑傳》。

㉛ 剡子鹿乳奉萱堂　指春秋時人剡子爲了侍養老母,化裝成鹿在鹿群中擠鹿乳,不料被獵人誤射致傷。後被立爲二十四孝之一。

㉜ 影影　隱隱約約,指電光閃爍,明滅不定。

㉝ 丹青之手　代指畫家。丹青,紅與青的顔料,借指繪畫,也指畫家。

㉞ 嵎(yù)頭　山曲角的盡頭。嵎,同隅,曲折貌。

㉟ 停止　小憩。

㊱ 張羅　本指爲某事作準備,籌劃。《黃粱夢》第四折:"殷勤過日灾須少,僥幸成家禍必多,枉了張羅。"在此指忙碌。

㊲ 衝上　指衝上場的科範。

㊳ 放蕩　在此指放任自由，不受朝廷約束。

㊴ 巡綽（chuó）　巡察警戒。綽，舊指捕緝犯人。在此引申爲戒備。

㊵ 小厮　指年小的僕人。

㊶ 屈沉　也作“沉曲”，委曲。在此指可惜了。《魏書・閻之明傳》：“雖沉屈兵伍而操尚彌高，奉養繼親甚著恭孝之稱。”

㊷ 一任　常作“聽任”講，在此意爲“即便”。

㊸ “可不”二句　表意爲“可不是擒住了他的殘兵敗將”。當爲草寇套語。即懷疑抓住了敵方姦細。征夫，兵卒。

㊹ 存活　使人活命的方法。

㊺ 太僕　官名，元雜劇中多作山大王講。也稱太保。《盆兒鬼》第一折：“叫一聲君子休耽怕，那太僕兩手忙叉。”

㊻ “雲影”二句　此爲故友遠來時，主人所吟誦的套語。元雜劇中多有所用，然不詳出處。

㊼ “聽説”二句　形容得知親人消息之驚喜之情。杜甫《春望》詩：“烽火連三月，家書抵萬金。”

㊽ 逢賢必住　逢着高賢之人，必停止行惡。

㊾ 腰金衣紫　腰圍金帶，身穿紫袍。高官之服飾，代指卿相。

㊿ 三簷傘　指卿相等高官出行時所用的傘具。

51 官一品　舊時皇朝中最高品位。

52 非夸獎　不是過分頌揚。

53 博一個烏靴白象簡、玉帶紫羅裳　指博取高官厚禄。

【校記】

〔一〕桑樹神上，云　脈本將“云”誤作“去”。改之。

〔二〕往山林中知會衆神　脈本錯抄“往”字。改之。

〔三〕今宵　脈本錯抄“宵”作“霄”。逕改之。

〔四〕風伯領鬼力上，云　脈本誤將“領”抄作“令”。據孤本及外編改之。

〔五〕嵐峰　脈本作“風峰”，似誤，從孤本及外編改“風”爲“嵐”。

〔六〕雪神同雨師領鬼力上　脈本誤作：“雪神鬼同雨師領力上。”據孤本及外編改之。

〔七〕有風神在空中等候　脈本誤將“候”抄作“侯”，逕改之。

〔八〕甘澤　脈本錯抄“澤”字，改正之。

〔九〕俺大衆神祇　“俺”字脈本錯抄，改之，下同此處，不復校出。

〔一〇〕做見衆神科　脈本脱"神"字。據孤本及外編增之。

〔一一〕兀的不下雪了也　諸本皆無"不"字,不合文意及當時習慣用法,據上下文相同用法增之。

〔一二〕(雷響科)(衆神云)　脈本錯將"科""云"二字顛倒,並將"神"字脱去。據孤本及外編分別更正,增"神"字。

〔一三〕風神云　脈本脱"神"字,據孤本及外編增之。

〔一四〕衆神云　脈本脱"神"字,據孤本及外編增之。

〔一五〕五婁大王　脈本將"王"字誤作"夫"字。據孤本及外編改"夫"爲"王"。

〔一六〕老夫人跟前　脈本將"跟"作"根","跟"的同音假借字,據孤本及外編改"根"爲"跟"。

〔一七〕乃是蔡順　孤本及外編皆作"名唤蔡順"。

〔一八〕落草爲寇　脈本錯抄"寇"字。逕改之。

〔一九〕山嶺嶒崚　脈本將"嶒崚"顛倒爲"崚嶒"。據孤本及外編改之。

〔二〇〕樹密林稠　孤本與外編作"樹林稠密"。

〔二一〕素性公平　脈本將"素性"作"所性"。據孤本及外編改之。

〔二二〕兇吉　脈本錯抄"兇"字,改正之。

〔二三〕將着籃兒　脈本將"籃兒"錯作"兒籃"。改之。

〔二四〕(唱)〔中吕·粉蝶兒〕　脈本無"唱"字,據孤本及外編增之。脈本錯將"吕"作"侣"。改之。

〔二五〕卧枕眠床　脈本錯抄"眠"字,改正之。

〔二六〕滿腹愁　脈本錯抄"愁"字,改正之。

〔二七〕試説一遍聽咱(正末唱)　脈本無"正末唱"三字。據孤本及外編增補此三字。

〔二八〕郯子　脈本將"郯"字誤作"剡"字,據孤本及外編改正。

〔二九〕病體健　脈本錯抄"健"字。改之。

〔三〇〕謁弟子孩兒　脈本將"孩"誤作"孫"。逕改之。

〔三一〕侍奉母親　脈本將"侍"誤作"待"。逕改之。

〔三二〕天必從之(唱)　脈本無"唱"字。據孤本及外編增之。

〔三三〕好山色景致也(唱)　脈本脱此"唱"字,據孤本及外編增之。

〔三四〕山澗　脈本將"澗"誤作"潤"。改之。

〔三五〕做驚科　脈本將"驚"誤作"警"。改之。

〔三六〕張羅　脈本將"羅"字誤作"勞"。據孤本及外編改之。

〔三七〕太僕　脈本將"太"誤作"大"。據孤本及外編改之。孤本及外編皆作

"太保"。

〔三八〕得也麼這廝(正末唱)　脈本脫"正末唱"三字。

〔三九〕正末唱　脈本脫"正末"二字。據孤本及外編增之。

〔四〇〕姓甚名誰　脈本將"甚"錯作"字"。據孤本及外編改之。

〔四一〕說的不是呵　脈本將"呵"錯作"可"。改之。

〔四二〕侍奉父母親　脈本原有"父"字,塗去,似不妥。據孤本及外編增之。

〔四三〕卿相　脈本將"卿"字錯作"鄉"。據孤本及外編改正。

〔四四〕你兄弟知道了也(唱)　脈本脫"唱"字。據孤本及外編增之。

第四折

(卜兒同蔡員外領家童上)(卜兒云)藥餌難醫心上病,晨昏起坐要人扶。老身延氏。爲因身體不安,朝則忘餐,夜則廢寢,服藥不效,我忽然思想桑椹子食用。奈是冬寒時月,無處尋取。有孩兒蔡順盡孝道之心,今日早間去那深山中尋桑椹子去了。老的也,可怎生這早晚還不見孩兒來?(蔡員外云)婆婆,如今是冬寒天氣,此物未知有無。婆婆你少要憂心也。家童,門首覷者,看有甚麼人來?(家童云)理會的。(正末做盤中捧桑椹子科〔一〕,同興兒背砌末上)(正末云)小生蔡順,謝天地可憐,到於山中摘了這滿滿的一籃桑椹子,又遇着哥哥延岑。他聽知的母親不安,奉牛蹄一隻,粳米三斗,着我將來侍奉萱親。興兒,休誤了母親食用,將着這桑椹子獻母親去來。(興兒云)小哥,行動些。奶奶正想中間,若奶奶嚥下這桑椹子去,管情百病消除了也。(正末云)興兒說的是。想俺這孝道的人,天公可也不曾虧負了俺也。(唱)

【正宮·端正好】〔二〕想懷耽生身意,我可也報不的老母驅馳①。則我這孝心腸感動天和地,俺可便行孝道無邪僞。

【滾綉球】我焚香祭賽天②,不覺的睡似痴。見一位增福神降臨凡世。他說道半夜間響一陣春雷,他道是紛紛雪亂飛,雨下淙淙的疾③,兩般兒委實奇異④。我醒來時,心内猜疑。到天明我走到山間下,誰承望園内開花結果肥⑤,椹子皆垂〔三〕。

（云）可早俺來到也〔四〕。家童,報復去,道俺來了也。（家童云）理會的。報的奶奶得知:有小哥來了也。（卜兒云）着孩兒過來。（家童云）理會的。過去。（正末見科,云）母親,孩兒來了也。（卜兒云）孩兒,你來了也。你尋的桑椹子可是有也無？（正末云）母親,有了也。這盤中托的是桑椹子。（卜兒驚科,云）孩兒也,如今是冬寒時月,萬木凋零,你可那裏得這桑椹子來？（正末云）母親,桑椹子非同容易。母親,盡你孩兒孝道之心〔五〕,你用幾個咱。（卜兒云）孩兒也,我正想他食用。將來我喫幾個咱。（正末做捧桑椹子科,云）母親,請食用幾個。（卜兒做喫科〔六〕,云）孩兒這桑椹子好甜也。我喫下去如酥蜜一般,甚是甘美,滋味更佳也。（興兒云）我把你這個饞嘴的老婆子。（外呈答云）得也麽,這斯駡的巧〔七〕。（正末唱）

【倘秀才】這桑椹子猶如蜜水。（卜兒云）孩兒也,我喫了他呵,正是如渴思漿,如熱思凉也。（正末云）母親,這桑椹子休看的他輕也。（唱）他可便濛雨露開花蕊。（卜兒云）將來,我喫幾個。（興兒云）你倒會喫也。（正末唱）〔八〕母親心内思想腹内饑。（卜幾云）孩兒也,我這病看看的好將來了也。（正末唱）〔九〕好着我生歡悦、展愁眉,請街坊慶喜。

（卜兒云）〔一〇〕孩兒也,我喫的够了,與我擡了者。（正末云）母親,這一會兒病體如何？（卜兒云）孩兒,我喫了這桑椹子,這一會身體如舊時一般,覺我無了病也。（正末唱）〔一一〕

【叨叨令】母親也,你似那舊時節脈息通胸胃,恰纔無半霎就把你灾除退。（卜兒云）孩兒也,多虧你行這孝順之心也。（正末唱）〔一二〕則我這孝心腸感動天和地。則願的母親年高百歲身榮貴。兀的不喜歡殺也波哥,喜歡殺也波哥。俺一家兒辦誠心⑥,酬謝天和地。

（卜兒云）孩兒也，我不問你別，這牛蹄、粳米是那裏來的？（正末云）母親，您孩兒大山之中遇着延岑哥哥來。（卜兒云）延岑？他不去鄭州迭配牢城，他在山中做些甚麽那？（正末唱〔一三〕）

【脱布衫】他在那山中落草爲賊，領半垓人馬圍隨，槍刀擺旗翻招展〔一四〕，狼虎般顯耀威勢。

（卜兒云）他在山中落草爲寇，你可怎生撞見他來？（正末唱〔一五〕）

【小梁州】他把我拏到營中要整理〔一六〕，誰承望認的真實。從前以往説端的⑦。他喜則喜今日會，他説道相見在山溪。

（卜兒云）孩兒，你在山中見了延岑，威嚴擺佈，你驚慌之中，説些甚麽來？（正末唱）〔一七〕

【幺篇】我説道母親病體實難退，俺哥哥聽説罷，兩泪雙垂。他説道老母的恩心中記。他將這牛蹄和粳米，奉老母病將息。

（卜兒云）此人他倒不忘俺舊日之恩也。（正末云）母親，延岑哥哥説道，逢賢必住，永不爲盜。散了手下僂儸，他去京師見大漢聖人去了。他若爲官時，要舉薦您孩兒爲官哩〔一八〕。看有甚麽人來？（外扮使命上⑧，云）雷霆驅號令⑨，傳宣急急行。自離京師地，不覺自門庭。小官天朝使命是也。爲因延岑文武兼濟，刀馬過人，聖人見喜，官封太尉之職⑩。延岑就舉保一人，乃是蔡順。説此人忠孝雙全。奉聖人的命，着小官將着玄纁丹詔來取蔡順全家⑪〔一九〕，前赴京師，加官賜賞。我問人來，這一家兒便是。不索報復，我自過去。（做見科，云）你一家兒都在此也。小官不是別人，乃天朝使命是也。（正末云）呀呀呀，天朝使命大人到此，小生有失迎接也。（使命云）誰是蔡順？（正末云）小生便是。（使命云）你是蔡順？如今朝中有一人，乃是延岑。在聖人跟前舉保你爲官，着小官取您一家兒全赴京師，加官賜賞。（正末云）家童，裝香來！（家童云）理會的。（正末做焚香拜科,云)感謝聖恩!家童,快安排果桌,管待使命大人。(使命云)小官不敢飲酒。賢士收拾行裝,便索登程。小官不敢久停久住,回聖人的話,走一遭去。則今日就盼途程⑫,乘駿馬款款先行。到京師親臨丹陛⑬,一一的奏説叮嚀⑭。(下)(正末云)使命大人去了也。父親母親,俺則今日收拾行裝,赴京師走一遭去也。(唱)

【尾聲】傳宣降詔非容易,整辦行裝不可遲。俺可便盼程途去的疾,到朝中,文武齊見聖人習禮儀。授官爵,加重職〔二一〕,俺博一個衣紫腰金賀聲喜。(同衆下〔二二〕)

【注釋】

① 驅馳　指馬奔跑,又喻效命。在此指父母爲兒女奔忙。
② 祭賽天　陳列酒食祭天。賽,酬神。
③ 洗洗(xǐxǐ)　滋潤貌。
④ 兩般兒　指先下雪後下雨兩件事。
⑤ 誰承望　誰料,没想到。
⑥ 辦誠心　即設酒食酬謝天地。
⑦ 從前以往説端的　前前後後説訴真實、原委。
⑧ 使命　朝廷中傳達詔命的使者。
⑨ 雷霆驅號令　喻傳皇令如雷霆之急。
⑩ 太尉　秦朝與漢初爲掌軍事之官,位與丞相之尊。後代因之,已爲虚職。
⑪ 玄纁丹詔　皇帝詔命。以黑黄相間的錦帛裝飾,故名。
⑫ 盼　企望。在此有"企望前往"之意。
⑬ 丹陛　皇宫的臺階。因漆成紅色而名。在此代指朝廷。
⑭ 叮嚀　詳細。《生金閣》第四折:"我這裏叮嚀的問你,你家住在那裏?"

【校記】

〔一〕正末做盤中捧桑椹子科　諸本無"科"字,應脱此字,據文意補上。
〔二〕(唱)〔正宫·端正好〕　脈本無"唱"字。據孤本及外編增之。
〔三〕椹子皆垂　脈本誤將"垂"作"乘"。改之。

〔四〕可早俺來到也　脈本將"俺"誤置於"可早"之後，據孤本及外編改之。
〔五〕盡您孩兒孝道之心　脈本將"之心"誤作"心之"。據孤本及外編改正。
〔六〕卜兒做喫科　脈本將"喫"誤作"契"。據孤本及外編改正。
〔七〕這廝罵的巧。（正末唱）　脈本脫"正末唱"三字，據孤本及外編增之。
〔八〕（正末唱）　脈本缺"正末"二字，據孤本及外編增之。
〔九〕（正末唱）　脈本缺"正末"二字，據孤本及外編增之。
〔一〇〕卜兒云　脈本缺"云"字，據孤本及外編增之。
〔一一〕正末唱　脈本無此三字，據孤本及外編增之。
〔一二〕正末唱　脈本無"正末"二字，據孤本及外編增此二字。
〔一三〕正末唱　脈本無此三字，據孤本及外編增之。
〔一四〕招展　諸本皆作"颭颭"，"招展"的俗寫。改之。
〔一五〕正末唱　脈本無此三字，據孤本及外編增之。
〔一六〕拏到營中　脈本錯抄"拏"字，改之。
〔一七〕正末唱　脈本無此三字，據孤本及外編增之。
〔一八〕舉薦　脈本將"舉"字俗寫。改回。
〔一九〕着小官　脈本錯抄"着"字。改正。
〔二〇〕賢士　脈本將"賢"字俗寫。改回。下同處不復校出。
〔二一〕加重職　脈本錯寫"職"字。改正。
〔二二〕同衆下　脈本中"衆"字錯寫，據孤本及外編改正之。

第五折

（殿頭官領張千上，云）朝去穩登金勒馬①，來時袍袖惹天香②。小官殿頭官是也。爲因大將延岑到於京師，因此人文武兼濟，刀馬過人，聖人見喜，官封太尉之職。延岑就舉保他的認義兄弟，乃是蔡順，説此人忠孝兩全。聖人差使命取蔡順一家兒全赴京師。今日早朝，奉聖人的命，着小官在這相府中聚衆大人，安排酒肴，與蔡順並他一雙父母慶喜，就與他加爵賜賞。令人覷者：若衆大人來時，報復我知道〔一〕。（張千云）理會的。（延岑上，云）舉善薦賢施政化，報恩答義顯忠良③。某延岑是也。想某在五妻山落草爲寇，因見兄弟蔡順明賢至孝〔二〕，我就將手下半垓僂儸都散了，來到京師見了聖人。就著使命將蔡順並他父母都取至京師。今日，大人在相府中安排酒席，與蔡順全家慶賀，就要加官賜賞。某須索走一遭去。可早來到也。令人報復去：道有某來了也。（張千云）理會的。報的大人得知：延岑將軍來了也。（殿頭官云）道有請。（張千云）理會的。有請。（見科）（延岑云）大人，某來了也。（殿頭官云）將軍少待，等蔡順一家兒來全，俺慶賀飲酒。這早晚敢待來也。（劉普能同周景和上）（劉普能云）〔三〕爲因孝子身榮貴，遠遠登途賀喜來。老夫劉普能是也。這一位長者是周景和。爲因蔡順於家行孝，於國盡忠，有延岑不忘他父母之恩，舉保他一家兒，都取到京師。俺不避路途艱難，來到京師。説今日相府中安排筵宴，與蔡順一者慶賀，二者加官。周景和，俺須索走一遭去。（周景和云）員外，看了蔡順能文出衆，才智過人，理當爲官享禄，皇天豈負賢人也④。可早來到也。令人報復去：道有劉普能、周景和來見大人〔四〕。（張千云）理會的。報的大人得知：有劉普能、周景和來見大人。（殿頭官云）着他過來。（張千云）理會的。過去。（做見科〔五〕）（劉普能云）大人，俺村野之人，乍入京師，輦轂之下⑤，幸遇大人尊顔，實乃老拙萬幸也。（殿頭官云）您兩個員外且一壁有者。（夏德閏、仇彦達同上）（夏德閏云）不因侍親行孝道〔六〕，怎得加職表門閭⑥。老夫夏德閏是也。這一位長者是仇彦達。今因蔡順至孝，感動冬月降生桑椹子，又蒙延岑將軍舉保，説此人忠孝雙全，將他一家兒取至京師，賜宅居住。俺都至京師與蔡順特來賀喜。（仇彦達云）夏員外，似蔡順忠於君王，孝於父母，人間少有，堪受皇家官位。可早來到也。令人報復去〔七〕：道有夏德閏、仇彦達來見大人。（張千云）理會的。報的大人得知：有夏德閏、仇彦達來見大人。（殿頭官云）着他過來。（張千云）理會的。過去。（做見科）（夏德閏云）大人，鄉村老叟，無德無能，今日擅睹大人尊顔⑦，是老拙之萬幸也〔八〕。（殿頭官云)您兩個員外且一壁有者。(净王伴哥同白斯賴上)(王伴哥云)俺二人登山涉水,與君仲特來慶美。又無甚羊酒花紅⑧,真一對虛頭油嘴⑨。自家王伴哥便是〔九〕。這個是兄弟白斯賴,與俺兩個是出名的舊油嘴。今有蔡順取至京師,俺兩個也來與他作賀。俺是個精光棍,又無個驢兒騎,一路上則是步行。我若走的困了,着兄弟背着我走;兄弟走的困了,我大棍子趕他着跑。(外呈答云)你可怎生不背他?(王伴哥云)我管他死麽。(外呈答云)得也麽,這廝没天理。(王伴哥云)今日大人在相府中安排筵宴〔一〇〕,與蔡順一家兒慶賀。又說加官賜賞。兄弟,俺偌遠的走這一遭,則是要噇要喫。(白斯賴云)今日我喫的醉了,哥你若不背我走,我把耳朵都咬掉了你的。(外呈答云)得也麽。(白斯賴云)可早來到相府門首也。兀那小張兒,報復去,道有白斯賴、王伴哥來見大人。(張千云)理會的。報的大人得知:有白斯賴、王伴哥來見大人。(殿頭官云)着他過來。(張千云)理會的。過去。(二净做見科)(王伴哥云)老大兒,小人來了也。有甚麽東西拿來,先喫着耍兒。(殿頭官云)且一壁有者。(蔡員外同卜兒、旦兒上)(蔡員外云)幸能子孝爲良器⑩,祖宗光顯感洪恩。老夫蔡寧是也。爲因延岑舉薦蔡順爲官,謝天恩可伶,將俺全家兒都取到京師。今日,大人在相府中安排筵宴,與俺慶賀,就加官賜賞。可早來到也。令人報復去,道有蔡順家屬來了也。(張千云)理會的。報得大人得知:有蔡順家屬來了也。(殿頭官云)道有請。(張千云)理會的。有請。(做見科)(蔡員外云)老漢三口兒家屬來見大人。(殿頭官云)蔡員外,您且一壁有者。若蔡順來時,報復我知道。(張千云)理會的。(正末上,云)小生蔡順是也。有延岑哥哥到於朝中,因此人文武兼濟,弓馬熟嫻,聖人見喜,重賞加官。哥哥就舉薦小生。謝聖恩可憐,將我一家兒都取到京師。今日,大人在相府中安排筵宴,與小生全家兒慶賀,加官賜賞,須索走一遭去。誰

想有今日也。(唱)

【雙調·新水令】〔一〕聖明天子重英賢,選儒流武士兩件。文官扶社稷,良將保山川,端的是萬載流傳。今日個排筵宴,設佳宴。

(云)可早來到也。令人報復去,道有蔡順來了也。(張千云)理會的。報的大人得知:有蔡順來了也。(殿頭官云)道有請。(張千云)理會的。有請。(做見科)(正末云)大人,小生蔡順來了也。(殿頭官云)久聞賢士有顏回亞聖之學⑪、曾參養親之孝⑫。仁宏德厚,至善光輝。忠盡於君,孝盡於親。忠孝兩全,馳名於朝野之中,未嘗得睹尊顏。今日一見,乃小官萬幸也。(正末云)不敢不敢。量小生一介寒儒⑬,素無才德,何敢看大人掛念也。(唱)

【駐馬聽】〔一二〕幼小輕年,腹内孤窮學問淺。(殿頭官云)久聞賢士廣覽詩書,堪爲輔弼之臣也⑭。(正末唱〔一三〕)你不勞掛念。我是個白衣人,怎到得玉階前⑮?(殿頭官云)説賢士文勝顏回,孝越曾參也。(正末云)大人,小生怎敢比先賢古人也?(唱)鸞鳴勝似鵲聲喧,鳳飛比雁先騰遠⑯。我自言,小生腹空虛,怎敢比高儒選⑰?

(殿頭官云)蔡秀才,你與延岑廝見咱。(二人做見科)(正末云)呀呀,哥哥,受您兄弟兩拜。(做拜科)(正末云)您兄弟多虧哥哥在聖人跟前舉薦,若不是哥哥,小生焉能得到此也。(延岑云)不敢。雖是某舉薦,況賢弟忠孝雙全⑱,名播於朝;據賢弟胸懷錦繡⑲,口吐璣珠⑳,乃翰林之魁首㉑,堪可國家任用。今日崢嶸,方稱賢弟之志也。(正末云)多謝了哥哥擡舉也〔一四〕。(殿官頭云)蔡秀才,當日你母親不安,冬寒天氣思想桑椹子食用。你可怎生得桑椹子來?你説一遍,我試聽咱。(正末唱)〔一五〕

【雁兒落】想當日萱親疾病纏,他可便思綾錦當時見㉒。小生我焚香禱上蒼,一夢裏神靈現。(殿頭官云)你夢中見神靈説甚麽來?(正末唱)

【得勝令】[一六]呀,他道是冬寒月變做春天,半夜裏雪花舞,雨溓溓;枯桑上生桑椹子,我醒來時把夢圓。走到那山前,桑椹子都生遍。摘將來新鮮,俺母親喫了體自然。

(殿頭官云)誰想你至孝,通天地、感神靈,將冬天變做春天,枯桑榮旺,椹子生發,保養你母親病體安愈。孝名揚於四海[一七],貫滿皇都,堪可排宴慶賀[一八]。令人擡上果桌來者。(張千云)理會的。(做擡果桌科)(殿頭官云)將酒來!這杯酒先從蔡員外來。老員外,滿飲此杯。(蔡員外云)老夫不敢。大人先飲。(殿頭官云)今日與你一家兒慶賀,理當你先飲,不必過謙也。(蔡員外飲科,云)老夫依命先飲。(殿頭官云)將酒來。這杯酒老夫人飲。(卜兒云)大人請。(殿頭官云)這個孝道的兒男,不枉了生於人世。你滿飲此杯。(卜兒飲科,云)老身飲。(殿頭官云)再將酒來。這一杯酒賢士飲。(正末云)量小生有何德能,着大人如此用心!大人先請。(殿頭官云)賢士,小官奉命大開筵宴,一者與你慶賀,二者加官賜賞。此一會非同小可也。(正末唱)

【沽美酒】[一九]感天恩重可憐,招杰士納英賢。端的是德似堯湯千古傳,萬萬載江山固堅。好收成謝神天。

【太平令】四海內年年納獻,掌山河一統安然。萬國來偏邦朝見,文共武隨龍遷轉㉓。呀,謝聖恩可憐,就傳將俺來便宣㉔,一一的拜舞金鑾殿㉕[二〇]。

(殿頭官云)您衆人望闕跪者,聽聖人的命:大漢朝一統疆封㉖,萬萬載海晏河清。普天下軍民樂業,遍乾坤黎庶安寧。則爲這蔡君仲奉親至孝,播皇朝萬古留名。因老母身生疾病,告蒼天血泪成冰。辦虛心至誠發願,夢寐中親見神靈。三更鼓甘澤雪降,綾錦樹椹果枝生。他去那山林中摘來奉母,救萱堂一命安存。感延岑臨朝舉薦,一家兒取至京城。蔡順封翰林學士㉗,李氏贈賢德夫人。蔡員外治家有法,年高邁冠帶榮身。老夫人心慈性善,欽賞你十兩花銀㉘。衆員外都賜表裏㉙,封官罷各自回程。聖人喜的是義夫節婦㉚,愛的是孝子賢孫。今日個加官賜賞,朝帝闕拜謝皇恩㉛。(下)

　　題目　　報恩義延岑舉薦
　　正名　　降桑椹蔡順奉母

【注釋】

① 金勒馬　馬勒飾金之馬,喻高官所乘馬。
② 惹天香　沾惹着宮殿裏祭香的香味。
③ "舉善薦賢"二句　上句寫皇朝以舉善薦賢實施治理教化,下句寫延岑因此得官,遂報恩答義,舉薦孝子蔡順到朝。政化,同治化。與本劇第一折"彜倫治政"之"治政"同義。
④ 皇天　本指上天之神,在此也指朝廷。
⑤ 輦轂之下　本指皇帝的車輿之下。在此代指朝廷。
⑥ 表門閭　舊時如有功德,受皇上表彰,則建樓閣牌坊於鄉里以示珍重。門閭,一族之人和一鄉之人。
⑦ 擅睹　謙詞,不經允許或約會,私自見某人。
⑧ 羊酒花紅　本指定親禮物,在此指慶賀蔡順得官的禮物。
⑨ 虛頭油嘴　即衹知弄虛作假的嘴舌。虛頭,弄玄虛,也作"弄虛頭"。《盆兒鬼》四折:"你這老兒,這是法堂上,不是你弄虛頭的地方。"
⑩ 良器　賢能的人材。
⑪ 顏回亞聖之學　具有顏回的學問。顏回(前521—前481),春秋時魯國人。孔子的弟子。於孔門中以博學賢德著稱,深受孔子贊賞。後世稱之"復聖"。亞聖,古代對孟子的尊稱。
⑫ 曾參養親之孝　有曾參養奉親人那樣的孝名。曾參(前505—前435),世稱曾子,春秋時魯國人,名參,字子輿,孔子得意門生。在孔門中與同窗閔損(子騫)皆以孝著稱。
⑬ 一介寒儒　自謙之詞。地位卑弱的儒生。
⑭ 輔弼之臣　皇帝左右輔佐大事的高官。舊時一般指丞相等大臣。輔弼,輔助。
⑮ "我是個"二句　謙虛語。意爲未曾進取之人,豈可朝中做官。白衣人:舊指

未曾進取功名的儒生。玉陛,皇宫玉名臺階,代朝廷。

⑯ "鷙鳴"二句　謙自己爲鵲雁一類的人,無論鳴叫、騰飛都比不過鷙鳳一類的仙鳥。

⑰ 高儒選　指才德俱佳,被人揚頌推薦的儒生。

⑱ 况　况且,連詞,在此應有轉折義。

⑲ 胸懷錦綉　胸中有錦綉般文才。

⑳ 口吐璣珠　所發語言如璣珠般利落,珍貴。

㉑ 翰林　文苑。在此指衆文士。

㉒ 綾錦　在此指楳子。前文桑樹神曾自稱爲綾錦之神。

㉓ 文共武隨龍遷轉　文武大臣隨着真龍天子行事。

㉔ 宣　宣詔命招賢士到朝。

㉕ 拜舞金鑾殿　指朝臣在御殿拜謝皇恩。拜舞:晋見皇上或感謝皇恩的一種朝見方式。金鑾殿,宫殿名。本指唐朝時翰林院相接的宫殿,爲因皇帝常於此殿召見學士,故後代文學作品多以此殿代指皇正宫。

㉖ 疆封　本指邊疆,在比泛指祖國江山。

㉗ 翰林學士　官名,唐置翰林院,在此院任職的文學、醫卜技術方士等皆稱翰林學士。後世文學作品多稱翰林院的文學之士。

㉘ 欽賞　皇帝賜賞下人的專稱。　花銀　銀幣上有圖紋者。

㉙ 表裹　衣料。《水滸傳》第四回:"趙員外取出銀錠、表裹、信香,向法座前禮拜了。"

㉚ 義夫節婦　仁義的男子、貞節的女子。

㉛ 帝闕　本指皇城之牆。在此指皇位或皇帝。

【校記】

〔一〕若粜大人來時,報復我知道　脈本誤將"來"字移於"知道"之後。據文意及孤本、外編改回。

〔二〕忠孝皆全　孤本及外編作"忠孝兼全"。

〔三〕劉普能云　諸本皆脱"劉"字,據全劇有關用法皆稱"劉普能",故增"劉"字。

〔四〕道有劉普能周景和來見大人　諸本無"道"字。據元劇使用報復用語習慣,應有"道"字,故補此字。

〔五〕做見科　諸本皆無"做"字,據文意增之。

〔六〕不因侍親行孝道　"侍"字脈本誤作"待"。改之。

〔七〕報復去　脈本將"復"誤抄作"服",改之。

〔八〕是老拙萬幸也　脈本於"萬幸"二字之前多一"幸"字,係衍文。去之。

〔九〕自家王伴哥便是　脈本誤作"是"。改之。

〔一〇〕安排筵宴　脈本誤將"安"抄作"按"。改之。

〔一一〕(唱)〔雙調〕　脈本脱"唱"字。據孤本及外編增之。"雙"字爲當時俗寫,改之。

〔一二〕(唱)〔駐馬聽〕　脈本無"唱"字。據孤本及外編增之。

〔一三〕正末唱　脈本無"正末"二字,據孤本及外編改之。

〔一四〕多謝了　脈本將"謝"字俗寫。改回。

〔一五〕我試聽咱(正末唱)　脈本無"正末唱"三字。據孤本及外編增之。

〔一六〕(正末唱)〔得勝令〕　脈本無"正末唱"三字。據孤本及外編增之。

〔一七〕孝名揚於四海　脈本脱"揚"字。據孤本及外編補上。

〔一八〕堪可排宴慶賀　脈本無"賀"字,似不通,據文意及孤本、外編補"賀"字。

〔一九〕(正末唱)〔沽美酒〕　脈本無"正末唱",據孤本及外編增之。

〔二〇〕一一的拜舞金鑾殿　脈本少一個"一"字。據文意及孤本、外編增之。

劉唐卿・小令

【雙調·蟾宮曲】夜宴②

　　博山銅細裊香風，兩行紗籠，燭影搖紅③。翠袖殷勤捧金鐘，半露春蔥④。暢好是會受用文章巨公，綺羅叢醉眼朦朧⑤。夜宴將終，十二簾櫳，月轉梧桐⑥。

【注釋】

　　①〔蟾宮曲〕　又名"折桂令""天香引"。這是一首寫官府夜宴的小令，當時很有名。《錄鬼簿》中於劉唐卿名下專門提到此曲，謂此曲乃王彥博左丞席上所賦。《陽春白雪》以此曲屬姚燧，《樂府群珠》從之，恐非。

　　② 夜宴　此題爲《樂府群珠》中所具，姑移於曲前，以提挈全曲。

　　③ "博山銅細"三句　寫夜宴場景。先寫香爐裊裊飄動，彌漫堂中，後寫兩傍紗燈中燭影搖動，紅光閃動，以色、形創造出一種寧靜的格調。顯示官宴特殊的氣氛。博山銅，銅香爐名，以其表面刻有重叠山形而名。

　　④ "翠袖"二句　在此場面中，有女子捧金杯勸酒，長袖下滑，露出春蔥般的纖白手指。此句化用晏幾道〔鷓鴣天〕詞中"彩袖殷勤捧玉鐘"之句。

　　⑤ "暢好是"二句　謂會受用消遣的文豪名公。在衆女子的圍簇之下，雙眼朦朧，已顯微醉。暢好是：正好，真是。感嘆佩服之意。這二句寫主人的情態。文章巨公，當指王彥博。

　　⑥ "夜宴"三句　寫宴將終時之夜景。透過窗戶之外，可見月亮早已轉到梧桐樹那邊去了。暗示歡飲至夜深時分，也寫出了宴終時一種寧靜氣氛。與前三句對應，有弦外之音。

劉唐卿・附録

歷代關於劉唐卿的史料記載

元·鍾嗣成《錄鬼簿》(天一閣本)

劉唐卿,太原人。皮貨所提舉。在王彥博左丞席上賦"博山銅細裊香風"。

劉唐卿老太原公,生在承平至德中。王左丞,席上相陪奉,有歌兒,舞女宗。咏"博山","細裊香風"。鶯花隊,羅綺叢,倚翠偎紅。

李三娘　李三娘麻地傍印

元·鍾嗣成《錄鬼簿》(孟稱舜本)

劉唐卿,太原人。

麻地傍印

元·鍾嗣成《錄鬼簿》(曹楝亭本)

劉唐卿,太原人。皮貨所提舉。在王彥博左丞席上,曾咏"博山銅細裊香風"者。

蔡順摘椹養母

李三娘麻地捧印

今人·孫楷第《元曲家考略》

劉唐卿

劉唐卿見《錄鬼簿》上"前輩才人"篇,云:"太原人,皮貨所提舉。"提舉當作提領。《元史》卷八〇《百官志》載中書工部所領有大都皮貨所,至元二十九年制。通州皮貨所,延祐六年末,其官提領一員,大使一員,副使一員,用從九品印。唐卿如爲大都皮貨所提領,不得在至元二十九年前。又云:唐卿"在王彥博左丞席上曾'咏博山銅細裊香風'者"。王彥博即王約,《元史》卷一百七十八有傳。約,真定人。至元十三年,以翰林學士王碧薦入仕。大德末爲刑部尚書。至大間爲太子副詹事,受知仁宗。至大四年,特拜河南行省右丞。皇慶元年入朝,將拜集賢大學士,尋拜樞密副使。至治三年,復拜集賢大學士商議中書省事。至順四年卒。彥博至元三十一年,曾爲中書右司員外郎。右司領兵刑工三房。皮貨所提領所掌,與右司有關。疑唐卿與彥博相識即在此時矣。唐卿有《李三娘麻地捧印》《降桑椹蔡順奉母》二劇。《李三娘》已佚。《蔡順奉母》今有明抄本,在錢曾所編《也是園古今雜劇》中。其〔折桂令〕曲元至治、泰定間大都有名優順時秀於散散學士家歌之。見《輟耕錄》。

今人·嚴敦易《元劇斟疑》

降桑椹

《錄鬼簿》載劉唐卿生平曰……(略,詳見有關《降桑椹》研究資料的彙輯中嚴敦易先生此文。)

今人·莊一拂《古典戲曲存目彙考》

劉唐卿,太原人。皮貨所提舉。所作有雜劇兩種,俱佚。一說《白兔記》南戲,係劉氏改編。與王彥博約善,曾於席上賦〔折桂令〕《博山銅細裊香風》一曲得名。《太和正音譜》評其詞曲,列入杰作中,約元至元中前後在世。

今人·邵曾祺《元明北雜劇總目彙考》

劉唐卿,太原(今屬山西)人。《錄鬼簿》云:"皮貨所提舉。"(孫楷第以爲,提舉應作"提領",見《元曲家考略》)。《錄鬼簿》又云,劉曾在王彥博左丞席上作"博山銅細裊香風"曲。王彥博名約,元仁宗時曾任河南行省右丞。(下略,又見劉唐卿〔折桂令〕曲的研究資料)

歷代與《降桑椹》有關的史料記載

(一) 本事資料彙輯

《後漢書·周盤傳》

(周)盤同郡蔡順,字君仲,亦以至孝稱。順少孤,養母。嘗出求薪,有客猝至,母望順不還,乃噬其指,順即心動,棄薪馳歸,跪問其故,母曰:"有急客來,吾噬指以悟汝耳。"母年九十,以壽終。未及得葬,里中災,火將逼其舍,順抱伏棺柩,號哭叫天,火遂越燒它室,順獨得免。太守韓崇召爲東閣祭酒。母平生畏雷,自亡後,每有雷震,順輒環冢泣,曰:"順在此。"崇聞之,每雷輒爲差車馬到墓所。後太守鮑衆舉孝廉,順不能遠離墳墓,遂不就,年八十,終於家。

《後漢書·光武皇帝本紀》

二年春,正月甲子朔,日有食之……

二月己酉,幸修武……漁陽太守彭寵反,攻幽州牧朱浮於薊。延岑自稱武安王於漢中……

（三年）夏四月……馮異與延岑戰於上林，破之……六月壬戌，大赦天下。弇拿與延岑戰於穰，大破之。

冬……建議大將軍朱祐率祭遵與延岑戰於東陽，斬其將張成。

四年春，正月甲申，大赦天下。二月壬子，幸懷。壬申，至自懷，遣將軍鄧禹率二將軍與延岑戰於武當，破之。

（十一年）春，輔威將軍臧宮與公林述將延岑戰於沈水，大破之……十二月，大司馬吳漢率舟師伐公孫述。

十二年……冬（十一月）辛巳，吳漢屠成都，夷（公孫）述宗族及延岑等。

《後漢書·劉盆子傳》

後數歲①，琅邪人樊崇起兵於莒②。眾百餘人，轉入太山，自號三老。時青、徐大饑，寇賊蜂起，群盜以崇勇猛，皆附之，一歲間至萬餘人。

初，崇等以困窮爲寇，無攻城徇地之計。眾既寖盛，乃相與爲約：殺人者死，傷人者創傷……王莽遣平均公廉丹、太師王匡擊之。崇等欲戰，恐其眾與莽兵亂，乃皆朱其眉，以相識別，由是號曰赤眉。

會更始都洛陽，遣使降崇。崇等聞漢室復興，即留其兵，自將渠帥二十餘人，隨使者至洛陽降更始，皆封爲列侯。崇等既未有國邑，而留眾稍有離叛，乃遂亡歸其營，將兵入潁川，分其眾爲二部：崇與逄安爲一部……

九月，赤眉復入長安，止桂宮。時漢中賊延岑出散關屯杜陵，逄安將十餘萬人擊之，鄧禹以逄安精兵在外，唯盆子與羸弱居城中，乃自往攻之。會謝禄救至，夜戰藁街中。禹兵敗走。延岑及更始將軍李寶合兵數萬人，與逄安戰於杜陵。岑等大敗，死者萬餘人。寶遂降安,而延岑收敗卒走。寶乃密使人謂岑曰:"子努力還戰,吾當於內反之,表裏合勢,可大敗也。"岑即還挑戰,安等空營擊之,寶從後悉撥赤眉旗幟,更立己幡旗,安等戰疲還營,見旗幟皆白,大驚,亂走,自投川谷死者十餘萬。逢安與數千人脫歸長安。

時三輔大饑,人相食,城郭皆空,白骨蔽野……赤眉虜掠無所得,乃引而東歸,十二月眾尚二十餘萬,隨道復散。明年正月……赤眉忽遇大軍,驚震不知所爲,乃遣劉恭乞降,曰:"盆子將百萬眾降,陛下何以待之?"帝曰:"待汝以不死耳!"樊崇乃將盆子及丞相徐宣以下三十餘人肉袒降……

……乃令各與妻子居洛陽,賜宅人一區,田二頃。其夏,樊崇、逢安謀反,誅之。

宋·《太平御覽》引《孝子傳》

孝子傳

孝子傳補遺(《廣事類賦》卷十六)

後漢蔡順當王莽歲末,大荒。順拾椹,以異器盛之,赤眉賊見而問之,順曰:"黑者奉母,白者自食。"賊知其孝,乃以遺米肉,放之。(按《合璧事類》所載與此相似,詳見王季烈《孤本元明雜劇》提要)

(二)研究資料彙輯

近人·王季烈《孤本元明雜劇》提要

降桑椹

原標《降桑椹蔡順奉母》,《太和正音譜》作《蔡順分椹》,明抄本不注撰人姓名,據《錄鬼簿》,元劉唐卿撰。唐卿以咏〔折桂令〕小令得名。其詞云:"博山銅細裊香風,兩行紗籠,燭影搖紅;翠袖殷勤捧玉鐘,暢好是會受用,文章鉅公。綺羅叢醉眼朦朧。夜宴將終,十二簾櫳,月轉梧桐。"其詞甚美。此本記蔡順因母病,思食桑椹,時正雪後萬木凋零之際,順禱天願減己壽以益母。諸神爲之變冬爲春。滿山桑樹,忽盡結椹。順至山中採椹,遇盜執之至山寨。盜魁延岑,往常曾受順父母之周濟,且認岑爲義子。詢知順姓名,遂釋而厚贈之,岑因順之孝行感天,自悔爲盜,遂解散山寨,投漢帝立功,因將蔡順行孝奏聞而加賞賜焉。按:《後漢書》時蔡順《周盤傳》不載分椹事;《合璧事類》載蔡順奉母至孝,王莽末歲荒,順拾椹以異器盛之。赤眉兒見而問焉,曰:"黑者味甘奉母,赤者味酸自食。"賊義其孝,以米肉飴之,劇本此即以增飾其事,雖多荒誕之詞,而意在勸世。排場熱鬧,亦足取也。曲文雖艷,殊少俊語,比之《折桂令》一曲,大相懸殊。惟《陽春白雪》錄此《折桂令》,署姚牧庵撰,更無從確定也。全本五折,而賓白繁冗,或伶工所增。

今人‧嚴敦易《元劇斟疑‧降桑椹》

《降桑椹蔡順奉母》一本,《古今雜劇》原列於元無名氏,按《太和正音譜》有《蔡順分椹》一本,在"古今無名氏"項下,錢曾是依據《正音譜》的。《錄鬼簿》則於劉唐卿名下,列《蔡順摘椹養母》一目。(曹、尤二本同。)天一閣抄本則劉唐卿名下,祇有《李三娘麻地傍印》一本,而無《蔡順摘椹養母》一目。但《續編》"失載名氏"內,有《蔡順分椹》一目。《太和正音譜》劉唐卿名下,亦僅《麻地傍印》一本。依上述各書記載之參差,可以分析出幾個要點:(一)《錄鬼簿》是不著錄失名雜劇的,故曹、尤二本,雖於劉唐卿名下,收《蔡順》一本,但天一閣抄本因爲另有《續編》,其中是列了"失載名氏"一項的,《蔡順》一目,則改隸無名氏。《太和正音譜》也是列載無名氏劇的,故《蔡順》一目,亦不在劉唐卿名下。(二)照此看來,《蔡順》一本,是否劉唐卿所作似有問題。曹、尤二本《錄鬼簿》之抄傳時期,遠在天一閣抄本及《太和正音譜》之後,他們將《蔡順》一目,置於劉氏名下,不知其所依據,抑有意變動之情形否?然天一閣抄本《續編》及《太和正音譜》之記錄,兩者相符,似應較爲可信。後者以《蔡順分椹》爲無名氏作,當比前者以《蔡順摘椹養母》屬之劉唐卿爲可靠。(三)《蔡順摘椹奉母》與《蔡順分椹》,題名雖有些差異,似應即係一本。《錄鬼簿續編》所記《蔡順分椹》之題目正名作:"起義心樊崇助粟,行孝道蔡順分椹。"這與《降桑椹》之題目正名:"報恩義延岑舉薦,降桑椹蔡順奉母",也並不全符。但實僅樊崇與延岑二人名姓之不同,內容當並沒有什麼大的分歧,故《降桑椹》與之亦應係一本。論者遂竟以之認爲劉唐卿所撰,單就雜劇標目的比勘而論,原本無可厚非,況且還有曹、尤諸本《錄鬼簿》爲證呢。不過上述的要點(二),既有相當理由,這一個判斷,恐尚不能十分肯定。

這本《降桑椹》是脈望館抄校內府本,計五折,正末主唱,扮蔡順,其情節如次:(情節略)

據上述之梗概,本劇劇名題稱之歧異,固屬元劇中所恒有,其實是都說得通的。《降桑椹》因爲桑椹乃禱天而降;《摘椹》則是題中本事。至於分椹,性質似稍爲兩樣。商務排印本《提要》引《合璧事類》云:"順拾椹以異器盛之,赤眉見而問焉,曰:'黑者味甘,奉母;赤者味酸,自食。'賊義其孝,以米肉飴之。"這異器盛,酸甘之別,便是所謂分椹,趙抄本於此雖未怎樣實寫,然第三折蔡順唱〔上小樓〕曲,有云:"一半紅,一半黑,籃中各放",是未嘗不相關合。此可證《蔡順分椹》《摘椹養母》,與此《降桑椹》,確爲一劇,或者不致有二。惟曾屢經潤改,諸本曲白內容,當多竄易。延岑之與樊崇,即更動之一例,未審孰爲後先?後漢赤眉首領當中，有樊崇，而延岑則爲漢中"賊"，曾與赤眉敵對者，俱見《後漢書·劉盆子傳》(卷五十二)。這種出入，絕不能當做另有一本"更新"的關目來看待。

《録鬼簿》記劉唐卿生平曰："太原人，皮貨所提舉，在王彦博左丞席上，曾咏'博山銅細裊香風'者。"王季烈於排印本《提要》中，以此〔折桂令〕一曲，楊朝英《陽春白雪》中，書姚牧庵撰，不云唐卿作，遂云："則此劇之是否唐卿所撰，更無從確定也。"推其意，似此〔折桂令〕一曲，既有姚牧庵作之一説，則此劇亦有姚牧庵作之可能。至少不能確定他是劉唐卿作的，因爲劉氏的《折桂令》成爲問題。這種闡釋，是不大合論理的。小令是一事，姚牧庵作小令；與劉唐卿做雜劇，更非一事，如何能並一談？《降桑椹》或許並非劉唐卿所作，祇能屬元明之間的無名氏，且較具理由，但其原因，和"博山銅細裊香風"的〔折桂令〕却係無關。

按陶南村《輟耕録·廣寒秋》條，載："虞邵南先生集，在翰苑時，宴散敖學士家，歌兒郭氏順時秀者，唱今樂府，其《折桂令》起句云：'博山銅細裊香風'，一句而兩韵，名曰短柱，極不易作。"是這一支《折桂令》，順時秀也曾在虞集席上歌之，但未見得就是順時秀所撰造。所謂"今樂府"，或是泛指當時人所作散曲言，未有主名。《陽春白雪》則以爲姚牧庵作，説是劉唐卿作的，祇有《録鬼簿》如此云云，他無記叙。王彦博就是王約，《元史》卷一百七十八有傳，他曾官河南行省右丞，並非左丞，是元延祐時人，卒年八十二，在仁宗延祐六年。姚燧據《元史》一百六十一《姚燧傳》，武宗至大四年南歸，後卒於家。是姚燧之年代在前，虞集、王彦博則差不多同時。《陽春白雪》未係編選年月，惟《朝野新聲太平樂府》元刊本，有鄧子晉序，稱至正辛卯。内云："澹齋楊君，有選集《陽春白雪》，流行久矣。"則其書當成於《太平樂府》以前，但或在至順元年鍾嗣成寫定《錄鬼簿》之後。楊朝英去姚牧庵時期較長,似以依鍾説劉唐卿作,稍見有力。惟鍾説劉唐卿爲皮貨所提舉,考諸《元史·有官志》一,皮貨所有大都及通州二處,屬於工部,其主官爲提貨領,非提舉,僅從九品印,提舉則官位較大一些。(《錄鬼簿》所記左丞及提舉二名,皆似有誤。)然如以提領的官階,與省的右丞同席,抗禮賦曲,却似近於不倫。並且皮貨所是在大都和通州,地域上與河南行省又不相隸接,故關於《折桂令》一曲的傳説,恐怕還應以陶宗儀的記録爲可靠。他流行於歌兒宴席之間,很有名氣,但也不明誰何所作,有以屬之姚牧庵者,也有屬之劉唐卿者,但俱未必能予證實。這一段考證,是題外文章,因爲有以《折桂令》之作問題,牽連到雜劇作者的,爰不憚費辭,辯説如上。

　　本劇誠如排印本《提要》所云:"賓白尤繁冗,容或伶工所增。"其中第一折映雪堂飲酒,衆人賦詩,第二折胡突蟲醫病,家宅六神托夢,第三折風雪雷雨諸神變化天時等節,皆無關緊要,祇是爲按行熱鬧而增設,刪除之後,當反較緊湊。第五折雖係劇場俗套,但劇情至四折,業已告終,這第五折顯係後所增附。設《降桑椹》確爲元人舊本,則應決無此第五折。這本戲的情節,原甚簡單枯燥,大約爲了是在表揚"孝子順孫",和封建道德沆瀣一氣,没有什麽違礙或禁忌,故搬演按行頗盛,觀於其劇目有三種不同的標稱,可知至少已有三種稍有異同的傳本。這許多近於繁冗而無聊的穿插,當全爲吸引及調劑觀客而設。至劇中延岑與蔡母認義,將關目與張國賓《合汗衫》劇,張母認義趙興孫,後此得其助力,同一機杼,這一點似係本劇受《合汗衫》之影響。但劇中又言"盗首"延岑,乃感蔡順之孝,故釋放他,並贈以米肉,似實在並不需要先伏下感恩一節,反使劇情的轉捩,覺得減色。像秦簡夫的《趙禮讓肥》一樣的東漢故事,與蔡順仿佛,不過是兄弟孝友,劇中馬武之釋趙禮,便没有預先恩結後來圖報的結構。本劇如此抒寫,既顯襲自《合汗衫》。劉唐卿與張國賓,《録鬼簿》皆在"前輩已死名公才人"之列,時代相同,這或者可作爲本劇應再各爲晚出之一佐證。別本以延岑爲樊崇的,關目是否一樣,則不可知。劇云蔡母延氏,或僅此本如此附會。又第二折胡突蟲曾唱南《青哥兒》小曲一支,自屬增入。

　　在閱讀本劇時,最最感到異樣而有興趣的,是關於雜劇演出時成問題的一個體制,或是一個形式,在本劇中的大量應用。在脈望館抄本諸雜劇裏,我們時常可以看到,有所謂"外呈答云"或"外呈答科"的賓白,夾在其間,大都用於穿插打諢。如:《病劉千》《延安府》《桃園結義》《石榴園》《齊天大聖》《廣成子》等皆有這所謂"呈答"在劇中出現,少則一次,多則二、三次,最多的却是這本《降桑椹》,竟"呈答"達六十三次,開有"呈答"各劇最最繁複衆夥之一份。"呈答"皆稱"外",所插入之賓白,大都皆對净色逗弄、嘲戲之詞,如"得也麽""這廝""潑説"及詈净爲"弟子孩兒"之類。也有與劇中净色作爲問答的,這在《降桑椹》中,計有四次,《病劉千》及《桃園結義》二例,也近於問答。其餘則"呈答"之語,雖對净色而發,却可與劇中賓白,並不發生關係和作用。《娶小喬》劇有一處摻入"外云:'得也麽,顛倒了。'"一句,雖未明標"呈答",自也是"呈答"用語。這"呈答"的"外"是不是脚色之名呢?如是脚色之名,則在登場人物中間,忽然夾一個插科打諢的,間或説上一兩句冷嘲熱罵,似爲雜劇搬演形式上所不應有。按《延安府》劇中,"呈答"的是張千,張千原是劇中出場人物,一個祇候,這是"呈答"不用"外"的一例。此外,《齊天大聖》劇中云:"雜當呈答打科","雜當"雖也是一種角色之代表名稱,然本劇中未有雜當登場,後附穿關中,亦無"雜當"之裝扮,是本劇祇是用"雜當"擔任了"外"的"呈答"任務而已。"外"既然可由"雜當"或張千代替,似乎並不是單純指稱脚色中的"外",應是包含着其他的意義。

《廣成子》一劇中,關於"呈答"的一段,作"外呈答云了"及"外呈打住"。這些術語,頗爲近古,故"呈答"當是金元流傳下來的一個雜劇搬演時的名稱,和"按喝""開呵"等等,屬於相同的性質,但並不是相同的涵義。孫楷第氏《述也是園藏古今雜劇》一八二——一八四頁,論"按喝",引《也是園》本《題橋記》之"外按喝上"云云,以爲此"外"是"外末",在正末唱了一句之後,就被他攔住了,說上一大段二百餘字。而這一"外末"並非參加扮飾登場人物之人。我們試想象《題橋記》扮演的情形,司馬相如跑出來,纔唱了一句,另外一個"外末"脚色,裝扮或者不裝扮,就在場上阻擋他再唱,絮絮叨叨地說了一大陣,然後再讓開,或不讓開,由司馬相如接住唱下去,事實上真會有這等的情事與形象嗎?像《水滸傳》裏,白秀英那樣的説唱"諸般品調",根本祇是一人唱,並不是許多人裝扮各門脚色,粉墨登場用另外一個人"按喝打住",是可以的。施之於雜劇的搬演,則未免難通。

我以爲"外按喝""外呈答"大概都是近於一個性質的運用和表現。這"外"字之意義,兩者相同。這所謂"外",當非指"外"的脚色而言,而是指的發言者在扮演人物之"外"。(《十探子》中的張千則應是變例。)如上述《題橋記》的收尾:"衆云:'雜劇卷終也',外云:'道甚?'"這個"外"也就是該劇"外按喝"之"外","衆"則是原在場上的劇中人物,其時決不會再有一個"外"扮的脚色登場。那麽,這在扮演人物之"外"的人,既在場上,又要隨時都可摻入,說一兩句話,甚至一大段,他到底算是一種什麽人呢?我以爲這個"外",或是指的現在劇場用語中的"場面",也就是奏弄樂器的人。

雜劇搬演時,場上應有奏弄樂器的人,這雖無可確考,却是事實上所應當存在的。劇中更不乏可以舉證的例子,如:《九世同居》劇有"外做動樂科";《射柳搥丸》劇有"外動樂器科";《慶賞端陽》劇有"外做打得勝鼓科";《單刀劈四寇》劇有"外動樂科";《廣成子》劇有"外動樂器科"皆是。凡奏弄音樂時,既云稱曰"外",故此"外"應亦即"外按喝""外呈答"之"外"。若以此"外"作"外末"等脚色解,自極不倫。"場面"大概還應劇中"内應"或"内答"的這一項,雜劇中每有向"鬼門道"云云,間有應答的,這也是他們的差使。《智勇定齊》劇祇候云:"後面侍女請夫人出來議事",接作"外應科""云""理會的"一節,"外"代表"鬼門道",亦即所謂"後面"可證。故《誤入桃源》劇有"内做奏樂科";《梧桐雨》劇有"内作吹打喧笑科";《柳毅傳書》劇有"内奏樂科",這所云"内"亦即是上引諸例之"外",並沒有兩樣。元劇搬演時,"場面"所居列的地位,今不可考知,然將"外"改稱爲"内",似係較後之事,而與原來術語不近。如《冤家債主》劇第一折,趙廷玉做偷兒時的賓白,《元曲選》本有一句作:"内云:'你是賊的公公哩。'"脈望館抄本"内云"二字,則作"外呈答云",此可證原來的"呈答"用語,經過文人的潤色後,便成了"鬼門道"中之"内",實際上本應作"外"。(所以拿《元曲選》本諸劇與内府本諸劇參率,大致皆一作"内"而一作"外"。)這所謂"内",不管他們是不是將"場面"的地位有所移動與否,或是不是在場子的正後方,終歸應是指稱的奏弄樂器的人,而無疑義。他們便成了是在登場人物之"物",復爲"鬼門道"之内的象徵。他們可以在净色發訕打諢時,簡單地插上一兩句,增强净色發訕打諢的效果,吸引觀衆的注意力,那更叫做"呈答"。至於"按喝",大概是較長,較規矩,並不是發訕打諢的"呈答",像上面所説《題橋記》一例,我們似要注意到其中的"末拜起唱"四字,這四字明白表示出"按喝"的一大段,是在正末拜伏在地時插入而進行的。這跟正末的唱做動作,並無妨礙,或者還竟是利用這一霎時的冷場機會這纔有了這一段插白,也就是"按喝"的實際起源。這樣的情形,術語上那便叫做"按喝"了。《水滸傳》上白秀英"説喝諸般品調",他父親白玉喬來"按喝打住",其"按喝"的結果,是讓白秀英暫停説唱,好來收錢。這和利用冷場,暨短期間代替場上的搬演進行的原則,相差不多,並無抵觸的。

　　内府本雜劇中,又常有"外卒子""外僂羅"等稱,這也不是以"外"扮卒子或僂羅。《樂毅圖齊》劇中且有"外二净扮騎劫、騎能"云云,這個"外",似與所謂"外末""外旦"之"外"同一意義。亦即正末以"外"之一末,正旦之"外"之一旦,净以"外"之二净,原出場一批卒子之"外"的一批卒子,等等。"外末""外旦"等,當根本也並不是一個正式的脚色名稱。這個"外"的解釋,原則與上述"外呈答"之"外",理論上一體同仁,差不多一樣。

　　較後的《古名家雜劇》《元曲選》等戲曲總集,因爲經過修訂的關係,賓白中這些近於原始的材料的痕迹,都不無變動抹煞了。祇有趙琦美的抄校内府本,是按行的底本,可供給我們一點研討之資。故排印本未收的與刊本重見的各抄本,想來是尚不乏可以掇拾的例證的,還有待於綜合探究。這問題不算微細,牽連到雜劇的搬演形式,劇場實况,脚色的名目等等,以至他給予後來戲劇演出上的影響,實需要再多作一番揣討,以達到正確的結論。

　　右所論列,祇因《降桑椹》劇包含的"呈答"辭有好幾十次之多,乃簡撮地附帶言之,姑不論見解有未得當,僅是聊發其凡罷了。

今人·胡忌《宋金雜劇考》

《雙鬥醫》院本發現存疑（節錄）

《輟耕録》"院本名目"在"諸雜大小院本"分目内有《雙鬥醫》一本，《錯立身》生數説院本名目也有《雙鬥醫》。而《太和正音譜》又著録《雙鬥醫》一本。

《雙鬥醫》是院本的名稱之一，大致可以成立以後（不見得有元雜劇），由於内容的專門化，在戲劇的插用是頗可能的。

《孤本元曲雜劇》存《蔡順奉母》一本，可能是元劉唐卿的作品，其中科諢精彩處特多。像興兒、王伴哥、白廝賴諸净色已足以逗人發笑，至如第二折"請醫"替卜兒看病一段，實可視爲《雙鬥醫》院本的運用形式。全詞甚長，也不妨作爲現存金、元院本的一個良好例子。（引文略）

此《蔡順奉母》劇後有"穿關"，記其第二折上場人物次序爲：卜兒、蔡員外、興兒、旦兒、正末蔡順、太醫、胡突蟲（下略，旦兒在太醫上場前已經下場），故在《雙鬥醫》的演出過程中，除"旦兒"外，尚有六人。太醫爲"正净"扮，胡突蟲、興兒皆爲"净"扮，"正末"扮蔡順，"外"扮蔡員外，卜兒不表角色名（元雜劇多如此，説詳後"角色分類"章）；而最值得注意者，却是其中"外呈答云"的"外"，它並不是和蔡員外是同一的人，擔任的任務是：本身爲劇外人與劇中人呈答，以便於演出的對話需要或加以批判的語言。

這種例子在《孤本元明雜劇》中所見有十餘例，此外像《叠掛午時牌》第三折：

王重榮云：我着人看去。下次小的每看時辰多早晚了也？

外云：這早晚恰巳時正二刻也！

《廣成子》劇第二折：

净云:我去採藥去來,好遠路!我過了三道河、四座嶺、六座嶺、一個洞。

外呈答云了。(應是"那三道河"云云的問語)

净云:我過三道河,是無奈河、難奈河、怎奈河;四座嶺……

外呈:打住。

净云:我鬥你耍哩!

編者按:譚正璧先生《話本與古劇》和邵曾祺先生《元明北雜劇總目彙考》皆論及《雙鬥醫》與《降桑椹》之有關情節的關係,並同意胡忌先生此説,其論述略。

今人·邵曾祺《元明北雜劇總目考略》

蔡順摘椹養母

簡名:未詳。

著録:曹本《録鬼簿》。

劇本佚。

考釋:此劇僅曹本《録鬼簿》著録爲劉唐卿作,天一閣本、《説集本》孟本以及《正音譜》在劉唐卿名下均無此劇目。這是一可疑。劇本作者的排列次序都是以作品多寡爲次序,劉唐卿的前面的作者從侯正卿起,都僅作一劇,劉唐卿後面的彭伯威亦僅此一劇,而劉作却是兩劇,因此,這仿佛鍾嗣成自亂體例(另外,僅李取進有此情況。)再結合其他本《録鬼簿》都不載此劇目,則是否有可能是後人加上的,也未可知,現尚不能下斷語。但既無其他反證,目前祇能承認劉有此劇目。另外,《正音譜》與《録鬼簿續編》都有失名作者的《蔡順分椹》雜劇,或以爲即是劉唐卿的《蔡順摘椹養母》,對此問題也祇得存疑,俟將來識者來解决。另外,現存脈望館抄本雜劇中《降桑椹蔡順奉母》,原來列於無名氏作品類,有人以爲這就是劉唐卿的一本。

我的看法，這恐又是一本。蔡是二十四孝名人之一，故事流傳頗廣，因此也就同薛仁貴、尉遲恭等故事一樣，同題材的劇目可能有幾個，不能肯定存本就是唐卿所作。而且存本情節拖沓，曲詞拙劣，與其他出於內府樂人之手的雜劇如出一轍，不似元或明初人作品。當然其他元人作品如《三戰呂布》也有同樣情況，似亦經過明初人竄改，但至少它們還有個劇名可與舊紀錄相符合的一點憑據，此存本與劉作或明初人作品的關係連這點也沒有。故今日暫定存本與劉唐卿無關，與佚名作者的一本也無關。暫定此劇共有三本。蔡順是東漢時人，以孝道著稱，見《後漢書·周盤傳》。但既非西漢末人，也無分椹事，傳說不知何據。劇情參見後面佚名作者《行孝道蔡順分椹》條。

行孝道蔡順分椹

簡名:《蔡順分椹》。
著錄:《正音譜》《錄鬼簿續編》。
劇本:佚。
題目:起義心樊崇助粟
正名:行孝道蔡順分椹
　　　(《錄鬼簿續編》)

考釋:脈望館抄本雜劇有《降桑椹蔡順奉母》，舊題無名氏作。有人認爲是劉唐卿所作《蔡順摘椹養母》，有人認爲是《蔡順分椹》，也有人認爲三者是一本。關於脈望館本是否劉作一本的問題，詳見劉唐卿條。劉作與佚名作者所作是否一本的問題，現尚無法判斷，祇得依舊説分列爲兩本。這裏祇談現存脈望館本是否佚名作者的一本的問題。蔡順，東漢人，字君仲，汝南安城人，以孝母著名，見《後漢書·周盤傳》。歷史未載分椹故事，亦非西漢末年人。傳説則被列爲二十四孝之一。説他遭遇荒年，摘椹養母，將黑紅兩色分置在兩個籃內，路遇赤眉軍，詢其分置原因,答以黑椹味甜,供母親食用;紅椹味酸,留自己食用。赤眉敬他是孝子,贈以糧肉。事見《樂府考略·孝順歌》劇條目和《合璧事類》(王季烈《孤本元明雜劇提要》引)。佚名作者作品情節當與此相似。脈望館抄內府本情節則與此略異,大致如下:

(劇情略)

這裏既無分椹情節,贈粟人也非赤眉的樊崇而是延岑,顯然是兩個劇本,存本又和其他內府本風格相同。因此,與其附會爲佚名人作品,不如分屬兩劇。

今人·莊一拂《古典戲曲存目彙考》

蔡順摘椹養母

《錄鬼簿》(曹本)著錄。脈望館抄校本。賈本失載此目,惟《續編》失載名氏目內有《蔡順分椹》一本,正名作"行孝道蔡順分椹"。《太和正音譜》缺名具有《蔡順分椹》。《也是園書目》有《降桑椹蔡順分椹》,亦未題作者名氏。據此,《降桑椹蔡順奉母》恐非本劇,當屬缺名氏作品。本事詳見《合璧事類》。蔡順,後漢安城人,字君仲,事母至孝,王莽末歲荒,順拾椹,赤黑異器。賊問故,曰:"黑者味甘奉母,赤者味酸自食。"賊感其孝,爭以米肉遺之。順不受去。亦見《孝子傳》。佚。

歷代與〔蟾宮曲〕有關的史料記載

元·陶宗儀《南村輟耕錄》

廣寒秋

虞邵庵先生集在翰苑時,宴散散學士家。歌兒郭氏順秀者,唱今樂府,其〔折桂令〕起句云:"博山銅細裊香風。"一柱而兩韻,名曰短柱,極不易作。先生愛其新奇,席上偶談蜀漢事,因命紙筆,亦賦一曲曰:"鸞輿三顧茅廬,漢祚難扶,日暮桑榆。深渡南瀘,長驅西蜀,力拒東吴。美乎周瑜妙術,悲夫關羽雲殂。天數盈虚,造物乘除,問汝何如,早賦歸與。"蓋兩字一韻,比之一句兩韻者尤難。先生之學問該博,雖一時娛戲,亦過人遠矣。〔折桂令〕一名〔廣寒秋〕,一名〔天香第一枝〕,一名〔蟾宫引〕。今中州之韻,入聲似平聲,又可作去聲,所以"蜀""術"等字,皆與"魚""虞"相近。

元·夏庭芝《青樓集》

順時秀

順時秀,姓郭氏,字順卿,行第二,人稱之曰"郭二姐"。姿態閒雅,雜劇爲閨怨最高,駕頭等諸旦本亦得體。劉時中待制嘗以"金黄玉管,鳳吟鸞鳴"擬其聲韻。平生與王元鼎密,偶疾,思得馬板腸,王即殺所騎駿馬以嚼之。阿魯溫参政在中書,欲矚意於郭,一日戲曰:"我何如王元鼎?"郭曰:"参政,宰臣也;元鼎,文士也。經綸朝政,致君澤民,則元鼎不及参政;嘲弄風月,惜玉伶香,則参政不敢望元鼎。"阿魯溫一笑而罷。

今人·王文才《元曲紀事》

劉唐卿〔折桂令〕

按:《陽春白雪》前集卷二題姚燧作,《樂府群珠》卷三從之,題作"夜宴"。據《録鬼簿》說,則應歸唐卿。王彦博,名約,至元三十一年爲中書右司員外郎,《元史》有傳。唐卿爲皮貨所提舉,正中書右司所屬,賦詞當在此時。《輟耕錄》載:順時秀歌此曲子散散學士家,虞集因之賦"鸞輿三顧"一首,郭順時屬文宗朝使中樂部,時代俱合。參閱前文。

關於劉唐卿雜劇存目本事的考證

李三娘麻地捧印

《錄鬼簿》天一閣本錄簡名《李三娘》,注曰:"李三娘麻地里傍印";孟稱舜本錄作《麻地傍印》;曹棟亭本錄作《李三娘麻地捧印》;《太和正音譜》錄作《麻地傍印》。"傍"似應作"捧"。李三娘事見《五代史·漢家人傳》:"高祖皇后李氏,晉陽人也。其父務農,高祖少爲牧馬晉陽,夜入其家,劫娶之。高祖已貴,封魏國夫人。生隱皇帝。"宋人有《五代史平話》,金人有《劉知遠諸宮調》,南戲有《劉知遠白兔記》,皆述劉知遠與李三娘故事。其中《白兔記》述劉知遠從軍得官,微服回鄉,於麻地裏見到李三娘,各訴久別之苦;隨後劉知遠捧出其九州安撫史金印,作爲其發迹之證,李三娘遂由悲轉喜。《白兔記》所述當即此劇情節。又《寒山堂曲譜》之《劉知遠重會白兔記》抄本注云:"劉唐卿改過。"當有所據,待考。